L'ARBRE D'OR

# JOHN VAILLANT

# L'ARBRE D'OR

Vie et mort d'un géant canadien

*Traduit de l'anglais (Canada) par Valérie Legendre*

LES ÉDITIONS NOIR SUR BLANC

Titre original : *The Golden Spruce*

First published by Vintage Canada Edition, 2006

© 2005 John Vaillant

© 2014, Les Éditions Noir sur Blanc, CH-1003 Lausanne
pour la traduction française.

ISBN : 978-2-88250-337-4

À Nora

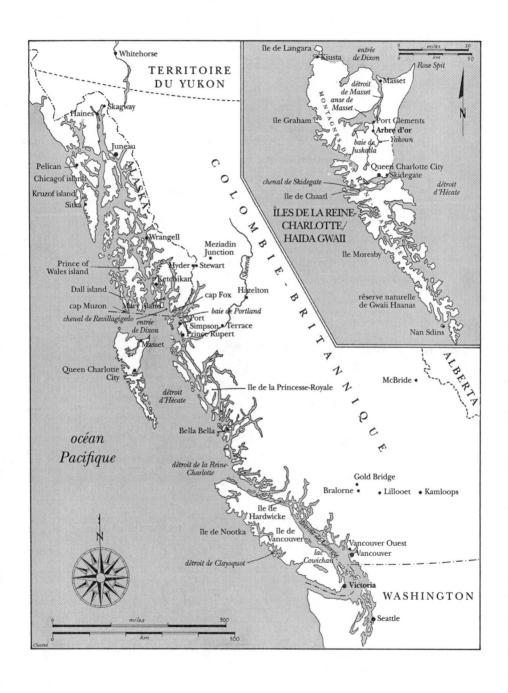

## Remerciements

Ce livre n'aurait jamais existé sans les centaines d'actes de générosité que m'ont témoignés des personnes qui ont partagé avec moi sans contrepartie leur expérience et leur savoir durement acquis. J'aimerais tout particulièrement exprimer ma gratitude au clan Tsiij git'anee, notamment à son chef, Donald Bell, mais aussi à Dorothy Bell, Lucille Bell, Robin Brown et Leo Gagnon, pour m'avoir accordé la permission d'écrire l'histoire de l'Arbre d'or. Je suis également reconnaissant à Cora Gray et aux membres de la famille Hadwin qui m'ont confié leurs souvenirs et leur interprétation personnelle des faits. Je souhaiterais également remercier Guujaaw, l'actuel président du Conseil de la nation haïda, d'avoir pris le temps de me parler en de nombreuses occasions. Je remercie aussi Caroline Abrahams, Marilyn Baldwin, Perry Boyle, John Broadhead, Diane Brown, Neil Carey, Frank et Nika Collison, le défunt Ernie Collison, Betty Dalzell, Kiku Dhanwant et Gerry Morigeau, Bart DeFreitas et Carolyn terBorg, Tom et Astrid Greene, Paul Harris-Jones, Marina

Jones, Judy Kardosh, Ian Lordon, Bruce Macdonald, Nathalie Macfarlane, Neil McKay, Jack Miller, Irene Mills, Alex Palmer, Wesley Pearson, David Phillips, Dave Rennie, Raven Rorick, Hazel Simeon, Bill Stevens, Harry Tingley, Al et Gladys Vandal, Scott Walker, Al Wanderer, Ernie Wilson, Jennifer Wilson et Elois Yaxley de m'avoir fait part de leurs idées, leurs souvenirs et leurs précieux conseils. Merci à Archie Stocker pour son film vidéo et ses photos et à Todd Merrell, dont l'excellent documentaire m'a permis de mieux comprendre la vision du monde des Haïdas. J'aimerais également remercier Steve Petrovcic pour avoir partagé avec moi le fruit de ses recherches rigoureuses, le révérend Peter Hamel pour m'avoir accordé l'autorisation d'utiliser son beau sermon, ainsi que les collaborateurs de l'*Observer* et du *Daily News* pour l'aide qu'ils m'ont apportée dans mes recherches.

Plusieurs membres du département d'études en sylviculture de l'université de Colombie-Britannique m'ont été d'une aide précieuse. C'est le cas de John Worrall, Suzanne Simard et Dennis Bendickson. Ceux-ci ont répondu à mon appel téléphonique impromptu et m'ont mis en relation avec Bill Weber, qui m'a offert son temps et le fruit de son expérience avec un empressement qui allait bien au-delà de son devoir professionnel et qui m'a permis de considérablement améliorer ma connaissance et ma compréhension des bûcherons et de l'industrie du bois. Mes chaleureux remerciements également à plusieurs personnes employées par la société Weyerhaeuser, notamment Erin Badesso, Bill Beese, Corey Delves, Gordon Eason, Earl Einarson, David Sheffield et Donnie Zapp.

Le caporal Gary Stroeder, les sergents Ken Burton et Randall McPherron et les agents Bruce Jeffrey (retraité), John Rosario et Blake Walkinshaw m'ont généreusement offert leur précieux point de vue sur cette histoire. De même, le personnel des stations de gardes-côtes de Sitka, Ketchikan, Juneau et Prince Rupert m'ont aidé sans faillir, ainsi que leurs homologues du Centre de coordination des secours à Victoria. Merci également à Grant Ainscough, Hal Beek, Paul Bernier, Pat Campbell, Don Carson, Grant Clark, Brian Fawcett, Robert Fincham, Pat Fricker, Tom Illidge, Dewey Jones, Ernie Kershaw, Dale Lore, Harry Lynum, Stewart Marshall, Luanne Palmer, Don Piggott, Gordon Pincock, Harry Purney, Gene Runtz, Grant Scott, Jim Trebett, Brian Tremblay, et beaucoup d'autres encore que je n'ai pas nommés ici et qui ont généreusement répondu à mes innombrables questions.

Deux histoires magnifiquement documentées et d'une lecture très accessible ont joué un rôle décisif dans ma compréhension du commerce du bois et de celui des fourrures. Je veux parler des ouvrages *Americans and Their Forests* de Michael Williams et *Otter Skins, Boston Ships and China Goods* de James Gibson. *The Hidden Forest* de Jon Luoma a été pour moi une excellente introduction aux mystères de la forêt côtière. Je regrette de n'avoir pas connu le défunt Charles Lillard, ce poète et historien qui a consacré sa vie à étudier la côte Nord-Ouest, et que je voudrais citer ici : « Lire, c'est emprunter. Créer en s'inspirant de ses lectures, c'est payer une dette. »

J'exprime toute ma reconnaissance à Steven Acheson, Robert Bringhurst, Julie Cruikshank, Robert Deal, Ian Gill, Terry Glavin, Gary Greenberg, Ben Parfitt, Roy Taylor, John Worrall et à mon père, George Vaillant, pour avoir accepté de relire des extraits de mon manuscrit et de me faire part de leurs commentaires sur sa forme et son exactitude. John Enrico m'a été d'une grande aide pour les traductions du haïda.

Dominic Ali, David Beers, Bruce Grierson, Ruth Jones et Jennifer Williams m'ont été de précieux alliés. Merci à Kim et Stephen, Bree et Michael, Rikia et Cam, pour m'avoir aidé à maintenir ce navire à flot. Je remercie également Angelika Glover et Morgen Van Vorst pour leur appui et leur enthousiasme galvanisant. J'adresse des remerciements particuliers à mon éditeur et soutien au *New Yorker*, Jeffrey Frank, ainsi qu'aux formidables éditeurs de ce livre : Louise Dennys de Knopf Canada et Starling Lawrence de W.W. Norton. Je suis particulièrement reconnaissant à mon agent, Stuart Krichevsky, qui a su voir l'arbre cachant la forêt.

Pour finir, je voudrais remercier mon épouse adorée Nora, éditrice infatigable et génie de l'alchimie, qui a su transformer l'acte d'écrire un premier livre au sein d'une famille naissante en une expérience que je répéterai volontiers et avec joie.

> *Sur ce sol agréable Dieu traça son plus charmant jardin ;*
> *il fit sortir de la terre féconde les arbres de la plus noble espèce pour la vue, l'odorat et le goût.*
> *Au milieu d'eux était l'arbre de vie, haut, élevé, épanouissant son fruit d'ambroisie d'or végétal. Tout près de la vie, notre mort, l'arbre de la science, croissait ; science du bien, achetée cher par la connaissance du mal.*
>
> John Milton, *Le Paradis perdu*[1]

---

1. Traduction de Chateaubriand. *(Note de la Traductrice)*

## Prologue
### Le bois flotté

Il est rare de trouver quoi que ce soit de petit en Alaska, si bien que, lorsque le biologiste marin Scott Walker tomba par hasard sur l'épave d'un kayak, sur une île inhabitée à cinquante kilomètres au nord de la frontière canadienne, il pensa que c'était son jour de chance. L'enclave que forme l'Alaska en Colombie-Britannique présente des bords dentelés qui délimitent une frontière entre deux vastes pays très différents l'un de l'autre, mais aussi entre deux territoires naturels aussi immenses que dissemblables. À l'ouest, l'étendue béante du Pacifique Nord, et à l'est la chaîne montagneuse infinie qui occupe le cœur de la région que certains dans cette partie du continent américain appellent « Cascadia ». La côte où ces deux mondes se rejoignent et se fondent l'un dans l'autre est très peu peuplée. Souvent perdues dans le brouillard, les montagnes y sont coiffées d'un crêpe de nuages bas. Au niveau de la mer, c'est un long et sinueux réseau de fjords profonds, d'étroits bras de mer et d'îles ceintes de récifs. C'est un univers à part, séparé du reste du continent nord-américain par les sommets de la chaîne Côtière, dont les crêtes déchiquetées sont recouvertes de neige d'un bout à l'autre de l'année. Par endroits, leur versant ouest en plongeant dans la mer suit une pente tellement abrupte qu'à quinze mètres du rivage un bateau aura encore cent cinquante mètres de hauteur d'eau sous sa quille. Les patrouilles sont rares le long de cette côte livrée à des marées de sept mètres et à des cortèges de tempêtes subarctiques, dont les tourbillons déferlant du golfe d'Alaska viennent s'abattre sur la longue lèvre du continent et son collier de barbe sylvestre. Même par temps calme, elle reste parfois drapée d'un voile d'embruns formé par la houle du Pacifique qui, au terme d'un voyage de trois mille kilomètres, vient se vaporiser contre ce rivage opiniâtre.

L'association de vents violents, de brouillards fréquents et de marées dont les vagues peuvent atteindre une vitesse de plus de quinze nœuds fait de cette côte un lieu particulièrement périlleux. Lorsqu'un bateau, un avion ou un homme disparaît par ici, il est en général perdu à jamais. Si on le retrouve, c'est bien souvent par hasard et beaucoup plus tard, le plus souvent dans un lieu reculé comme Edge Point, précisément là où Scott Walker amarra son petit bateau par un bel après-midi de juin 1997, alors qu'il réalisait une étude sur l'industrie locale de la pêche au saumon. Edge Point est moins une grève qu'un champ de rochers alpins que les caprices de l'évolution géologique ont ramenés au niveau de la mer. L'endroit se situe à l'extrémité sud de Mary Island[1], une petite excroissance de forêt et de pierre qui borde sur un côté Danger Passage, un chenal aux rochers érodés par la houle. La terre la plus proche s'appelle Danger Island, et ces noms ne doivent rien au hasard.

---
1. Dans tout l'ouvrage, les toponymes canadiens ont été traduits, alors que les toponymes américains ont été conservés en anglais. *(N.d.T.)*

Comme une grande partie de la côte Nord-Ouest, Edge Point est jonché de bois flotté. Des rondins, mais aussi des arbres entiers qui atteignent pour certains un mètre cinquante de diamètre et qui s'empilent les uns sur les autres sur une hauteur pouvant monter jusqu'à vingt mètres. Ces masses de bois poli, échappées des estacades et des chalands, gisent en amoncellements aussi hauts que les vents polaires et les vagues du Pacifique peuvent les propulser. Même si par le plus grand des hasards un objet fait de main d'homme échouait ici encore intact, il serait broyé entre la marée de rondins en surface et la masse inébranlable des rochers au fond de l'eau. Dans le cas d'une coque en fibre de verre, tel qu'un kayak, la destruction serait si totale que l'objet deviendrait méconnaissable et a fortiori indétectable. Quand un bateau en fibre de verre fut retrouvé dans un lieu semblable à Edge Point, trois ans après avoir disparu sans envoyer de signal de détresse, le plus gros morceau qui en subsistait mesurait cinquante centimètres de long et ne devait sa préservation qu'au fait que le vent l'avait balayé jusque dans les fourrés. Le reste des dix-huit mètres de coque avait été réduit en minuscules fragments pas plus gros qu'une carte à jouer. D'où la joie de Scott Walker. C'était son jour de chance. Il n'arrivait pas trop tard. Il était peut-être encore possible de sauver des parties du kayak.

Ici, les plages conservent de curieux souvenirs de l'activité humaine. On peut y faire des trouvailles insolites telles qu'une porte en acajou arrachée à un chalutier, des restes d'un avion de la Seconde Guerre mondiale ou un fragment de satellite. Chacun de ces objets est porteur d'une histoire dont la fin est rarement heureuse, vu le contexte. Dans la plupart des cas, seuls les adeptes de la récupération peuvent encore en tirer quelque chose. Or depuis vingt-cinq ans, Scott Walker récupérait des objets perdus et avait acquis en la matière un certain savoir qui faisait de lui un expert en médecine légale de tout ce que les flots peuvent rejeter. Quand l'objet retrouvé présente encore une utilité ou un intérêt quelconque, et à condition que sa taille permette de le soulever, le code du ramasseur d'épaves s'applique. Walker obéissait à ce code quand il tomba ce jour-là sur les restes du kayak et entreprit de le démanteler pour en récupérer les pièces en inox.

Mais alors qu'il levait la tête de son ouvrage, un détail attira son attention. À quelques mètres de lui, le long de la grève, des effets personnels gisaient éparpillés : un imperméable, un sac à dos, une hache. À ce moment-là, Walker comprit que son nouveau trésor n'avait peut-être pas dérivé depuis une plage ou un ponton d'amarrage en suivant la côte. Plus la liste des objets éparpillés s'allongeait – un réchaud, un nécessaire à raser, un gilet de sauvetage –, plus Walker se disait qu'il devait son coup de chance à la déveine de quelqu'un d'autre. Tout cela ne lui disait rien qui vaille. Il déduisit de la position des objets les plus lourds, dans le bas de la plage, que le kayak s'était fracassé ici à marée basse. Les objets plus légers, dont plusieurs gros fragments de la coque, avaient ensuite été transportés plus loin par les marées hautes et le vent. C'est précisément ce qui alarma Walker. Bien qu'enroulé autour d'un tronc d'arbre, le sac de couchage était encore en très bon état. Il n'était pas déchiré, taché ni décoloré par le sel et le soleil. Le gilet de sauvetage aussi avait l'air de sortir tout droit de son armoire de rangement. Même le réchaud semblait pouvoir être sauvé. Coincé entre deux rochers, au bord de l'eau, il ne montrait que quelques rares pointes de rouille. La saison des tempêtes hivernales, une arme de destruction massive sur cette côte, venait juste de se terminer, ce qui signifiait pour Walker que cette épave était récente et n'avait peut-être pas plus de deux semaines. L'homme hésita à jeter le réchaud et le sac de couchage dans son bateau, mais après réflexion, ayant envisagé plusieurs déroulements probables pour l'accident et mesuré encore une fois la distance entre l'horrible malheur qui avait frappé un étranger et sa propre bonne fortune, il décida de laisser toutes ces choses à leur place, car elles serviraient sûrement de preuves. Toutefois les boulons en inox ne manqueraient à personne, alors il les fourra dans sa poche et remonta la plage à la recherche d'un cadavre.

Il n'en trouva pas et c'est finalement des policiers du corps des *state troopers* de Ketchikan, à cinquante kilomètres au nord, en Alaska, qu'il apprit toute l'histoire de sa trouvaille. Le kayak et son propriétaire canadien, un dénommé Grant Hadwin, marqueur de bois de coupe et forestier expérimenté, étaient portés disparus non pas depuis plusieurs semaines, mais depuis plusieurs mois. L'homme était un fugitif recherché pour un crime étrange et sans précédent.

# 1

## Un seuil entre deux mondes

> *C'était beau, certes,*
> *... mais qui l'aurait su sans les hommes pour en juger.*
>
> Ralph Andrews, *Timber*

Sur la côte Nord-Ouest, il n'y a pas de transition harmonieuse entre la mer et la forêt. Les arbres succèdent simplement au varech, surgissant en nombre de la mince épaisseur de terre hérissée de rochers. La frontière qui les sépare est instable, et la mer ne rate jamais une occasion de transporter pierres et rondins dans les bois, quand elle ne s'y transporte pas elle-même. De leur côté, les pins et les épicéas accrochent leurs racines à des rochers mieux adaptés aux patelles et aux bernacles, tandis que leurs branches aux aiguilles drues projettent leur ombre sur des colonies d'astéries et d'anémones de mer. Les algues en décomposition et le bois pourri saturent l'air d'une odeur fétide de moisissure et d'humus. De la plage, le regard se porte aussi loin que l'horizon, mais dès qu'on entre dans les terres on se retrouve à cligner des yeux dans la pénombre, et les pupilles se dilatent pour tenter de remplir un vide oppressant. Dans un endroit pareil, on perd facilement la trace d'un homme, de même que le fil de son histoire. Emmaillotés dans la mousse et drapés dans les fougères, les arbres eux-mêmes semblent travestis.

Une forêt côtière est un spectacle impressionnant : vaste, sacrée, éternelle, elle est comme une cathédrale de branches et d'épines, mais pour un étranger elle n'a rien d'un confortable lieu de villégiature. À vingt pas d'une route ou de la grève, on peut se trouver rapidement désorienté. Le futur et le passé se brouillent, il ne reste qu'un présent humide et crépusculaire. Le sol est jonché d'un fatras de branches et de racines sur lequel on peut facilement trébucher. Tous les quinze mètres environ votre progression est entravée par la muraille moussue d'un arbre tombé, souvent bien plus grand que vous et qui peut mesurer des dizaines de mètres de long. Ces grumes-abris, comme on les appelle, sont elles-mêmes hérissées d'une futaie d'arbres plus jeunes qui poussent sur elles, des poupons de cinquante ans et plus, raides comme des piquets. Ici, les frontières entre la vie et la mort, mais aussi entre les espèces s'effacent : tout sert de rampe de lancement à autre chose et chacun aspire à un coin de ciel. Au niveau du sol, les sous-bois sont drus, et entre cette broussaille et les arbres le regard ne porte pas très loin. Le bruit de l'eau vive est constant et le sol sous vos pieds est élastique et spongieux comme un matelas à ressorts. On a le sentiment qu'en s'arrêtant trop longtemps sur place on finira à son tour par être envahi puis englouti par la végétation, victime de la lutte lente qui se livre tout autour depuis des temps immémoriaux. Dans ce milieu parfois étouffant, on peut être pris d'un besoin effréné de retrouver la lumière du soleil, ce soleil qui serait encore là sans tous ces arbres.

Sur une image satellite, les forêts primaires tempérées qui bordent la côte Nord de l'Amérique forment un délicat liséré vert sur la rive occidentale du continent. Avant l'ère de l'abattage industriel, cette fine bande qui mesure rarement plus de quatre-vingts kilomètres de large s'étirait, presque d'un seul tenant, sur plus de trois mille kilomètres, de Kodiak Island en Alaska jusqu'au comté de Mendocino en Californie, en traversant la Colombie-Britannique, l'État de Washington et l'Oregon. Sur tout ce parcours, une succession de massifs montagneux forme un rempart naturel entre le Pacifique et l'intérieur des terres, et c'est ici que les tempêtes qui balaient en permanence le Pacifique Nord sont arrêtées dans leur élan. Des nuages de pluie pareils à des outres célestes se vident en rencontrant l'air froid des montagnes côtières, avec des résultats parfois spectaculaires. Pendant l'hiver 1998, un cortège implacable de systèmes dépressionnaires a fait tomber vingt-huit mètres de neige, un record mondial, sur le mont Baker, près de la frontière entre l'État de Washington et la Colombie-Britannique, et déversé des pluies diluviennes à des altitudes plus faibles.

La douceur des températures qui règnent à l'intérieur du long couloir humide séparant le versant du Pacifique et l'océan a créé une sorte d'immense terrarium. C'est un environnement idéal pour l'épanouissement de la vie à grande échelle et de quelques-unes des plus grandes créatures sur pied existant à la surface de la terre. Toutes les essences d'arbres dominantes sur la côte Ouest – *redwood*, séquoia, *sugar pine*, pruche de l'Ouest, sapin de Douglas, sapin noble, peuplier de l'Ouest, cèdre rouge et épicéa de Sitka – sont les plus gigantesques de leur règne. C'est grâce à ces géants que les forêts du Nord-Ouest abritent plus de tissu vivant, en termes de poids, que tout autre écosystème, y compris celui de la jungle équatoriale.

Ce qui différencie les forêts primaires tropicales de leurs équivalents tempérés tient à leur emplacement et au climat. Les jungles se situent le long de l'équateur, dans les régions chaudes de leurs continents respectifs, tandis que les secondes s'épanouissent à proximité des pôles, aux marges glacées et brumeuses des terres. Les forêts tempérées préfèrent un climat constant, ni trop chaud ni trop froid, et leur emplacement idéal est un littoral orienté à l'ouest, appuyé contre une chaîne montagneuse qui capte et canalise d'énormes quantités de neige fondue et de pluie. Ces conditions existent dans les deux hémisphères, mais seulement entre 40 et 60 degrés de latitude. Dans une forêt tempérée, les conifères continuent de grandir tant que la température ne tombe pas en dessous de 3 °C, ce qui explique que ces arbres atteignent les tailles gigantesques qu'on leur connaît. Sur cette bande climatique, les espèces sont très différentes selon la région du monde où elles poussent. Mais c'est leur relation à la mer, plus que les essences d'arbres, qui distingue les forêts côtières de leurs homologues de l'intérieur des terres et de l'équateur.

Le domaine de la forêt tempérée côtière, à l'image de celui de beaucoup de créatures sauvages, s'est considérablement réduit en un temps assez court. Jusqu'à l'an mille environ, ces forêts étaient présentes sur tous les continents, à l'exception de l'Afrique et de l'Antarctique. Autrefois, les luxuriantes forêts côtières du Japon, de l'autre côté du Pacifique, étaient une réplique des nôtres. Il y poussait des conifères de taille impressionnante dans un climat proche de celui de l'Amérique du Nord-Ouest. Aujourd'hui, les quelques rares géants qui se dressent encore dans les parcs ou dans l'enceinte d'un temple sont les derniers spécimens survivants de ces forêts. En Écosse, la région des Highlands, que l'on associe depuis longtemps à des paysages de landes et d'étendues dénudées, abritait elle aussi une forêt tempérée. De même que l'Irlande, l'Islande et le littoral oriental de la mer Noire. En Norvège, la côte de la mer du Nord conserve quelques vestiges de sa forêt originelle, tandis que le Chili, la Tasmanie et l'île du Sud en Nouvelle-Zélande sont les derniers endroits à posséder encore des forêts qui par leur flore, leur atmosphère et leur caractère conservent une lointaine ressemblance avec celles du Nord-Ouest du Pacifique, les plus grandes de ce type au monde.

À l'image des *Ents* imaginés par Tolkien, les arbres du Nord-Ouest se sont déplacés de haut en bas le long de cette côte depuis des lustres, refluant vers le sud à chaque ère glaciaire puis regagnant les territoires perdus à la faveur d'un recul des glaciers. Nous nous trouvons actuellement dans l'une de ces phases de reconquête, ce qui signifie que l'épicéa de Sitka progresse vers le nord et l'Alaska à un rythme d'environ un kilomètre par siècle. Le cèdre rouge occidental, l'arbre dont les tribus locales ont tiré presque tous leurs matériaux de construction, occupe son territoire actuel depuis seulement quatre ou cinq mille ans. Donc, si certaines espèces et certains spécimens peuvent effectivement être considérés comme les représentants de peuplements anciens, les forêts qui les abritent ne sont que des bébés à l'échelle géologique et même à notre propre échelle. À l'époque où le premier de ces arbres a atteint l'âge adulte, des humains peuplaient l'Amérique du Nord depuis au moins cinq mille ans.

Jusque récemment, la forêt côtière tempérée d'Amérique du Nord était si mal comprise que même l'industrie du bois en parlait comme d'un désert biologique. Le catalogage et l'étude des créatures qui partagent la forêt avec ces arbres n'en sont encore qu'à leurs balbutiements, mais on sait déjà que son sol, de même que sa canopée, grouille de vie. Selon une estimation, un mètre carré de terre de forêt tempérée contient jusqu'à deux millions d'êtres vivants représentatifs d'un millier d'espèces. Andy Moldenke, entomologiste à l'université d'État de l'Oregon, a calculé ce qu'on peut trouver sur une superficie équivalente à une chaussure de taille moyenne et en a déduit qu'un seul pas dans l'une des forêts côtières de l'Oregon se fait sur le dos de seize mille invertébrés.

Pour l'essentiel, cette activité passe inaperçue, mais on peut la sentir. L'atmosphère dans une forêt côtière originelle a quelque chose d'amniotique. Le son ne s'y déplace pas comme ailleurs, et l'air lui-même semble figé. Du fait de sa proximité avec le littoral, la mer et ses habitants impriment une forte présence dans la forêt elle-même. Prospérant à la faveur du temps instable qui prévaut sous ces hautes latitudes océaniques et d'une orgie de nutriments, l'écosystème tout entier forme une sorte de matrice hydroponique, où les comportements et les frontières que nous tenons pour acquis sont transgressés et parfois même inversés. Au gré des marées et des précipitations, les saumons et les truites, regagnant leurs rivières natales après leur odyssée transocéanique, peuvent finir échoués dans les branches d'un arbre, tandis que le guillemot à cou blanc, un oiseau marin fugace qui « vole » sous l'eau, niche sous ses racines. Dix étages au-dessus du sol de la forêt, son proche cousin, le guillemot marbré, se lance dans ses missions subaquatiques de recherche de nourriture depuis des plates-formes de nidification couvertes de mousses vieilles parfois de plusieurs centaines d'années. À des vitesses pouvant atteindre cent soixante kilomètres par heure, ils font la navette à toute allure entre la forêt et l'océan, tels des bourdons sous amphétamines. Se déplaçant à un centième de cette vitesse, les ours nourris par la mer – certains d'une blancheur aussi immaculée que la tête d'un pygargue à tête blanche – nagent d'île en île pour se promener sur la ligne de marée haute, où leurs empreintes se mêlent à celles des cerfs, des loutres, des martres et des loups. De leur côté, les phoques pourchassent les poissons de mer jusque dans les profondeurs de la forêt, se hissant hors de l'eau pour se reposer près d'un arbre qui a peut-être servi de tanière à un ours pendant l'hiver. Ici, l'observateur patient découvrira que les arbres se nourrissent de saumon, que les aigles savent nager et que les orques peuvent s'approcher de la grève et vous fixer du regard depuis les eaux peu profondes tapissées de gravier.

Les peuples autochtones de cette côte passent la majeure partie de leur existence à quelques centaines de mètres de l'activité incessante qui agite ce seuil entre les mondes. À vivre dans cet environnement liminal, il n'est guère surprenant que la convergence et la transformation occupent une telle place dans leurs arts, leurs danses et leurs légendes. Nulle part ailleurs sur cette côte la profonde interdépendance qui unit la forêt, la mer et leurs habitants ne se manifeste avec plus de force que sur les îles de la Reine-Charlotte.

Baptisées du nom d'un navire ayant appartenu à un négociant britannique du XVIIIe siècle, ces îles sont le territoire historique du peuple haïda, qui y vit encore aujourd'hui et qui désigne sa terre natale par le nom de Haida Gwaii. Sur les cartes, l'archipel en forme d'aile et les quelque cent cinquante îles et îlots qui le composent semblent s'être détachés du continent pour prendre la mer, en laissant derrière eux un trou visible dans le puzzle bien ajusté de détroits et de récifs qui caractérise cette côte. La terre la plus proche est Prince of Wales Island, en Alaska, à soixante-cinq kilomètres au nord par voie de mer. La Colombie-Britannique, dont les îles de la Reine-Charlotte sont la partie la plus reculée, s'étend à quatre-vingts kilomètres à l'est. Au sud et à l'ouest, c'est la pleine mer. Ici la côte ne descend pas graduellement dans les profondeurs du Pacifique, mais plonge à la verticale. Les deux cent quatre-vingts kilomètres de l'archipel sont perchés sur le bord extérieur du plateau continental, qui prend ici la forme d'une paroi sous-marine de deux mille huit cents mètres de dénivelé. Le long de son littoral ouest marqué par les cicatrices des tempêtes, ce brusque plongeon dans l'océan produit des vagues assez grosses pour déposer des pièces de bois flotté au sommet de falaises de trente mètres de haut et des courants dont la puissance est telle que la houle ne va plus dans deux directions mais dans quatre. Du côté de l'archipel exposé à la mer, sur une distance de près de quatre kilomètres en direction du sud, la faille de la Reine-Charlotte marque le point où la plaque pacifique au nord et la plaque américaine au sud avancent l'une sur l'autre avec une lenteur atroce et une force dévastatrice. L'épicentre de l'un des plus violents séismes jamais enregistrés sur la côte Ouest (d'une magnitude de 8,1 sur l'échelle de Richter) se situait précisément ici.

Si l'archipel d'Hawaï était sorti des eaux à cinq mille kilomètres plus au nord et à l'est, il aurait pu ressembler aux îles de la Reine-Charlotte. Recouvertes d'une forêt primaire accrochée aux flancs de montagnes enneigées, ces îles, avec leur ceinture de douves naturelles, ne sont pas d'un accès facile. Vitus Bering a exploré la côte de l'Alaska et le capitaine Cook a débarqué en Australie bien avant que les Européens ne mettent le pied dans ces îles. Aujourd'hui encore, le voyage depuis Vancouver par voiture et ferry prend trois jours. Les gens prêtent à cet archipel des vertus mystiques et révélatoires, au point que même les bûcherons et les fonctionnaires de l'aménagement du territoire disent que ces îles sont magiques. Originaire de Prince Rupert, sur le continent, Perry Boyle, capitaine de remorqueur depuis de longues années, est peut-être celui qui en donne la meilleure synthèse quand il dit : « Là-bas, tout est mythique. » Cette terre située à « l'ouest de l'Ouest » est en un certain sens un « concentré d'essence géographique », comme si la nature et l'esprit d'une région bien plus vaste avaient été compressés dans un espace trop petit pour les contenir. Les serres des jardins botaniques, les bibliothèques et les musées offrent parfois cette sensation, mais la ville de Jérusalem en est la meilleure illustration, de même que les îles d'Aran, le parc national de Yosemite ou le site de Delphes. Le bas de Manhattan en est l'équivalent moderne, et la cathédrale de Chartres une version ecclésiastique. Pour beaucoup d'habitants de la Colombie-Britannique et d'autres qui connaissent bien cette région du monde, les îles de la Reine-Charlotte – ou Haida Gwaii – sont un Éden originel et sauvage, une sorte de « sanctuaire de l'âme ». Même pour ceux qui n'y sont jamais allés l'existence de ce lieu est source d'inspiration et de réconfort. L'archipel donne à voir à la fois cette partie du monde telle qu'elle était avant l'arrivée des Européens et un aperçu de ce que pourrait être l'avenir.

Charles Sheldon, chasseur et naturaliste américain du début du XXᵉ siècle, a exprimé en termes très évocateurs l'impression que donnent ces îles d'être un concentré d'un monde beaucoup plus vaste. Sheldon a beaucoup voyagé dans l'ouest du continent américain, y compris dans les Territoires du Nord-Ouest et en Alaska, et a raconté ses aventures dans plusieurs livres qui sont devenus des classiques du genre. À l'automne 1906, il fut attiré dans les îles de la Reine-Charlotte par des rumeurs à propos d'une sous-espèce rarissime de caribous qui ne vivrait qu'ici. À la recherche d'un spécimen digne d'intérêt, l'homme passa un mois exceptionnellement pluvieux à parcourir à pied la partie nord de l'île Graham, la plus grande de l'archipel. Sa quête l'amena à traverser des forêts profondes, des rivières et des marécages nus et arides, où il observa un curieux phénomène : « L'effet atmosphérique se manifestait ici d'une manière visible par une illusion d'optique à l'exact opposé de ce qu'on peut observer dans nos plaines de l'ouest des États-Unis. Des choses qui semblaient lointaines étaient en réalité très proches, et il fallait beaucoup de temps pour s'habituer à traverser des distances qui à l'œil nous paraissaient immenses quand, en fait, elles étaient très réduites. »

Il ne fait aucun doute que ces îles exercent sur les gens un effet puissant et, comme pour le phénomène observé par Sheldon, la lumière y est pour beaucoup, peut-être parce qu'elle est distribuée de façon si parcimonieuse. Les îles de la Reine-Charlotte sont parmi les endroits les plus pluvieux d'Amérique du Nord. Elles occupent une région connue par les écologues sous la dénomination de « sous-zone très humide hypermaritime », car en nombre d'heures cumulées l'archipel est caché sous les nuages plus de deux cent cinquante jours par an. Quand le soleil y brille, c'est à travers un prisme de particules d'eau, ce qui explique la fréquence des arcs-en-ciel dans cette région. On peut aussi y observer un phénomène beaucoup plus rare, celui des arcs-en-ciel lunaires, des arcs lumineux fantomatiques qui se forment quand la lune se lève ou se couche sous des nuages de pluie. Mais il ne s'agit pas seulement de pluie et de lumière. La force vitale au sens littéral, biologique, dans cette partie du globe est extraordinaire. Vingt-trois espèces de baleines vivent de façon permanente ou transitoire dans leurs eaux et les îles elles-mêmes hébergent l'une des plus importantes populations de pygargues à tête blanche du continent. Le détroit de Burnaby, un étroit chenal de marée au centre de l'archipel, abrite l'une des plus fortes concentrations de vie marine au mètre carré de la planète, et sur sa côte Ouest dentelée on trouve des moules de la taille d'une chaussure.

Depuis la fin de la dernière ère glaciaire, les îles de la Reine-Charlotte sont isolées du reste du continent, et la faute en incombe au seul détroit d'Hécate. Sur une distance de seulement quatre-vingts kilomètres, la profondeur de l'océan autour des îles se réduit de plus de trois mille mètres à moins de soixante mètres. En raison de cette forte déclivité et d'une exposition à toute la rigueur des tempêtes polaires et des rouleaux géants du Pacifique, le détroit peut passer en l'espace de quelques heures du calme plat à un déferlement de vagues atteignant parfois dix-huit mètres de creux. Le chenal large et peu profond – à peine trente mètres par endroits – tient son nom d'un navire de Sa Majesté britannique. L'*Hécate*, un sloop à roue à aubes armé de lourds canons, fut dépêché dans ces îles en 1861 avec la double mission d'établir un relevé des eaux environnantes et de veiller à ce que les travailleurs fraîchement débarqués pour exploiter les mines de cuivre ne soient pas attaqués par les Haïdas. Il était fréquent, aux XVIIIe et XIXe siècles, de baptiser un lieu géographique du nom d'un navire, mais peu de ces toponymes ne se prêtèrent mieux à leur objet que le fit l'*Hécate*. Hécate, déesse grecque de la sorcellerie, a souvent été associée aux pêcheurs et au royaume des morts. Selon le dictionnaire Oxford de la mythologie et des religions, elle est « ambivalente et polymorphe par nature. Elle s'affranchit des limites conventionnelles et échappe à toute définition ». Hécate, qui a été représentée avec des chiens féroces à ses pieds, passe pour être source d'abondance de beaucoup de choses, y compris des tempêtes. « C'est une garce au cœur noir, lâcha à son propos un vieux pêcheur du détroit. J'en viens parfois à penser qu'elle veut se garder les îles Charlotte pour elle toute seule. » Aujourd'hui encore, il est fréquent que la forte houle retarde l'imposant ferry qui relie l'archipel au reste du continent. Le trajet de sept heures peut être si mouvementé qu'il faut enchaîner les camions au pont comme des conteneurs sur un cargo au long cours.

Les îles Graham et Moresby forment l'épine dorsale de l'archipel de la Reine-Charlotte qui va rétrécissant vers le sud. Or bien que ne mesurant pas plus de huit kilomètres de large à certains endroits, l'île Moresby pointe vers le ciel la crête pointue de ses jeunes montagnes à près de deux mille mètres d'altitude. Des cascades par centaines, des torrents et rivières par dizaines déferlent de ces montagnes sur les plus grandes îles de l'archipel. Parmi elles la rivière Yakoun, qui prend sa source dans les montagnes de la Reine-Charlotte, à l'extrême sud de l'île Graham, alimente le lac Yakoun, puis part vers le nord en direction de l'anse de Masset et de la mer. Cours d'eau le plus long de l'archipel et lieu des plus importants frais de truites et de saumons, la Yakoun est l'aorte qui nourrit le corps de ces îles. La basse vallée alluviale où elle creuse son lit est réputée pour ses vastes forêts anciennes et particulièrement pour ses réserves d'épicéas de Sitka, un bois à fil droit et sans nœuds. Le fond d'une vallée comme celle-là correspond à ce que les bûcherons professionnels – qui ne sont pas arrivés dans l'archipel avant le XX$^e$ siècle – appelleront par la suite une « terre à épicéas ». Le sol ici est plus riche, l'épaisseur d'humus plus épaisse que sur le flanc des montagnes, et le climat doux des îles de la Reine-Charlotte s'ajoutant à une pluviométrie qui peut atteindre cinq mètres par an crée les conditions idéales pour que s'épanouisse l'épicéa de Sitka, mais aussi ses voisins plus communs que sont la pruche et le cèdre rouge de l'Ouest. La pruche et l'épicéa naissent fréquemment d'une « grume-abri », un arbre mort qui, en pourrissant, fournit un humus dont se nourrissent les jeunes plants, comme le fruit de la pomme nourrit ses pépins. Pendant qu'un de ces troncs est consommé par la jeune forêt qui l'entoure (un processus qui peut prendre des centaines d'années), il arrive que les jeunes arbres se retrouvent plantés à bonne distance du sol sur des racines pareilles à des échasses. Avec le temps, le vide se comble, mais il n'est pas rare de trouver sous un épicéa de Sitka de quatre cents ans d'âge un tunnel assez grand pour qu'un homme puisse le traverser en rampant.

De tous les conifères de la côte Ouest, l'épicéa de Sitka paraît être l'espèce la plus naturellement adaptée à son environnement marin. Son aire de répartition longue et étroite suit celle de la forêt primaire du Pacifique, et l'espèce semble avoir une prédilection pour les endroits les plus exposés au vent. L'épicéa de Sitka présente une grande résistance aux embruns et sert souvent de première ligne de défense entre la mer et la forêt. Sa haute taille et sa force brisent les vents violents qui peuvent venir à bout d'essences plus fragiles. De toutes les espèces d'épicéas répertoriées dans le monde, l'épicéa de Sitka est la plus grande et la plus ancienne. Cet arbre peut vivre plus de huit cents ans et atteindre une hauteur de quatre-vingt-dix mètres, ce qui est beaucoup, même pour un séquoia. Mais si le résultat final est colossal, les débuts de ces arbres sont d'une modestie inimaginable. Une graine d'épicéa de Sitka ne pèse pas plus de cinq centièmes de gramme, et cependant elle contient toutes les informations nécessaires pour produire un arbre dont le poids peut dépasser trois cents tonnes – soit à peu près autant que trois baleines bleues. Si l'espèce est commune tout au long de la côte, ses spécimens géants ne poussent que dans très peu d'endroits, et la vallée de la Yakoun est l'un d'eux.

*

Par une journée d'automne, aux environs de 1700, sur la rive ouest de la Yakoun, un de ces pins fit tomber un fruit qui, en s'ouvrant, laissa échapper une graine à nulle autre pareille. Cette graine était tombée comme des centaines d'autres cette année-là de l'un des milliers de cônes produits par un épicéa de Sitka parmi des dizaines de millions de spécimens poussant sur la côte Nord-Ouest. L'arbre dont elle était issue semait sans doute ses graines depuis l'époque des Vikings. Si les chances de survie d'une graine d'épicéa n'étaient pas aussi faibles que celles d'un spermatozoïde humain, chaque arbre père serait une forêt à lui tout seul. Pourtant, malgré une période de fertilité de sept cent cinquante ans, un épicéa de Sitka n'engendre pas plus d'une douzaine de descendants qui atteignent leur maturité. Que la graine en question ait pu faire partie de ces survivants laisse tout le monde pantois aujourd'hui encore.

Cette graine en forme de larme et de la taille d'un grain de sable ne devait se distinguer en rien, à première vue, de toutes les autres qui jonchaient le sol depuis des millénaires. De ses sœurs tombées sur l'épaisse mousse qui tapisse la forêt, une seule sur cent germerait. Celles qui auraient la chance d'atterrir sur une grume-abri s'en sortiraient mieux que les autres, mais même elles auraient une probabilité sur trois de finir dévorées par les champignons en moins d'un mois. Sans qu'on sache comment, cette modeste graine porteuse de son étrange message a réussi à faire mentir les statistiques et à prendre racine. La pousse minuscule aurait facilement pu passer inaperçue dans la pouponnière surpeuplée qu'est le sol de la forêt, entourée qu'elle était par des milliers d'autres arbres aspirant à vivre. Des épicéas de Sitka, mais aussi des pruches, des cèdres rouges, des cyprès jaunes et même un if par-ci par-là. À ce stade de son existence, elle devait être surpassée par tous, y compris par les habituels habitants de l'ombre – mousses, hépatiques, lys noirs, fougères, bois piquant –, sans parler des épais buissons de salal qui peuvent atteindre quatre mètres de haut et devenir si touffus qu'il faut y pénétrer à la machette.

En regardant cette jeune pousse – à condition que quelqu'un ait réussi à la voir –, l'idée qu'elle ait eu l'intention de devenir l'une de ces gigantesques colonnes qui masquent le ciel du Nord-Ouest aurait paru très présomptueuse. Pendant sa première année de vie, le jeune arbre ne devait pas mesurer plus de cinq centimètres, et ses aiguilles vert pâle ne devaient pas être plus d'une dizaine. Il devait offrir un spectacle fascinant sur un plan abstrait, comme peut l'être celui d'une jeune tortue serpentine, son étrange aspect étant masqué par les signes universels de la petite enfance dans la nature : un mélange à parts égales de totale vulnérabilité et de détermination primitive. En dépit de son collier hérissé et de sa tige aussi droite qu'un rayon de soleil, la jeune pousse était encore aussi fragile qu'un œuf de grenouille. Une branche tombée d'un arbre, le pied d'un humain ou d'un animal – ou tout autre événement aléatoire – pouvait mettre un terme définitif à son existence. Dans les profondeurs sombres et humides des sous-bois, la merveilleuse anomalie de ce jeune arbre était un secret bien gardé. D'année en année, il enfonça ses racines plus loin dans la rive, s'accrochant toujours plus farouchement à la vie et à la terre. Contre toute probabilité, il se transforma en l'un des rares jeunes survivants assez forts pour se frayer un chemin jusqu'à la lumière du jour et rivaliser avec des géants larges de trois mètres et hauts de dizaines de mètres. C'est finalement le soleil qui allait dévoiler aux yeux du monde le secret de cet arbre. Dès le milieu du XVIIe siècle, il devait déjà être clair que quelque chose d'extraordinaire était en train de grandir sur les rives de la Yakoun, une créature digne d'un mythe ou d'un conte de fées : un épicéa aux aiguilles d'or.

À moins d'être particulièrement grand ou d'avoir une forme inhabituelle, un arbre ne se démarquera pas de ses congénères ; on ne le remarquera pas de loin, à moins qu'il ne soit isolé des autres. Mais bien que planté au milieu d'une forêt de géants, le spécimen qui serait un jour connu comme l'Arbre d'or était une exception à plusieurs titres. À hauteur de sol, sa couleur clouait les gens sur place d'étonnement. Vu du ciel, il se dressait tel un phare visible à des kilomètres à la ronde. Comme une grande partie du paysage environnant, les Haïdas l'inscrivirent dans le vaste répertoire de leurs histoires, mais à ce que l'on sait, parmi la multitude de ses congénères, il est le seul arbre à qui ce peuple eût jamais donné un nom. Ils l'appelèrent K'iid K'iyaas, le vénérable épicéa, et selon la légende il était l'avatar d'un humain.

Bien que très connu de ceux qui vivaient aux environs de la vallée de la Yakoun, l'Arbre d'or ne fut découvert par les scientifiques qu'au XXe siècle. Il avait alors plus de deux cents ans et ne passait pas inaperçu. Lorsque, en 1924, Sir Windham Anstruther, un baron écossais qui faisait profession de marqueur, le croisa sur sa route, il en resta ébahi : « Je ne l'ai même pas marqué de ma hache, rapporta-t-il à un journaliste avant sa mort. Il faut croire que j'ai été saisi par son aspect étrange au milieu de cette forêt toute verte. » Par la suite, pendant des années, personne ne sut quoi faire de cette licorne végétale qu'avait découverte Sir Windham. Pour certains, il pouvait s'agir d'une nouvelle espèce indigène de l'archipel. Pour d'autres l'arbre avait été frappé par la foudre ou était simplement mourant. Mais il s'avéra que cet épicéa était bien vivant et en bonne santé, qu'il était juste un spécimen d'une exceptionnelle rareté. D'une rareté telle qu'elle lui valut de recevoir en propre le nom scientifique de *Picea sitchensis* « Aurea ». *Picea sitchensis* est le nom latin de l'épicéa de Sitka et Aurea signifie « doré » ou « brillant comme l'or », mais peut aussi vouloir dire « beau » ou « splendide ». Haut de six étages, avec sa circonférence de plus de six mètres, l'épicéa d'or n'avait pas d'équivalent dans le monde botanique.

## 2

### LE DÉBUT DE LA FIN

> *Quand je pense qu'on abat tous ces beaux arbres... pour fabriquer de la pâte à papier destinée à ces saletés de journaux et qu'on appelle ça la civilisation.*
>
> Remarque de Winston Churchill à son fils lors d'une visite au Canada en 1929

Les bûcherons et les estimateurs de bois sur pied sont venus dans la vallée de la Yakoun portés par le même espoir et la même soif d'aventure que ceux qui avaient poussé les grands-parents de Grant Hadwin à traverser les Prairies pendant la Première Guerre mondiale. C'était la grande époque de l'exploitation du bois sur la côte Ouest, et ces vastes forêts encore intactes devaient préfigurer pour eux une nouvelle ère.

Il est difficile aujourd'hui encore d'imaginer les quantités de bois d'œuvre qui sont sorties de ces forêts aux XIX$^e$ et XX$^e$ siècles. Les photographies prises à différents endroits de la côte, du sud-est de l'Alaska jusqu'au nord de la Californie, montrent des hommes costauds, dans des vêtements épais, qui paraissent minuscules sur un arrière-plan de cylindres monolithiques si gros qu'on peine à y reconnaître des arbres et qui ressemblent plutôt à des rochers étrangement symétriques ou aux colonnes renversées de quelque temple gargantuesque, ce qui est peut-être plus proche de la vérité. Un vieil Haïda qui a passé presque toute sa vie dans la vallée de la Yakoun à abattre des arbres pour le compte d'une compagnie du Sud, voulant donner une idée de la largeur des grumes qu'il manipulait quotidiennement, a tourné son regard vers le plafond, puis il a dit : « Tu t'enfonçais dans la terre si profond que tu te retrouvais couvert de boue des pieds à la tête. »

Le travail consistant à abattre des arbres dans la forêt pluviale tempérée implique non seulement de vivre dans une humidité proche d'un état amphibien, mais vous expose aussi à des dangers extrêmes. Aujourd'hui encore, malgré des consignes de sécurité draconiennes et des équipements ultramodernes, les risques de mourir dans l'exercice de son activité sont presque trente fois supérieurs pour un bûcheron que pour la moyenne des travailleurs d'Amérique du Nord. Abattre l'arbre n'est qu'une étape d'un processus long et ardu qui commence par ouvrir un accès – pour un homme, une bête ou une machine – à travers une végétation inextricable et qui s'achève avec la livraison sur un marché qui peut se trouver sur un autre continent. Toutes proportions gardées, l'abattage d'un arbre est une opération des plus brèves, qui est à l'exploitation forestière ce que la conception d'un enfant est à son éducation : un début qui intervient en réalité quelque part au milieu du processus. L'un et l'autre acte captivent l'imagination en raison de leur nature cataclysmique. Ce sont des moments de bouleversement décisifs qui nous laissent sans certitude, sinon que le plus dur est encore à venir. Une unique grume réduite à une taille de neuf mètres et ébranchée pour le transport peut encore peser cinquante tonnes, soit autant qu'un semi-remorque avec son chargement. Un arbre entier peut peser cinq fois cela. Or cette chose énorme – qui tient à la fois du rouleau compresseur et du bélier – aussi glissante qu'une anguille doit être sortie d'une forêt qui pousse parfois à flanc de montagne sur une pente à 45 degrés. À certains endroits dans la vallée de la Yakoun, les hommes ont déjà dû recourir à des techniques ordinairement utilisées dans les carrières de pierre. Beaucoup de grumes étaient si grosses que, pour réussir à les déplacer, il fallait les fendre dans le sens de la longueur par l'insertion de « cales » de dynamite.

Au début du XX$^e$ siècle, un seul bûcheron muni d'un permis d'abattage à la main délivré par le gouvernement, d'une cognée, d'une scie et d'un cric de Gilchrist pouvait parcourir la côte à sa guise et faire son beurre en abattant les arbres bien positionnés pour filer directement dans la mer. Gordon Gibson, qui est une légende parmi les vieux bûcherons de la côte Ouest, a commencé par pratiquer l'abattage manuel avant de devenir un politicien de premier plan en Colombie-Britannique. En 1933, alors qu'il recherchait des arbres prometteurs dans le désormais fameux détroit de Clayoquot, sur l'île de Vancouver, il tomba sur un spécimen mémorable de trois cents mètres de haut perché à flanc de montagne. C'était un sapin de Douglas – qui est aujourd'hui encore l'espèce commerciale la plus répandue sur la côte Nord-Ouest – et il était en tous points remarquable : quatre mètres de diamètre et soixante-dix mètres de haut, un tronc parfaitement cylindrique dont le fût montait tout droit jusqu'à la moitié de sa hauteur avant que la première branche n'en casse la symétrie. Gibson et ses hommes s'y attaquèrent avec une scie passe-partout, pensant que s'ils l'abattaient dans le sens de la pente, l'arbre, emporté par la force phénoménale de son élan, dévalerait les trois cents mètres qui le séparaient de la surface de l'eau.

Toutefois, avant d'entreprendre l'abattage d'un arbre de cette taille, il fallait découper dans son tronc une série de marches afin de se hisser au-dessus de l'empattement, le pied renflé que forment les racines à la base du tronc. Comme l'empattement d'un grand arbre peut parfois largement dépasser la hauteur d'un homme, l'abatteur creuse dans le tronc une série d'encoches d'une quinzaine de centimètres de profondeur et de la taille d'une ouverture de boîte à lettres. Une fois les encoches faites, on y insère une planche solide, appelée un tremplin. C'est sur cet échafaudage rudimentaire que les bûcherons se tenaient autrefois pour débiter et scier les grands arbres de la côte Ouest. Un sabot métallique muni d'un bec aiguisé empêchait le tremplin de glisser sous l'effet des oscillations verticales causées par le travail des hommes. Neil McKay, un vétéran de l'île de Vancouver entré dans le métier à l'époque où les chevaux étaient encore couramment utilisés par l'industrie forestière, se rappelle avoir vu des tremplins à cinq ou six degrés. Ils sont encore occasionnellement utilisés de nos jours.

Si l'équipement a évolué, la technique d'abattage n'a guère changé avec le temps. Aujourd'hui comme hier, le but de la manœuvre est de mettre un fût vertical en position horizontale de la façon la plus contrôlée possible – et avec le minimum de dommages pour l'arbre. (Certains bûcherons confectionnent des tapis de branchages pour empêcher le tronc de se fracasser sous l'impact, mais l'opération est presque impossible à réaliser à flanc de montagne.) Pour parvenir à une chute maîtrisée, on crée une charnière au point de coupe. Après avoir déterminé la direction optimale de la chute – généralement un triple compromis entre les préférences personnelles, l'inclinaison naturelle de l'arbre et la configuration du terrain –, une entaille est ouverte dans le sens voulu. S'ils disposent d'une scie, les hommes pratiquent un « sifflet d'abattage » horizontal à environ un tiers de la hauteur du tronc – ce qui représente un petit exploit sur un gros arbre de la côte Ouest. Avant l'avènement de la tronçonneuse, on aurait procédé par étapes : une coupe aurait été pratiquée, puis le bois au-dessus aurait été équarri à la hache pour faire de la place et réduire le frottement sur la lame de la scie. Après quoi l'opération aurait été répétée, et de loin en loin, les bûcherons se seraient ainsi ouvert un passage dans l'arbre. Sur beaucoup d'anciennes photos, on voit une bouteille de whisky pendre à une branche, à portée de main des bûcherons. Ces bouteilles n'étaient pas remplies d'alcool, mais d'huile qui servait à lubrifier la lame à mesure que les hommes se frayaient un chemin le long de troncs mouillés et gorgés de sève. La scie passe-partout dont se servait Gibson – un large ruban d'acier denté muni d'une poignée à chaque extrémité – mesurait entre deux et trois mètres de long, et la hache à double tranchant avait une envergure de trente centimètres. Avec deux hommes travaillant sans relâche, perchés face à face sur leurs tremplins, il avait fallu une journée entière pour abattre le pin de « Doug » de huit cents ans d'âge découvert par Gibson. À la tombée de la nuit, quand le duramen finit par céder dans un grondement sourd, les hommes laissèrent tomber leurs outils, sautèrent de leurs perchoirs et prirent la fuite en remontant la pente dans les épais buissons de salal qui tapissaient le versant abrupt de la forêt. De là, ils regardèrent le fruit de leur travail – d'un poids équivalent à celui d'un jumbojet – s'écraser au sol, inspirant à Gibson cette description :

Il parut un instant se figer en l'air, comme un aigle au ralenti, avant d'entamer sa descente, de dévaler le flanc de la colline en tournant sur lui-même, puis de plonger dans l'eau à un angle de 45 degrés et de disparaître. Au bout de cinq minutes environ, il remonta soudain à la surface telle une gigantesque baleine émergeant des profondeurs. Il n'avait plus une seule branche et son écorce avait été presque entièrement arrachée par sa chute de mille pieds [trois cents mètres] à travers les rochers et les rompis.

Dans ses mémoires intitulées *Bull of the Woods*, Gibson omet de décrire le bruit que fait un arbre de cette taille quand il roule au bas d'une montagne. Le vacarme a dû être assourdissant et son écho faire trembler le sol comme celui d'une avalanche. Les arbres anciens de la côte Ouest sont les objets les plus lourds qui soient régulièrement largués au sol dans le monde.

C'est l'une des raisons pour lesquelles l'exploitation forestière dans cette région, en particulier à son apogée au début du XX$^e$ siècle, tenait moins de l'abattage d'arbres que d'une sorte de chasse à la baleine dans sa version terrestre : des hommes déterminés et chichement payés, équipés de machines capricieuses et d'outils à main rudimentaires, s'acharnaient dans des zones reculées à soumettre des créatures gigantesques, souvent imprévisibles, et capables de les écraser comme des mouches, ce qui arrivait parfois. Sur la côte de Washington, pour la seule année 1925, un comté a perdu plus de cent hommes dans des accidents forestiers. Or il existait encore bien d'autres façons de mourir.

En Amérique du Nord, le métier le plus dangereux en termes de taux d'accidents mortels est celui de pilote de brousse, mais c'est une profession qui compte très peu d'adeptes. Viennent ensuite, sur la liste des métiers à haut risque, les pêcheurs et les bûcherons. Toutefois, les deux chiffres ne sont pas comparables. Les pêcheurs meurent souvent en nombre quand leur bateau fait naufrage, tandis que chez les bûcherons les décès surviennent un par un. Si bien qu'en nombre d'accidents, les bûcherons ont sans doute beaucoup plus en commun avec les pilotes de brousse. Quand on sait qu'ils exercent leur métier uniquement de jour, sur la terre ferme et en s'interrompant pendant la saison hivernale – contrairement aux hommes qui travaillent en mer ou dans les airs, vingt-quatre heures sur vingt-quatre et par tous les temps –, on mesure mieux ce que cette activité a de traître. Sans compter que les bûcherons remportent la palme quant à la diversité des causes d'accidents. Les pilotes s'écrasent au sol et les pêcheurs se noient, mais les bûcherons sont tués et mutilés dans un terrifiant mélange qui tient tout à la fois de l'accident de travail, de la blessure de guerre et de la torture.

Au début du XX$^e$ siècle, le colon Franck Garnett, bûcheron et conducteur d'attelage à bœufs, s'était rendu célèbre en abattant quelques-uns des plus gros arbres de l'île de Vancouver, qui était réputée pour la taille gigantesque de ses spécimens. À l'époque, quand les troncs ne parvenaient pas à descendre jusqu'à l'eau par la seule force de la gravité, les bœufs et plus tard les chevaux venaient à la rescousse. Une fois qu'un arbre avait été équarri, les grumes obtenues étaient effilées à leurs extrémités pour qu'elles glissent mieux sur le sol accidenté, après quoi elles étaient attachées ensemble à l'aide de gros crochets et de solides chaînes. Il arrivait souvent que le train de bois soit transporté sur des « chemins raboteux », des chemins de débardage en rondins (*skid roads* en anglais, qui donnera plus tard l'expression *skid rows*, les bas quartiers). Pour faciliter le passage du bois, la chaussée était lubrifiée avec de l'eau, du pétrole, de l'huile de baleine, voire de l'huile de roussette extraite de cette espèce de petit requin qui abondait autrefois le long de la côte. Une fois les grumes alignées, l'attelage à bœufs, qui pouvait compter jusqu'à une douzaine de bêtes, était attaché au billot de tête. Pour éviter qu'ils patinent sur le chemin lubrifié, les bœufs et les chevaux étaient chaussés, comme les humains qui les accompagnaient, de brodequins à crampons. Quand tout était prêt, le bouvier, avec un subtil mélange de tendres encouragements et d'invectives dont seuls les conducteurs d'animaux et de machines ont le secret, persuadait son équipage d'avancer.

Garnett guidait son attelage lourdement chargé hors d'une aire de coupe dans Maple Bay, quand une grume glissa, le coinçant contre une autre. La grume s'était placée dans une position telle que personne, ni homme ni bête, ne pouvait plus la bouger. Garnett se retrouvait donc pris au piège, mais bien vivant. Sa mère se trouvait ce jour-là avec lui et, en tentant de le réconforter, elle-même se trouva prise dans un dilemme presque aussi atroce que l'était le traquenard qui emprisonnait son fils. Garnett qui souffrait le martyre et se savait perdu, implora sa mère de mettre fin à son calvaire en l'achevant d'un coup de massue. Incapable de tuer son enfant, même dans un geste miséricordieux, la femme dut supporter ses supplications pendant deux longues heures jusqu'à ce qu'enfin il meure, vidé de son sang.

Freeman Tingley, un Américain contemporain de Garnett, fut l'un des premiers pionniers à s'établir sur les îles de la Reine-Charlotte. Tingley participa à la construction de la future ville forestière de Port Clements, non loin de l'endroit où se trouvait l'Arbre d'or, et il fut l'un des rares arrivants à ne pas mourir de faim au cours de ses deux premières années sur place. Tingley, qui avait pratiqué l'abattage à la main avec attelage à bœufs jusqu'à ses soixante-dix ans bien tassés, était également connu pour cultiver des légumes gigantesques qu'il vendait aux autochtones et aux colons. Il possédait aussi d'autres talents, puisque ses multiples femmes et son abondante descendance lui avaient valu d'être surnommé « l'étalon ». L'un de ses nombreux petits-enfants, Harry, vit le jour sur ces îles en 1928. À cette époque, le son des tambours haïdas résonnait encore dans la nuit, traversant parfois l'anse de Masset, près de l'embouchure de la Yakoun. Harry Tingley avait quatorze ans quand il commença sa carrière dans l'exploitation forestière. Il entrait dans un monde qu'il est difficile d'imaginer aujourd'hui. Au cours de son premier jour dans le métier, un garçon comme lui pouvait se retrouver dans un fossé boueux, un genou lui emprisonnant la poitrine tandis qu'une main crasseuse raclait le duvet de ses joues avec la lame d'un couteau de chasse : « Ça te plaît-y, hein ? lui disait son nouvel ami en le libérant. Maintenant t'es un homme. »

Harry Tingley prit sa retraite en 1993, à l'âge de soixante-cinq ans, mais si l'on se fie aux statistiques il aurait normalement dû mourir bien plus tôt. Tingley a perdu un frère et deux demi-frères dans des accidents d'abattage, et ce n'était que le début d'une longue série. À l'image des vieux pilotes de brousse, les bûcherons qui ont fait toute leur carrière dans la forêt peuvent égrener la liste de leurs camarades morts et mutilés dans des proportions qui n'ont d'équivalent que chez les militaires de carrière. Un ami de Tingley, un dénommé Vaillancourt, a été scalpé par la chute d'un câble, un autre appelé Judd McMann a été entraîné à travers une déligneuse, une machine à découper en arête les bords des planches brutes. Joe Young, dit « le balèze », a eu le dos cassé quand il a été projeté hors d'une débusqueuse – il avait perdu le contrôle de la machine alors qu'il faisait descendre des grumes sur la pente d'une montagne. Carl Larsen a été frappé si fort par un câble que sous l'impact son aorte s'est détachée de son cœur, un Suédois que connaissait Tingley a été tué quand un arbre qu'il venait d'abattre l'a frappé par-derrière alors qu'il cherchait à s'enfuir. Un autre, qui était arrivé à rentrer sain et sauf à Vancouver, a perdu la vie en sortant d'un bar de Granville Street, abattu d'une balle dans la tête par un ivrogne qui tirait à l'aveuglette à une centaine de mètres de là. Pendant des années, le *News Herald* de Vancouver a publié les pertes dénombrées chez les bûcherons, comme le *New York Times* tient le décompte des soldats américains morts au combat.

Tingley, qui a abattu sur les îles Charlotte des épicéas atteignant parfois cinq mètres de diamètre, doit d'avoir survécu à la chance et à des réflexes de félin (un autre de ses demi-frères a tenu trois rounds dans un match contre le boxeur Jack Dempsey), mais son optimisme naturel y est peut-être aussi pour quelque chose. Décrivant un accident au cours duquel il a dû plonger dans un fossé peu profond pour amortir l'impact d'une bille qui s'était détachée, il dit : « Vous savez, le corps se comprime légèrement quand un rondin lui roule dessus. » Mais il est parfois arrivé que sa rapidité se retourne contre lui. Une nuit qu'il faisait la tournée des bars, il a commis l'erreur d'insulter un colosse italien dénommé Furdano. L'homme s'est vexé. Il a jeté Tingley au sol et s'est mis à le rouer de coups. Si Bear, un autre bûcheron, n'était pas intervenu, Furdano l'aurait sûrement achevé. Tingley, inconscient, a été transporté jusqu'à son dortoir et couché dans son lit, où il a été réveillé le lendemain matin par le contremaître – le « pousseur », comme on le surnomme – qui venait le flanquer dehors. Tingley n'entendait que sa voix, parce qu'il n'y voyait plus rien. Les coups avaient été si violents que ses yeux étaient injectés de sang. En découvrant sa tête, le contremaître a étouffé un cri et quitté la pièce. Tingley l'a entendu dans le couloir qui disait à l'infirmier : « Il est aveugle, il a perdu ses yeux. »

Tingley a réussi à s'en remettre, mais ce sont des raclées comme celle-là qui ont donné naissance à l'expression « vérole des bûcherons », en référence aux cicatrices que laissent les coups de pied portés avec des brodequins à crampons. Ces derniers ressemblent à des chaussures de golf montantes à usage industriel ; leurs semelles ont des talons de près de huit centimètres et sont hérissées de pointes d'un peu plus d'un centimètre, leur empeigne est cousue dans un cuir épais et ils se lacent jusqu'au mollet, parfois jusqu'au genou. Dans une forêt jonchée de bouts de bois glissants et de pierres moussues, ces chaussures sont aussi indispensables que le sont des crampons pour un alpiniste.

Il arrive que la forêt avale un homme entièrement. Au début des années 1960, dans un camp situé à l'écart de Jeune Landing, sur l'île de Vancouver, une équipe travaillait sur une zone de chablis, où les arbres avaient été arrachés par une tempête. Beaucoup avaient été déracinés, et les hommes les découpaient à la base, en laissant la souche et la couronne des racines – qui pouvait mesurer jusqu'à six mètres de diamètre – dressées au bord du trou à peine ouvert. À midi, l'équipe s'arrêta pour déjeuner, mais quand sonna l'heure du rassemblement, deux hommes manquaient à l'appel. On lança des recherches, sans aucun résultat, comme si les deux hommes avaient été effacés de la surface de la terre. C'est seulement quand toutes les autres possibilités eurent été écartées que quelqu'un eut l'idée de regarder sous les souches et c'est là qu'ils trouvèrent les deux hommes manquants. Ils avaient commis l'erreur de s'adosser à l'ombre d'une couronne de racines et pendant qu'ils mangeaient la souche avait basculé à sa place initiale, en les engloutissant dans une énorme mâchoire de terre.

Dans les premiers temps, les accidents étaient si fréquents que, lorsqu'un homme était tué à l'ouvrage, on se contentait de placer son corps à l'écart et on finissait la journée de travail avant d'envoyer un bateau, un avion ou un bon coureur prévenir la police. Dans les zones reculées, cette pratique a perduré au moins jusque dans les années 1980. Aujourd'hui encore, les bûcherons doivent parfois sortir leurs camarades morts de la forêt en les transportant comme des sacs de farine. Beaucoup de contremaîtres considéraient les travailleurs placés sous leurs ordres comme des pions insignifiants et interchangeables qu'ils pouvaient embaucher et licencier selon leur bon vouloir. On disait de certains camps qu'ils avaient trois équipes : une au travail, une autre qui venait d'être fichue à la porte et une dernière qui arrivait par le prochain bateau. Panicky Bell était un contremaître fameux dans les îles de la Reine-Charlotte, et Harry Tingley se souvient d'une fois où deux hommes avaient été licenciés. Bell avait appelé un avion pour les emmener, et comme le pilote rechignait à faire tout le chemin pour seulement deux hommes, il en avait viré sur-le-champ plusieurs autres, juste pour compléter le chargement.

La réputation (et le salaire) d'un contremaître grandissait ou diminuait en fonction de la productivité de ses équipes, d'où la pratique dite du *highballing*, qui consistait à transporter les grumes hors des bois aussi vite qu'il était humainement et mécaniquement possible de le faire, quoi qu'il en coûte. Harry Tingley appelait ça « trimer comme un damné ». Quand les chevaux et les bœufs ont été remplacés par les « mules à vapeur » – des treuils actionnés à la vapeur qui sortaient les grumes de la forêt à l'aide de câbles et de poulies –, le rythme de travail a connu une accélération exponentielle. Les premières de ces « mules » apparues au début du XX$^e$ siècle étaient des machines toutes simples, pas plus grandes qu'une benne. Elles étaient montées sur des traîneaux en bois et se déplaçaient dans les taillis en glissant le long d'un câble actionné depuis un arbre puis en revenant toutes seules à leur point de départ. Les premières de ces machines avaient été conçues pour sortir les grumes par voie de terre, mais la technologie s'améliorant, le débardage par câble aérien a fait son apparition. Un câble porteur était tendu entre la mule et un grand arbre solide (le pylône) situé en hauteur, et des câbles tracteurs étaient à leur tour tendus entre les pylônes. Des câbles secondaires, ou câbles pêcheurs, étaient accrochés d'un côté au câble porteur et de l'autre à l'extrémité d'une grume, ce qui permettait aux hommes de débarder des chargements de bois par voie semi-aérienne, en évitant ainsi les accrochages sur les pierres et les rompis qui gênaient le travail au niveau du sol. Un attelage de bœufs se déplaçait d'un pas lent, tandis qu'une mule à vapeur et un câble porteur étaient capables de sortir un chargement de bois à une vitesse de cinquante kilomètres par heure. Une charge de grumes de neuf mètres de long cahotant à cette vitesse sur un terrain inégal offre un spectacle que certains comparent à celui d'un kangourou déjanté pesant cinquante tonnes. Dans ces circonstances, les accidents sont toujours dramatiques.

Les hommes sont capables de risquer leur vie pour les choses les plus étonnantes, et la promesse d'une caisse de bière pour le vendredi soir peut faire toute la différence entre une semaine normale de production et un record. Elle peut aussi faire la différence entre la vie et la mort. Mais à mesure que les machines gagnaient en taille et en puissance, et devenaient aussi plus chères à l'achat et à l'entretien, on leur en a demandé de plus en plus. Neil McKay se souvient d'une énorme machine des années 1920 appelée le « Washington Flyer ». Cette mule à vapeur de cinq mètres de long sur trois de large qui se déplaçait sur un traîneau de vingt-cinq mètres fait de bûches de plus d'un mètre de diamètre était capable d'actionner un bon kilomètre de câble aérien d'une section de cinq centimètres. « C'était un engin monstrueux, se souvient McKay. On pouvait dégager avec ce machin tout un pan de montagne. » C'est précisément ce qu'ils firent, à un rythme tellement effréné que les câbles et les poulies s'échauffaient parfois au point de mettre le feu aux bois alentour.

Comme le conducteur de mule pouvait parfois se trouver à plus d'un kilomètre des élingueurs, dont le travail consistait à accrocher les colliers à boucle autour des grumes prêtes à être débardées, les hommes communiquaient entre eux à l'aide d'un code de coups de sifflet : haler, ramener, arrêter, etc. Il existait même un code spécial pour la mort qui consistait en sept longs coups de sifflet. L'homme chargé de la transmission des informations, le « siffleur », restait en faction sur une souche d'arbre, ou tout autre point situé en hauteur, d'où il pouvait voir tout ce qui se passait. En dessous de lui, pas plus grands que des écureuils au pied des arbres, des machines et des montagnes gigantesques, les bûcherons et les élingueurs assaillis par des nuages de moustiques et de mouches piquantes passaient leurs journées généralement pluvieuses à escalader d'énormes grumes, des rochers et les pointes acérées des branches cassées, en se démenant pour remplir ou dépasser les quotas fixés par leur contremaître. Dans cet environnement qui semblait avoir été spécifiquement conçu pour broyer les membres et perforer les corps, il n'est pas surprenant que des hommes aient fréquemment été blessés ou tués, qu'ils aient souvent démissionné ou qu'ils aient été capables d'engloutir pour leur dîner trois entrecôtes accompagnées d'une grosse assiette de patates et un plein saladier de crème glacée en dessert. C'est dans cet univers sauvage et plein de dangers que l'oncle de Grant Hadwin, Angus, atterrit alors qu'il n'était encore qu'un gosse.

# 3

## Une passerelle jusqu'à la planète Mars

> *L'an prochain on va faire des dégâts*
> *dans cette tranchée verte –*
> *les scies brailleront leur agaçant chant funèbre,*
> *les mules ramasseront les corps,*
> *le paysage sera réduit à un champ de souches*
> *et de ruines.*
>
> Peter Trower, « The Ridge Trees »

Angus Monk est entré dans la forêt à l'âge de treize ans. Dans les années 1920, ça n'avait rien d'exceptionnel. À l'époque, des millions de garçons comme lui, qui avaient perdu leur père pendant la Première Guerre mondiale, étaient contraints de quitter le foyer familial pour se tailler une place dans le vaste monde. En ce temps-là, il n'était pas rare de voir un gamin de dix ans prendre son quart au gouvernail d'un remorqueur pendant que le capitaine faisait un somme, ou manœuvrer une pirogue pour rejoindre une île à plusieurs kilomètres des côtes. C'était une autre époque : le pays était vaste, la population réduite et la charge de travail colossale. Les compétences, quelles qu'elles soient, étaient exploitées à leur maximum. La famille Monk avait débarqué au Canada depuis sa petite île écossaise de Benbecula, dans les Hébrides extérieures. Cet archipel aride et battu par les vents est l'équivalent européen des îles de la Reine-Charlotte, la forêt en moins. Pour résister à la rigueur des conditions de vie dans l'Atlantique Nord, il fallait être doté d'une constitution solide et d'un caractère intrépide, deux qualités qu'Angus possédait pleinement. Naturellement porté vers les limites extrêmes, qu'elles soient physiques ou géographiques, il traça sa route jusqu'à l'île de Vancouver, où il fit ses classes dans les camps forestiers. À peine pubère quand il débuta dans le métier, Angus se révéla bon élève quoique turbulent. De camp en camp, il acquit des compétences très diverses pour finir grimpeur, le métier le plus dangereux et le mieux payé de la forêt.

Si vous voyez, sur une vieille photo, un homme perché dans un arbre, la hache à la main, il ne s'agit pas d'un bûcheron mais d'un grimpeur, ce qui est beaucoup plus rare. À l'image des ouvriers qui ont construit les gratte-ciel, ces hommes forment une espèce à part. Chargés de préparer l'arbre pylône pour le débardage par câble, ils s'occupaient de suspendre les grosses poulies – un mètre d'envergure pour un poids de neuf cents kilos – qui supportaient le câble et fixer les haubans qui maintenaient l'arbre pylône, l'empêchant d'être arraché par les très lourdes charges qu'il allait devoir supporter. Ce travail nécessitait un mélange rare de bravoure, d'agilité, de force et d'adresse technique. La réussite d'une opération de coupe dépendait de la compétence de son grimpeur.

Les premiers grimpeurs étaient des marins. Déjà habitués à évoluer au sommet des mâts et rompus aux techniques complexes de gréement, ils étaient naturellement faits pour ce métier. L'équipement d'un grimpeur était rudimentaire : des crampons d'escalade de huit centimètres attachés à ses chevilles et une lourde corde dont une extrémité était fixée à sa taille et l'autre enroulée autour du tronc de l'arbre. La corde était armée avec du fil de fer pour éviter d'être accidentellement coupée par la hache du grimpeur – une variante plus petite et compacte que celle utilisée par les bûcherons. Le grimpeur portait également à la ceinture, en plus de sa hache et de sa scie à tronçonner, un long câble de manœuvre qui lui servait à hisser des cordes plus lourdes et des poulies une fois que le pylône était prêt. Ainsi équipé, un grimpeur comme Angus Monk pouvait escalader des arbres de près de quatre-vingts mètres de haut, dont il élaguait les branches au fur et à mesure de son ascension. Comme la partie supérieure de l'arbre était plus fine et moins solide, elle était élaguée, parfois à l'aide d'une charge de dynamite. Écimer l'arbre pylône était une opération délicate. Si le vent se levait et que le faîte commençait à tomber avant d'avoir été complètement coupé, le tronc risquait de faire un « fauteuil de barbier », c'est-à-dire qu'il se fendait dans sa hauteur – avec le risque que le grimpeur soit écrasé entre l'arbre et sa corde fixe de sécurité. Pour résister aux bourrasques hivernales, les arbres de cette taille doivent être extrêmement souples, si bien que même quand tout se passait comme prévu, la cime de plusieurs tonnes provoquait en tombant une forte oscillation. Ses collègues restés au sol pouvaient alors admirer le spectacle du minuscule grimpeur rentrant la tête, ses crampons enfoncés dans le tronc, et s'accrochant de toutes ses forces pendant que l'arbre pylône se balançait d'avant en arrière, pareil au mât d'un navire dans la tempête. Quand le calme était revenu, certains grimpeurs, dont Angus faisait partie, se dressaient sur la plate-forme qu'ils venaient de confectionner – pas plus grande qu'un plateau à cocktail – et pissaient dans le vide. Une fois que toutes les poulies étaient en place, le grimpeur redescendait en rappel. Angus était devenu un adepte des descentes à grande vitesse, à tel point qu'en lançant son chapeau en l'air à une hauteur de cinquante mètres il parvenait à toucher le sol en même temps que son couvre-chef. C'est notamment pour ces raisons que les autres bûcherons considéraient les grimpeurs avec une admiration teintée du soulagement de ne pas faire ce métier. De retour sur la terre ferme, un homme de cette trempe avait mérité le droit de se pavaner : moitié cascadeur, moitié matador et absolument indispensable, il était indiscutablement « le phénix des hôtes de ces bois ».

Mais les grimpeurs étaient aussi des employés et Angus aspirait à mieux. Avec le temps, il acquit assez d'expertise pour s'établir à son compte et devenir ce qu'on appelle dans le métier un « exploitant forestier ». C'était un grand pas qui n'était pas sans risque. Les exploitants forestiers étaient des travailleurs indépendants qui possédaient plusieurs camions et parfois un ou deux mobile homes. Le spectacle qu'ils offraient était le reflet de leur caractère, pour le meilleur et pour le pire. À l'image des fermiers indépendants, dont l'exploitation se réduit à soixante vaches et un champ d'un hectare, ils étaient extrêmement exposés aux caprices du marché. Du reste ces hommes sont aujourd'hui une espèce en voie de disparition. À la fin des années 1950 et 1960, Angus et son équipe déboisaient les vallées situées au-dessus du détroit de Howe, un fjord profond coulant du nord qui se jette dans l'English Bay de Vancouver. En dépit du suaire de nuages et de brumes qui enveloppe souvent le fjord, ses eaux profondes parsemées d'îles et surmontées de montagnes boisées offrent un spectacle époustouflant. Le Sea to Sky Highway serpente à travers Vancouver Ouest et remonte la rive est du détroit. Cette « autoroute de la mer au ciel », réalisée en 1958, était un exploit technique comparable à la Highway 1 en Californie. Aucune autre route du continent ne donne au voyageur cette impression d'être pris en étau entre la mer et la montagne. Angus Monk avait un contrat pour exploiter les pentes abruptes qui dominent cette route.

    Dans les années 1950, Vancouver avait encore tout d'une ville coloniale britannique et son gouvernement, ses mœurs sociales comme son système éducatif reflétaient cette réalité. Coupée du reste du Canada par les montagnes Rocheuses et la chaîne Côtière, et des États-Unis par la frontière, Vancouver flottait dans son propre univers de végétation luxuriante. Aujourd'hui encore, sa partie ouest conserve l'atmosphère d'une banlieue coloniale britannique comme on en voit au Cap, à Hong Kong ou à Penang, avec en prime un climat très anglais. Quand il n'y pleut pas, des voiliers sillonnent la baie surmontée de sommets enneigés, tandis que sur la rive des clubs accueillent des parties de cricket, de *lawn bowling* et de tennis. Des figuiers, des palmiers et des bananiers japonais poussent parmi les araucarias du Chili et les camélias hauts comme des arbres, dans une atmosphère plus californienne que canadienne.

    La partie est de Vancouver formait un monde à part, très différent des banlieues calmes et cossues des quartiers ouest. Dans les rues aux maisons de bardeaux et de planches qui grimpent au-dessus des docks et des scieries, des immigrés venus d'Europe et d'Asie jouaient des coudes pour faire leur trou aux côtés des autochtones issus de toute la partie ouest du Canada. Les quartiers ouest de Vancouver étaient le lieu où les bûcherons venaient s'entasser après l'isolement de la forêt. C'est ici que les abatteurs, les mineurs et les pêcheurs de passage se retrouvaient pour boire dans l'ambiance virile des bars de Granville Street, dans la ville basse, et se livraient à la débauche jusqu'à l'inconscience dans des bouges comme le Blackstone ou l'Austin.

Pendant des générations, les bûcherons ont été considérés comme une sorte de sous-espèce à laquelle il fallait réserver un traitement spécial, à l'image des boxeurs ou des supporters de foot anglais. Une anecdote édifiante raconte qu'un jour, l'opérateur radio du *Princess Maquinna*, un vapeur qui transportait ses passagers le long des côtes de Colombie-Britannique, a appelé le port de Vancouver pour dire : « Nous avons à bord cinquante passagers et cent cinquante bûcherons. » Bien souvent, les surnoms péjoratifs comme « singe du bush » ou « animal des bois » étaient plus que justifiés. Comme le dit un homme bien placé pour en parler : « À cette époque, la forêt abritait de sacrées foutues bêtes sauvages. » Aux yeux d'une partie de la population, les bûcherons étaient à la Colombie-Britannique ce que les légionnaires étaient à la France : un ramassis de drogués, de délinquants et de voyous qui trouvaient refuge dans les camps forestiers avec les encouragements de la justice. Mais même là-bas, on pouvait encore se procurer de l'héroïne.

Quand ils sortaient de leur brousse par bateau ou par avion, les bûcherons étaient des dangers ambulants. Car en plus d'être dans une remarquable condition physique, après de longues périodes d'isolement ces hommes étaient pareils à des lions en rut libérés de leur cage. Beaucoup avaient déjà une bouteille à la main avant même d'arriver en ville, impatients de relâcher une très grosse pression. Pour Bill Weber, un bûcheron de quarante-cinq ans, cette époque n'est pas si lointaine. Né dans un petit village forestier, sur l'île de Vancouver, son père était un prédicateur qui gagnait sa vie non avec le produit de la quête, mais en transportant du matériel pour les bûcherons entre deux sermons. Sa grand-mère a été l'un des derniers enfants à faire le voyage vers l'ouest à bord d'un chariot bâché. Juché sur ses crampons, Weber mesure un mètre quatre-vingt-douze. Avec son physique à la John Bunyan[1], son regard bleu perçant et ses cheveux blonds, il a tout d'un chevalier teutonique ou d'un mannequin pour la promotion de l'industrie du bois. Il se souvient d'un voyage en hydravion. Déjà bien éméché, il décida soudain qu'il devait se soulager sans attendre. À la consternation du pilote, Weber ouvrit la porte de l'avion et descendit sur le flotteur, face au vent qui soufflait à cent cinquante kilomètres par heure. Une main sur le support de l'aile et l'autre sur sa braguette, ses cinq doigts étaient tout ce qui le séparait d'un plongeon de trois cents mètres dans le détroit de Géorgie. Après plusieurs mois dans la forêt, un homme pouvait se retrouver avec un joli magot qui lui montait facilement à la tête. « J'avais trois ou quatre mille dollars dans ma poche de chemise et je me pavanais comme si j'étais le roi du monde », se souvient Weber.

Beaucoup de jeunes bûcherons étaient étrangers aux usages de la ville et faisaient des cibles faciles pour les malfaiteurs, c'est pourquoi dans le centre de Vancouver, on trouve encore une « rue de la Dérouillée », une « ruelle Sanglante » et une « voie de Shanghai ». On racontait aussi des histoires d'autochtones qui s'attaquaient à des ivrognes blancs et les abandonnaient en travers des voies ferrées, à l'extérieur des dépôts de marchandises. Toutefois Vancouver a l'avantage d'être la seule ville du Canada continental où l'on peut en toute tranquillité tomber ivre mort dans un parc, en plein hiver, sans courir le risque de mourir de froid. « J'allais à Van', je croquais toute ma paie et je remontais dans l'avion avec les seules nippes que j'avais sur le dos, se souvient Weber. On trouvait de

---

1. Prêcheur et allégoriste anglais du XVIIe siècle. *(N.d.T.)*

l'alcool et de la dope à gogo, du tabac à priser et de l'irish coffee en thermos. C'était comme qui dirait notre quotidien. Quand un gars était à moitié bourré, son équipe le couvrait. »

Si ses collègues le protégeaient, ce n'était pas seulement parce qu'ils espéraient que l'homme leur rendrait la pareille, mais parce que des vies en dépendaient. Aujourd'hui encore, il n'est pas rare de voir un bûcheron couvrir un collègue souffrant d'une bonne gueule de bois ou de trouver un homme qui chique du tabac en même temps qu'il grille une cigarette pour se calmer les nerfs ou apaiser ses crampes d'estomac. Il ne fait aucun doute que la drogue et l'alcool ont joué un rôle dans de nombreux décès. Un jour, un artificier de l'île de Vancouver qui souffrait de delirium tremens était tellement secoué à son retour dans la forêt qu'après avoir installé une charge de vingt kilos sous une grosse souche, il s'est assis dessus et a sauté avec elle. « Ne me faites jamais grimper un dimanche », avait l'habitude de dire Angus Monk, à cause de la gueule de bois qu'il avait ce jour-là. Angus n'était pas si différent des autres bûcherons de sa génération, pour qui l'alcool faisait partie du quotidien, mais lui est allé beaucoup plus loin. Harry Purney, un vieil ami rencontré à l'époque de la vapeur, se souvient de l'avoir vu préparer la mixture suivante pour ce qu'il appelait son petit déjeuner :

*Œufs à la Angus (Pour une personne)*
Préparer et écaler dix-sept œufs durs,
les mettre dans un saladier
et ajouter une tasse de Cutty Stark.

Angus, dont l'appétit était visiblement aussi formidable que sa constitution, avait cependant réussi à trouver un certain équilibre dans un fragile compromis qui, selon les normes en vigueur chez les bûcherons des années 1950, lui permettait de gagner sur les deux tableaux. Alors qu'à l'époque beaucoup de forestiers étaient exilés pendant des mois dans de lointaines vallées, accessibles seulement par bateau ou par hydravion, Angus, après avoir passé la journée à diriger son équipe dans les bois, reprenait sa voiture le soir pour partir retrouver sa famille dans la banlieue chic de Vancouver Ouest. C'était un homme de caractère, enjoué et sociable, dont tous, sauf ses rivaux, se souviennent avec tendresse. Il ne manquait à son bonheur qu'un fils qui aurait pu travailler à ses côtés. Pendant un temps, un neveu a comblé ce vide. Lillian, la sœur d'Angus, avait deux garçons, mais un seul a vécu assez longtemps pour fêter ses trente-cinq ans. Il s'appelait Grant Hadwin et à bien des égards il aurait pu être le propre fils d'Angus. Comme son oncle, il y avait chez lui cette propension à l'outrance et ce goût du danger qui caractérisent les hommes de la frontière. En 1966, Grant quittait l'école et la maison familiale. Il avait seize ans, et son premier patron allait être son oncle Angus.

Bûcheron est un dur métier qui peut faire de vous un vieillard à cinquante ans, mais Grant, avec sa constitution d'athlète, était taillé pour ce travail et en surmontait avec brio les défis physiques et les myriades de dangers. Le style de vie rude et solitaire de la forêt, dernier retranchement d'un esprit de la frontière en voie de disparition, captivait son imagination et allait déterminer son destin, d'autant plus qu'il contrariait les ambitions de son ingénieur de père. À l'âge de vingt ans, Grant Hadwin, transfuge d'une école préparatoire réservée aux rejetons de la grande bourgeoisie, avait adopté la tenue vestimentaire et les us des vieux bûcherons : les caleçons de laine gris des manufactures Stanfield's, les jeans maintenus par des bretelles et découpés aux genoux pour éviter de s'accrocher, la lèvre inférieure renflée par le tabac à chiquer Copenhagen et une alarmante capacité à tenir l'alcool.

Cette métamorphose, en dépit de ce qu'elle avait de radical, était moins une réaction que l'évolution logique d'un individu enfin autorisé à suivre son inclination naturelle. Au lycée, pendant que ses camarades de classe organisaient des courses de voitures et draguaient les filles, Grant construisait une hutte et vagabondait dans les montagnes qui surplombaient la demeure familiale dans Vancouver Ouest. Peu de gens ont eu la chance de bien le connaître, en partie parce qu'il ne tenait pas en place. L'un de ses rares copains de lycée est mort jeune dans un accident de moto. Ses autres camarades de classe s'en souviennent comme d'un solitaire à l'esprit résolument indépendant. « Il était plein de vivacité, se souvient Truls Skogland qui l'a connu à l'âge de quinze ans. Rien de négatif pourtant. Disons qu'il bouillait d'énergie. » Skogland se rappelle un excellent joueur de tennis et de rugby et un « as au pegboard [1] ». Bien que plus attiré par la montagne que par les gens, Grant possédait un charme désarmant et était beau parleur. Barbara Johnson, sa tante du côté paternel, se rappelle que son jeune neveu avait « des manières exquises et beaucoup d'assurance. Et si poli et gentil avec ça ». Si le succès d'une éducation se mesure aux bonnes manières, alors les jeunes années de Grant en pension avaient porté leurs fruits : « Il était tellement bien élevé qu'il aurait pu obtenir une audience de la reine », déclare un autre camarade de classe.

Le père de Grant, Tom Hadwin, était sorti major de sa promotion à l'université de Colombie-Britannique, dans le département de génie électrique. De là, il avait commencé à travailler comme ingénieur à la BC Hydro,

---

1. Exercice de gymnastique consistant à escalader un panneau de bois vertical en plantant des chevilles dans des trous percés de plus en plus haut. *(Note de l'Auteur)*

la plus grosse compagnie d'électricité de la province, et il y avait fait toute sa carrière. « Dans toutes les discussions, Tom Hadwin avait toujours le dernier mot », se souvient un employé. Tom était une personnalité très différente d'Angus Monk. Autant Tom était collet monté, conscient de son rang et cérébral, autant Angus était exubérant, irrespectueux et vigoureux. Grant l'adorait. Après l'atmosphère étouffante de la maison et de l'école, son oncle était une bouffée d'oxygène. Mais bien qu'idéalisant son oncle et la vie qu'il représentait, Grant fut horrifié par ce qu'il découvrit sur le terrain. D'emblée, il comprit à quel pacte faustien les bûcherons devaient se plier. Après une première expérience du travail aux côtés de son oncle, Grant rentra pour une courte période à Vancouver Ouest, où il rendit visite à sa tante Barbara – l'un des rares membres de la famille avec qui il fût resté en contact. Selon elle, Grant avait été frappé par le caractère dévastateur de l'industrie du bois. Alors qu'il n'avait que dix-sept ans à l'époque, il lui avait décrit les techniques d'abattage qui rasaient les flancs de la montagne en ne laissant que la roche à nu. « Rien n'y poussera plus jamais », lui avait-il dit.

En 1967, c'était une préoccupation inhabituelle pour un adolescent de Vancouver, surtout venant du milieu de Grant. L'industrie forestière avait littéralement bâti la ville, et la plupart de ses habitants restaient liés à elle soit directement, soit par l'intermédiaire de parents ou d'amis. Mais les choses étaient en train de changer dans la ville endormie. Peu de temps après que Grant eut fait ses confidences à sa tante Barbara du côté nord d'English Bay, du côté sud, à une petite dizaine de kilomètres de là, une jeune organisation voyait le jour. Elle s'était baptisée « Don't Make a Wave Comittee » (le comité qui ne fait pas de vagues), un nom qui allait se révéler trompeur et qui serait remplacé en 1970 par celui de Greenpeace.

À l'époque où Grant y fit ses premiers pas, l'industrie forestière de la côte Ouest venait de subir une profonde mutation. Au doux bruissement de la chaudière à bois avait succédé le rugissement métallique du moteur Diesel, et l'ère du débusquage par camion, technique omniprésente aujourd'hui, était en plein essor. Pourtant, si sophistiquée fût-elle en termes de mécanisation, l'industrie restait ignorante des questions d'environnement. Le replantage d'arbres ne se pratiquait que de façon sporadique et la conservation, telle que nous l'entendons aujourd'hui, était le cadet de ses soucis. De part et d'autre de la frontière, les forêts du Nord-Ouest continuaient d'être traitées comme une inépuisable poule aux œufs d'or. Entre les gouvernements locaux et l'industrie du bois s'était nouée une forme de collusion d'intérêts bien compris qui ne se préoccupait que de volume et de rapidité et dont la seule devise était : « Abattez-moi ça vite fait. » On déboisait à nu les deux côtés d'une vallée et sans états d'âme on passait à la suivante. C'était la procédure habituelle et c'est ainsi qu'on a pratiqué pendant des décennies, de vallée en vallée. Après tout il y en avait tant, surtout en Colombie-Britannique.

La Colombie-Britannique est un immense territoire qui s'étend sur deux fuseaux horaires et qui dépasse par sa superficie 164 pays du monde. On pourrait y caser la Californie, l'Oregon et l'État de Washington, et il resterait encore de la place pour un gros morceau de la Nouvelle-Angleterre. D'un bout à l'autre, la province se compose presque entièrement de chaînes de montagnes recouvertes d'une épaisse forêt qui s'étend du fond des vallées jusqu'à la limite des arbres. Aujourd'hui encore, c'est un pays où il n'est pas facile de se déplacer. Il faut vingt-quatre heures pour relier par la route la ville de Vancouver, au sud-ouest, à Prince Rupert, qui se situe à mi-distance en suivant la côte, et à condition que le beau temps soit de la partie. Seules deux routes goudronnées montent jusqu'à sa frontière septentrionale, dont l'autoroute d'Alaska. Le littoral de la Colombie-Britannique, avec ses innombrables îles et détroits, s'étend sur vingt-sept mille kilomètres de long. Il était jadis entièrement tapissé de forêts qui descendaient souvent jusqu'à la mer.

Comme en Alaska, ce paysage a le pouvoir d'écraser de son immensité tout ce qui le traverse. Une colonie de lions de mer de cinq cents kilos chacun pourrait passer pour un tas de gros vers blancs et un être humain n'y est rien d'autre qu'un sac de plasma sur pattes servant de pâture aux moustiques. L'idée qu'une créature aussi petite que l'homme puisse avoir un quelconque impact sur un tel lieu semble risible. À une telle échelle géographique, on imagine aisément comment on a pu croire que le filon de la côte Ouest ne s'épuiserait jamais. Et les chiffres étaient là pour renforcer cette croyance. Les exploitations forestières de Colombie-Britannique avaient de quoi laisser pantois : en 1921, après plus de soixante ans d'abattage industriel, la province recelait encore des réserves estimées à 366 milliards de pieds-planches [1] – soit une quantité de bois suffisante pour construire vingt millions de maisons ou une passerelle jusqu'à la planète Mars.

Fidèle à lui-même, Grant ne resta pas longtemps avec son oncle. Après un bref apprentissage, il partit pour la région la plus reculée de la chaîne Côtière, c'est-à-dire l'ancienne ville minière de Gold Bridge, à quatre heures de route au nord de Vancouver. Hadwin connaissait déjà bien la région : sa famille possédait une hutte sur le lac Big Gun, à l'extérieur de la ville, depuis qu'il était enfant. Isolée du monde extérieur par une forteresse naturelle formée de hautes montagnes, Gold Bridge a toujours été

---

[1]. Voir p. 315 l'explication des différentes unités de mesure du bois. *(N.d.T.)*

un lieu marginal. Dans les rivières environnantes les eaux sont vert émeraude, et les seules voies d'accès à la ville sont des chemins forestiers bordés de précipices vertigineux. À plusieurs kilomètres en direction du sud se trouvent les ruines d'une mine. Bralorne-Pioneer fut autrefois la mine d'or la plus lucrative de Colombie-Britannique. Au plus fort de son activité, elle employait des milliers d'hommes qui travaillaient à des profondeurs pouvant atteindre deux mille mètres, en respirant un air recyclé et humide à plus de 45 °C. Avec la fermeture de la mine en 1971, la population locale a rapidement décliné à quelques centaines d'habitants. Aujourd'hui, les grizzlis, les loups et les chèvres des montagnes Rocheuses y sont plus nombreux que les hommes.

Avant de découvrir sa vocation d'explorateur des bois pour le compte des exploitants forestiers et d'ingénieur des travaux publics, Hadwin a travaillé ici et là comme bûcheron, prospecteur, conducteur d'engin, sableur et foreur de roche. Entre deux boulots, il passait beaucoup de temps seul à chasser et explorer les environs sauvages. Le soir, il semblait osciller entre les deux pôles que représentaient respectivement son père et son oncle, entre les parties de bridge, passe-temps très bourgeois, et les nuits tapageuses dans les bars locaux. Un de ses voisins se rappelle une fois où Hadwin et un dénommé Franklin ont exhibé leur pénis sur un comptoir, pour savoir lequel des deux était le mieux membré, tandis qu'une Indienne surnommée la Grosse Edith arbitrait le match. On imagine sans peine que des concours de ce type aient pu avoir lieu à Dodge City un siècle plus tôt, sans que l'Histoire en ait gardé la trace.

Une autre fois, au bar de Bralorne, un homme a parié cent dollars qu'Hadwin ne pourrait pas grimper trois cents mètres en une heure, ce qui n'est pas un mince exploit dans la chaîne Côtière, avec ses pics escarpés aux versants lisses et enneigés et ses pentes à 40 ou 50 degrés hérissées de rochers instables. Ça n'a pas empêché Hadwin de quitter le bar et de revenir bientôt avec l'argent du pari. Quand il a demandé à l'homme où était sa mise, celui-ci s'est défilé, comprenant à qui il avait affaire. Mais Hadwin a quand même relevé le défi et s'est chronométré, juste pour se prouver de quoi il était capable. C'était le genre d'homme à se donner à fond dans tout ce qu'il faisait. Son énergie et son esprit de compétition étaient légendaires dans la région et il avait la réputation d'épuiser ses compagnons de travail. « Les mains dans les poches, il était encore capable d'accomplir des trucs vraiment incroyables, se souvient un ancien assistant qui travaille maintenant pour le ministère des Forêts. Il fallait mettre le turbo pour le suivre. »

« Jamais je n'ai rencontré un homme dans une pareille condition physique, affirme Paul Bernier, qui fut longtemps un collègue et un ami proche. On faisait la course dans la forêt et il détestait perdre. »

Daniel Boone, figure légendaire et archétype de l'homme de la frontière, était capable, à ce qu'on dit, de couvrir soixante kilomètres par jour sur un terrain difficile. Hadwin n'aurait eu aucun mal à tenir un tel rythme. Marcher dans la forêt aux côtés d'un bûcheron de la côte Ouest au meilleur de sa forme est une expérience qui laisse la plupart des gens pantelants. Lestés d'une grosse tronçonneuse, d'une ceinture à outils, de bidons d'essence et d'huile de moteur, ces hommes sont capables de grimper les pentes raides du « pays des couguars », comme on le nomme parfois, avec une grâce et une rapidité remarquables. C'est pour eux une affaire d'expérience et d'amour du travail, mais aussi de nécessité : la région est si vaste qu'il faut avancer vite si on veut arriver quelque part. Les bûcherons se déplacent souvent sur des promenades en bois qu'ils ont fabriquées de leurs mains avec des arbres abattus, placés bout à bout, ce qui leur permet de franchir les escarpements rocheux et de parcourir un kilomètre d'un seul tenant. En raison de la configuration du terrain très accidentée, il n'est pas rare que l'une de ces passerelles vous transporte en un clin d'œil à une dizaine de mètres au-dessus du sol. Pour passer d'arbre en arbre, il faut alors sauter ou se trémousser sur une mince branche fendue. Ces passerelles peuvent être mortelles par temps de pluie. C'est la raison pour laquelle la plupart des forestiers de la côte Ouest sont chaussés de bottes à crampons, mais Hadwin ne portait pas toujours les siennes. On le trouvait même en plein hiver vagabondant en altitude, à la limite des arbres, vêtu d'un simple jean et d'un maillot de corps en laine, les pieds dans des bottines de chantier, pendant que ses collègues peinaient à le suivre dans leurs épaisses parkas et leurs brodequins à crampons.

La vie d'un forestier des montagnes est un mélange grisant de liberté et d'intensité physique qu'on retrouve dans peu d'autres métiers. Pour Hadwin, les montagnes autour de Gold Bridge représentaient le plus grand des défis, elles lui offraient un régime régulier de ce qu'un autre estimateur de bois de Colombie-Britannique décrit comme « la cerise de l'inattendu sur le gâteau de l'imprévu ». Même pour un forestier, Hadwin jouissait d'une liberté enviable, grâce à sa fonction d'agent éloigné de l'industrie du bois. Si l'envie lui prenait de faire un petit détour en escaladant un pic de trois mille mètres, il pouvait le faire, et s'il trouvait sur sa route une étendue de neige attrayante il pouvait se payer une glissade de mille mètres pour redescendre jusqu'à la limite des arbres. En chemin, il pouvait tomber sur un lac encore non cartographié. S'il pensait trouver du gibier, il embarquait un fusil, en plus de sa boussole, de son altimètre et de son bloc-notes. Hadwin avait dans la forêt une confiance absolue et il se trouvait donc parfaitement à l'aise pour faire des choses qui auraient paru suicidaires à d'autres. Paul Bernier était avec lui le jour où ils sont tombés nez à nez avec deux grizzlis sur un éboulis au-dessus de Lone Goat Creek, à une quinzaine de kilomètres au sud de la ville. Au lieu de les regarder calmement ou de prendre ses jambes à son cou, Hadwin a commencé à frapper dans ses mains et à crier pour attirer leur attention. La tactique a marché, parce que les ours ont chargé sur lui. Les grizzlis sont d'une vivacité surprenante. En cas de provocation, ils peuvent fondre sur leur proie avec la détermination terrifiante d'une locomotive à fourrure et pattes griffues. Lewis et Clark ont évoqué dans leurs récits leurs rencontres avec ces animaux qu'ils ont parfois été obligés d'abattre pour éviter d'être attaqués. Un jour, un de ces ours a reçu dix balles de mousquet avant de s'effondrer. Quand ils ont rencontré les grizzlis, Hadwin et Bernier n'étaient pas armés. Ils ne disposaient que de quelques secondes pour décider quoi faire avant que les ours ne soient sur eux et ne les mettent probablement en pièces. Hadwin a déterminé la direction du vent. Après quoi, Bernier sur ses talons et les ours gagnant rapidement du terrain, il a franchi un ruisseau et s'est enfui dans le sens du vent, sachant que les bêtes en raison de leur myopie ne les retrouveraient pas.

Une autre fois, pris d'un désir soudain de chasser, Hadwin est parti en montagne. C'était à la fin de l'automne et, bien que la première neige ait commencé à tomber, il n'était équipé que d'une veste en jean, d'une bouteille de vodka à moitié vide et d'un fusil Mannlicher pourvu d'une hausse à visière. Deux jours plus tard, il rentrait les épaules chargées d'une chèvre des montagnes Rocheuses. Les chèvres des montagnes Rocheuses sont beaucoup plus difficiles à approcher que d'autres bêtes comme les cerfs ou les élans. Parvenir à en toucher une au moyen d'une hausse à visière (plutôt qu'un viseur télescopique) est déjà en soi un exploit impressionnant. Quant à l'abattre du premier coup... Bien que myope et à moitié saoul, Hadwin avait réussi à traquer, tuer et retrouver cette bête de quatre-vingt-dix kilos, seul et dans des conditions hivernales.

En plus de consommer des quantités prodigieuses de tabac à chiquer (une demi-boîte à chaque prise, parfois trempée dans du rhum), Hadwin avait la réputation d'acheter du whisky par caisses entières et de se payer des cuites qui le laissaient inconscient, même par un froid glacial, à l'arrière de son vieux pick-up Studebaker ou dans un fossé enneigé, alors qu'il n'avait sur le dos qu'un pantalon de toile et une chemisette. Dans la région, une boutade courait sur son compte : « Tiens, on dirait que cette congère bouge. C'est sûrement Grant. » Au matin, il se relevait péniblement, se secouait de sa couverture de neige et rentrait d'un pas titubant. C'est un mystère qu'il ait survécu (l'alcool ne réchauffe pas, mais comme il dilate les vaisseaux sanguins il fait perdre la sensation de froid). Ses photos de jeunesse montrent un homme élancé et finement charpenté d'un peu moins d'un mètre quatre-vingts, aux pommettes hautes et à la mâchoire inférieure protubérante. Les cheveux bruns sont séparés par une raie sur le côté, le regard bleu est pénétrant. En prenant de l'âge, il gardera la musculature noueuse d'un homme fait pour la vitesse et l'endurance, à l'image d'un coureur de fond ou d'un messager d'autrefois.

Certains de ceux qui l'ont connu à l'époque de Gold Bridge comparent sa silhouette mince, son regard acéré et ses manières distantes à celles de James Dean ou de Clint Eastwood. Les femmes l'admiraient, le plus souvent de loin. Bien que calme et courtois en général, il y avait chez lui une intensité presque tangible et une assurance provocatrice que certains trouvaient inquiétantes. « Il fallait toujours qu'il soit le premier, le meilleur, se souvient sa tante Barbara. Il n'en faisait qu'à sa tête. Il n'y a jamais eu chez lui de place pour le compromis. »

C'est pourtant sur un compromis – un compromis élémentaire et peu reluisant – que repose l'industrie du bois, en particulier quand vous êtes un homme tel qu'Hadwin qui ne peut s'épanouir qu'au contact de la nature la plus rude. Les forêts que lui-même et ses collègues ont vues en Colombie-Britannique dans les années 1960 et 1970 étaient identiques à celles qu'avait pu admirer Alexander Mackenzie deux siècles plus tôt. Sombres, denses, en apparence infinies et peuplées de créatures effrayantes. Comme la côte de Colombie-Britannique est presque entièrement inaccessible par voie terrestre, elle reste l'une des régions les plus sauvages d'Amérique du Nord. À l'exception de rares chasseurs ou prospecteurs, les marqueurs et les estimateurs de bois étaient souvent les premiers Européens à mettre le pied dans ces forêts intimidantes. Ceux qui sont venus ensuite n'ont généralement fait que passer, parce que, en dépit des abondantes matières premières qu'on trouve sur place, il est très difficile d'avoir un gagne-pain stable dans un endroit comme Gold Bridge. Rares sont les mines rentables, et la plupart des bûcherons viennent d'ailleurs. Mais Hadwin a trouvé un moyen. Pour reprendre les propres mots de Paul Bernier : « Il s'est imposé de fait comme ingénieur divisionnaire en charge de l'agencement et de la conception des blocs de coupe » pour une vaste bande de la forêt avoisinante. Il était employé par la société Evans Wood Products, une entreprise de taille moyenne établie à Lillooet, à une centaine de kilomètres de là. On lui donna le titre d'inspecteur de l'agencement ainsi qu'un camion de la société. C'était un boulot en or et l'une des rares professions contemporaines pouvant convenir à un être aussi farouchement indépendant que l'était Hadwin.

Il dénicha également une femme capable de le supporter. En 1978, il épousa une infirmière prénommée Margaret, une chrétienne fondamentaliste originaire de Lillooet, et cette femme changea sa vie. Du jour au lendemain, Hadwin renonça à boire et à chiquer, exploit qui, compte tenu de son fort degré de dépendance à ces substances, témoigne d'un formidable effort de volonté. Mais le plus surprenant, c'est qu'il n'a jamais repris. Margaret était une personne discrète, effacée et jalouse de son territoire. Elle eut trois enfants de Grant et fut une mère attentionnée. La décennie qui suivit marqua l'une des périodes les plus heureuses et les plus stables qu'Hadwin eût jamais connues. Pour loger sa famille, il bâtit à Gold Bridge une étonnante structure de trois étages entièrement faite de rondins dégrossis à la main. Hadwin la construisit à partir de matériaux qui avaient été découpés, sciés et collectés dans la région par lui-même ou sous sa supervision. L'énorme cheminée en pierre était coiffée d'une dalle de granit pesant plus de quatre tonnes. Les marches du perron étaient d'une beauté tout aussi colossale. Elles étaient taillées d'une même pièce, et le grain du bois coulait de marche en contremarche tel un ruisseau.

À l'âge de trente-deux ans, Grant Hadwin était un homme rangé qui vivait avec sa femme et ses enfants dans une belle maison et exerçait un métier qu'il aimait, dans un environnement qu'il connaissait intimement. Il s'était assagi et avait réussi, en prime, à se bâtir une vie enviable et bien remplie.

# 4

## Le peuple premier

> *À ce qu'on dit, l'île n'était rien que de l'eau de mer. Un corbeau la survolait. Il cherchait un endroit où se poser dans toute cette eau. De temps à autre, il volait jusqu'à un récif... pour s'y reposer. Mais les êtres surnaturels étaient couchés en une énorme masse, leurs cous reposant les uns sur les autres, tels des concombres de mer. Les faibles créatures surnaturelles s'en détachaient dans leur sommeil et dérivaient de-ci de-là, dans toutes les directions. C'était en même temps la nuit et le jour, à ce qu'on dit.*
>
> Extrait du « Corbeau qui marchait sans arrêt », légende cosmogonique haïda.

À sept cents kilomètres au nord-ouest de Gold Bridge, le village haïda d'Old Masset est implanté le long de la grève, sur la rive est du détroit de Masset, au nord de l'île Graham. Le détroit forme un large chenal qui serpente à travers des étendues de forêt dense et de marécages. Dans son entreprise de couper l'île en deux, il est rejoint par la rivière Yakoun qui l'accompagne jusqu'à la mer. De grosses vagues déferlent inlassablement tout au long de son parcours sinueux et font sentir leurs effets à plus de cinquante kilomètres à l'intérieur des terres, jusqu'au point où se dresse l'Arbre d'or. Juste après le cimetière d'Old Masset, ce cours d'eau saumâtre qui coule dans deux directions dessine un dernier coude autour d'une pointe de sable avant de se déverser dans l'entrée de Dixon, un dangereux bras de mer qui sépare l'île Graham de Prince of Wales Island. Totalement exposé au Pacifique, ce passage offre un point de pénétration aux tempêtes soudaines qui sévissent dans le détroit d'Hécate. Même par temps calme, de longs rouleaux, hauts comme des collines, y déferlent pesamment, tels des dos de baleines, et rappellent les fortes houles qui dévastèrent jadis Hokkaïdo, le Kamtchatka et les îles Aléoutiennes.

Sur la plage qui borde Old Masset, des totems monumentaux sculptés avec recherche montent la garde. Beaucoup ont été érigés là pour honorer les morts, mais à l'extrémité nord du village, devant la maison d'un chef important, se dresse un mât dont la fonction est tout autre. Le chef en question est un sculpteur talentueux, et sa demeure une imposante construction faite de larges planches de cèdre et de lourdes poutres biseautées. Elle se démarque des autres habitations du village, dont les rangs bien nets épousent étroitement le tracé du rivage. La plupart des maisons et tous les totems sont orientés en direction du détroit de Masset. Pourtant le mât en question et les féroces créatures qui le composent sont tournés vers le large. Il mesure environ douze mètres de haut et plus d'un mètre de diamètre à sa base. Sa partie inférieure représente un énorme grizzli qui tient délicatement une pirogue entre ses pattes de devant. Pour se faire une idée des conditions climatiques qui règnent ici, il suffit de regarder à l'intérieur de ce canoë. Bien qu'il soit perché à trois mètres du sol, il doit être régulièrement vidé du sable et des algues apportés par le vent. D'autres animaux ornent la partie haute du mât, dont le sommet est surmonté d'un aigle, symbole du lignage du chef. Pourtant ce sont l'ours et sa pirogue qui attirent immédiatement l'œil. On leur trouve quelque chose d'étrangement familier, mais il faut un moment avant de comprendre quoi.

À l'autre bout du continent, dans un petit village de pêcheurs, se dresse la statue d'une femme appelée Marie qui tient elle aussi un bateau. Qu'il s'agisse de l'ours d'Old Masset ou de la femme de Gloucester, dans le Massachusetts, il est difficile de dire en les regardant si ces esprits protègent réellement les embarcations qu'ils tiennent ou s'ils les présentent en offrande. Quoi qu'il en soit, pendant des générations les pêcheurs de Gloucester et leurs familles se sont agenouillés devant Notre-Dame-du-Bon-Voyage et ont prié pour qu'eux-mêmes et leurs proches rentrent sains et saufs de leur traversée en mer. Or par un doux après-midi du printemps 2003, dans l'univers parallèle d'Old Masset, un rituel similaire se tient au pied du mât au grizzli. Un étranger présent sur place ce jour-là, qui fermerait les yeux et n'appréhenderait le monde qu'à l'aide de ses autres sens, aurait l'impression de voyager dans le temps et de traverser les siècles.

Non loin du totem, un feu de bois flotté brûle dans une fosse. Sur une planche de cèdre, des pavés de saumon et de flétan assaisonnés avec soin ont été disposés au-dessus des flammes. Pourtant parmi ceux qui chantent autour du feu, personne n'a l'intention de toucher à ce festin, car ces mets ne leur sont pas destinés. Portée par le vent violent, la fumée vole de loin en loin, telle l'aiguille cassée d'une boussole, tandis que le poisson cuit et son essence montant en volutes vers le ciel tapissé de nuages s'en va nourrir Skilay. Skilay était le porte-parole de l'Arbre d'or. Aujourd'hui, il est mort. Aujourd'hui, les gens se sont rassemblés par centaines pour combler la sombre béance qu'il a laissée derrière lui.

En 1859, William Downie, un chercheur d'or américain, fit le voyage jusqu'en Colombie-Britannique, où il travailla comme prospecteur et explorateur au service du gouverneur colonial de l'Empire britannique. Au cours de ses voyages, Downie se rendit dans les îles de la Reine-Charlotte, où l'on avait découvert de gros filons d'or ainsi qu'une pépite de six cents grammes. Dans son rapport au gouverneur, Downie écrivit que les Haïdas étaient, à son avis, « des prospecteurs hors pair et qu'ils savaient tout ce qu'il y a à savoir sur l'extraction de l'or ». Mais l'homme fut encore plus impressionné par leur talent à dompter les flots : « Ce sont les meilleurs navigateurs qu'il m'ait été donné de rencontrer, et je veux parler aussi bien des hommes que des femmes. Ces gens ont une nature d'amphibiens, car ils semblent être aussi à l'aise dans l'eau que sur terre, et leurs prouesses au plongeon comme à la nage sont difficiles à égaler. »

En 1873, l'Américain James Swan, écrivain, juge, historien, percepteur des douanes et promoteur actif du Nord-Ouest, visita les îles de la Reine-Charlotte pour le compte de la Smithsonian Institution [1]. Il rapporta y avoir vu des pirogues qui étaient « très grandes et capables de transporter une centaine de personnes avec tout leur équipement pour un long voyage ».

Sur l'ensemble du continent américain, les autochtones ont utilisé leurs pirogues (creusées d'un seul tenant dans une pièce de bois) pour toutes sortes d'emplois, de la chasse à la baleine en haute mer aux expéditions guerrières et au transport des gens et des marchandises. Ces

---

1. Institut de recherche scientifique américain fondé en 1846. *(N.d.T.)*

canoës étaient nombreux sur les deux côtes de l'Amérique du Nord, mais c'est aux premières nations du Nord-Ouest que l'on attribue la fabrication des plus grandes pirogues jamais faites de main d'homme. Certaines atteignaient trente mètres de long. Une fois qu'un arbre approprié avait été choisi, il était abattu à l'aide de feu et de haches en pierre, après quoi les sculpteurs l'évidaient sur place puis le traînaient à travers bois, parfois sur plusieurs kilomètres, jusqu'à leur village pour les finitions. On peut encore voir des traces de tentatives avortées ici et là dans la forêt. À bord de ces gigantesques canoës de cèdre, les Haïdas faisaient tour à tour apparaître et disparaître leur terre d'attache. À chaque coup de pagaie collectif, ils voyaient leurs îles s'enfoncer imperturbablement dans la mer, tandis que les sommets enneigés défilaient devant eux comme une nouvelle planète. Peu de gens aujourd'hui savent encore ce qu'on peut ressentir à faire surgir des mondes de derrière la ligne l'horizon par la seule force de sa foi et de ses muscles.

À l'instar des autres tribus côtières, de la Californie du Nord à l'Alaska, pratiquement tout ce que fabriquaient les Haïdas venait des arbres. Leurs chapeaux et leurs paniers étaient tissés avec des racines d'épicéa et presque tout le reste, dont une grande partie de leur habillement, venait de l'écorce et du bois de cèdre rouge. Cet arbre haut, au grain droit et facile à travailler se prête à la construction à grande échelle. Les maisons des Haïdas ont la taille de petits hangars à avion et leurs totems sculptés peuvent être aussi longs que leurs canoës. À partir de leur base insulaire, les Haïdas étendirent leurs raids et leur commerce à toute la côte et s'aventurèrent à l'intérieur des terres aussi loin qu'ils purent remonter les rivières. Ils essuyèrent des pertes mais furent rarement la cible de représailles, parce que peu de tribus côtières avaient assez d'habileté ou d'audace pour les prendre en chasse dans le détroit d'Hécate. Si certaines de ces expéditions se consacraient à un commerce pacifique, la plupart d'entre elles – y compris dans les villages avoisinants – n'avaient d'autre objet que le pillage et le rapt d'esclaves. Vers 1850, ce peuple était devenu légendaire en raison de sa férocité, de sa mobilité et d'une témérité sur les mers comparable à celle des Vikings. On a beaucoup spéculé sur la question de savoir jusqu'où ils étaient allés. Or il a été démontré qu'une pirogue du XIX$^e$ siècle était capable de faire la traversée entre la Colombie-Britannique et Hawaï. (En se fondant sur les routes commerciales et la technologie maritime de l'époque, il aurait été théoriquement possible pour un Grec d'atteindre la côte Ouest de l'Amérique du Nord dès le V$^e$ siècle de notre ère.)

Plusieurs tribus avoisinantes, les Tlingits et les Tsimshians en particulier, avaient la réputation d'être aussi féroces que les Haïdas, mais, disposant d'un territoire plus vaste, de meilleures ouvertures commerciales et d'ennemis plus proches, elles s'aventuraient moins loin. En dépit de l'hostilité qu'elles nourrissaient les unes envers les autres, les tribus de la côte Ouest partageaient des liens culturels très solides. Elles naviguaient sur des pirogues, sculptaient des totems, et leurs structures claniques étaient similaires. Il arrivait que leurs membres se marient entre eux, et toutes attachaient une grande valeur à la richesse et au statut social, ce qui trouvait son expression la plus pure dans la cérémonie du potlatch. Le potlatch peut avoir diverses fonctions : fêter la construction d'une maison, démontrer l'aptitude au commandement d'un homme, sauver la face ou encore faire amende honorable pour une blessure sociale ou physique infligée à un membre d'une autre famille ou d'un autre clan. Il sert aussi à commémorer la disparition d'une personnalité remarquable. Quel qu'en soit l'objet, l'hôte se doit d'offrir nourriture et cadeaux à toutes les personnes présentes, les obligeant ainsi à être les témoins de l'événement. Les tribus de la côte Nord-Ouest étaient les seules du continent à posséder des biens en si grande quantité et des moyens si performants pour les transporter qu'elles pouvaient entreposer leurs marchandises dans de grands coffres en bois, parfois assez volumineux pour contenir un homme.

En plus d'être des marins accomplis, les Haïdas chassaient le requin, le phoque, le lion de mer, le flétan de l'Atlantique et parfois même la baleine. Mais ils avaient rarement besoin de pêcher, tant les coquillages étaient abondants. En outre les bancs de saumons, de harengs et de pilchards, pour ne citer qu'eux, étaient si fournis et aisément accessibles que l'environnement des Haïdas aurait pu être décrit comme une sorte de banquet subaquatique rehaussé de temps à autre par quelque spécialité de saison. Ce qui leur manquait sur leurs îles, ils pouvaient se le procurer sur le continent par le commerce ou le pillage. Aujourd'hui encore, dans les baies de l'archipel, la semence de hareng donne à l'eau une teinte laiteuse, et on peut voir des nuées de mouettes larges d'un kilomètre et longues de plusieurs kilomètres remonter la rivière Skeena pour pourchasser des eulakanes[1] dans le détroit d'Hécate. Cette générosité de la nature explique pourquoi la côte Nord-Ouest abritait l'une des plus fortes densités de population non agricole au monde. L'abondance de nourriture et la modération du climat laissaient aux Haïdas, comme à leurs homologues des régions tropicales, énormément de temps pour faire la fête, guerroyer, raconter des histoires, fabriquer des œuvres d'art monumentales et confectionner de

---

1. Poisson gras, qui mesure la taille d'un doigt, très recherché pour le commerce, car il peut être mangé, utilisé pour sa graisse ou bien dressé sur sa hauteur et allumé comme une bougie. *(N.d.A.)*

gigantesques pirogues. Bref, pour développer une culture complexe. On estime que la population locale se composait d'esclaves, parfois jusqu'à quarante pour cent.

Les masques, les totems, les grandes maisons et les pirogues des Haïdas représentent un apogée dans l'art et l'artisanat d'Amérique du Nord. Au premier coup d'œil, sans savoir qui les a fabriqués, beaucoup de gens reconnaîtraient leurs œuvres tant elles sont devenues des symboles de la culture indigène d'Amérique du Nord. Un canoë haïda de seize mètres de long fait partie de la collection permanente du musée canadien des Civilisations, à Ottawa. Un autre plus grand encore – dix-neuf mètres de long et abondamment décoré – est la pièce maîtresse de l'exposition consacrée aux Indiens du Nord-Ouest au Muséum d'histoire naturelle de New York [1].

Les vestiges de cet héritage premier sont encore nombreux. Ici et là, dans les villages abandonnés des îles qui forment le territoire historique des Haïdas, se dressent toujours les totems de cèdre rouge qui accueillirent et effrayèrent les premiers visiteurs arrivant d'Europe. Nulle part ailleurs sur la côte – et dans le monde – ces mâts n'ont survécu si nombreux à leur emplacement d'origine en front de mer. Le cèdre est un bois extrêmement solide, mais dans de telles conditions un totem ne résiste d'ordinaire pas plus que la durée de vie d'un homme avant de s'écrouler et d'être absorbé par la forêt. Ces colonnes sculptées sont, au nord-ouest du Pacifique, l'équivalent de l'île de Pâques ou des temples d'Angkor. Mais si ces derniers ont des chances de durer éternellement, les totems haïdas sont pour leur part faits de bois, ce qui signe leur arrêt de mort. Selon toute probabilité, ceux qui se dressent encore à leur emplacement d'origine

---

1. Bien qu'attribuée aux Haïdas, cette embarcation est probablement l'œuvre du peuple Heiltsuk, qui vit sur le continent, dans la partie centrale de la côte de Colombie-Britannique. *(N.d.A.)*

retourneront à la nature de notre vivant (selon le souhait des Haïdas). Le village de Nan Sdins, à la pointe sud de l'île, le plus connu et le mieux préservé de ces sites, est inscrit au patrimoine mondial de l'Unesco. Grâce à l'emplacement abrité du village et à de récentes mesures de conservation, plus de deux douzaines de totems y subsistent, bien que vieux de plus de cent ans.

La moitié porte des marques visibles de brûlures, parce que, après que le village eut été déserté à la fin du XIX$^e$ siècle, des membres d'une tribu de la côte qui avait subi les incursions répétées des guerriers de Nan Sdins traversèrent le détroit d'Hécate et incendièrent les lieux dans un geste de vengeance longuement mûri. Mais il est encore possible aujourd'hui d'admirer sur le site ce que les flammes, les anthropologues et les outrages du temps nous ont laissé. Blanchis comme des os, les yeux fixes de l'aigle, du corbeau, de l'orque, de la grenouille, de l'ours et du castor – les symboles héraldiques et les alliés spirituels des anciens habitants des lieux – nous observent depuis leur forêt de totems. Sculptées dans un même arbre, ces créatures s'empilent les unes sur les autres jusqu'à dix mètres de haut et se fondent l'une dans l'autre, comme si des spécimens de la faune locale – humains inclus – avaient été fourrés dans des éprouvettes géantes puis pétrifiés. Leurs traits adroitement ciselés sont volontairement grossis pour un effet intimidant : les langues pendent, les narines sont dilatées, les babines retroussées. Mais aujourd'hui ces expressions semblent davantage l'effet de la rigidité cadavérique que celui de la vigoureuse férocité de la vie. C'est un village fantôme. Il est donc logique que n'en subsistent pour l'essentiel que les totems mortuaires autrefois couronnés d'un coffret en bois cintré qui renfermait les restes des villageois fortunés. Il est difficile d'imaginer comment vivaient les gens ici : l'ambition des sculpteurs exaltés à l'idée de troquer leurs outils tsimshians en dents de castor contre du fer européen ; les longues maisons communautaires pareilles à des granges construites en planches et poutres de cèdre ; les somptueux potlatchs au cours desquels les chefs et les nobles asseyaient leur statut en offrant le spectacle de leur munificence.

C'est un potlatch à la mémoire de Skilay qui a rassemblé tant de gens à Old Masset. Skilay, de son vrai nom Ernie « Grand Aigle » Collison, était l'un des membres les plus puissants de son clan, mais aussi de toute la nation haïda. Il n'était pas chef, mais occupait une position tout aussi admirée et d'une importance encore plus grande au quotidien. Ce pêcheur, sculpteur et chanteur de talent, doublé d'un politicien dévoué et d'un ardent activiste, avait le don de transcender les frontières. Quand tous cédaient à la colère ou au découragement, il était celui qui leur rendait le sourire. Skilay était également surnommé le Timonier. Il était celui qui veillait à ce que le canoë – le navire de la nation haïda – vogue dans la bonne direction. Pour beaucoup parmi les gens présents, Skilay incarnait, avec tous ses défauts, ce que signifie être haïda – autrement dit une personne humaine.

Le mot « haïda » signifie tout simplement « les gens », ce qui au fond n'est qu'une autre façon de dire « nous ». De fait, partout dans le monde, les noms utilisés par la plupart des peuples indigènes pour se décrire eux-mêmes se traduisent ainsi, affirmant en quelque sorte : « Nous sommes nous, les gens, et vous autres n'en faites pas partie. » Les Haïdas ont baptisé leur île Haida Gwaii, ce qui signifie littéralement « le lieu (les îles) des gens », mais il existe un autre nom plus ancien qui pourrait se traduire en gros par « les îles sorties d'une cachette (surnaturelle) ». En ce sens, l'archipel représente une sorte de zone intertidale existentielle – entre la forêt et la mer, mais surtout entre le monde visible, superficiel, et le monde des esprits. Haida Gwaii est l'archipel le plus reculé de la côte Ouest. Aucune autre tribu nord-américaine n'a un siège ancestral situé aussi loin au large et dont les limites territoriales sont aussi clairement tracées. Selon une hypothèse largement répandue, ces îles auraient en partie été des « refuges », des lieux épargnés par les glaces qui ont recouvert une grande partie de l'Amérique du Nord au cours de la dernière ère glaciaire. C'est pourquoi on dit souvent d'elles qu'elles sont les Galapagos canadiennes et, à bien des égards, elles forment un monde à part qui abrite nombre d'espèces et de sous-espèces qu'on ne trouve nulle part ailleurs. L'idiome haïda constitue également ce que les linguistes appellent une « langue isolée », autrement dit sans aucune parenté avec celle des autres tribus de la côte Ouest.

À l'image du vaste océan et du climat capricieux qui les entoure, dans l'univers des Haïdas tout ou presque est capable de changer de forme ou de fonction au gré des circonstances. Ainsi, une pierre n'est jamais une simple pierre, un crabe un simple crabe. Les montagnes peuvent se métamorphoser en orques, une pirogue peut ouvrir ses mâchoires et égorger un grizzli. Chaque rocher, récif, île et bras de mer de l'archipel possède une dimension surnaturelle, tout comme les principaux lieux géographiques du bush australien pour les aborigènes ou ceux de la Terre sainte pour les juifs, les chrétiens et les musulmans. L'Arbre d'or s'inscrit lui aussi dans ce réseau de signes mutants et interconnectés. Les représentants de ces multiples dimensions sont venus en nombre à Old Masset pour honorer la mémoire de Skilay.

Skilay était un aigle, l'une des deux grandes lignées tribales des Haïdas (l'autre étant le corbeau), et derrière ce blason se rangent des dizaines de clans. Les lignées et les affiliations claniques sont héritées de la mère et chacune a ses armoiries. Si la plupart sont des représentations d'oiseaux, d'animaux, de créatures marines ou d'humains, des symboles beaucoup plus abstraits, tels qu'arcs-en-ciel, nuages, voire avalanches, existent également. En raison des mariages croisés, la majorité des familles possède plusieurs armoiries. Pour ce qui est de la complexité de leurs blasons, les peuples de la côte Nord-Ouest n'ont rien à envier aux familles de la noblesse européenne. Certains anthropologues ont comparé leur système de parenté à des mathématiques de haut vol. L'affiliation clanique première de Skilay était Tsiij git'anee (le peuple aigle de l'île de Tsiij), le clan dont le territoire historique englobe la partie nord de la Yakoun, où se trouvent les terres entourant l'Arbre d'or. En plus de ses nombreux autres rôles, Skilay représentait cet arbre – K'iid K'iyaas, un être qu'il aimait et que lui-même et son clan avaient le devoir de protéger. Mais Skilay avait été tué dans la force de l'âge et à présent, près de deux ans après sa mort, sa famille avait tout préparé pour le potlatch célébrant sa mémoire. Ils avaient amassé le capital, acheté et fabriqué les cadeaux, envoyé des centaines d'invitations, préparé le repas et payé la sculpture d'un mât de douze mètres dans un cèdre choisi avec soin. Proprement exécuté, tout ce rituel garantirait qu'on avait honorablement rendu honneur au regretté défunt, mais aussi à sa famille, à son clan, à son lignage et à sa tribu.

Skilay était un homme de haute stature qui aimait cuisiner et manger. Il pourvoyait aux besoins des siens et était généreux à l'excès – si généreux qu'il recueillait des gens dont personne ne voulait, notamment certains qui n'appartenaient pas à sa tribu. Ainsi il avait adopté un garçon d'ascendance anglaise surnommé Bone – diminutif de Bonehead, le crétin – et lui avait donné une famille, une tribu et une vie digne de ce nom. Bone, grand gaillard au crâne chauve, portera les lourds faitouts remplis de soupe lors des festivités en l'honneur de son père adoptif. Il fera chaque matin le ménage dans la grande salle après que les centaines d'invités seront allés se coucher à l'aube, chargés de leurs cadeaux. Lors de la seconde soirée du cérémonial, il recevra un véritable nom haïda, puis il surprendra tout le monde par son éloquence.

Comme tous les potlatchs, celui-ci a été soigneusement chorégraphié, et le rituel du repas accompli sous le totem du chef n'est qu'une étape d'un processus complexe qui durera plusieurs jours. Pendant que le saumon et le flétan se transforment en cendre et en vapeur, le chef lui-même met la dernière main au totem commémoratif de Skilay, que l'on a coiffé d'un colibri, l'emblème du clan Tsiij git'anee. Plus tard dans la journée, le mât sera dressé près de la maison de Skilay, une opération délicate et dangereuse qui nécessitera le concours de centaines de personnes. Les invités se sont préparés depuis des mois, ils sont venus du nord et du sud du continent et ont accompli un voyage de plusieurs jours. Les plus âgés sont coiffés de chapeaux en racines d'épicéa. Tressés assez serré pour arrêter la pluie et pourvus d'un rebord assez large pour abriter du soleil, ces couvre-chefs sont peints de motifs noir et rouge au stylisme raffiné. Certains sont ornés sur leur tranche d'une peau d'hermine et de petites pagaies qui se balancent devant le visage de ceux qui les arborent. Les femmes les plus riches portent aux poignets de lourds bracelets d'or et d'argent aussi somptueux que les trésors d'un pharaon. Les membres de la tribu peuvent savoir au premier coup d'œil qui les a fabriqués et quels liens unissent l'artisan à la personne qui porte ces bijoux. Artistes et mécènes appartiennent pareillement à la noblesse, et au seul vu de ces ornements il est possible de deviner la lignée et d'évaluer l'aisance de leur propriétaire – son rang dans la communauté, dans la tribu et dans le monde –, mieux que ne le ferait n'importe quelle carte de crédit ou numéro de sécurité sociale.

Les chefs et leurs puissantes épouses sont venus drapés dans des peaux d'ours, des châles en poil de chèvre des montagnes Rocheuses et des capes de cuir et de drap de laine bordées d'hermine et de boutons de nacre. Certains tiennent des bâtons de marche aussi hauts qu'un homme. De même que les bracelets des femmes, tout cet apparat est orné des blasons de la tribu et de la famille : un corbeau, un aigle, une grenouille, un ours et une « cueilleuse de baies sur la lune », et bien d'autres encore. Or tous ces emblèmes sont en réalité plus que ce qu'ils paraissent. La frontière est mince entre porter une simple cape et endosser le rôle d'une autre créature. À l'image des totems qui se dressent devant les maisons et les bâtiments les plus importants du village, les chapeaux, capes, bracelets et pendants d'oreilles composent une sorte de bottin mondain d'un ordre cosmique. Leurs mains, leurs pattes, leurs griffes, leurs serres, leurs nageoires et leurs ailerons brodés, peints ou gravés tissent des liens entre tous, des parents les plus proches aux plus lointains alliés spirituels et ancêtres animaux. C'est pour cette raison qu'à la suite d'une danse exécutée en l'honneur des descendants de la lignée de l'aigle, une salle peut s'emplir du piaillement aigu, sec et très distinctif de ces rapaces, comme si les membres de l'assistance étaient momentanément habités par ces volatiles. Il suffit d'imaginer toute cette énergie animale redirigée en une colère armée et peinte pour se représenter la peur viscérale que devaient ressentir leurs adversaires.

Il est midi, et l'offrande de saumon et de flétan a été reçue. Le parfum et la substance ont été emportés par le vent changeant qui souffle maintenant vers le sud du détroit. Le festin de la chair est suivi par une offrande de l'esprit. Celle-ci est apportée dans un coffret confectionné à l'aide d'une simple planche de cèdre qui a été crantée, chauffée à la vapeur et pliée pour former un cube parfait. D'ordinaire, ces boîtes en bois plié sont abondamment décorées, mais celle-ci est peinte d'un sobre noir. C'est une boîte en deuil, dont il est préférable de ne pas identifier le contenu. Elle renferme un masque sculpté dont la confection a nécessité plusieurs semaines et qui se vendrait des milliers de dollars s'il était mis sur le marché. Mais ce masque n'est pas de ceux que l'on peut acheter et accrocher au mur de son salon. Il n'est réservé qu'à un seul usage : incarner l'esprit de Skilay. Il ne peut être porté qu'à une seule danse, et cette danse a eu lieu la nuit précédente. Celui qui a porté ce masque avec ses yeux aveugles sur une face ronde et pâle a été conduit à travers la salle bondée par un autre danseur agitant une crécelle. Aux différents coins de la vaste pièce, des tambours battaient. Ils se déplaçaient dans la foule en transe et leur roulement se mêlait au trépignement des pieds, dans un tumulte qui faisait vibrer le sol et grondait comme de lourds galets balayés par la houle. Dehors, il pleuvait et la tempête faisait rage. De gros corbeaux au front large luttaient contre le vent et restaient suspendus sur place, près du faîte du toit. Puis par un mouvement imperceptible de la pointe d'une aile bleu-noir, ils disparaissaient soudain, comme tirés par un fil invisible. À l'intérieur, expression de tout le chagrin qui emplissait la salle, les chants en s'élevant atteignaient des fréquences irritantes. D'autres danseurs au visage caché par des masques de grenouille, d'aigle et de divers esprits de l'au-delà accueillaient Skilay dans sa nouvelle demeure. Le corps de Skilay était mort et enterré, et l'heure était maintenant aux véritables adieux. L'esprit de Skilay quittait sa communauté et il n'y avait plus un œil de sec dans l'assistance.

Le lendemain après-midi, alors que les flammes s'élèvent autour du coffret noir, les gens continuent leurs chants. Pendant un long moment, la boîte reste intacte, comme si ce feu était un endroit confortable pour elle, mais peu à peu des craquelures commencent à apparaître. Tandis que le coffret est dévoré par le brasier, un sac passe de main en main et l'un après l'autre les gens sortent du cercle pour jeter en pluie des morceaux de tabac sur les flammes et révéler leurs pensées intimes à l'homme qu'ils aimaient et admiraient. À ce moment précis, par un curieux hasard, un pygargue à tête blanche vient se poser non loin de là, au sommet d'un épicéa, et pendant un bref instant on le voit flanquer la demeure du chef avec l'aigle qui coiffe le totem adjacent. Mais pour l'oiseau il n'y a là rien de nouveau. Bientôt il se penche en avant et de quelques battements lourds de ses ailes à l'imposante envergure, il trouve un courant ascendant et se laisse emporter. Peu de temps après, il se produit une chose étrange : le couvercle et les flancs du coffret se disloquent simultanément et retombent sur les côtés. Il n'est pas facile d'expliquer ce phénomène par une quelconque loi structurelle ou thermodynamique, mais il a néanmoins lieu et, l'espace d'un instant, le masque regarde l'assistance du fond du brasier, léché par les flammes mais encore intact. Les joues blanches comme celles d'une geisha révèlent leur éclat autour des lèvres écarlates tandis que les flammes jaillissent des yeux, de la bouche et des narines. Finalement la chaleur devient intenable. Les joues délicatement sculptées se fendent sous chaque œil, suivant le grain du bois, et le masque semble verser des larmes ardentes. Que ressent en ce moment le sculpteur, juste avant que le menton et le front ne cèdent à leur tour et que le fruit de son travail ne se transforme en braises incandescentes ? Que se passe-t-il dans le cœur et dans les tripes des enfants de Skilay et du sombre chef, alors que l'ombre pâle d'un grizzli portant une pirogue vide trace des cercles lents autour de la fosse?

Quand arrive le milieu de l'après-midi, le mât de Skilay est terminé. La peinture est encore fraîche, mais les hommes décident de le déplacer jusqu'à la maison du mort. Son poids est surprenant et presque inquiétant : il mesure trois mètres et demi de circonférence et pèse six tonnes et demie. Une fois de plus, le vide laissé par Skilay se fait cruellement sentir. C'est toujours lui qui supervisait l'érection des totems. Celui-ci parviendra-t-il à se dresser sans lui? Est-ce que cette fois quelqu'un y laissera la vie? Les premiers pas sont maladroits. Quelqu'un manque d'avoir la jambe écrasée. Des décisions sont prises, non par un meneur expérimenté, mais par le groupe, de la même façon qu'un banc de poissons décide de virer de bord. Tour à tour, plusieurs leaders sortent du lot, puis repartent se fondre dans la foule. Et c'est ainsi que, les aigles d'un côté et les corbeaux de l'autre, le mât trouve son chemin jusqu'au trou, grand comme une tombe, creusé près de la maison de Skilay. Mais le plus dur est encore à venir. Dresser cette statue géante en position verticale sera une démonstration brute de la dévotion de ces gens et ce qu'ils auront de plus difficile à faire avant longtemps. Si le totem de Skilay est si lourd, c'est parce qu'il est fait d'un morceau de bois plein et non d'un demi-mât évidé comme tant d'autres. Or contrairement à ces réalisations plus légères, celle-ci est abondamment sculptée, sur sa hauteur, mais aussi sur toute sa circonférence. De même que le poids et l'ornementation des bracelets en or, ces détails sont révélateurs de la stature de l'homme et de la richesse des siens. Le fait que son mât ait été décoré par l'un des meilleurs sculpteurs de la côte est une autre preuve de la position qu'occupait Skilay dans la tribu.

Dix cordes grosses comme le poignet sont enroulées autour du tiers supérieur du mât. On prend bien soin de ne pas abîmer le délicat colibri et le gros bec de l'aigle qui dépasse en dessous ; la nageoire dorsale d'un bar noir à tête de loup qui nage sur toute la longueur du mât doit elle aussi être traitée avec délicatesse (un homme sort la tête de son évent). À la base du mât, niché bien à l'abri entre les ailes de l'aigle, se tient le Timonier en personne, coiffé d'un haut chapeau en racines d'épicéa et serrant dans sa main une pagaie.

Les cordes partent du mât couché, pareilles aux rubans d'un arbre de mai primitif, et de grosses planches ont été disposées au sol pour guider l'extrémité du mât jusqu'à son emplacement final. Des dizaines de personnes sont accrochées aux filins, attendant les ordres. C'est à ce moment précis qu'un meneur apparaît. Juché sur le tas de sable et de terre extrait du trou, le jeune fils de Skilay fait de son mieux pour être à la hauteur de ce redoutable moment. Il crie de hisser, et la foule reflue vers la plage. Les filins se tendent et le mât grince obstinément. C'est à cela que devait ressembler le halage d'une baleine à bras d'hommes jusqu'au rivage. Encore une traction énergique, et l'extrémité du mât se dresse légèrement tandis que sa base glisse dans le trou, en fracassant les planches sur son passage. Le bruit, assourdissant, exprime toute la gravité de la tâche à accomplir. La foule est si dense que si le mât venait à retomber ou pivoter sur lui-même, une et peut-être plusieurs personnes seraient à coup sûr écrasées ou tuées. Mais il n'est déjà plus possible de revenir en arrière. Avec maintes précautions et au prix de pénibles efforts, la colonne est hissée en position verticale. À ce moment précis, alors que le mât centré dans son trou n'est plus soutenu que par les personnes qui l'entourent, certains prennent pleinement conscience de ce que signifie être un Haïda et tout le monde mesure combien il faut de mains laborieuses pour ressusciter un arbre.

## 5

### Féroce comme le loup

> *Tout d'abord les Haïdas de Kiusta n'en distinguèrent qu'un point blanc à l'horizon qui grandissait à vue d'œil. Ils se mirent à danser pour l'éloigner, mais il continua de se rapprocher. Puis la tache devint une gigantesque toile et de loin ils virent des araignées s'y promener de haut en bas. Quand la toile se fut encore rapprochée, ils virent qu'elle était accrochée à un bateau, mais pas un bateau ordinaire, car il semblait avoir des ailes qui venaient frapper de concert la surface de l'eau. Les araignées se révélèrent ressembler à des hommes, si ce n'est que ces hommes avaient le visage pâle. Les gens de Kiusta crurent que le Santla ga haade, le peuple du pays fantôme, était revenu d'entre les morts.*

William Matthews, ancien chef d'Old Masset,
propos recueillis par Margaret Blackman

> *Le caractère violent des indigènes rendrait cependant périlleuse toute tentative d'établissement durable, sauf en contingents lourdement armés. En conclusion, ces îles présentent plus d'intérêt pour le géographe que pour le colon.*

> *Elles pourraient receler quelque valeur pour l'exploitation minière, mais n'en auraient aucune pour l'agriculture.*
>
> Extrait du rapport de James Swan, « Les Indiens haïdas des îles de la Reine-Charlotte », 1873

Quatre ans avant que le capitaine Cook n'aborde sur la côte Nord-Ouest, un explorateur espagnol dénommé Juan Pérez Hernández, levant l'ancre en Californie, dans la ville de Monterey qui marquait alors la frontière septentrionale de l'implantation espagnole, fit voile vers le nord en *aqua incognita*. Il avait pour mission de revendiquer la totalité de cette côte pour la Couronne d'Espagne. Les intempéries et le brouillard repoussèrent en haute mer le *Santiago*, corvette de quatre-vingt-deux pieds, pendant toute la durée du voyage. Après cinq semaines d'errance dans les miasmes houleux du Pacifique Nord, les réserves en eau et en nourriture étaient tombées à un niveau dangereusement bas, et l'équipage commençait à souffrir du scorbut. Pérez fut donc contraint par les circonstances de rebrousser chemin bien avant d'avoir atteint le 60$^e$ parallèle, qui était alors la limite méridionale du territoire russe en Amérique du Nord. À tout point de vue, le voyage fut un lamentable fiasco, exception faite d'une rencontre historique. La postérité n'était pas, loin s'en faut, la préoccupation première de ces marins quand, le 18 juillet 1774, la vigie aperçut la terre. Contrairement à ce que supposait leur capitaine, ce qu'ils voyaient au loin n'était pas la partie continentale de la Nouvelle-Espagne, dont le territoire s'était récemment agrandi, mais une petite île d'un archipel encore non cartographié. Sans le savoir, Juan Pérez et ses hommes venaient de découvrir les îles qui prendraient le nom de la reine Charlotte.

Alors qu'il cabotait le long de la côte de l'actuelle île de Langara, le *Santiago* fut accueilli en mer par une flottille de canoës haïdas. Tandis que les rameurs chantaient, un chaman grimpé à bord du canoë de tête semait dans l'eau du duvet d'aigle devant le mystérieux bateau. Deux prêtres qui se trouvaient à bord du *Santiago* admirèrent les manières plaisantes des indigènes ainsi que leur peau étonnamment claire et leurs joues roses. Ils notèrent également la présence d'une lance à pointe de fer sur l'une des embarcations. Où ces païens s'étaient-ils procuré un objet si raffiné ? Ils n'auraient su dire si cette lance était destinée à embrocher des loutres ou des ennemis, mais les Haïdas semblaient amicaux et les hommes se livrèrent à une forme de commerce informel. À cette occasion les Haïdas invitèrent chaleureusement les marins à venir à terre. À cent kilomètres au sud de leur position se dressait l'Arbre d'or. L'épicéa devait avoir alors environ soixante-quinze ans et mesurer une trentaine de mètres de haut. On se demande ce que les Espagnols, si avides de métaux précieux et si prompts à voir un signe du ciel dans chaque détail du paysage, auraient pensé d'un arbre d'or grandissant au milieu d'une forêt verte. Nous ne le saurons jamais, parce que le vent retomba et qu'un fort courant emporta au loin le *Santiago*. Ce fut sans doute mieux pour eux, car, jusque-là, aucun explorateur qui avait mis le pied sur la côte Nord-Ouest n'avait jamais regagné son navire.

Ce n'est qu'une raison parmi d'autres expliquant pourquoi la côte Nord-Ouest a été si tardivement inscrite sur la carte du monde. En dehors des pôles, elle a été l'un des derniers traits ajoutés au portrait de la Terre. À cela, il y avait deux causes. La motivation d'abord. Elle était inexistante. Si des endroits aussi minuscules et lointains que les îles aux Épices étaient célèbres dans le monde entier dès le XVIe siècle, les îles du Pacifique Nord et les richesses qu'elles pouvaient receler restèrent longtemps méconnues des Européens. L'accès ensuite. Il n'existait tout simplement pas de route directe. Même la Tasmanie était plus abordable. Outre qu'il était extrêmement périlleux, le trajet par voie terrestre depuis l'Atlantique pouvait durer plusieurs années. Quant au voyage depuis l'Europe, il offrait une perspective encore plus décourageante. Dans les années 1720, il fallut à l'explorateur naval Vitus Bering trois ans pour rejoindre le Pacifique depuis Moscou avant d'entreprendre son voyage. Or le détroit, qui ne portait pas encore son nom, ainsi qu'une bonne partie de l'Alaska le séparaient encore de la côte Nord-Ouest. La mer n'offrait pas une meilleure alternative. À moins de naviguer depuis la côte Est de l'Asie, le seul moyen d'accéder au Pacifique Nord consistait à faire un détour jusqu'à l'hémisphère Sud puis à contourner soit l'Amérique du Sud soit l'Afrique (selon le sens du voyage).

Les Chinois, qui dès le XIIIe siècle avaient des bateaux capables de traverser le Pacifique, ont gardé des traces écrites d'un lieu légendaire baptisé Fousang, dont on croit qu'il pourrait s'agir de la côte Nord-Ouest. Les Anglais, moins élégants, l'avaient surnommée « l'arrière-train de l'Amérique » et, jusqu'à ce qu'elle soit fidèlement reproduite à la fin du XVIIIe siècle, cette côte a dû subir toutes sortes d'indignités cartographiques, produits de la désinformation, de désirs fantaisistes et de mensonges éhontés. On a prétendu que la région abritait Quivira, la légendaire cité d'or que recherchaient les Espagnols au milieu du XVIe siècle, ainsi que diverses cités perdues, de même que le passage du Nord-Ouest et son ancêtre mythique, le détroit d'Anian. Quand il écrivait *Les Voyages de Gulliver*, le satiriste Jonathan Swift choisit cette contrée méconnue pour y implanter Brobdingnag, le pays des géants. *Les Voyages de Gulliver* furent publiés en 1726, soit deux ans avant que Bering ne vérifie sa théorie majeure, bien que rudimentaire, selon laquelle l'Asie et l'Amérique du Nord formaient deux continents distincts.

Le premier Européen à avoir jamais mis le pied sur la côte Nord-Ouest et à survivre à sa rencontre avec les autochtones fut le capitaine James Cook, qui débarqua dans l'anse de la Résolution, au nord-ouest de l'île de Vancouver, le 29 mars 1778. L'île de Vancouver constitue la plus grosse pièce du puzzle découpé par la côte. De sa pointe méridionale encastrée dans une poche formée par la péninsule Olympique, dans l'État de Washington, elle suit la côte de Colombie-Britannique sur cinq cents kilomètres en direction du nord-ouest. Le but recherché par Cook en débarquant à cet endroit allait se révéler prophétique : il avait tout simplement besoin de bois. Dans leur traversée vers la Nouvelle-Zélande, via Hawaï, les mâts et les bômes de ses deux navires avaient subi de grosses avaries. Sur l'île, les explorateurs furent accueillis par le puissant chef Maquinna du peuple des Nuu-chah-nulth. Le chef et les membres de sa tribu portaient des manteaux en fourrure de loutre de mer et vivaient dans des maisons de bois qui auraient été familières à n'importe quel Européen. Elles étaient faites de planches droites, avec un trou de cheminée ouvert au centre d'un toit à auvents symétriques ; les seuls détails qui auraient pu surprendre dans ces maisons nuu-chah-nulth étaient leur grande taille et leur épaisse charpente. En plus des loutres de mer « aussi abondantes que des mûres » et de l'hospitalité affable des autochtones qui était d'excellent augure pour leur futur commerce, les hommes découvrirent une autre richesse dans les profondeurs de la forêt. Des arbres comme aucun Anglais n'en avait jamais vu, le rêve d'un bâtisseur d'empire. Mais Cook, qui faisait route vers Hawaï, n'allait pas vivre assez longtemps pour admirer les fruits de sa découverte.

Quand le récit de son troisième et dernier voyage fut publié en 1784, des entrepreneurs aventureux, aux oreilles desquels étaient sans doute déjà arrivées quelques rumeurs, appareillèrent sans attendre et prirent le cap du Pacifique Nord. En 1785, le premier navire accostait pour commercer avec les indigènes, et rien ne serait plus jamais comme avant dans cette partie du monde. Ces disciples de Cook surnommés les « Nor'westmen » (dénomination qui s'appliquait tant aux hommes qu'à leurs bateaux) étaient des explorateurs mercantiles lancés dans ce qui fut sans conteste l'une des missions commerciales les plus ambitieuses, les plus vastes et les plus complexes au plan culturel jamais entreprises sur la durée. Ces hommes avaient pour unique motivation la fourrure d'un petit mammifère qui venait d'être classifié sous la dénomination d'*Enhydra lutris*, la loutre de mer, dont la peau était la Toison d'or du Pacifique Nord. Les Chinois étaient prêts à payer pour elle une fortune. La dynastie mandchoue du XVIIIe siècle qui régnait sur ce que l'on appelait « le Céleste Empire » était la civilisation la plus avancée au monde. Avec son territoire immense, les trois cents millions de sujets qui composaient sa société hostile à ce qui venait de l'étranger (soit un tiers de la population mondiale de l'époque) étaient largement autosuffisants, sauf pour les peaux de loutres de mer que les membres de la classe supérieure convoitaient plus que tout autre vêtement. Une peau de qualité pouvait s'échanger jusqu'à 120 dollars d'argent espagnols, l'équivalent de 2 400 dollars américains d'aujourd'hui. Ces fourrures étaient si précieuses que sur les navires de commerce on fouillait périodiquement les affaires des hommes d'équipage pour s'assurer qu'ils ne trafiquaient pas des peaux pour leur propre compte, comme on fouille encore aujourd'hui les hommes qui travaillent dans les mines de diamant africaines. Si la morue, le bois d'œuvre et la fourrure de la côte Est étaient sources de richesse depuis un peu plus d'un siècle, jamais une marchandise du Nord n'avait, comme la loutre, déclenché chez ses exploitants une fièvre qui ne peut se comparer qu'à celle de l'or, du pétrole ou du trafic de drogue.

Les négociants arrivant aussi bien par voie de terre que par mer, c'est le négoce de la fourrure qui a ouvert le premier la route de l'Ouest. Le castor, le renard et l'hermine faisaient l'objet d'un commerce juteux, mais la loutre appartenait à une classe à part. Alexander Mackenzie, marchand de fourrures et partenaire dans la compagnie du Nord-Ouest, de propriété britannique, fut le premier Européen à traverser le continent par voie terrestre. Il atteignit la côte en 1793, face à la pointe sud des îles de la Reine-Charlotte fraîchement baptisées. Son voyage avait été si rude que personne n'a jamais pu le refaire depuis. Bien qu'il ait précédé Lewis et Clark de plus d'une dizaine d'années, Mackenzie trouva à son arrivée une bonne dizaine de bateaux sillonnant la côte à la recherche de peaux de loutres, et nombre d'entre eux étaient américains. Dès 1791, on voyait pendre aux oreilles des autochtones de la côte Nord des pièces frappées par la colonie de la baie du Massachusetts. John Jacob Astor, dont le vaste empire de commerce des fourrures appartient à la légende américaine, n'a envoyé sa première expédition dans la région que près de vingt ans plus tard, en 1810. À cette époque, la loutre de mer, animal à la gestation lente, était déjà en déclin.

La loutre de mer, qui ne vit que dans le Pacifique Nord, est un mammifère unique en son genre. Quand le nombre de cheveux sur la tête d'un être humain peut atteindre cent mille, la loutre de mer peut produire jusqu'à six cent mille poils sur moins de trois centimètres carrés. Sa fourrure est si fine qu'on peut la brosser dans n'importe quel sens. Il en résulte une peau d'une incomparable douceur au toucher. La loutre n'étant pas pourvue d'une couche isolante de graisse, à la différence des autres mammifères marins, ce réseau dense de poils – qu'elle se charge de peigner elle-même pour y introduire des bulles d'air qui la protégeront du froid en retenant sa chaleur corporelle – est ce qui lui permet de survivre dans les eaux du Pacifique Nord. La loutre de mer met rarement le pied à terre et préfère manger, dormir, se reposer et copuler en flottant sur le dos. Elle transporte des pierres plates dans des membranes de peau, placées sous ses pattes de devant. Posées sur sa poitrine, ces pierres sont utilisées comme une enclume pour ouvrir les coquillages (dans les aquariums, ces galets leur sont confisqués, parce que les loutres s'en servent pour cogner contre les parois en verre). La loutre de mer a la réputation d'avoir une nature joueuse et affectueuse. Elle peut se laisser flotter pendant des heures en tenant par la patte l'une de ses congénères. Le rut est cependant un rituel nettement moins joyeux, puisque le mâle attrape entre ses dents le museau de la femelle et la fait basculer, ventre en l'air, sur son propre abdomen. À ce qu'il paraît, ces animaux étaient très faciles à tuer.

Les négociants en peaux de loutres effectuaient un périple qui faisait le tour du globe, suivant une route tellement rentable qu'on l'a surnommée « la tournée de l'or ». Certains embarquaient depuis un comptoir colonial comme Macao ou Calcutta, mais la plupart partaient de leur port d'attache dans l'Atlantique Nord. De là, il leur fallait entre trois et quatre mois pour simplement atteindre le cap Horn, un lieu de brouillard, d'icebergs, de bourrasques et de vagues gigantesques et un défi pour les navigateurs voguant vers le Pacifique, car le courant les pousse dans la direction opposée. Les bateaux à gréement carré n'étaient pas conçus pour naviguer vent debout. C'est pourquoi il leur fallait parfois tirer des bordées pendant un long mois pour simplement passer le cap Horn, une étape qui mettait le bateau et les hommes à rude épreuve. Certains capitaines préféraient renoncer et rebrousser chemin, mais un marchand de fourrures est parvenu un jour à faire le voyage à bord d'une simple goélette de dix mètres. Du cap Horn, à deux encablures du cercle antarctique, ces navires repartaient en louvoyant vers le nord sur environ treize mille kilomètres jusqu'aux brumes épaisses, aux vents changeants et aux courants féroces de la côte Nord-Ouest. C'est alors, au bout de six mois d'une navigation éreintante à cohabiter dans la promiscuité et la vermine, que le vrai travail commençait. Ces marins épuisés par leur voyage n'avaient droit à aucun répit. L'humidité accablante de ces contrées, en plus d'être la cause de fréquentes maladies respiratoires, faisait pourrir les réserves de nourriture, la toile et les cordages à une vitesse alarmante. La mauvaise visibilité, les vents inconstants, les tourbillons et les caprices de la houle rendaient la navigation le long de cette côte très hasardeuse. Dans certains chenaux de refoulement, les déferlantes pouvaient atteindre une vitesse à peine inférieure à celle des chutes du Niagara. En raison des fonds accidentés, les pertes d'ancres et de chaînes étaient si fréquentes qu'un capitaine recommandait de charger à bord pas moins de cinq ancres et lignes de mouillage en réserve. Le temps épouvantable sapait le moral des hommes d'équipage qui avaient pour le décrire une large palette d'épithètes : morne, inhospitalier, redoutable, sauvage, barbare et féroce comme le loup, pour ne citer que ceux-là. Certaines de leurs expériences de navigation semblent sortir tout droit de l'imagination d'un Jérôme Bosch, tels ces grêlons gros comme des glaçons qui abattent les oiseaux en plein vol. Parlant du mal de mer dont ses coéquipiers et lui avaient souffert, un marin a cette image éloquente : « C'était comme chier par les dents. »

Une fois le chargement de fourrures de loutres constitué, les bateaux prenaient la direction du sud jusqu'à Hawaï, où les équipages trouvaient de quoi reconstituer leurs réserves de vivres, assouvir leurs appétits sexuels et parfois charger une cargaison secondaire de bois de santal. De là, les navires traversaient le Pacifique jusqu'à Canton, en bravant en chemin les pirates asiatiques et européens. (Les Russes, qui avaient un demi-siècle d'avance sur les Européens, faisaient voyager leurs fourrures par voie terrestre, transitant principalement par la ville de Kiakhta, à la frontière septentrionale de la Chine.) Tous les profits tirés de la vente des peaux étaient aussitôt réinvestis en thé, en soie et en porcelaine. Une fois leur chargement reconstitué, les Nor'westmen faisaient route vers le sud, sur les eaux de l'océan Indien, passaient le cap de Bonne-Espérance, puis remontaient par l'Atlantique jusqu'à leur port d'attache. Une « tournée » type couvrait plus de soixante mille kilomètres et durait deux années. Les bateaux étaient vidés et rechargés à deux reprises. Les Nor'westmen devaient traiter avec des populations dangereuses et très diverses parlant au minimum quatre langues sans parenté les unes avec les autres. En plus de l'anglais et du français, un pidgin appelé le chinook était très prisé pour le commerce sur la côte Sud jusqu'à l'île de Vancouver et avait son équivalent haïda plus au nord. En outre, il fallait dans l'équipage un homme possédant des notions d'hawaïen et de cantonais.

Pendant ce temps, le long de la côte, les autochtones connaissaient leurs premières expériences surréalistes avec ces étranges embarcations transportant à leur bord des êtres capables de faire des choses que nul homme ordinaire n'aurait pu faire : ils pouvaient ôter leurs cheveux selon leur bon vouloir (perruques) ; ils pouvaient enlever leurs peaux colorées et sortir des objets de leur corps (habits ajustés) ; leurs armes pouvaient transpercer des armures de guerre faites de lamelles de bois et d'épaisses peaux de lions de mer. Sans compter qu'ils avaient les yeux bleus. À mesure que les autochtones apprirent à mieux les connaître, ces étrangers reçurent différents surnoms : hommes de fer, puis plus spécifiquement hommes de Boston ou hommes du roi George. Ils étaient tous du même sexe. Hormis, de temps en temps, l'épouse d'un capitaine ou une maîtresse hawaïenne, les femmes à bord étaient rares. Cependant, toutes ces particularités, de même que leur odeur singulière, étaient vite oubliées, parce que ces hommes transportaient avec eux tout un assortiment d'objets surprenants – burins, clous, pots de cuivre, ciseaux, miroirs, boutons, couvertures et cloches de laiton – dont ils semblaient impatients de se défaire. Toutefois ils transportaient aussi avec eux les quatre cavaliers de l'Apocalypse : le rhum, les armes à feu, les maladies contagieuses et une vision du monde pleine de véhémence. Ces lointains visiteurs ne revenaient pas du royaume des morts, ils apportaient ce royaume avec eux. Un siècle plus tard, un nouveau venu voyageant le long de la côte Ouest et voyant de ses yeux se succéder des villages jonchés des ossements de défunts qu'on n'avait pas mis en terre aurait pu logiquement supposer que le royaume des morts se trouvait ici même, en Amérique du Nord. Non que les peuples de la côte Nord-Ouest eussent été étrangers au meurtre et au désordre, voire aux maladies, loin s'en faut. Après tout les Haïdas conservaient les têtes de leurs ennemis, et la variole avait certainement précédé l'arrivée des marchands. Mais c'est l'ampleur des dégâts qui semblait accablante.

Il est clair que la nouveauté et l'effet de surprise donnèrent l'avantage aux nouveaux venus dans les premiers temps. Certains hommes de Cook, par exemple, réalisèrent un profit de 1 800 pour cent sur les peaux de loutres qu'ils se procurèrent auprès des Nuu-chah-nulth, manquant de peu de déclencher une mutinerie dans une partie de l'équipage qui voulait abandonner le « voyage d'exploration » et retourner vers la côte pour acheter d'autres fourrures. Cependant les autochtones n'ont pas tardé à réexaminer la valeur de ces nouveaux objets d'échange par rapport à ce qu'eux-mêmes avaient à offrir, et de ce jour chaque transaction se transforma en un concours de ruse.

Même si les Nor'westmen voulaient se convaincre du contraire, le Nouveau Monde dans lequel ils débarquaient n'avait rien d'innocent ni de naïf. Le commerce entre tribus était déjà développé à l'époque où arrivèrent les étrangers, et toutes sortes de marchandises – le cuivre, les becs de perroquets, les scalps de piverts et jusqu'aux esclaves humains – transitaient de Californie en Alaska et des îles extérieures aux Prairies. Les nouveaux arrivants apprirent, à leur grand dépit, que les lois et pratiques fondamentales du commerce comme celles de l'offre et de la demande, de la publicité mensongère, du gonflement des prix ou du contournement des intermédiaires, sans même parler du bon vieux subterfuge de l'offre d'appel, étaient déjà largement répandues le long de la côte. Comme le rapporte l'un d'eux : « Dans le monde civilisé, ces artistes du Nord-Ouest auraient été capables de maquiller la couleur d'un cheval avec la complicité de n'importe quel jockey ou de vous rafraîchir une sole un peu fanée avec le plus ingénieux et le plus malhonnête des poissonniers. » Un autre facteur qui déstabilisait les équipages d'hommes en rut, privés de compagnes, était que les femmes de cette région, moins disponibles sexuellement que celles d'Hawaï, jouaient souvent un rôle de premier plan dans les négociations.

Pendant plus d'une centaine d'années, l'hémisphère Nord a eu tendance à idéaliser les peuples indigènes d'Amérique, une tendance partagée par ces peuples eux-mêmes. On les a présentés comme les premiers défenseurs de l'environnement, comme les intendants d'un Éden continental qui révéraient leurs proies et nourrissaient la terre jusqu'à ce qu'elle soit envahie et dévastée par les Européens. Cette image idyllique semble surprenante compte tenu de la somme d'informations sur les réalités de la vie tribale qui ont survécu jusqu'à nos jours. Mais il n'y avait pas que des gens comme John Muir, Edward S. Curtis et Grey Owl pour souscrire à cette vision des choses. George Armstrong Custer, lui aussi, était connu pour évoquer avec des trémolos dans la voix la disparition de ce que lui-même et beaucoup de ses contemporains appelaient « la noble race ». Pourtant avec l'expansion vers l'ouest, avant même la naissance de ces romantiques, le commerce de la loutre de mer établissait les règles de toutes les industries extractives qui viendraient ensuite.

Si la nourriture était généralement abondante sur la côte Nord-Ouest, les autochtones n'étaient pas totalement étrangers à la famine en cas d'hiver rigoureux ou de mauvaise pêche. La loutre de mer n'était pas un mets régulièrement consommé, mais elle fournissait la meilleure fourrure qu'on puisse trouver. Cependant, connaissant l'importance concrète de cet animal et malgré leur sensibilité patente aux rythmes de la nature, les autochtones de la côte Ouest ont amené la loutre de mer à la limite de l'extinction. Ce faisant, ils ont manifesté une cupidité de courte vue qui a entraîné la disparition de dizaines d'autres espèces, dont le saumon de l'Atlantique et, plus récemment, la morue de l'Atlantique. De même que labourer des terres agricoles pour y semer plus de pelouse ou compromettre la qualité de l'air par l'acquisition d'une voiture encore plus puissante, cette façon excentrique de traiter ses ressources est propre à l'homme.

Vu du XXI^e siècle, il est difficile de dire qui a le plus été aveuglé par l'appât du gain : les Européens attirés par la promesse de profits colossaux ou les autochtones qui se trouvaient soudain en position de pouvoir grimper d'un bond au sommet de la hiérarchie et de donner des potlatchs d'une magnificence encore inégalée sur cette côte. Ces derniers étaient si impatients de s'accaparer les merveilles technologiques des commerçants étrangers qu'ils étaient prêts à vendre le manteau de loutre sur le dos de leur femme et parfois même ce dos lui-même. De leur côté, les « hommes de fer » voulaient si désespérément se procurer ces peaux, qu'ils auraient échangé tout ce qui n'était pas indispensable à leur voyage de retour, y compris des esclaves indigènes capturés plus au sud, des armes à feu, de l'argenterie, des clés de porte et leurs propres habits. C'était l'âge d'or pour toutes les parties en présence, un festival de rapacité et de capitalisme effréné.

En dépit de ce que nous dépeignent les westerns et l'histoire populaire, l'Ouest est en réalité devenu « sauvage » soixante-quinze ans avant l'arrivée du chemin de fer et de Jesse James, ou de Sam Steele et de sa police montée du Nord-Ouest. Quand Lewis et Clark atteignirent la côte Pacifique en 1805, les autochtones étaient déjà lourdement armés. Dès 1795, les Haïdas ripostaient au feu des négociants étrangers par des salves de leurs propres canons récupérés lors du pillage de navires européens. En 1810, certains chefs possédaient de tels arsenaux qu'ils pouvaient *revendre* aux Nor'westmen le *nec plus ultra* des canons sur pivot. Les Haïdas, à ce qu'on rapporte, avaient monté des armes de ce type à la proue de leurs pirogues. Ils maîtrisaient l'art des fortifications bien avant l'arrivée des Européens, et au moins un village haïda près de Masset possédait une palissade garnie de canons acquis par le pillage. Plus au nord, les Tlingits n'étaient pas moins déterminés : contrariés que la compagnie russo-américaine et la compagnie de la baie d'Hudson empiètent sur leur rôle d'intermédiaires entre le continent et les tribus de la côte, ils réduisirent les forts russes et britanniques à un tas de cendres fumantes. De leur côté, les Haïdas firent main basse sur une bonne moitié de la douzaine de navires de commerce saisis par les tribus de la côte Ouest avant l'effondrement du marché de la loutre de mer en 1850.

Les tensions apparurent très tôt, du fait que le vol était une pratique admise chez quasiment tous les peuples que rencontraient les négociants. Dire que les autochtones accaparaient tout ce qui n'était pas cloué au sol serait en dessous de la vérité. Comme l'a rapporté John Meares, l'un des premiers Nor'westmen, « nous avons maintes fois observé que si la tête d'un clou, à bord du navire ou d'un canot, saillait légèrement du bois, ils [les indigènes] l'extrayaient avec leurs dents ». Ces vols étaient perpétrés dans un esprit sportif qui n'était pas sans rappeler l'exercice consistant à « compter les coups » pratiqué chez les Indiens des Plaines[1], l'idée étant, semblait-il, que si on n'était pas capable de protéger une chose, on n'était pas digne de la posséder, qu'il s'agisse d'une simple cuillère à soupe ou d'une goélette. Mais les Blancs n'étaient pas en reste et pratiquaient eux aussi cet exercice à leur façon. Pendant que les autochtones filaient avec leurs outils, leur linge et leurs canots, les marchands n'avaient aucun scrupule à descendre à terre pour se servir en eau, en bois et en gibier, toutes choses que les indigènes considéraient comme leur propriété.

---

1. Pratique des Indiens des Plaines qui consistait à démontrer son courage et son habileté au combat en s'approchant de son ennemi jusqu'à pouvoir le toucher de la main ou de son bâton à coups. Le procédé était aussi un moyen d'humilier son adversaire : « Tu vois ? Je pourrais te tuer si je le voulais, mais tu n'en vaux même pas la peine. » *(N.d.A.)*

Pour cette raison, il régnait pendant les échanges une atmosphère de suspicion mutuelle, teintée d'un mépris à peine dissimulé par le fin verni d'un protocole soigneusement orchestré, qui comprenait l'échange d'offrandes, ainsi que les invitations à partager un repas et à visiter les quartiers de l'autre partie. Cependant, avec la montée en flèche de la compétition et de l'inflation, il ne fallut pas longtemps avant que les cadeaux et les banquets ne dégénèrent en rencontres aussi chargées de tension et lourdement armées que le serait de nos jours un important deal de drogue ou un échange d'otages. Chaque transaction devait beaucoup à la personnalité des parties en présence et chaque camp possédait son lot d'hommes honorables. Mais les mauvaises nouvelles voyagent vite, et un certain James Kendrick, qui restera dans les mémoires comme l'un des ambassadeurs commerciaux les plus destructeurs (et les plus prophétiques) de l'histoire américaine des origines, fut la cause d'une détérioration précoce et rapide des relations d'affaires entre les deux camps. Kendrick fut, entre autres choses, le premier homme à vendre des armes en grandes quantités aux tribus de la région, dont les Haïdas, et c'est en partie à cause de lui que l'histoire des îles de la Reine-Charlotte est l'une des plus sanglantes de cette côte.

Les choses auraient pu tourner différemment si le capitaine Kendrick, l'un des « hommes de Boston », ne s'était pas fait voler ses sous-vêtements un jour de juin 1789 et n'avait pas décidé de donner au chef Koyah une bonne leçon qui consista à lui enfoncer une jambe dans la bouche d'un canon, à lui raser la tête et à lui peindre le visage. L'humiliation fut cuisante pour Koyah, un chef renommé et fortuné, qui n'eut dès lors plus qu'une idée en tête : retrouver la face. Quand Kendrick revint, deux ans plus tard, Koyah l'attendait de pied ferme. Il parvint à s'emparer du capitaine et de son navire, mais fut dominé par la puissance de feu de ses ennemis. Dans le massacre qui s'ensuivit, au moins quarante Haïdas périrent et beaucoup d'autres furent blessés (la bataille fut par la suite relatée dans une chanson intitulée « La ballade de l'audacieux homme du Nord-Ouest »). Koyah survécut, et le bateau suivant qui s'aventura sur son territoire fut réduit en cendres et son équipage massacré, à l'exception d'un homme qu'on épargna pour l'asservir. La même année, l'un des alliés de Koyah réserva un traitement identique à un autre navire. En 1795, le chef lança une attaque de plus de quarante pirogues transportant à leur bord environ mille deux cents guerriers contre l'*Union*, un autre bâtiment américain. L'assaut fut farouchement repoussé et soixante-dix Haïdas y laissèrent la vie. « J'aurais pu en descendre une bonne centaine d'autres, écrivit le capitaine du navire, âgé de vingt ans. Mais j'ai laissé parler mon humanité et ordonné le cessez-le-feu… Aucun de nous ne fut blessé. »

Le chef Maquinna, celui-là même qui avait réservé au capitaine Cook un accueil si chaleureux, fut poussé aux mêmes extrémités. Cinq ans après Cook, il reçut la visite de la *Loutre de mer*, le premier navire spécialisé dans le commerce des fourrures sur cette côte. Maquinna fut convié à bord et on lui désigna une place d'honneur qui avait préalablement été piégée avec une charge de poudre à canon. Le chef fut soulevé de son siège par l'explosion et, s'il survécut, il en resta marqué à vie. Quand ses guerriers menèrent une attaque en représailles, ils périrent par dizaines sous le feu des fusils et des canons. En d'autres occasions, des marchands pillèrent sa maison et exécutèrent sommairement ses sous-chefs. Près de vingt ans après l'épisode du siège piégé, Maquinna mena la prise du navire *Boston* et le massacre de tout son équipage à l'exception de deux hommes : seuls furent épargnés l'armurier pour son talent très apprécié et un voilier très chanceux.

De toutes les fins tragiques que connurent les Nor'westmen, celle du capitaine Kendrick fut un juste retour des choses. En 1795, six ans après sa première bataille contre Koyah, ce capitaine alcoolique et caractériel se trouvait dans le port d'Honolulu quand il exigea d'être salué au canon par le *Jackal*, un bâtiment battant pavillon britannique. Le *Jackal* obtempéra, mais par accident utilisa de vraies munitions, si bien que James Kendrick sombra sous le feu de la mitraille. Un mois plus tard, le capitaine du *Jackal* était exécuté par les Hawaïens. Le frère de Kendrick fut ensuite tué par un allié de Koyah.

*

Les autochtones avaient toujours la ressource de se retirer dans les forts de leurs villages, et au pire dans les profondeurs de la forêt, mais les Nor'westmen n'avaient nulle part où aller que leurs bateaux. Or dès qu'ils avaient jeté l'ancre ils devenaient des cibles faciles. Des marchands ont rapporté avoir parfois été cernés par des centaines de pirogues, certaines plus longues que leurs propres navires. Or ces embarcations étaient beaucoup plus faciles à manœuvrer dans des espaces réduits. La fuite, dans ces conditions, était impossible, sans compter qu'une attaque pouvait toujours survenir, même dans les situations en apparence les plus favorables. Originaire du Massachusetts, William Sturgis, un pionnier du commerce des fourrures qui allait devenir l'un des plus ardents critiques du comportement de ses homologues sur la côte, avait trouvé la formule pour un climat commercial efficace et dénué de violence. La recette de sa réussite consistait en une défense sans faille associée à un étalage convaincant de sa puissance de feu.

On ne saurait trop souligner l'importance de ces navires pour les marins qui savaient leur sort lié à eux. Les équipées dans lesquelles ces hommes étaient embarqués seraient aujourd'hui considérées comme épiques. Du point de vue pratique, elles étaient plus proches de voyages interplanétaires que de voyages intercontinentaux. À l'image d'un vaisseau spatial, chaque navire formait un système autarcique, servant tout à la fois de dortoir, de mess, de clinique, de vitrine, d'entrepôt, de salle de conseil, de forteresse, d'armurerie et de module d'évacuation. Sans lui, pas de retour au bercail possible. Si quelque chose tournait mal en route, la mort était presque certaine. Il n'y avait aucun moyen d'appeler à l'aide et rarement quelqu'un pour vous entendre. Si votre bateau se perdait et que vous parveniez malgré tout à regagner le rivage, ce n'était la plupart du temps que pour voir vos souffrances s'éterniser. Un marin séparé de son navire était un être extrêmement vulnérable. Il avait toutes les chances d'être tué sur-le-champ ou bien réduit en esclavage par des gens qui lui étaient aussi étrangers que des extraterrestres. La différence entre le vécu de ces hommes et celui de leurs contemporains transportés par les négriers depuis l'Afrique de l'Ouest n'était qu'une affaire d'échelle.

Rétrospectivement, il est difficile de comprendre ce qui pouvait pousser ces marchands à armer les autochtones, surtout quand on sait que, comme l'a fait observer un négociant français, à la première occasion les indigènes retourneraient leurs armes contre ceux qui les leur avaient vendues. (Les Espagnols avaient pour politique de ne jamais échanger d'armes avec les indigènes.) Mais les fusils servaient parfois à acheter la loyauté des acquéreurs, comme dans le cas de ces pelletiers britanniques qui avaient réalisé plusieurs transactions de ce type avec les tribus des Plaines. Parce que les armes qu'ils vendaient étaient souvent de médiocre qualité, les marchands devaient penser qu'en cas d'affrontement ils auraient toujours le dessus. D'autres se disaient probablement qu'ils ne remettraient plus jamais les pieds dans le coin et donc peu leur importait ce qu'ils laissaient derrière eux. Ou peut-être ne réfléchissaient-ils pas du tout. En tout cas, la vitesse à laquelle les peuples autochtones s'adaptèrent aux nouvelles technologies et à l'évolution de leur environnement a pris de court plus d'un marchand.

Il semble impossible que les parties prenantes dans le commerce des fourrures aient pu manquer de prédire à la loutre de mer un destin semblable à celui que Jean-Jacques Audubon augurait au bison dès 1843, alors que de vastes troupeaux de ces bêtes noircissaient encore les plaines d'Amérique : « Avant longtemps le bison, comme le grand pingouin, aura disparu, écrivait-il dans le *Missouri River Journal*, le récit de son expédition. Une telle chose ne devrait assurément pas être permise. » En 1730, des millions de loutres de mer vivaient dans les lits de varech parsemant la côte Pacifique, de la Basse-Californie jusqu'en Alaska, puis plus au sud le long des îles Aléoutiennes et du Kamtchatka, jusqu'au Japon. En 1830, l'espèce était pratiquement éteinte dans ses zones d'habitat naturel. Or si les autochtones semblaient avoir été des agents consentants, voire zélés, de la destruction de l'espèce, c'était que les marchands européens les tenaient à leur merci, certains n'hésitant pas à employer des techniques coercitives, telles que menaces et prises d'otages. Toutefois les indigènes étaient d'abord et avant tout les otages du commerce lui-même : une fois le marché des peaux créé, ils n'avaient plus eu d'autre choix que d'y prendre part. Tout village ou toute tribu qui s'y refusaient étaient voués à perdre la course aux armes, aux nouvelles technologies et à la richesse. Emportés par ce raz-de-marée irrépressible, ils ne pouvaient plus sauter en route, même s'ils se voyaient finalement courir à leur perte.

Alors que la population des loutres déclinait, les affrontements entre tribus devinrent si violents et les relations commerciales de part et d'autre se gâtèrent à tel point que les risques surpassèrent les gains des expéditions de négoce. La multiplication des mutineries à bord des navires ainsi que le rapt et le rançonnement des indigènes en échange des peaux continuèrent de détériorer la situation. William Sturgis, dont le frère avait été tué par les Haïdas, a donné ce qui peut passer pour l'état des lieux le plus juste sur la côte au début du XIX$^e$ siècle. Évoquant son expérience du marché de la loutre de mer, il écrivit :

> Si je devais raconter tous les actes brutaux et contraires à la loi dont les hommes blancs se sont rendus coupables sur la Côte, vous penseriez que ces gens avaient perdu les attributs communs de l'humanité, et cela semble hélas avoir été le cas. Les premières expéditions furent… confiées à des hommes de l'espèce que l'on trouve prête à entreprendre une aventure hasardeuse. C'étaient des hommes aux abois, des êtres sans foi ni loi et des têtes brûlées qui, se trouvant hors des confins de la civilisation et ne devant rendre de comptes à personne, ont poursuivi leur but sans aucun scrupule quant aux moyens employés et se sont laissés aller aux débordements les plus brutaux sans aucune retenue… Je n'exagère pas en affirmant que certains d'entre eux auraient abattu de sang-froid un Indien pour son manteau en peau de loutre sans plus de repentir que s'il avait tué l'animal dont provenait cette peau.

La rapide faillite des relations commerciales sur la côte Nord-Ouest peut être attribuée à la conjonction de deux facteurs funestes : les cultures d'extrême violence que les deux parties apportaient à la table des négociations et le fait que chacune déniait à l'autre la pleine qualité d'humain. Ce mélange de brutalité et de mépris, associé à un fort sentiment de légitimité, a donné le ton au comportement des futurs colons et investisseurs à l'égard des habitants du Nouveau Monde, mais aussi à l'égard de ses ressources. Rien ou presque n'a changé depuis que le roi Guillaume III déclarait, à un océan de distance, que les forêts du Maine étaient « les arbres du roi ».

Pendant que la « ruée vers l'or » de la loutre de mer captivait les imaginations et que l'avidité empoisonnait les esprits, des gens qui avaient su garder la tête froide avaient déjà noté la présence d'une marchandise qui allait se révéler bien plus lucrative à long terme. En 1787, le capitaine John Meares, qui peut être considéré comme le père du commerce du bois sur la côte Nord-Ouest, reçut l'ordre suivant de ses commanditaires londoniens : « Les espars de toutes sortes sont ici en demande constante. Rapportez-en autant que vous pouvez raisonnablement en transporter. » Un an plus tard, ses ponts chargés de bois en provenance de l'île de Vancouver, Meares écrivit à son tour : « Le fait est que les forêts de cette partie de l'Amérique ont de quoi fournir… toutes les marines d'Europe. » La loutre de mer les avait attirés dans la région, mais c'est le bois qui les y a retenus.

# 6

## La dent de la race humaine

> *Je suis la dent de la race humaine,*
> *Rognant l'immensité de la forêt,*
> *De copeau en copeau, d'arbre en arbre,*
> *Jusqu'à ce qu'enfin les champs rutilent,*
> *Dévorant son cœur avec délectation,*
> *Dans l'arbre plaintif je plante mes crocs.*
> *La terre bénit chaque coup porté,*
> *Et la joie envahit la nature inapprivoisée.*
>
> Donald A. Fraser, « Le chant de la hache »,
> adapté par Margaret Horsfield

John Meares avait certes été visionnaire, toutefois il n'était pas le premier Européen à contempler le Nouveau Monde et voir la flotte qu'ils pourraient tirer de ses arbres. Tous ceux qui avaient un jour posé les yeux sur la côte d'Amérique du Nord, de Columbus à Cabot, avaient noté la présence de bois en abondance, mais les Anglais furent les premiers à en faire une exploitation systématique. À l'instar des Romains, des Grecs et des Sumériens avant eux, les Anglais avaient pour le bois un appétit insatiable. Ce qui a eu pour résultat de réduire les îles britanniques et leurs épaisses forêts à des étendues de pâturages, et cela bien avant la naissance de Meares. À l'époque où Meares fut nommé capitaine, l'Empire britannique était la plus grande puissance que le monde eût jamais connue, un succès qu'il devait en grande partie à sa redoutable marine. Ses bateaux en bois ouvraient la voie au commerce planétaire et à l'édification d'un empire transocéanique, mais ils le faisaient en partie pour assurer leur propre perpétuation (en gros, pour construire un navire de guerre à la fin du XVIII$^e$ siècle, il fallait un demi-hectare de chênaie par canon). Les hauts sapins sans nœuds dont on faisait les mâts et les bômes commençaient à se faire rares en Europe occidentale et c'est pour eux que les constructeurs de la flotte royale se tournèrent vers l'Amérique du Nord. Il y a encore cent cinquante ans, une forêt de sapins droits et robustes était aussi précieuse que peuvent l'être aujourd'hui un champ de pétrole ou une mine d'uranium. Elle était une source stratégique d'énergie (c'est-à-dire de puissance nautique) et sans elle une nation ne pouvait réaliser pleinement ses ambitions commerciales et militaires.

À l'époque où les capitaines Cook et Meares arrivèrent dans le Pacifique Nord, des agents de la Couronne britannique exploitaient déjà les sapinières sur la côte Est de l'Amérique du Nord depuis plus d'un siècle. Avec la morue, la potasse (un dérivé du charbon) et les peaux de castors, les mâts de bateaux furent l'une des premières exportations notables du Nouveau Monde. Dès 1605, des échantillons de pin blanc du Maine furent expédiés en Angleterre pour être éprouvés par la Royal Navy et en 1691 l'Angleterre promulgua sa « Broad Arrow Policy », sa politique de la flèche royale. Expression de l'impudence de l'époque, ce décret très impopulaire disposait que tout arbre d'un diamètre supérieur à vingt-quatre pouces et situé à moins de trois miles de la mer était la propriété du roi. Pour éviter toute méprise, l'écorce des arbres concernés était marquée du sceau royal en forme de flèche. On attribuait à ces arbres une valeur telle que les navires spécialement conçus pour le transport des mâts voyageaient en convois et avec une escorte armée.

Trois siècles plus tard, de telles précautions nous semblent désuètes et pourtant elles nous aident à nous représenter la valeur réelle du bois, une matière dont l'importance dans notre évolution est inestimable. Dans le monde entier et tout au long de l'histoire humaine, le bois a été l'une des principales sources d'énergie et un matériau de construction fournissant de la chaleur, de la lumière, un abri ainsi que de la nourriture, des vêtements et des armes. Nulle part notre dépendance vis-à-vis du bois n'est plus visible qu'en Amérique du Nord. Les arbres forment la charpente osseuse de notre corps collectif. Ils sont tellement indispensables à notre existence que des archéologues étudiant l'iconographie des colons de Nouvelle-Angleterre au XVII$^e$ siècle pourraient logiquement en déduire que ces chrétiens dévots s'adonnaient au druidisme ou s'étaient tout bonnement convertis aux mœurs indigènes. En 1652, après plusieurs décennies d'usage de diverses devises d'échange – du *wampum* indigène au tabac et à l'argent espagnol –, la colonie de la baie du Massachusetts se mit à battre sa propre monnaie. À la place des croix, des effigies royales et des symboles habituels de la liberté, on choisit de graver sur ces pièces grossières des arbres, et plus particulièrement des sapins, des chênes et des saules. « Quel meilleur moyen de représenter la richesse de notre pays ? » écrivit le graveur de monnaie Joseph Jenks. De même, les premiers drapeaux américains n'étaient pas la bannière étoilée que nous connaissons tous, mais des hommages rendus aux arbres. Le premier drapeau de la

Nouvelle-Angleterre ressemblait fort à celui du Vermont aujourd'hui. Dans certains cas, les drapeaux eux-mêmes étaient faits en bois. Du nord de l'État de New York à la Floride et au Texas, les États-Unis sont encore hérissés de « *treaty oaks* », ces arbres au pied desquels furent signés des accords historiques entre les premiers colons et les tribus autochtones. Les arbres furent les premières églises, les premiers bâtiments officiels et les premières forteresses du continent. Leur valeur symbolique – à l'image de celle de l'Arbre d'or pour les Haïdas – a survécu jusqu'à l'âge de la conquête spatiale : la feuille d'érable qui orne le drapeau canadien ne date que de 1965.

Mais la révérence dont les arbres étaient l'objet ne s'étendait pas aux forêts. Les colons du Nouveau Monde venaient pour une grande part de territoires pastoraux qui avaient depuis longtemps été déboisés et convertis en champs et pâturages. La confrontation avec une étendue sans fin de forêt peuplée de gens et d'animaux inconnus fut pour eux un choc. C'était moins la taille de ce nouveau continent qui les accablait que l'épaisseur et l'infinité de son mystère. La forêt possède une double nature : elle est à la fois une menace et un refuge. Robin des Bois y a trouvé un sanctuaire, tout comme le loup du Petit Chaperon rouge (qui est finalement tué par un bûcheron). Si les armées impériales règnent sur les plaines, les rebelles et les patriotes sont plus à leur avantage sous le couvert des arbres – aux côtés des proscrits, des hors-la-loi et des mystiques. Les bois fournissent de quoi se nourrir et des matériaux de construction, mais ils désorientent aussi et vous ralentissent dans votre progression. Jusque très récemment, l'habitat des gibiers nord-américains comme le chevreuil, l'élan, le bison et le caribou s'étendait à tout le continent, de la côte Est à la côte Ouest, de même que celui de prédateurs comme le loup, l'ours et le puma qui continuent aujourd'hui encore de nous fasciner, de nous terrifier et de nous tuer.

Avant l'arrivée des Européens, les autochtones utilisaient le feu comme un moyen efficace, bien que hasardeux, de chasser et d'ouvrir dans ces vastes forêts des champs et des clairières où pouvait paître le gibier, mais ces espaces verts baignés de soleil étaient réduits. Si les tribus nord-américaines s'établissaient majoritairement à proximité, voire à l'intérieur de la forêt, presque toutes racontaient des histoires de monstres nauséabonds et mangeurs de chair qui hantaient les bois hors des limites du village. Ces histoires avaient leur pendant dans l'Ancien Monde dans des contes comme « Hansel et Gretel ». Le succès remporté par le *Projet Blair Witch*, film de 1998, tient en partie au fait qu'il joue sur ces peurs profondément enfouies en chacun de nous. Dans son livre *Of Plymouth Plantation* publié en 1651, le pèlerin William Bradford décrivait les forêts de Cape Cod comme « une étendue hideuse et désolée, grouillant de bêtes sanguinaires et de sauvages ». Il n'était pas le seul à penser ainsi. Pour beaucoup des premiers colons, déboiser les terres était plus qu'une nécessité, c'était un sacrement, une alchimie sacrée transmuant tout ce qui était sombre, mauvais et inutile en quelque chose de lumineux, de vertueux et de fertile. De rentable aussi. Quand les colons qui n'avaient pas repris en hâte le chemin de l'Angleterre sortirent de leurs trous (au sens littéral du mot), quand ils eurent appris à manœuvrer un canoë et à cultiver les espèces locales (en général dans les champs des autochtones), l'esprit d'entreprise ne mit pas longtemps à éconduire l'Esprit saint. Des fortunes se bâtirent sur les exportations de bois vers l'Angleterre dénudée, mais aussi vers l'Espagne et les Indes occidentales. En 1675, des scieries opéraient par centaines en Nouvelle-Angleterre et sur la côte atlantique du Canada.

Le bois est une industrie qui, bien que cela échappe à beaucoup d'entre nous, a transformé ce continent – et du reste tous les continents peuplés – bien plus que ne l'a fait l'agriculture, ce qui est vrai depuis 1867, 1620 ou 1066, mais également depuis des millénaires. Le déboisement est un préalable à la vie telle que nous la connaissons. Avant toute chose, il faut que les arbres disparaissent. À cet égard, le bûcheron fut l'éclaireur de la civilisation occidentale (et de toutes les civilisations). Non content d'imposer un ordre rationnel au chaos apparent de la nature, il nous a fourni l'espace et les matériaux qui nous ont permis de nous nourrir, mais aussi de construire notre société et de diffuser son message jusqu'aux coins les plus reculés du globe. En réalité, c'est souvent la recherche de nouvelles ressources en bois qui nous a conduits jusqu'à ces coins reculés.

Si on devait résumer l'histoire de l'industrie du bois en Occident en un film de trente secondes, on verrait que son effet sur l'hémisphère Nord est comparable à celui de l'éruption du mont Saint Helens sur la forêt environnante. L'un et l'autre phénomène sont de formidables ondes d'énergie qui prennent leur source dans une zone relativement circonscrite puis se propagent à très grande vitesse en balayant tout sur leur passage. Les références les plus anciennes à l'industrie du bois occidentale remontent à environ 3 000 ans avant J.-C. et proviennent du royaume d'Uruk, en Mésopotamie (l'actuel Irak). C'est là, dans ce qu'il est convenu d'appeler le berceau de la civilisation, qu'une industrie forestière proche de celle que nous connaissons aujourd'hui (c'est-à-dire l'abattage et le commerce du bois à des fins de commerce et d'édification des nations) a bâti des villes et des bateaux, avant de s'étendre graduellement vers l'ouest, de plus en plus vite, gagnant l'Asie Mineure puis l'Europe pour finalement atteindre les Amériques, où sa progression allait connaître une accélération vertigineuse et prendre l'allure d'une déferlante. Elle a laissé derrière elle des paysages que nous croyons naturels, bien qu'ils ne présentent plus guère de ressemblance avec leur état préagricole. Si le drapeau libanais arbore un cèdre, c'est parce qu'une grande partie de ce que nous connaissons maintenant comme un désert était recouverte d'une végétation dense avant l'arrivée des signes annonciateurs de la civilisation – bûcherons, fermiers et chèvres – qui veillèrent à ce que ces vastes étendues de cèdres n'ornent plus jamais la Terre sainte. Les collines nues et arides que nous prenons pour des paysages grecs et italiens typiques étaient autrefois cachées sous une couche d'humus, disparue depuis longtemps, qui maintenait en place des forêts de cèdres et de chênes. La scène pastorale que donne à voir l'Europe rurale fut jadis une terre de futaies plongée dans l'ombre d'épaisses frondaisons, un monde peuplé d'ours, de loups et de peuples nomades qui tenaient la forêt pour sacrée. Ces étendues boisées infestées de sorcières et de fées dépeintes avec tant de brio par Shakespeare et les frères Grimm ont réellement existé. Mais à l'exception de quelques poches oubliées et de rares parcs naturels, plus personne ne les connaît de visu depuis des siècles.

Si les photos aériennes avaient existé il y a deux cents ans, elles nous auraient montré en Amérique du Nord un tableau curieusement familier. À la place du damier de bruns, de gris et de verts dont l'uniformité n'est troublée que par la ride occasionnelle d'un contrefort rocheux ou d'une chaîne de montagnes, nous aurions découvert un paysage semblable à l'Europe du haut Moyen Âge – ou peut-être à l'Amazonie. À l'exception des Prairies et du désert dans sa partie sud-ouest, l'Amérique du Nord aurait ressemblé à un tapis presque ininterrompu de forêt s'étendant de l'Atlantique au Pacifique et du golfe du Mexique au golfe d'Alaska. Au total, cela représentait une quantité de bois phénoménale – des milliards de stères – et pourtant la vitesse à laquelle ce bois a été abattu, brûlé et dans de nombreux cas simplement gaspillé est sans précédent.

Quelques générations seulement après que les Européens eurent commencé à altérer pour de bon ce paysage, une autre conception de la forêt et de ses habitants commença à poindre. Le salut, proclamaient les philosophes et les écrivains romantiques, ne réside pas dans une nature domestiquée mais dans la nature sauvage. Cependant les défenseurs de ces thèses, originaires de régions civilisées, ignoraient tout de la forêt profonde et du travail nécessaire pour la déboiser. En 1864, alors que la nature sauvage en Nouvelle-Angleterre avait été presque entièrement domestiquée, l'un de ses plus fervents chantres, Henry David Thoreau, trouvait encore les bois du Maine un peu trop « naturels » à son goût. Parti loin de Concord et de son confort bourgeois, il y rentra tourneboulé : cette grande forêt hirsute du Nord était « sauvage et morne, écrivit-il, plus solitaire qu'on ne peut l'imaginer » et « sinistre et inapprivoisée au-delà de toute attente ».

À l'époque où Thoreau fit ces observations, la consommation de bois en Amérique du Nord était en plein boom. Entre le défrichage des terres, le bois de chauffage et la construction, des quantités colossales étaient dévorées par un continent livré aux affres de l'expansion économique. La révolution industrielle, associée à la colonisation galopante et au déferlement des vagues migratoires successives, accéléra de façon exponentielle le processus d'ingestion des forêts. La scie circulaire – le cœur tournoyant de chaque scierie d'Amérique du Nord – avait été importée d'Angleterre en 1814. Puis en 1828 la déligneuse avait fait son entrée et permis de fabriquer plus rapidement les lattes de plancher. Cinq ans plus tard, c'était au tour de la construction à charpente claire (méthode de construction simple, rapide et bon marché dans laquelle les éléments ne sont plus assemblés par tenons et mortaises, mais cloués ensemble) d'être introduite à Chicago. Elle reste à ce jour la technique la plus utilisée dans la construction des maisons particulières. Le préfabriqué, apparu peu de temps après, fut employé pour bâtir des abris aux chercheurs d'or californiens dans les années 1850. À cette époque, il existait déjà des usines capables de produire en une journée cent panneaux de porte, du jamais-vu, ainsi que des scies multilames qui pouvaient débiter une grume en un tas de planches d'une seule passe. En 1840, on dénombrait plus de trente mille scieries et fabriques de bardeaux établies à l'est du Mississippi (plus de six mille dans le seul État de New York). Entre 1850 et 1860, plus de cent cinquante mille kilomètres carrés de forêt nord-américaine furent réduits à néant. En 1867, l'une des premières inventions conçues pour l'ère du tout-jetable apparut sous la forme du sac en papier. En 1900, les Américains du Nord abattaient plus de cinquante milliards de pieds-planches de bois par an. En 1930, le Canada était le numéro un mondial de l'exportation de pulpe de bois pour la fabrication de papier journal (un secteur qui employait plus de cent mille personnes).

Les colons européens d'Amérique du Nord maîtrisaient leur environnement comme personne avant eux. Non contents de débiter en planches le continent à un rythme encore jamais égalé, ils trouvaient à ce bois toutes sortes de nouveaux usages. Les artisans qui le travaillaient avaient acquis tant d'habileté dans ses multiples applications qu'en 1825 on pouvait trouver dans un objet aussi simple qu'une chaise jusqu'à quinze essences différentes de bois du Nouveau Monde. Chacune d'elles avait une fonction structurelle ou esthétique bien précise. Réunies ensemble, elles formaient un tout continu et synergique d'une polyvalence, d'une solidité et d'un rapport résistance-poids-prix sans pareil. Aujourd'hui encore, aucun matériau de construction ne peut rivaliser avec lui. Aidés par les nouvelles technologies qui débarquaient quotidiennement dans les cerveaux et les bagages des immigrants, les inventeurs et les artisans du Nouveau Monde transformaient le bois en tout et n'importe quoi : chaussures, horloges, conduits d'assainissement, jusqu'aux ponts à chevalet enjambant les canyons. Et par la suite ils en firent des avions et des films de celluloïd.

Si la pénurie de bois avait contraint les Anglais à se tourner vers le charbon au cours du XVII$^e$ siècle, en Amérique du Nord le bois resterait le principal combustible pendant encore deux siècles. En 1870, huit millions de cordes de bois étaient brûlées chaque année dans les chaudières des locomotives nord-américaines – une quantité suffisante pour construire près de sept cent mille maisons. Pendant ce temps, les hauts-fourneaux de la sidérurgie, dans l'ouest du Massachusetts, dévoraient annuellement quarante kilomètres carrés de forêt. En une année, les scieries du centre du Maine rejetaient un quart de million de mètres cubes de déchets de bois. On estime qu'au milieu du XIX$^e$ siècle un quart du bois qui passait par les scieries ressortait sous forme de sciure qu'il fallait consumer en totalité pour des raisons de sécurité. Les scieries étant généralement situées le long des voies d'eau, les énormes quantités de sciure et de déchets de bois produites constituaient une gêne pour la navigation. Il arrivait aussi qu'elles prennent feu et embrasent les embâcles de billes de bois flottant sur les cours d'eau, provoquant des incendies qui pouvaient durer plusieurs semaines, tout comme le feraient un siècle plus tard les nappes de pétrole et de polluants chimiques.

S'ajoutant aux brûlis saisonniers des champs cultivés et des broussailles en forêt couramment pratiqués depuis la préhistoire, l'incinération des déchets de scierie et des résidus d'abattage ne faisait qu'épaissir le nuage de fumée acide qui enveloppait une grande partie du Nouveau Monde. Ces miasmes étaient si épais et persistants qu'ils paralysaient souvent le trafic fluvial sur les principaux cours d'eau. En 1868, en Oregon, on préconisa l'installation de phares pour faciliter la navigation sur la rivière Willamette, non pas à cause des brouillards d'hiver, mais en raison des feux d'automne. Dans l'ensemble des États-Unis et du Canada, l'exploitation forestière avait fait de la forêt une zone de risque majeur d'incendie. Quand les écorcheurs de bisons laissaient dans leur sillage des montagnes de crânes et d'ossements, les bûcherons, eux, laissaient des rémanents – des piles irrégulières de résidus d'exploitation hautement inflammables qui pouvaient s'étendre sur plusieurs hectares et mesurer jusqu'à quatre mètres de haut. Beaucoup plus concentrés que les combustibles de bois naturel, ces tas de déchets n'attendaient que d'exploser, et quand cela arrivait inévitablement les effets étaient dévastateurs. Les survivants disaient avoir eu l'impression que le jour du Jugement dernier était arrivé et le plus terrible de ces brasiers a donné naissance en anglais au terme de *firestorm*, tempête de feu. Le jour où éclata le grand incendie de Chicago, en 1871, le brasier de Peshtigo, dans le Wisconsin, ravagea environ cinq mille kilomètres carrés de forêt en l'espace de vingt-quatre heures, tuant mille cinq cents personnes – des morts si nombreux que les corps durent être ensevelis par centaines dans des fosses communes, parce qu'il ne restait personne pour les identifier. En 1886, la jeune ville de Vancouver, qui se composait à l'époque d'un millier de bâtiments en bois, fut réduite en cendres par un feu de rémanents incontrôlé en quarante-cinq minutes à peine. En 1894, douze localités furent dévastées, et quatre cent dix-huit personnes périrent brûlées ou asphyxiées dans l'incendie de la ville de Hinckley, dans le Minnesota. Les survivants décrivirent des explosions de « ballons de feu » et des flammes qui tourbillonnaient si vite dans les vents tournants soulevés par l'incendie que leur force déracinait les arbres sur leur passage et les envoyait voler dans le ciel obscurci par la fumée, comme autant de toupies incandescentes. À Seney, dans le Michigan, un autre incendie de rémanents a brûlé avec une telle férocité qu'il en a cautérisé le sol. Le Midwest est grêlé de ces « prairies de souches », dont beaucoup restent aujourd'hui encore à l'état de friches.

Même à cette époque tardive, alors que l'Est et le Midwest des États-Unis avaient été presque entièrement rasés, la forêt restait perçue comme « l'ennemi à soumettre par tous les moyens, quels qu'ils soient ». La poussée vers l'Ouest, associée aux changements culturels fulgurants provoqués par la révolution industrielle et l'urbanisation, a conduit à ce que la forêt soit considérée – et traitée – avec un dédain teinté d'agressivité. Le mot anglais *lumber* désignant le bois de coupe était péjoratif, puisqu'il désignait quelque chose d'inutile et d'encombrant. Les immigrants nord-américains étaient des gens remuants, pour qui la terre n'était qu'une marchandise sans grande valeur. Le bois était pour eux comme l'air qu'ils respiraient, une ressource gratuite et inépuisable.

Il est facile de juger : dans l'Amérique du Nord du XXI$^e$ siècle, on ne sait pas ce que cela signifie de défricher les terres sauvages à la main. Mais arracher les branches, les troncs et les racines ne serait-ce que d'un demi-hectare de forêt épaisse était un labeur épuisant qui vous brisait le dos et vous usait parfois le cœur. Les estimations sont aussi variables que la surface du terrain, mais grosso modo il faudrait à deux hommes une année entière pour rendre cinq hectares de forêt aptes à être labourés. Les arbres étaient généralement abattus à la hache, cet outil aussi grossier qu'efficace hérité de l'âge de pierre, dont l'usage reste largement répandu dans le monde entier. En 1850, la hache était un objet aussi usuel que l'est le téléphone aujourd'hui. Tout le monde ou presque savait la manier. La hache, comme la tronçonneuse, fait toujours partie de l'équipement standard des forestiers professionnels et jusque dans les années 1950 elle était couramment utilisée pour l'abattage des arbres, y compris sur la côte Ouest. Mais « l'âge de la hache », comme l'a appelé un historien, a atteint son apogée à la fin du XIX$^e$ siècle et c'est en Amérique du Nord qu'il a connu le plus haut degré de son évolution. Lors d'une démonstration, un dénommé Peter McLaren s'est ouvert un chemin à travers un tronc de gommier de trente-trois centimètres en seulement quarante-sept secondes. Des dizaines de fabricants concurrents, avec leurs centaines de modèles différents, ont élevé cet humble outil au rang de symbole d'une puissance – notamment sexuelle – au service de l'accomplissement du destin manifeste [1]. Le modèle était souvent la seule chose qui distinguait une hache d'une autre, et les noms dont on les affublait semblent sortis de l'imagination des publicitaires qui vantent aujourd'hui les mérites des motos et des armes à feu. Paroxysme, Démon, Endurance, Coq de bruyère, Guerrier rouge, Hiawatha, Hottentot, Prince noir, Chef noir, Hache d'armes, Invincible, Hachoir XXX, Fendeur de bois, Lame de rasoir, Stylet, Roi de la forêt et Jeune Américain

---

1. Le destin manifeste est l'idéologie selon laquelle la nation américaine aurait pour mission divine de répandre la civilisation vers l'ouest. *(N.d.T.)*

en sont quelques exemples. Un modèle vendu à Vancouver s'appelait « le Gorille ».

Vers 1850, les frontières entre les territoires (et les forêts) britanniques et américaines sur la côte Nord-Est étaient d'une douloureuse netteté, mais elles restaient beaucoup plus floues sur la côte Nord-Ouest du Pacifique. Après l'éviction des Espagnols en 1795, la Grande-Bretagne et les États-Unis sont restés seuls en lice pour se partager cette énorme et encombrante part du gâteau continental. Incapables de se mettre d'accord sur une frontière entre la partie occidentale du Canada britannique et les États-Unis en rapide expansion, les deux rivaux s'entendirent sur une forme de garde partagée territoriale. De 1818 à 1845, le territoire de l'Oregon, vaste zone s'étendant de la limite méridionale de l'actuel État de l'Oregon jusqu'au sud-est de l'Alaska, fut déclaré « zone d'occupation commune ». C'est ainsi que pendant près de trente ans les îles de la Reine-Charlotte ont été considérées comme faisant partie de l'Oregon, bien que se situant à mille cinq cents kilomètres de la rivière Columbia et à une journée de bateau du continent. Pendant ces trente ans, la compagnie de la baie d'Hudson, propriété britannique, exploita l'une des premières scieries de la côte Ouest sur la Columbia, à cinq cents kilomètres au sud de l'actuelle frontière entre le Canada et les États-Unis. La situation devint peu à peu intolérable, et en 1846 sous la pression du président James Polk et de son mot d'ordre de campagne aux accents bellicistes, « 54°40'ou la guerre[1] ! », la frontière actuelle fut fixée par le traité de l'Oregon. Huit ans plus tard, la colonie de Colombie-Britannique était créée, mais en 1858 l'invasion

---

1. 54°40' était la latitude sous laquelle le capitaine Pérez et son équipage, trop souffrants pour poursuivre leur route, avaient fait demi-tour. Elle marque aujourd'hui encore la frontière Sud de l'Alaska. *(N.d.A.)*

de la province par des dizaines de milliers de chercheurs d'or américains fit peser une nouvelle menace sur la souveraineté britannique.

À l'époque, le commerce de la loutre de mer sur la côte Ouest ayant pris fin, les Nor'westmen ne s'attardèrent pas dans ces eaux dépeuplées. Ils se reconvertirent sans tarder dans l'exploitation du phoque et d'autres espèces à fourrure terrestres. Pendant ce temps, les mâts et les bômes récoltés sur le continent pendant les escales prenaient de plus en plus d'importance dans les cargaisons commerciales venues de la côte Ouest. Ils étaient pour la plupart vendus à Hawaï, devenu une plaque tournante pour les baleiniers et les navires commerciaux du Pacifique. De leur côté, les Haïdas après leur course vertigineuse sur le raz-de-marée du négoce des fourrures connurent un atterrissage brutal. Il s'avéra que la loutre de mer, en plus d'une créature spirituelle et une source de peaux pour l'habillement, était un baromètre pour la tribu. La loutre disparue, les Haïdas en furent réduits à vendre des sculptures à des marins de passage et des pommes de terre à leurs anciens ennemis. Pendant que l'acier de leurs fusils rouillait et que leurs habits à la mode européenne tombaient en lambeaux, des ennemis biologiques s'abattirent sur leur territoire. La variole, l'influenza, la tuberculose et la syphilis décimèrent les Haïdas et leurs voisins du continent, faisant des milliers de morts et laissant dans leur sillage des villages fantômes. La culture locale en fut à jamais transformée. En moins de trois générations, une nation légendaire d'un âge immémorial avait vendu ses premières peaux de loutres aux Européens, avait brûlé d'une fièvre comme elle n'en avait encore jamais connu et s'était éteinte. Les mineurs, les missionnaires, les agents indiens et les colons vinrent ensuite, mais il allait falloir attendre un demi-siècle avant que l'archipel ne redevienne un centre d'intérêt pour le reste du monde. Et cette fois, on y viendrait pour ses arbres.

Pour l'heure, il y avait plus qu'assez de bois au sud pour occuper pleinement les nouveaux arrivants. En réalité, il y en avait presque trop. Les forêts côtières, à l'image du pays dans lequel elles poussaient, étaient si disproportionnées par rapport à tout ce qu'ils avaient vu auparavant que les pionniers étaient désorientés et ne savaient comment procéder. « Le gigantisme des arbres et l'épaisseur des sous-bois ont malheureusement été des obstacles quand nous avons voulu déblayer le terrain », écrivit James McMillan, à l'origine de la fondation du fort de Langley édifié en 1827, à cinquante kilomètres en amont de l'endroit où se situe aujourd'hui la ville de Vancouver. « La jungle qui envahit les berges de la rivière [Fraser] est presque impénétrable, et les arbres y mesurent trois brasses [cinq mètres et demi] de circonférence et deux cents pieds [soixante mètres] de haut. »

« Lorsque je me tenais au milieu de ces grands arbres, j'ai eu très peur, écrivit une pionnière peu de temps après son arrivée sur la côte. De quoi ? je l'ignore. Je sais seulement que j'ai eu peur. »

« J'ai levé les yeux vers le ciel et je n'ai rien vu que ces arbres sans valeur qui obscurcissaient tout », écrivit une autre. Quand bien même quelqu'un serait parvenu à abattre l'un de ces monstres, qu'en faire ensuite ? Et comment se débarrasser de sa gigantesque souche pour récupérer le terrain dans un but utile, comme de le cultiver ou d'y faire paître les bêtes ? Certains proposèrent tout bonnement d'abandonner la région. En 1881, alors que les colons étaient déjà solidement implantés sur la côte Nord-Ouest, un magazine londonien écrivait : « La Colombie-Britannique est un pays stérile de montagnes glacées qui ne vaut pas la peine d'être conservé. Cinquante lignes de chemin de fer ne suffiraient pas à le conduire à la prospérité. » La prospérité était bien évidemment le but du jeu. La Bible la sanctifiait et le gouvernement l'encourageait. Pour quel autre motif que le profit, le progrès ou l'aventure quelqu'un abandonnerait-il la sécurité d'un environnement familier pour aller batailler contre des géants ? La notion de conservation des forêts qui venait tout juste de germer en Europe n'était qu'anathème dans un pays où régnait une telle abondance. La question qui occupait les esprits n'était pas de savoir comment préserver ou gérer la forêt, mais comment s'en rendre maître, accomplir le « destin manifeste » et transformer cette étendue infinie d'arbres et cette terre en quelque chose de *productif*.

En 1852, beaucoup plus au sud, le premier séquoia géant était abattu, non pour la quantité phénoménale de bois qui le composait, mais tout simplement pour prouver qu'il était possible de le faire. Cependant, avec la ruée vers l'or qui battait son plein en Californie et San Francisco en plein boom économique, il ne fallut pas longtemps aux Américains pour comprendre quel parti ils pourraient tirer de tout ce bois. En l'espace de dix ans, ils parvinrent à établir un quasi-monopole sur le marché du bois d'œuvre en provenance de la côte Ouest. Des entreprises comme la Douglas Fir Exploitation and Export Company opérant depuis San Francisco prospérèrent rapidement en exploitant les bois sans défaut qui leur arrivaient des scieries établies sur la côte de l'Oregon et de l'État de Washington. Pendant ce temps, au nord de la frontière, en Colombie-Britannique, végétaient des provisions de bois en comparaison desquelles même les énormes réserves américaines faisaient pâle figure. Dès 1864, le *British Columbian* déplorait cet état de fait :

> Les scieries nombreuses et florissantes établies dans le détroit de Puget [État de Washington] ont permis à nos voisins entreprenants... de jouir d'un monopole sur le vaste marché du bois de cette côte. Bien que nous possédions des ports et des pineraies qui n'ont rien à envier aux leurs... nous les avons laissés prendre une avance considérable sur nous, si bien qu'ils ont pleinement établi leur commerce tandis que nous autres avons encore beaucoup à accomplir pour nous faire connaître à l'étranger.

Le Canada n'était pas encore une confédération quand ces lignes ont été écrites. Toutefois, cet article mettait le doigt sur un déséquilibre qui aujourd'hui encore reste un problème pour un pays dont la population et le PNB sont dix fois inférieurs à ceux de son voisin du Sud. Dans le souci de réduire ce déséquilibre, des cartes de ressources et des pamphlets promotionnels affublés de titres comme *La Suprématie de la Colombie-Britannique pour ce qui est du climat, des ressources naturelles, de la beauté et de la vie* étaient distribués avec largesse dans l'est du pays. « Les gens de l'ouest du Canada se moquent bien de savoir d'où vient l'argent, tant que le pays est développé », pouvait-on lire au tournant du siècle dans le *Western Canada Lumberman*, un magazine commercial. En accord avec l'état d'esprit de l'époque, la devise officielle de la ville de Vancouver, au lieu de l'hommage habituel en latin à la vérité, au devoir, à la foi et à la lumière, sonnait plutôt comme un slogan publicitaire : « Par la mer et par la terre nous prospérons ». En toute logique, une grande part des capitaux servant au développement venait d'investisseurs américains. John D. Rockefeller avait mis une option sur des milliers d'hectares de forêt primaire sur l'île de Vancouver, et le roi du bois Frederick Weyerhaeuser avec d'autres partenaires dont Leland Standford – célèbre magnat du rail et fondateur de l'université portant son nom – avaient investi dans des lignes de chemin de fer, dont le principal objet était d'accéder aux très lucratives exploitations forestières de la Colombie-Britannique.

On importa aussi de l'expertise technique : Matt Hemmingsen, bûcheron du Wisconsin, fut appelé sur l'île de Vancouver pour démanteler l'un des plus gros embâcles de billes de bois de toute l'histoire de la côte Ouest. Les premiers bûcherons de la région venaient majoritairement de l'Est, de la Nouvelle-Écosse, du Maine et du Midwest, où faire flotter les billes le long des cours d'eau jusqu'à la mer était une pratique courante. Mais les grosses pièces de bois du Nord-Ouest se prêtaient mal au flottage, car elles avaient tendance à s'échouer. Un embâcle de ce type pouvait atteindre jusqu'à vingt-cinq mètres de hauteur. En arrivant sur place, Hemmingsen se trouva face à un long serpent de grumes enchevêtrées sur huit kilomètres. Au final, il le démantela en faisant sauter tous les méandres de la rivière.

L'industrie du bois en Colombie-Britannique n'a vraiment acquis son autonomie qu'après la Première Guerre mondiale et dans une large mesure grâce à Harvey Reginald MacMillan. « H. R. » MacMillan était un garçon sans le sou. Orphelin de père, il était issu d'une petite communauté de quakers établie aux abords de Toronto. Ayant intégré l'école forestière de Yale en 1906, il devint le premier forestier en chef de Colombie-Britannique puis un magnat du bois pur jus dont on disait qu'il aurait vendu sur la Lune s'il avait pu assurer la livraison. Il faillit bien y arriver, car en 1915, voulant défier la mainmise des Américains sur les exportations de bois venant de la côte Ouest, MacMillan fit littéralement le tour du globe en battant le rappel pour les produits forestiers de Colombie-Britannique. Il fut largement récompensé de ses efforts et durant une bonne partie du XX$^e$ siècle son nom fut associé à la plus grande compagnie de bois du Canada. Au fil du temps, le holding MacMillan Bloedel allait étendre son empire de l'Asie du Sud-Est jusqu'à la Yakoun et à l'Arbre d'or.

# 7

## LE DÉFAUT FATAL

> *Au milieu du chemin de notre vie*
> *Je me retrouvai par une forêt obscure*
> *Car la voie droite était perdue*
>
> Dante, *La Divine Comédie*, chant I

L'influence de MacMillan Bloedel sur l'industrie mondiale du bois était à son apogée au moment où Grant Hadwin commença à se poser de sérieuses questions sur ce commerce, et surtout sur le rôle qu'il souhaitait y tenir.

Les années 1970 avaient été très fastes pour le secteur et Hadwin avait surfé sur la vague. Il s'était qualifié en tant que technicien forestier au terme d'un programme de deux ans dont il était sorti diplômé en 1973. À bien des égards, la mission d'Hadwin n'était guère différente de celle de Mackenzie ou de Lewis et Clark : s'enfoncer dans la nature sauvage, y découvrir ce qui peut offrir un profit et élaborer un plan pour exploiter ce trésor. En plus de connaître la forêt et de pouvoir en évaluer la valeur commerciale, sa tâche exigeait une grande sensibilité à la conformation du terrain. À travers une végétation dense et sur un sol accidenté de montagne, il lui fallait visualiser et concevoir un passage aisé pour des équipements lourds. Le hic, dans le cas d'Hadwin, c'est que s'il faisait bien son boulot la nature sauvage qu'il prenait tant de plaisir à explorer était vouée à devenir bientôt accessible à d'énormes camions tout-terrain capables de transporter cent tonnes de chargement (le double de ce qui est autorisé sur autoroute) et à des hommes chargés de déboiser les blocs de coupe à toute vitesse. Hadwin n'était pas seulement bon à cet exercice, il avait du génie.

Le tracé des routes de forêt est devenu une activité de plus en plus complexe au cours des trente dernières années. D'abord il faut se « mettre dans la peau » d'un gigantesque équipement lourd qui nécessite des pentes graduelles, de solides accotements et un minimum de virages en épingle à cheveux. Mais surtout, dès les années 1980 tout ce qu'il y avait de bois accessible le long de la côte avait déjà été abattu. Il ne restait que les endroits dont l'exploitation était la plus difficile et coûteuse, des endroits comme Seton Ridge. « Hadwin avait un sixième sens pour ça, se souvient Dewey Jones, un ancien collègue. Il a tracé une route le long d'une pente abrupte au sud de Lillooet. Un vrai défi. Tu matais le flanc de cette montagne et tu te disais : "Rien à faire, y a pas moyen de mettre une route là-bas." Mais lui l'a fait et c'est une merveille d'ingénierie. »

La route dont il parle est celle de Seton Ridge, un boyau tout tordu de pierraille et d'éboulis qui épouse si étroitement les contours vertigineux du terrain qu'il en devient presque invisible d'en bas. D'énormes quantités de bois y ont été transportées. Plus de vingt ans plus tard, les cicatrices peuvent encore se voir à des kilomètres à la ronde. Même dans les circonstances les plus favorables, il faut à la nature beaucoup de temps pour se remettre d'une coupe claire. Ce que l'industrie du bois appelle des « récoltes » offre un spectacle choquant : des paysages traumatisés de terres tourmentées et d'arbres explosés. Dans bien des cas, la dévastation est si violente et totale que celui qui ignorerait qu'elle est l'œuvre de bûcherons pourrait se demander quelle calamité s'est abattue sur ces lieux : un tremblement de terre ? une tornade ? Au bout de quelques années, les souches blanchissent, prenant l'aspect de pierres tombales dans un vaste cimetière à l'abandon. De telles scènes sont visibles dans toute la région nord-ouest du Pacifique, même si aujourd'hui beaucoup sont délicatement cachées du public par de fins écrans de forêt encore intacte, dites « bandes d'agrément ».

Quand la famille Hadwin est arrivée à Gold Bridge, à la fin des années 1950, les vallées environnantes étaient recouvertes d'une épaisse forêt vierge d'altitude. Aujourd'hui, comme partout ailleurs en Colombie-Britannique, d'immenses coupes claires les parcourent en tous sens et donnent à ces montagnes l'apparence de gros moutons rasés par une main maladroite. Or dans son rôle de technicien forestier – son incarnation la plus réussie –, Grant a tracé une bonne partie des routes qui ont permis aux bûcherons d'accéder aux parcelles de forêt les plus reculées autour de Gold Bridge. En faisant le métier qu'il aimait, il a contribué à raser le lieu où se trouvaient ses souvenirs les plus heureux. En un certain sens, c'était une tradition familiale. Comme beaucoup de lignées anciennes de la côte Ouest, les Monk et les Hadwin avaient joué un rôle actif dans le désenclavement du pays. Le père d'Hadwin avait dirigé le gigantesque barrage hydroélectrique qui alimentait en énergie une grande partie de Vancouver. Quant à son grand-père, venu dans l'Ouest pour faire fortune dans le bois, il s'était établi à Vancouver et était l'heureux propriétaire d'une société d'exploitation forestière florissante à l'époque où il s'était retiré des affaires.

Le plus curieux, c'est que bien que l'industrie du bois ait profondément marqué nos vies et ce continent, en dehors de ses acteurs peu de gens ont vu de leurs yeux une opération d'abattage. Si ce mystère tient en partie à la discrétion de ce secteur, il s'explique aussi par l'absence de curiosité du consommateur moyen quant à l'origine et au coût réel des ressources qu'il tient pour acquises. Nous ne voyons du bois que les produits finis, et les acteurs du secteur eux-mêmes ne connaissent que le maillon de la chaîne dans lequel ils interviennent. Si vous demandez à un bûcheron où vont les arbres qu'il abat ou à un charpentier d'où vient le bois qu'il utilise, il y a de grandes chances qu'ils soient l'un et l'autre incapables de vous répondre. Or une fois que ce bois a été transformé en chaise ou en serviettes en papier, nul n'en connaît plus la provenance. Au cours de sa transformation, un arbre perd son identité d'appendice vivant de la planète. Relégué à l'état de marchandise inerte et uniforme qui s'achète et se vend au mètre cube, il est ensuite réduit à celui de produit commercialisé au mètre linéaire, puis à celui d'objet rassurant et familier dans notre paysage domestique, dont la valeur à nos yeux est moins une affaire de matière première que d'utilité et de design. À ce stade, entre cette chose et l'arbre dont elle provient le lien est aussi abstrait qu'entre un hamburger et un bœuf de l'Alberta.

Il existe une autre explication à notre aliénation de ce processus et elle tient au fait qu'il se déroule loin de nous. Les bûcherons des forêts primaires sont les derniers hommes de la frontière. Ils amènent la lumière dans les ultimes recoins sombres de notre pays. Si nous ne les voyons pas, c'est parce qu'ils s'aventurent au plus profond d'endroits où la majorité d'entre nous ne tiendrait pas vingt-quatre heures. C'est l'une des raisons de l'attrait irrésistible qu'exerçait ce style de vie sur Hadwin. Mais les problèmes surviennent quand on prend le temps d'y regarder de plus près. Dans l'industrie du bois, la lucidité fait mal. Le succès s'y mesure par un calcul étrange et subjectif : à quel moment les miasmes bruns qui enveloppent une ville industrielle cessent-ils d'être une bannière flottant dans le ciel en signe de prospérité pour devenir un problème ? À quel moment le ratio de coupes claires et de plantations de sapins de Noël par rapport à une forêt intacte et saine devient-il une gêne morale et esthétique, voire un réel dommage écologique ? Comment faire une telle estimation dans un endroit aussi vaste que la Colombie-Britannique ou l'Amérique du Nord ? Hadwin, comme beaucoup de gens dont le métier est moralement ambigu, avait de plus en plus de mal à s'accommoder de sa réussite. Il fut le premier de sa famille à voir la fin venir et au fil des ans il se forgea la conviction qu'il avait été élu pour redresser la balance.

Paul Bernier, son ami et collègue, décrit Hadwin comme « un bûcheron respectueux, un technicien des routes attentif à son travail » qui estimait qu'il fallait prendre le bon comme le mauvais, le meilleur bois comme celui qui était infesté par la vermine, à une époque où l'on se contentait généralement d'écumer le dessus du pot puis de se déplacer ailleurs. Même pour sa maison, il s'était efforcé de mettre en accord ses principes et ses actes. Dans une ville et dans un secteur d'activité où les gens, les ressources et même les logements sont exploités puis abandonnés, la maison d'Hadwin se dresse seule comme un monument à la permanence.

Il s'avéra qu'Hadwin n'aurait pas pu être plus en décalage avec son temps, lui qui prêchait la retenue et la modération à une époque où l'industrie forestière entrait dans l'une de ses phases les plus agressives. Les années

1980 ont été l'ère de l'infamante coupe claire de Bowron. Mise en œuvre au départ dans l'intention d'éradiquer une infestation virulente de scarabées du sapin de Douglas, on débat encore aujourd'hui pour savoir où s'arrêta l'endiguement et où commença l'opportunisme éhonté dans cette affaire. Quoi qu'il en soit, le résultat fut un rasage en forme d'étoile de mer s'étendant sur plus de cinq cents kilomètres carrés au centre de la Colombie-Britannique[1]. Les forestiers locaux disent de lui non sans fierté qu'il est le seul objet né de la main de l'homme, en dehors de la Grande Muraille de Chine, qui soit visible depuis l'espace. C'est peu de temps après cet épisode et d'autres du même ordre que la Colombie-Britannique reçut le surnom péjoratif de « Brésil du Nord ». Depuis qu'elle a été reboisée et rebaptisée « nouvelle forêt », la coupe de Bowron n'offre plus le même spectacle de terre dénudée, mais elle reste un symbole honteux de la relation ambiguë et codépendante entre le gouvernement provincial et les vastes multinationales qui contrôlent désormais l'essentiel de l'industrie forestière.

À cette époque, des groupes de défense de l'environnement se battaient déjà depuis de longues années pour sauver les grands arbres de la côte, mais pour défendre les forêts alpines moins photogéniques autour de Gold Bridge, Hadwin était seul à donner de la voix. « Il était en décalage avec son temps, affirme Brian Tremblay, qui a connu Grant depuis leur adolescence. Il suivait sa propre trajectoire. Il a parlé d'environnement et de gestion raisonnée de la forêt avant tout le monde. »

L'une des attributions d'Hadwin consistait à rédiger des rapports détaillés sur les zones où il s'était rendu en reconnaissance. Ces comptes rendus sont d'ordinaire

---

1. En comparaison, l'éruption du mont Saint Helens a détruit environ quatre cents kilomètres carrés de forêt. *(N.d.A.)*

écrits dans un style aride, utilitaire et formel, mais Hadwin a commencé à s'en servir comme d'un forum pour critiquer les méthodes de l'industrie et émettre des recommandations sur les zones qui devaient être épargnées. Mais la société Evans Wood Products l'avait engagé pour son énergie et sa connaissance du terrain, pas pour ses opinions personnelles. Or ses attaques n'étaient guère appréciées de la maison mère. Hadwin n'avait jamais été très doué pour la politique d'entreprise. Il avait un côté franc-tireur et, malgré tout le respect qu'on accordait à son travail, des frictions apparurent avec ses supérieurs. Son indépendance et son isolement jouèrent contre lui. Quand les rangs se resserrèrent à Lillooet, Hadwin se retrouva hors du cercle. « J'ai été l'un des derniers à voir ces forêts avant qu'on les abatte, confia-t-il plus tard à un journaliste. À plusieurs reprises, j'ai tenté d'intervenir pour sauver telle ou telle parcelle, mais en vain. Alors, je crois qu'à la longue je suis devenu assez cynique. »

En un certain sens, les doutes d'Hadwin faisaient partie des risques du métier. Les estimateurs de bois sur pied et les arpenteurs nous offrent une illustration du principe d'incertitude d'Heisenberg : si soucieux soient-ils du bien-être de la forêt, leur travail est par essence destiné à avoir des conséquences dramatiques, voire catastrophiques, sur le paysage. Ils sont les derniers à voir la forêt encore intacte. Mais en tentant de changer le cours des choses, voire de simplement le contester au sein de cette industrie, Hadwin commettait une erreur d'appréciation vis-à-vis de la culture locale et vis-à-vis de son époque. Paul Harris-Jones a fait partie des rares élus qui ont pu voir la légendaire vallée de la Nimpkish, sur l'île de Vancouver, dans toute sa beauté. Cette vallée était l'une des plus importantes réserves de gros bois d'œuvre de la province. Des kilomètres d'Hemlock de l'Ouest, de sapins et de cèdres mesurant de deux à quatre mètres de diamètre qui poussaient aussi drus que des plants de maïs. Au début des années 1950, Harris-Jones passa tout un été à parcourir la vallée pour le compte de la Canadian Forest Products. « J'étais ébahi par ces forêts, rapporte-t-il. C'était une aventure excitante : on arrivait au camp par hydravion, puis on prenait un train de transport du bois jusqu'au terminus de la ligne et de là on poursuivait à pied dans la forêt. La végétation était si dense que notre peau était plus pâle en ressortant que lorsque nous y étions entrés. Pendant trois mois, nous n'avons jamais vu le soleil. Nous étions harcelés par les moustiques, nous avons affronté des crues et combattu des incendies. Nous cherchions sans cesse un passage à travers la [rivière] Nimpkish en nous frayant un chemin dans cette formidable jungle. »

Aujourd'hui, la vallée de la Nimpkish est méconnaissable. « Elle était si profonde, si sombre, si belle, se souvient Harris-Jones. Quand j'y suis retourné, tout avait disparu. Je n'arrivais pas à croire qu'ils avaient tout rasé à l'exception d'une parcelle de vingt hectares. Vingt hectares, vous vous rendez compte ? » (Harris-Jones est aujourd'hui militant écologiste et écrivain. En plus d'avoir découvert les premiers nids de guillemots marbrés[1] de Colombie-Britannique, il a été le fer de lance du mouvement de préservation de la forêt primaire de Caren Range, aux environs de Vancouver, qui abrite les plus vieux arbres recensés au Canada.)

Suzanne Simard est professeur au département d'études en sylviculture de l'université de Colombie-Britannique. Jeune étudiante, elle passait ses étés dans les montagnes de la région de Lillooet, où elle aidait parfois Hadwin à établir le tracé d'une route. Comme tous ceux

---

1. Le guillemot marbré est une espèce rare. À l'image de la chouette tachetée, cet oiseau de mer semi-aquatique préfère nidifier dans les forêts primaires. *(N.d.A.)*

qui ont travaillé avec lui au fil des années, elle a gardé le souvenir d'un homme calme, réfléchi et extrêmement doué pour son métier. Elle se rappelle avoir été frappée par l'aisance presque atavique avec laquelle il se dirigeait dans les fourrés. « Nous autres trébuchions sans cesse, alors que lui filait devant comme un coyote. » Mais Suzanne Simard a également vu ce qui perturbait tant Hadwin. Outre la dévastation générale du paysage, les glissements de terrain et la pollution des cours d'eau font partie des effets secondaires les plus communs de l'abattage en montagne. Or dans un environnement tel que la Colombie-Britannique, où la couche supérieure d'humus est très mince et les pluies abondantes, ces effets sont démultipliés. Evans Wood Products affiche un triste bilan dans ce domaine. Selon les dires d'un vieux forestier : « C'était une société pas très reluisante qui collait une mauvaise réputation à tout le secteur. » Au début des années 1980, Suzanne Simard était l'assistante d'Hadwin quand Evans Wood Products a décidé d'appliquer la méthode « Bowron » à la forêt entourant Gold Bridge. « C'était comme si un énorme rouleau compresseur avait tout écrasé sur son passage, se rappelle-t-elle. Je n'arrive plus à mettre les pieds là-bas. »

« Pour être honnête, nous avons dévasté cet endroit, affirme Al Wanderer, un bûcheron de la deuxième génération qui a travaillé avec Hadwin. J'ai bien gagné ma vie, mais parfois je me demande si tout ça en valait la peine. »

En 1983, peu de temps avant le rachat d'Evans par une autre société, Hadwin quitta l'entreprise avec perte et fracas et décida de s'établir à son compte avec le projet de trouver un moyen d'exercer un emploi rémunérateur dans la forêt sans la saccager. Pendant trois ans après son départ d'Evans, il dirigea non loin de Gold Bridge son propre chantier d'abattage, où il fabriquait des traverses avec des arbres voués à la destruction, parce qu'ils étaient ravagés par une infestation de scarabées qui avait également endommagé une grande partie de la forêt environnante. « Ce gars travaillait dur, rapporte son voisin Tom Illidge. Il aurait fallu trois hommes normalement constitués pour accomplir ce qu'il faisait là-bas tout seul. » Mais la fin des années 1980 fut une période noire pour l'industrie du bois de la côte Ouest. Le marché japonais, vital pour la Colombie-Britannique, s'effondra et les prix avec lui. Malgré tous ses efforts, Hadwin n'arriva pas à garder son entreprise, alors il se mit à travailler comme indépendant pour des missions de reconnaissance, d'estimation de bois sur pied et de construction de routes en divers lieux de la province. Les choses allèrent plutôt bien pour lui jusqu'à la fin de l'été 1987, où peu de temps avant son trente-huitième anniversaire, sa vie prit un tour déconcertant.

Hadwin travaillait alors comme sous-traitant pour une compagnie forestière à McBride, près de la frontière de l'Alberta. Il avait été vivement recommandé pour ce travail, et Gene Runtz, le gestionnaire du domaine forestier employé par la société, était impressionné. « Il avait fait un boulot exceptionnel, se rappelle-t-il. Puis il est parti pendant une dizaine de jours entre deux contrats et quand il est revenu il n'était plus le même. C'était comme Dr Jekyll et Mr Hyde. Son regard était ailleurs. C'est l'un des trucs les plus perturbants qui me soient arrivés depuis que je travaille dans la forêt. Il nous disait que ce que nous faisions était mal, que c'était ça la cause de sa conversion. Il disait qu'il ne voulait plus travailler avec nous. Je tenais ce type en très haute estime, mais quand j'ai vu ses yeux étranges qui me transperçaient, je me suis dit : "Bon sang de bois, si ce mec veut partir, je vais pas le retenir." »

Ce que Runtz ignorait, c'est que pendant son absence Hadwin avait eu une vision. À l'image des moines et des anachorètes qui errèrent jadis des déserts du Moyen-Orient aux régions les plus reculées des îles Britanniques, Hadwin s'était retiré du monde et avait reçu un message auquel il ne pouvait rester sourd. Comme l'a écrit la théologienne Benedicta Ward : « L'essence de la spiritualité propre au désert est qu'elle ne s'apprend pas, elle s'attrape. » Hadwin n'était pas à la recherche d'une expérience de cette nature. Elle s'était approchée de lui par-derrière et lui avait frappé un grand coup sur le crâne. Pourtant cet épisode passa aussi mystérieusement qu'il était venu, et Hadwin reprit son activité d'indépendant. Il continua de recevoir d'excellentes appréciations de ses employeurs, mais ses responsables voyaient bien qu'il y avait quelque chose de changé en lui. « La somme de travail qu'il était capable d'abattre seul était incroyable, et les plans qu'il dessinait étaient excellents, mais par moments il semblait comme possédé », se souvient Grant Clark, qui le dirigea un an plus tard, dans la région de Kamloops, à trois heures de route à l'est de Gold Bridge. « Il restait sur place, il refusait de rentrer en ville. Il était toujours à portée de main. Il faisait du très bon boulot, mais ça n'avait aucune valeur pour lui. » Pour Clark, c'était comme si Hadwin fonctionnait désormais à un autre niveau. « Il semblait en harmonie avec la nature. Il savait toujours précisément où il se trouvait. Les animaux restaient près de lui sans être effarouchés par sa présence. »

Mais tout compétent et harmonieux que fût Hadwin, l'épisode de McBride allait avoir pour lui des conséquences funestes. Il semblait qu'après un répit de vingt ans, le fantôme familial qui avait tué son frère l'avait maintenant dans son collimateur. Il est difficile d'imaginer Grant, le dur à cuire, se laisser toucher par le mal qui avait terrassé Donald, parce que pour tout le reste ces deux-là étaient comme le jour et la nuit. Autant Grant était efflanqué, autant Donald, de douze ans son aîné, avec ses lèvres roses et charnues, ses joues rondes et ses boucles blondes, était joli comme un ange. Donald avait été enfant de chœur, tandis que Grant était un trublion. Dès son premier jour à l'école maternelle, on l'avait collé dans un taxi et renvoyé chez lui avec un mot épinglé à son pull : « Ne nous confiez plus cet enfant. » « Il était douze gosses à lui tout seul, se souvient son cousin. Et futé comme un singe avec ça. » Mais Grant ne serait jamais le col blanc dont son père rêvait. Donald était tout le contraire. Moins rétif, il ne sortait pas des clous, tandis que Grant ne cessait de chercher ses limites. Donald tenta de marcher dans les pas de son père. Avec les encouragements austères de ce dernier, il intégra le programme de génie électrique à l'université de Colombie-Britannique. Il obtint des résultats honorables, mais les espoirs placés en lui tournèrent court. Il quitta la maison familiale à la première occasion et n'y remit plus les pieds que pour de rares visites.

Puis, un an avant que Grant ne devînt forestier, Donald réapparut. Il n'avait plus ni amis ni travail, juste un diagnostic de schizophrénie paranoïaque. Malgré tous les efforts de sa famille pour le convaincre, il refusa tout traitement. Le terrible revirement du sort qui mit fin à la trajectoire ascendante de son frère est sans aucun doute ce qui poussa Grant à choisir une voie professionnelle moins conventionnelle et à partir dans les bois. Or la suite des événements le conforta certainement dans son impression que la forêt était un lieu plus sûr et plus sain. En février 1971, l'année où Hadwin reprit le chemin de l'école pour obtenir son diplôme de technicien forestier, Donald dîna pour la dernière fois avec ses parents dans leur maison de Vancouver. Il rentra ensuite en ville par le Lions Gate Bridge. À mi-chemin du pont, pratiquement à portée de vue de la maison de ses parents, il marqua une pause. Entouré par la masse gigantesque des montagnes et le chatoiement de l'eau, il escalada le garde-fou et sauta. Il avait trente-quatre ans.

C'était à peu près l'âge qu'avait Hadwin quand il quitta son emploi chez Evans. L'homme était une tête de mule et un excentrique, mais aussi un père de famille énergique, un voisin serviable et « un sacré bon gars ». Grant était le genre de père qui n'oublie pas l'anniversaire de ses enfants, même quand il est au loin ; qui les emmène pêcher et faire de la motoneige et les aide à terminer leurs devoirs de maths quand il est à la maison. Comme le résume Tom Illidge, « Grant n'était ni fainéant ni dingue ». Tom Illidge est l'un des plus vieux résidents de Gold Bridge. L'un des rares à s'être tenu tranquille et abstenu de boire, il est aussi l'un de ceux qui ont le mieux réussi. Il partageait le dégoût de plus en plus prononcé d'Hadwin pour les employés des grandes compagnies qui exerçaient leur pouvoir sur la forêt sans même savoir y retrouver leur chemin. « La moitié de ces trouducs ne s'étaient jamais aventurés à plus de deux mètres d'un parking de toute leur vie », assenait-il.

Mais pendant que Tom Illidge, Al Wanderer et ses autres collègues réussissaient à avaler les couleuvres et à s'accrocher, Hadwin finit par craquer. Le saccage de sa scierie par des vandales à la fin de l'année 1989 exacerba sa tendance nouvelle à la paranoïa. Sentant que ses voisins se retournaient contre lui, il fit déménager sa famille loin de Gold Bridge. Puis, quelque temps plus tard, il commença à perdre ses contrats de prestataire de services. La famille s'installa à Kamloops, région d'élevage et de hautes montagnes arides, située au centre de la Colombie-Britannique. Avec une population de quatre-vingt mille âmes, Kamloops n'était pas une grande ville, mais à côté de Gold Bridge elle pouvait passer pour une métropole bouillonnante. Elle offrait de meilleures écoles pour les enfants et de meilleurs emplois, mais Grant ne s'y plaisait pas. Comme le dit son ancienne assistante, Suzanne Simard, « déplacer un homme tel que lui à Kamloops, c'était comme enfermer un ours dans la cage d'un zoo ». Sorti de son élément naturel, Hadwin peinait à trouver un emploi en accord avec ses valeurs. Il envoyait des lettres de motivation et des CV et plaidait en faveur d'amis et de voisins qu'il jugeait exploités par le système. Sans emploi, hormis quelques rares missions de bénévole dans une maison de retraite de la ville, il avait beaucoup de temps libre et c'est ainsi qu'il se mit à envoyer des courriers traitant de toutes sortes de sujets à des politiciens du Canada et du monde entier. Dans une lettre adressée à un juge d'une cour suprême provinciale, il écrivit :

> Les pratiques de l'industrie forestière en Colombie-Britannique nous offrent un exemple d'un mal qui sévit sur cette planète et que l'on pourrait qualifier de TERRORISME économique piloté à distance exercé par des élites professionnelles « présentant de graves symptômes de déni du problème ».

Plus tard, dans un mémorandum de deux pages qu'il diffusa largement, Hadwin régla ses comptes avec les cadres du secteur. Le pamphlet s'intitulait : « Quelques idées à propos des élites professionnelles formées à l'université et de leurs semblables » :

> 1. Les élites « NIENT » les « ASPECTS NÉGATIFS » ou n'en tiennent pas compte, surtout quand il s'agit d'elles-mêmes ou de leurs projets.
> 2. Elles créent des façades et cautionnent des perceptions jusqu'à ce que celles-ci soient « perçues » comme la réalité (les médias font ça tout le temps).
> 3. Les « valeurs véhiculées par les élites » semblent aujourd'hui plus « NORMALES » que, disons, les « valeurs spirituelles » ou le respect de la vie.

En 1991, Grant et Margaret se séparèrent et elle obtint la garde de leurs enfants. Début 1993, rongeant son frein et incapable de supporter la pression de sa nouvelle vie à Kamloops, Hadwin partit pour le Nord dans une errance qui le mena jusqu'au Yukon et en Alaska, où il trouva refuge, début juin, sur une île perdue. Un mois plus tard, il fut arrêté à la frontière des États-Unis avec un chargement de trois mille seringues hypodermiques dans le coffre de sa voiture. Ayant réussi à amadouer les douaniers, il poursuivit sa route jusqu'à Washington, où il se mit à distribuer des seringues et des préservatifs en proclamant qu'il militait pour l'échange de seringues et les rapports sexuels protégés. Il fit également don de plusieurs milliers de dollars à une banque alimentaire locale qui gérait aussi un centre d'hébergement pour les sans-abri. En juillet, avec les deux mille seringues qu'il lui restait, il descendit jusqu'à Miami, où il prit un avion à destination de Moscou. De là, il continua vers l'est, distribuant en chemin ses seringues dans les hôpitaux pour enfants. Il fut arrêté par la police à Irkoutsk, en Sibérie, mais là encore réussit habilement à s'en sortir sans être inquiété. Cependant Hadwin ne se trouvait pas là seulement en mission humanitaire, il cherchait aussi du travail. Or la Sibérie est l'une des rares régions de l'hémisphère Nord dont les forêts peuvent rivaliser avec celles de la Colombie-Britannique.

Quand Hadwin rentra à Kamloops, les gens qui le connaissaient s'alarmèrent de voir ce qu'il était devenu. La tenue de théâtre de guérilla[1] qu'il affectionnait pendant ses voyages (shorts de course, cravache, bottes à éperons et casquette de base-ball bordée de seringues et de préservatifs) amena certains à s'interroger sur son état

---

1. Forme de théâtre de rue apparue dans les années 1960 aux États-Unis. Ses thèmes politiques et sociaux et ses spectacles ont un but de protestation ou de propagande. *(N.d.T.)*

mental. Sa paranoïa, apparemment déclenchée par le stress, commençait à lui faire perdre le sens des réalités et il se mettait de lui-même dans des situations où il s'attirait l'hostilité des gens. Cette année-là, en octobre, le jour où il reçut officiellement les documents qui limitaient son droit de visite à ses enfants, Hadwin eut une altercation avec un routier sur la Transcanadienne. La scène dégénéra en un spectacle presque comique quand l'énorme semi-remorque Peterbilt prit en chasse Hadwin dans sa petite Honda Civic. Le chauffeur du camion s'obstina. Il colla au train d'Hadwin et le poussa ainsi jusqu'au domicile de sa femme. Arrivés là, les deux hommes bondirent de leurs véhicules et eurent une terrible dispute. Dix centimètres et vingt-cinq kilos de plus qu'Hadwin, le routier serrait les poings. Une bagarre allait éclater. Hadwin remonta l'allée en courant, s'empara d'une poutre en bois et hurla à l'autre homme : « Dégage ! » Sur quoi il lui assena un grand coup sur le crâne. Le routier s'effondra et Hadwin se précipita aussitôt pour l'aider à se remettre debout. Quand le routier et sa femme lui firent signe de partir, Hadwin alla se constituer prisonnier au poste de police. C'était la toute première fois qu'il se frottait à la police canadienne.

Il fut envoyé dans un hôpital légal pour une évaluation psychiatrique. Pendant le mois qu'il passa sur place, il eut des entretiens approfondis avec plusieurs médecins. Si tous décelèrent chez lui des signes de ce qu'un psychiatre a désigné par le terme de « réaction paranoïaque », le seul diagnostic sur lequel ils tombèrent d'accord était qu'Hadwin était sain d'esprit et apte à être jugé. On lui prescrivit des antipsychotiques à faible dose et son état connut une nette amélioration. Il est difficile de dire à quoi, des médicaments ou du cycle interne d'Hadwin, imputer cette guérison, car on ignore à quelle fréquence il prenait son traitement et s'il l'a jamais pris. Deux mois plus tard, il trouva un emploi de dérouleur pour la fabrication du contreplaqué dans une scierie locale et rédigea un rapport de vingt-deux pages pour un projet de route forestière. Il travailla seul à ce projet et quand son patron, Pat McAfee, lui demanda s'il y avait une personne à prévenir en cas d'accident, Hadwin répondit : « Si je n'arrive pas à m'extraire tout seul de la forêt, alors je ne veux pas en sortir. »

« Il était très fier de son boulot, se souvient McAfee, c'est sans doute le meilleur traceur de routes que j'aie jamais employé. »

En septembre de cette année-là, à quelques jours de célébrer son quarante-cinquième anniversaire, Hadwin se classa deuxième dans un super-marathon de cinquante kilomètres.

Quand arriva le jour de son procès, on lui proposa une transaction. Il plaida coupable pour agression et il obtint un an de liberté surveillée, année pendant laquelle il réussit à récupérer la garde de ses deux aînés. Il emmena les deux adolescents visiter Cathedral Grove, sur l'île de Vancouver, où une photo les montre posant devant des cèdres géants. C'est à cette période que Grant Clark, l'ancien chef d'Hadwin, fit une pénible rencontre. « Je l'ai croisé en ville vers 1995, se souvient-il. Il avait le regard vide, on aurait dit que ses yeux passaient à travers vous. Il ne m'a pas reconnu. C'était flippant de voir un gars si talentueux tombé si bas. »

Cela faisait maintenant sept ans que la condition psychique d'Hadwin passait par des hauts et des bas. Il réussit malgré tout à honorer les termes de sa liberté conditionnelle, mais se savoir tenu en laisse l'avait mis sous pression. Comme beaucoup d'hommes qui ont le sentiment d'avoir été privés de leur liberté et détournés de leur véritable vocation, Hadwin se mit en quête d'un nouveau moyen de prouver sa valeur et de changer les choses. Il s'intéressa de près à l'actualité locale et internationale et s'engagea de plus en plus en faveur de l'environnement et des populations autochtones, deux sujets hautement sensibles en Colombie-Britannique. Pendant l'été 1995, lors d'une confrontation armée entre des militants des Premières Nations et la police montée royale du Canada au lac Gustafsen, à cent cinquante kilomètres au nord de Kamloops, Hadwin n'hésita pas à se rendre sur place et proposer ses services en qualité de médiateur. Son offre fut évidemment rejetée. L'affrontement du lac Gustafsen au cours duquel des agents de la police montée furent abattus dans le dos fait partie des nombreuses escarmouches qui se produisirent à l'époque dans tout le pays. Mais celui-ci fit les gros titres des médias nationaux. L'impasse se conclut par une reddition au bout de trois semaines, et l'épisode fit grande impression sur Hadwin qui envoya des dizaines de fax et de lettres recommandées à des groupes autochtones, des politiciens et des médias. Il écrivit à CNN :

> Vos principaux centres d'intérêt semblent être la Bosnie et O. J. Simpson. Votre problème amérindien est pourtant comparable au nôtre, mais votre couverture de ce sujet est inexistante… Vous seriez apparemment prêts à tout pour éloigner les projecteurs des vrais problèmes, ce qui vous discrédite et discrédite l'ensemble de votre profession.

La campagne épistolaire d'Hadwin se poursuivit en s'intensifiant et dans cette abondante correspondance figure ce qui semble être une ultime tentative de trouver un emploi en accord avec ses valeurs. Le 12 janvier 1996, en réponse à une annonce pour un poste de coordinateur d'un projet de renouvellement forestier, Hadwin envoya son impressionnant CV accompagné de la lettre suivante :

> Je n'aime pas la pratique des coupes claires et mes divergences avec l'industrie forestière sont profondes. Si vous êtes prêts à tenter une approche plus « douce », avec moins de « profits à court terme », je pense pouvoir vous aider. Je n'ai pas l'habitude des termes à la mode comme celui de « renouvellement forestier ». Toutes les forêts se renouvellent d'une manière ou d'une autre.

Hadwin n'obtint pas ce poste. Sa seule consolation à l'époque semble avoir été une certaine Cora Gray. Dans l'immeuble où il s'était installé, il avait pour voisine Matilda Wale, une ancienne de la tribu des Gitxsans, dont le territoire original jouxte celui des Tsimshians, à l'est des îles de la Reine-Charlotte. Les Gitxsans vivaient à l'intérieur des terres, si bien qu'ils ont été isolés des Européens beaucoup plus longtemps que les tribus de la côte. En 1920, on conseillait encore aux représentants du gouvernement d'éviter leur territoire considéré comme dangereux. Hadwin veillait sur celle que l'on surnommait « Tilly » Wale en lui rendant de menus services et en lui faisant parfois ses courses. En juillet 1996, la demi-sœur de Tilly Wale, Cora Gray, passa en ville pour se rendre à un pow-wow et Hadwin l'hébergea chez lui. Cora avait dans les soixante-quinze ans. En un an, elle avait perdu son mari et sa mère. Elle se sentait seule et il y avait chez elle de la bienveillance et de l'indulgence. Elle ravivait chez Hadwin le souvenir de sa tante préférée et tout de suite il s'attacha à elle. Cora avait un camping-car et à son bord ils voyagèrent ensemble jusqu'au glacier du Saumon (cette énorme langue de glace bleue vient lécher la source du canal de Portland, un fjord qui borde sur cent cinquante kilomètres la frontière entre la Colombie-

Britannique et l'Alaska). Pour des gens au parcours si différent, Hadwin et Cora Gray avaient beaucoup de choses en commun. Tous deux avaient été séparés de leur famille dans leur jeunesse et envoyés dans des écoles qu'ils avaient en horreur – Gray dans une école aborigène en Alberta et Hadwin dans une pension d'inspiration britannique à Vancouver. Les sévices physiques étaient courants dans l'une et l'autre institution. Les blessures laissées par cette expérience précoce du bannissement leur permirent de se comprendre comme rarement pour un couple si désassorti. Pendant leurs voyages, Hadwin partait souvent courir et nager puis, le soir, il cuisinait leur dîner. Ils disputaient ensemble des parties de *cribbage* et de rami et riaient beaucoup. En peu de temps, Cora Gray devint la meilleure amie et la confidente d'Hadwin. Elle était avec lui quand il se rendit pour la première fois sur les îles de la Reine-Charlotte.

Les îles de la Reine-Charlotte, tombées dans l'oubli depuis l'effondrement du marché de la loutre de mer, avaient été redécouvertes pendant la Première Guerre mondiale. Cette fois, les étrangers ne venaient plus pour les fourrures, la pêche ou l'or, mais pour les avions. Dans des lieux comme la péninsule Olympique dans l'État de Washington, le détroit de Clayoquot sur l'île de Vancouver et la vallée de la Yakoun, ils poussaient littéralement sur les arbres et en particulier sur le bon vieil épicéa de Sitka. Avant la guerre, l'épicéa de Sitka était une essence sans grande valeur et on lui préférait souvent deux autres espèces du Nord-Ouest : le sapin de Douglas (également appelé « l'arbre à monnaie ») qui était plébiscité par le bâtiment pour la confection des huisseries, des parquets et des moulures, et le cèdre rouge de l'Ouest dont les propriétés hydrofuges étaient très appréciées pour les bardeaux, les revêtements extérieurs et les poteaux de clôture. L'unique raison d'abattre un épicéa de Sitka était sa présence sur le chemin d'un cèdre. Une fois à terre, on laissait l'arbre pourrir sur place ou, quand c'était commode, on le récupérait pour en faire de la pâte à papier.

Mais quand les premiers constructeurs d'avions découvrirent cette essence, son statut changea du tout au tout. Du jour au lendemain, l'humble mais énorme épicéa de Sitka gagna ses lettres de noblesse. Ce bois léger présente en effet de rares caractéristiques de solidité et de souplesse qui font de lui le matériau idéal pour la fabrication des ailes et du fuselage des avions. Débité en lamelles et laminé, il se prête aussi très bien à la confection des hélices. Avantage supplémentaire, il n'éclate pas sous l'impact des balles, ce qui est une qualité peu fréquente pour un bois dur. Toutes ces raisons valurent à ce bois d'être surnommé l'« épicéa à avions ». Or de toute la côte, c'est sur les îles de la Reine-Charlotte qu'on en trouvait le plus. Pendant les années de guerre, il fut tellement recherché qu'il devint l'objet d'une mobilisation sans précédent des forces armées. À partir de 1917, plus de trente mille soldats américains appartenant à la Division de production d'épicéas, hâtivement formée, ainsi que des milliers de bûcherons canadiens embauchés par la Commission impériale britannique des munitions furent envoyés dans les forêts de la côte pour participer à l'effort de guerre en abattant et sciant des arbres. Une grande part du bois récolté par ces « soldats de l'épicéa » servit à fabriquer des avions militaires français, anglais et italiens[1]. Au moment de la reddition allemande, moins de

---

[1]. Vingt ans plus tard, pendant la Seconde Guerre mondiale, le Mosquito DH-38, de fabrication britannique, presque entièrement fait en bois d'épicéa de Sitka, de sapin de Douglas, de bouleau, de frêne et de balsa d'Équateur, était l'avion le plus rapide et polyvalent de l'arsenal des forces alliées. Armé de matériel de reconnaissance, de canons ou de mitrailleuses, il pouvait en plus transporter une bombe de grande puissance d'un poids de mille huit

deux ans plus tard, il avait été récolté assez de bois d'épicéa pour faire deux fois et demie le tour de la Terre (environ deux cents millions de pieds-planches). Mais le Dixième Rapport annuel de la Commission de conservation publié en 1919 nous peint un tableau peu engageant de l'avenir de l'exploitation forestière sur la côte Nord-Ouest :

> Les réserves d'épicéas de Sitka pour la construction aéronautique sont extrêmement réduites... [et la] poursuite pendant une année supplémentaire de l'abattage au rythme imposé par la guerre aurait pratiquement décimé l'espèce qui doit être préservée moyennant un effort conséquent, notamment financier... Seuls les plus gros spécimens contiennent le bois à grain fin nécessaire à l'industrie, et il faudra plusieurs siècles pour les remplacer. Pour une grande part, le bois destiné à la fabrication des avions a été prélevé sur des arbres âgés de cinq à huit cents ans, et il est peu probable que les nouvelles plantations offriront jamais une qualité équivalente à celle des parcelles de forêt vierge.

Des préoccupations du même ordre s'exprimèrent de façon répétée dans les décennies suivantes, mais il fallut attendre cinquante ans avant que de vraies mesures soient prises. Entretemps une grande part des îles et de la côte avait été réduite à l'état de paysage lunaire.

---

cents kilos. Cet avion est celui qui essuya le moins de pertes de toute la flotte alliée. Il était aussi le plus facile et le moins cher à réparer. Ce bombardier léger allait si vite que les Américains donnèrent des ordres pour que leur appareil le plus rapide, le Lightning P-38, ne vole jamais à côté de lui. Bien que propulsé par des hélices, le Mosquito était capable d'atteindre (à vide) une vitesse de pointe de plus de six cents kilomètres par heure, ce qui rendait impossible toute interception par un appareil ennemi. En dépit de son nom qui fit souvent les gros titres de la presse, le célèbre Spruce Goose (l'oie en épicéa) de Howard Hugues, l'un des plus gros avions jamais construits, ne contenait qu'une petite quantité d'épicéa de Sitka. *(N.d.A.)*

L'assaut très organisé des soldats de l'épicéa contre les forêts côtières contribua à faire entrer l'industrie forestière dans un nouvel âge, où la technologie de démembrement de la forêt se mit à dépasser tout ce que ses propres utilisateurs avaient pu imaginer. Il déboucha également sur un formidable gâchis : les essences moins convoitées, comme la pruche de l'Ouest et le sapin baumier, furent délaissées au profit de leurs voisines plus rentables. On estime qu'en moyenne près de trente pour cent du bois utilisable d'un bloc de coupe était laissé à pourrir sur place ou bien brûlé avec les rémanents. Bien qu'ayant grandi dans la forêt, les bûcherons de la côte Ouest semblent surpris de voir à quelle vitesse leurs arbres ont été abattus, ce qui peut être attribué en partie à une forme de pensée magique qui avait cours dans les bois. Beaucoup de gens du secteur semblaient croire que d'ici à ce que les vieux arbres aient disparu, la génération suivante serait prête à être récoltée. Mais ce qui avait peut-être été vrai à l'époque de l'abattage manuel – ou même de la machine à vapeur – ne l'était plus. L'industrie forestière était désormais d'une efficacité redoutable. Pourtant, dans leur majorité, les coupes étaient abandonnées, vouées à se reconstituer d'elles-mêmes une fois les bûcherons partis.

À la suite d'un traumatisme tel qu'un incendie, une tempête ou une coupe claire, la forêt se régénère par un processus naturel dit de « succession écologique ». Sur la côte, plusieurs espèces, en partant des buissons à baies et des broussailles et en progressant jusqu'aux aulnes à croissance rapide et aux essences ombrophiles comme l'épicéa, le cèdre et la pruche, se succèdent selon un schéma prévisible, dont le déroulement peut s'étaler sur plusieurs siècles. Dans les îles de la Reine-Charlotte, la pratique de bon sens consistant à replanter activement des parcelles n'a pas été institutionnalisée avant les années 1960. Dans les régions intérieures et dans les zones de montagnes comme autour de Gold Bridge, elle n'a pas été introduite avant les années 1980.

« Ils se sont foutus de nous », tempête l'ancien bûcheron haïda Wesley Pearson, à propos des compagnies d'exploitation forestière pour lesquelles il a travaillé dans les années 1950, 1960 et 1970. « Ils disaient que quand nous aurions fini d'abattre la forêt [dans les îles de la Reine-Charlotte], nous pourrions recommencer. Alors on a coupé, bien plus vite qu'on ne nous en aurait cru capables. Beaucoup d'erreurs ont été commises. Le gouvernement ne surveillait pas d'assez près ces grosses sociétés. »

Mais les mensonges sont plus faciles à gober quand l'argent coule à flots. Et de l'argent, les bûcherons et les grimpeurs comme Pearson n'en manquaient pas. Un autre abatteur haïda dénommé Bill Stevens aurait pu parler pour l'ensemble du secteur quand il déclara : « Quand t'as du boulot, pendant un moment t'oublies tout le reste. »

Pour prendre la mesure de l'échelle à laquelle la forêt a été abattue dans les îles de la Reine-Charlotte au cours des trente dernières années, il suffit de regarder le *Haida Monarch* et le *Haida Brave*. À l'époque de leur lancement au milieu des années 1970, ils étaient les plus gros bateaux de transport du bois au monde et tous deux avaient été spécialement construits pour desservir l'archipel. Le *Haida Monarch* (le plus imposant des deux) peut transporter près de quatre millions de pieds-planches de bois (ce qui équivaut au chargement de quatre cents camions). Quand l'un de ces bâtiments décharge sa cargaison dans l'aire d'estacades de Vancouver, il produit une vague qui peut atteindre trois mètres de haut.

MacMillan Bloedel, la plus grande compagnie forestière du Canada à l'époque, exploitait le *Haida Monarch* et le *Haida Brave*. Ceux-ci remontaient régulièrement le détroit de Masset pour rejoindre la baie de Juskatla et l'aire de triage où étaient amenées la plupart des grumes abattues dans la vallée de la Yakoun avant leur transport. Si les bateaux du XIXe siècle destinés au chargement des peaux de loutres étaient proportionnés aux maisons et aux canoës qui longeaient les plages du village, ces navires modernes écrasent de leur taille tout ce qui est visible autour d'eux. Ils mesurent environ cent vingt mètres de long et semblent à l'étroit dans le mince boyau que forme le détroit de Masset. Vu depuis la grève ou d'un bateau ordinaire, un cargo de transport du bois ressemble moins à un navire qu'à un mur d'acier flottant. À plus de trente mètres au-dessus de l'eau, se dressent des grues de cinquante tonnes destinées à charger sur le bateau l'équivalent de forêts entières. Outre leur nom d'un goût douteux, leurs couleurs leur donnent l'aspect lugubre de créatures de l'au-delà. D'un noir mat, pareil à celui des bombardiers furtifs, on les dirait conçus pour échapper à toute détection. C'est pourtant l'effet inverse qu'ils produisent quand, sortant du brouillard, ils continuent leur avancée inexorable sur les eaux gris céladon du Pacifique Nord. Ils apportent avec eux un concentré de noirceur, si bien qu'à les voir s'approcher on a le cœur étreint par le sentiment que rien de bon ne peut sortir de ces monstres. Et pourtant, chargés d'assez de bois de cèdre pour alimenter toute une banlieue, ces navires qui emportent au loin les ressources locales font autant partie de l'héritage moderne des Haïdas que les Nor'westmen. Pendant des décennies, à raison d'une à deux fois par semaine, les habitants d'Old Masset ont regardé leur patrimoine s'en aller à bord de ces bateaux. Alors que quatre-vingts pour cent des emplois forestiers sont attribués à des gens de l'extérieur et que quatre-vingt-quinze pour cent du bois est envoyé dans le Sud, ils sont malgré tout quelques-uns à avoir profité de ce commerce. Comme le dit Wesley Pearson, « si t'es né dans les Charlottes, tu peux être que pêcheur ou bûcheron ». Il est vrai que ce sont les deux seuls secteurs qui emploient. Alors les Haïdas se trouvent placés face à un vieux dilemme : soit participer de leur plein gré au pillage de leur terre ancestrale, soit rester en rade.

« Quand j'étais jeune, le métier me plaisait, poursuit Pearson. Nulle part ailleurs j'aurais pu gagner autant d'argent, parce que j'avais pas fait d'études. Je peux rien dire contre cette industrie dont dépendent tellement de gens. Mais comment la contrôler ? Les grosses boîtes finissent toujours par obtenir tout le bois qu'elles veulent. »

Cette question turlupinait aussi Hadwin. Où qu'il aille, elle ne lui sortait jamais de la tête. Hadwin se rendit pour la première fois à Haida Gwaii en septembre 1996, peu de temps après les événements qui prirent le nom de « blocus du *Haida Brave* », et fut immédiatement happé dans un tourbillon d'espoirs, de rêves et d'ambitions. L'Arbre d'or et les terres qui l'entourent incarnent le conflit entre l'idéal de « Haida Gwaii » – un authentique paradis de forêt primaire avec ses arbres géants et ses autochtones plus vrais que nature – et son pendant industriel, les « Charlottes », un entrepôt offshore où le bois est stocké à la verticale. On a comparé la Colombie-Britannique à une république bananière, sauf que les bananes ici sont plus grosses. Nulle part ailleurs dans cette province cette réalité n'apparaît de façon plus éclatante. C'est pourquoi ces îles sont un symbole pour les bûcherons, comme pour les écologistes et les défenseurs de la cause des peuples autochtones. Or l'Arbre d'or était pris au milieu de tous ces enjeux.

Un mois plus tôt, le 1er août, des militants de Greenpeace qui manifestaient contre l'exploitation effrénée de la forêt côtière par MacMillan Bloedel avaient été chassés à coups de jets d'eau du pont du *Haida Brave*, alors ancré dans la baie de Juskatla. Plus tard ce jour-là, alors que le navire traversait le détroit de Masset chargé d'une pleine cargaison de bois, il avait été intercepté par une cinquantaine de Haïdas à bord de pirogues de guerre et de canots à moteur et contraint de faire demi-tour. Ce n'était pas le premier incident de ce type : dans les années 1970 et 1980, aidés par des groupes écologistes, les Haïdas avaient mené avec succès plusieurs campagnes contre l'industrie forestière. Non contents de faire de l'archipel l'un des principaux champs de bataille dans la guerre pour les forêts côtières, ils en avaient également fait le lieu de la première – et de la plus grande – victoire des tenants de la préservation. La création de la réserve naturelle de Gwaii Haanas, en 1987, sauva de l'abattage le tiers sud de l'archipel, en entraînant cependant la suppression de plus d'une centaine d'emplois dans le secteur. Mais la particularité de ce dernier mouvement avait été de déplacer le conflit « offshore ». C'était la première fois, en près de cent cinquante ans, que les Haïdas s'en prenaient à un navire étranger.

Le message ayant été passé, le *Haida Brave* fut autorisé le lendemain à poursuivre sa route. Cependant Greenpeace continua de le harceler pendant son trajet vers le sud. À hauteur de Vancouver, plusieurs activistes réussirent à grimper à bord et à s'enchaîner à des billes de bois et à des grues de chargement. Ces îles forment un petit monde clos, et les coups de force des Haïdas et de Greenpeace y firent sensation. Pendant six semaines, l'action de l'organisation fit régulièrement la une des journaux de Colombie-Britannique. Il est très probable que Grant Hadwin a suivi cette affaire comme il avait suivi celle de la confrontation au lac Gustafsen.

Il se trouvait chez lui à Kamloops quand il prit la décision de se rendre dans l'archipel. Toutefois, comme

Hazelton – la ville où vivait Cora Gray – se trouvait sur sa route, il prit à son bord Matilda Wale et son compagnon qui voulaient s'y rendre en visite. Arrivé à Hazelton, Hadwin invita Cora ainsi que sa sœur Martha et son mari à partir avec eux pour l'archipel et paya leur traversée. Ils devaient former une drôle d'équipe, ces cinq petits vieux accompagnés d'un homme encore vigoureux, toujours en quête d'une mission en accord avec ses principes et à la hauteur de ses forces.

Hadwin et son petit groupe séjournèrent une semaine dans les îles, et c'est à cette occasion qu'il alla voir l'Arbre d'or dont l'emplacement n'aurait pas pu être plus emblématique. Au fil des années, le vieil épicéa s'était retrouvé pris dans un labyrinthe de routes de débardage qui toutes se terminaient à Juskatla, base des opérations de l'industrie forestière moderne à Haida Gwaii. Située à quelques kilomètres à l'ouest de l'Arbre d'or, Juskatla est un univers parallèle, un lieu désolé et glaçant de terres rongées par l'érosion, de lourdes machines et de dizaines de pick-up blancs Ford 250, le modèle officiel de l'industrie forestière. Les équipements y sont entreposés et réparés dans un gigantesque bâtiment, où les camions tout-terrain entrent et sortent avec la régularité d'un métronome. Par une journée ordinaire, un grand écriteau annonce : « Neuf jours sans blessé ». Non loin de là se trouvent les quais et l'aire d'estacades, où sont chargées les péniches. Evans Wood Products possédait un espace en tous points pareil, à l'extérieur de Lillooet. Quand on a vu l'un de ces endroits, il n'est pas difficile de comprendre pourquoi un homme tel qu'Hadwin les évitait comme la peste.

L'Arbre d'or se dressait à égale distance de Juskatla et de Port Clements, un ancien camp de pionniers devenu une ville-dortoir pour bûcherons. Environ cinq cent trente personnes y vivent aujourd'hui. Situé à mi-hauteur de l'île Graham, sur la côte Est du détroit de Masset, il accueille le visiteur par un panneau fabriqué dans une souche de cèdre déracinée et par le spectacle d'une coupe claire, jonchée de tas de rémanents et d'équipements de coupe rongés par la rouille. L'humidité ici est telle que tout objet capable de projeter une ombre devient une pépinière d'algues. Si on le laisse proliférer, ce goémon cède peu à peu la place à des mousses et des fougères. Petit à petit, des plants s'enracinent et, en moins de temps qu'il n'en faut partout ailleurs, à l'exception des climats tropicaux, un camion abandonné ou le toit d'un mobile home deviendra un écosystème à part entière. De l'avis de certains, l'Arbre d'or devait sa survie aux bûcherons et forestiers de ce village. Au fil des années, les gens du coin s'étaient attachés à lui. Dans les années 1930, Harry Tingley avait pique-niqué au pied de cet arbre en compagnie de son père et depuis toujours c'était là que les insulaires conduisaient leurs amis et parents du continent venus en visite. Pour les Haïdas comme pour les Anglo-Canadiens, cet arbre était un vieil ami, une présence bienveillante et rassurante.

Aujourd'hui encore, quand vient le mois d'octobre, les membres du clan Tsiij git'anee se réunissent sur la Yakoun, en aval de l'Arbre d'or, et pêchent les saumons qui remontent chaque année la rivière pour frayer et mourir. Il y a tout lieu de supposer que cette pêche saisonnière s'est perpétuée à peu près au même endroit, au moyen des mêmes techniques, depuis des millénaires. L'idée que des dizaines voire des centaines de générations ont pris part à ce cycle récurrent a quelque chose d'étourdissant. Aujourd'hui, le clan Tsiij git'anee tout entier pourrait tenir dans un garage à deux places, mais il fut un temps où il régnait sur une grande partie du bassin de la Yakoun, y compris sur l'endroit où poussait l'Arbre d'or.

Avant l'arrivée des colons et des prospecteurs européens dans les années 1860, les Haïdas possédaient tout le territoire des îles de la Reine-Charlotte. Tous les droits de pêche, de chasse, de cueillette des baies et de puisage dans un lieu donné étaient détenus par l'un ou l'autre de leurs clans. C'est entre autres pour cette raison que les affrontements entre tribus et les conflits territoriaux étaient monnaie courante dans l'archipel. Ainsi, la terre que revendique aujourd'hui le clan Tsiij git'anee n'a peut-être pas toujours été la leur, et la question de sa propriété n'est toujours pas tranchée. Elle a été contestée par une branche de la tribu, le clan de l'aigle du détroit de Masset, et cette revendication a dû se ranger après celles de la nation haïda, du gouvernement canadien et de la compagnie MacMillan Bloedel.

Il y a encore peu, « MacBlo », comme on la surnomme, possédait d'importantes parcelles en Europe, en Asie du Sud-Est, en Amérique du Sud et aux États-Unis. Au Canada, elle détenait notamment en Colombie-Britannique une vaste concession baptisée TFL 39 – Tree Farm Licence – qui se composait d'exploitations forestières sur le continent, sur l'île de Vancouver et sur les îles de la Reine-Charlotte. MacMillan mourut en 1976, et en 1999 la société fut reprise par Weyerhaeuser, la plus grande compagnie de produits du bois au monde, établie à Tacoma, dans l'État de Washington. Weyerhaeuser, qui domine le secteur depuis plus d'un siècle, possède des exploitations dans le monde entier. La portion de la concession TFL 39 située dans les îles de la Reine-Charlotte s'appelle le Bloc 6, ou TFL Haïda, et elle englobe bon nombre des îles situées au nord de l'archipel ainsi qu'une grande partie de la vallée de la Yakoun, y compris l'Arbre d'or. En 2005, le Bloc 6 fut revendu à la compagnie Brascan.

À l'époque où Hadwin s'y rendit, le Bloc 6 avait été presque entièrement dénudé au cours des huit décennies précédentes. Des îles entières avaient été tondues à ras, parfois en raison de rancœurs nées de rivalités intra-insulaires. Le paysage avait été ravagé de manière irréversible par les glissements de terrain consécutifs aux coupes mal gérées. Il faut les avoir vus d'avion pour prendre la mesure des dégâts engendrés par l'industrie forestière. « Quand vous survolez le nord de l'archipel et que vous voyez tout ce qui a été enlevé, vous restez ensuite muet de stupeur pendant plusieurs jours », rapporte Hazel Simeon, une artiste haïda. Conséquence de cette intense activité, l'Arbre d'or était l'un des rares spécimens anciens d'épicéas de Sitka encore debout à l'extrémité nord de la vallée de la Yakoun, ce qui faisait de lui une anomalie encore plus rare. Les autres survivants, dont certains grands cèdres et pruches, étaient pour la plupart rassemblés autour de lui, et tous ensemble ils formaient un minuscule îlot de forêt primaire dans ce qui n'était plus qu'une immense coupe claire à divers stades de sa régénération.

À la fin des années 1960, MacMillan Bloedel commença à préserver de petites parcelles de forêt considérées comme particulièrement belles ou intéressantes au plan de l'environnement. Elles étaient en général minuscules, ne dépassant pas trois ou quatre hectares. Elles n'étaient en tout cas jamais assez grandes pour avoir une fonction de conservation significative pour l'écosystème. Leur rôle était avant tout récréatif et symbolique, comme un tout petit geste de reconnaissance envers les immenses forêts d'antan. L'une des faiblesses de ces parcs de poche est qu'en l'absence d'autres grands arbres pour les protéger, ils sont extrêmement vulnérables au déracinement par le vent. Aujourd'hui encore, ces petites réserves sont convoitées par le secteur. En 2003, lors d'une promenade dans une parcelle de forêt ancienne préservée sur l'île de Vancouver, un forestier local s'exclama : « Si c'était à moi, je couperais tout et je planterais du sapin. » Le parc couvrait à peine trois hectares. À cent mètres de là, des camions chargés de bois se succédaient à un intervalle de vingt minutes.

C'est au milieu des années 1970 que l'on commença à entrevoir le potentiel récréatif de l'Arbre d'or. Sur les instances de la communauté locale des bûcherons et des forestiers, MacMillan Bloedel décida de créer une réserve de cinq hectares autour de l'arbre. Toutefois, sa préservation devint un sujet de controverse quand une réglementation environnementale ultérieure déclara les abords des cours d'eau et d'autres zones riveraines interdits à l'abattage. Les Haïdas ne furent pas officiellement consultés sur ce dossier, parce que les Blancs ignoraient apparemment que cet arbre avait une signification pour eux. Mais les Haïdas n'étaient pas mieux renseignés. Au sein même de la tribu, seuls quelques-uns connaissaient l'histoire associée à cet arbre et à l'époque ils avaient d'autres chats à fouetter. Les autochtones n'avaient obtenu le droit de vote au Canada que dans les années 1960[1], et le mouvement de renaissance des Haïdas était alors à l'état embryonnaire. Pour eux, comme pour beaucoup d'autres tribus d'Amérique du Nord, une extraordinaire période de redécouverte venait tout juste de débuter.

Pendant ce temps, MacMillan Bloedel avait ouvert un véritable sentier jusqu'à l'Arbre d'or et installé un banc sur la rive ouest pour que les visiteurs puissent l'admirer

---

1. Les Inuits obtinrent le droit de vote en 1950. Les « Indiens inscrits » (c'est-à-dire officiellement enregistrés auprès du gouvernement fédéral) l'obtinrent en 1960. Les métis, quant à eux, avaient toujours été considérés comme des citoyens et à ce titre étaient autorisés à voter aux élections provinciales et fédérales à condition de remplir certains critères essentiels tels que celui d'être propriétaire. *(N.d.A.)*

depuis l'autre côté de la rivière. L'arbre lui-même n'était pas accessible, sauf pour ceux qui avaient un bateau ou qui étaient prêts à marcher plusieurs kilomètres jusqu'au pont le plus proche puis à redescendre la rivière de l'autre côté, un périple qui pouvait prendre plusieurs heures en raison des épaisses broussailles et des rompis. En 1984, l'endroit devint une halte sur le trajet des excursions en autocar, pour le plus grand bonheur des commerçants du coin et notamment du Golden Spruce Motel, le motel de l'Arbre d'or. En 1997, le secteur local de l'écotourisme connut un autre coup de pouce quand un corbeau albinos fit son apparition dans les environs. D'ordinaire, les corbeaux blancs sont tués ou rejetés par leurs congénères noirs, et ce spécimen était le seul de son espèce dans toute la province. Entre lui et l'Arbre d'or, Port Clements avait réussi à accaparer le marché des curiosités naturelles dans l'ouest du Canada.

L'un et l'autre avaient quelque chose de surnaturel. Par une journée ensoleillée, la lumière se dégageant de l'Arbre d'or était impressionnante et même mystique. D'Arcy Davis-Case, une spécialiste de la forêt qui a vécu pendant des années à Haida Gwaii avant de devenir consultante auprès des Nations Unies, rapporte que « des botanistes et des dendrologistes ont sans cesse tenté d'expliquer la couleur dorée de l'arbre ». Quand on lui demande quelle était leur conclusion, Davis-Case sourit et lève les yeux au ciel : « La magie ! »

Pour ceux qui ont eu la chance de voir l'Arbre d'or par une journée ensoleillée, l'explication de Davis-Case semble assez plausible. Ils sont nombreux à évoquer son rayonnement si particulier, comme si cette lumière émanait des profondeurs de ses branches. Ruth Jones, une artiste de Vancouver, a vu l'arbre en 1994, par une fin de journée radieuse. « On aurait dit de l'or étincelant, rapporte-t-elle. Comme dans un conte de fées. Comment un tel prodige était-il possible ? » Ben Parfitt, un journaliste qui a visité l'endroit par une belle journée de 1995, est reparti de là avec le sentiment que cet arbre « lui était plus proche et semblait plus vivant que tous ceux qui l'entouraient ». Marilyn Baldwin, propriétaire d'un magasin d'articles de sport implanté à Prince Rupert, de l'autre côté du détroit d'Hécate, s'est rendue sur les lieux au début des années 1990, par une journée grise et brumeuse. « Quelques minutes après notre arrivée, le soleil a transpercé le brouillard, se souvient-elle. Et soudain je l'ai vu dans tout son éclat doré. On l'avait surnommé l'arbre "Ooh-Aah", parce que c'étaient les exclamations qu'il provoquait chez tout le monde. » Un vieux technicien de chez MacMillan Bloedel qui a vu l'arbre dans des circonstances similaires compare cette illumination soudaine à une expérience religieuse.

Mais Hadwin a vu autre chose. Il a vu ce que nombre de ses collègues plus pragmatiques voyaient aussi : un « arbre malade ». Contrairement à la plupart des gens, il a dû être frappé par le contraste entre le bosquet vestigial abritant la mascotte de la ville et la « ferme » forestière qui l'entourait. Pour quelqu'un qui connaissait les bois comme Hadwin les connaissait, son spectacle devait être aussi incongru et grotesque que celui d'un bœuf albinos sur un terrain de golf. Où donc étaient passés ses congénères en bonne santé ? Ils étaient partis vers le sud à bord du *Haida Brave*.

## 8

## La chute

*Un fou ne voit pas le même arbre qu'un sage.*

William Blake, *Proverbes de l'enfer*

Peu de temps après son voyage à Haida Gwaii en compagnie de Cora Gray, Hadwin quitta Kamloops pour toujours. De nouveau, il prit la direction du nord et finit par échouer à l'hôtel du Yukon de Whitehorse, dans le territoire du Yukon, à quelques kilomètres au nord de la frontière avec la Colombie-Britannique. C'est à cet endroit que la rivière Yukon, partant de sa source située près du col de Chilkoot, commence son périple de trois mille kilomètres à travers le vaste cœur de l'Alaska avant de se jeter dans la mer de Bering. Ici, l'hiver est long, et il avait déjà commencé quand Hadwin arriva dans la région. L'homme avait toujours été fier de sa grande tolérance à l'eau très froide. Au fil des années, il avait nagé dans des rivières glacées un peu partout en Colombie-Britannique, en Alaska, dans le Yukon et en Russie. Pendant son séjour à Whitehorse, il prit l'habitude de piquer une tête dans le Yukon, dont les berges étaient déjà recouvertes de neige et dont la surface commençait à se couvrir d'une pellicule de glace. En dehors de nager et de faire de l'exercice, on ignore la raison précise de la présence d'Hadwin à Whitehorse. Il resta en contact avec Cora Gray avec qui il parlait régulièrement au téléphone. Elle lui manquait. À la mi-novembre il la persuada de venir le rejoindre et alla jusqu'à proposer de payer son billet d'avion.

Un jour de décembre, par une température extérieure de − 35 °C, elle était là pour le voir s'enfoncer dans les eaux du Yukon. En cette période de l'année, le fleuve était entièrement pris dans les glaces, à l'exception d'un tronçon particulièrement tumultueux situé près de l'exutoire d'un barrage. Hadwin s'avança sur la couverture de glace et se servit d'une échelle pour descendre dans l'eau, où il resta plongé pendant une quinzaine de minutes. Les témoins, inquiets de ne pas le voir remonter, finirent par appeler la police montée. Un reporter du *Yukon News* fut dépêché sur place. « De la vapeur s'échappait de l'eau, se souvient Cora Gray. Quand il est sorti de là, des glaçons s'étaient formés dans ses sourcils et ses cheveux. Il a couru jusqu'à la voiture où je l'attendais et m'a dit : "Tant que tu es là à me regarder, je sais que tout se passera bien." Je lui ai demandé : "Pourquoi tu te tortures comme ça ?" Et il m'a répondu : "Je m'entraîne. Je ne serai plus là dans un an." Alors, j'ai su qu'il tramait quelque chose. »

Mais elle ignorait quoi. Depuis six mois, Grant lui avait raconté les détails les plus intimes et les plus pénibles de sa vie, mais il n'avait pas soufflé mot de ses projets d'avenir. Cora commença à se faire du mauvais sang. Elle avait prévu de ne passer que deux semaines à Whitehorse, mais cédant aux instances d'Hadwin elle finit par y rester six mois. À plusieurs reprises, des autochtones lui avaient confié en aparté les mauvais pressentiments que leur

Une bataille opposant le navire américain *Columbia*, voué au commerce des fourrures, à des guerriers Kwakwaka'wakw dans le détroit de la Reine-Charlotte, 1792.

Canoës nuxalk de la côte centrale de Colombie-Britannique en 1914.
(Image extraite d'une mise en scène du photographe Edward S. Curtis.)

La tenue complète d'un guerrier de la côte Nord.

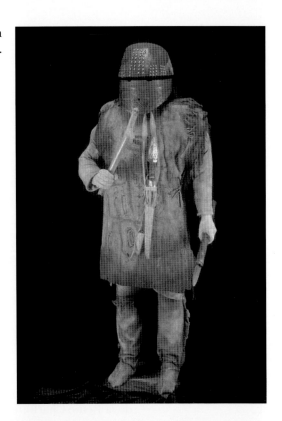

Dague de guerre haïda au pommeau orné d'un blason en forme d'aigle.
Retrouvé à Masset par A. Mackenzie, 1884.

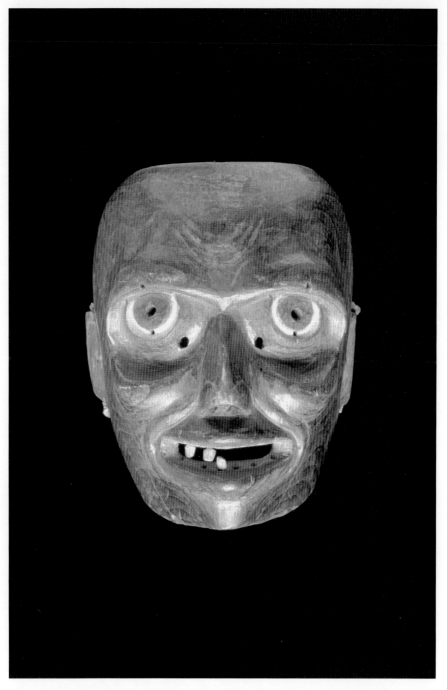

Ce masque de danse représente un *gagiid*, une créature prise au piège entre le monde des humains et celui des esprits après avoir failli se noyer en tombant à l'eau pendant la saison hivernale.

Retrouvé à Haida Gwaii par Israel W. Powell, 1879.

Attelage de bœufs tirant des grumes sur une route de débardage ;
cette zone se trouve aujourd'hui dans le centre de Vancouver (vers 1900).

Des bûcherons pendant une « exposition du chemin de fer » devant une grume de cinquante tonnes qui vient d'être chargée (vers 1935).

Bûcherons haïdas (vers 1925) posant sur un tremplin devant l'un des gigantesques épicéas de Sitka qui poussaient autrefois par milliers à Haida Gwaii.

Un grimpeur étêtant un arbre-pylône (a), puis prenant une petite pause (b) (vers 1925).

Un bûcheron surveillant les « faiseuses de veuves » sous une pluie d'hiver.

La grue d'abattage représente l'avenir de l'industrie : des machines plus grosses pour abattre des arbres plus petits.

Une coupe claire avec une route forestière et des traces de l'érosion résultante, Haida Gwaii.

Grant Hadwin rentrant d'une de ses baignades à Rushbrook Floats, Prince Rupert, 6 janvier 1997.

Grant Hadwin embarquant à bord de son kayak, à Prince Rupert, 12 février 1997.

La frontière à Hyder, Alaska. Un lieu où Hadwin s'est rendu à plusieurs reprises.

Leo Gagnon, chef Tsiij git'anee, et son fils devant la souche de l'Arbre d'or, octobre 2001.

Totems mortuaires à Nan Sdins, site du patrimoine de l'Unesco, parc national de Gwaii Haanas, Haida Gwaii.

Totem à la mémoire d'Ernie Collison (Skilay), porte-parole de l'Arbre d'or. Ce totem est l'œuvre du chef Jim Hart, qui l'a sculpté avec ses assistants. Il a été érigé par la communauté en 2003.

inspirait Hadwin, lui conseillant de prendre ses distances avec lui. « Dès que je parlais de rentrer chez moi, Grant se mettait à pleurer comme un bébé et me disait : "Je crois que tu es la seule personne qui se soit jamais souciée de moi." » Mais il insistait aussi pour qu'elle ne réponde pas au téléphone quand ses sœurs l'appelaient. « J'ai finalement réussi à le convaincre de me laisser partir, et il a proposé de me raccompagner en voiture, relate-t-elle. Il m'a dit : "Ne préviens pas tes sœurs que tu rentres. Tu leur feras la surprise." »

C'est à ce moment-là que Cora Gray a commencé à craindre pour sa vie. C'est à ce moment-là aussi que sa demi-sœur, Tilly Wale, vit en rêve une grenouille. Comme les Haïdas, les Gitxsans sont divisés en clans : Cora appartenait à celui des grenouilles, de même que Tilly. Quelques jours à peine avant la date à laquelle Cora était supposée quitter Whitehorse, Tilly rêva d'une grenouille qui se faisait écraser par une voiture. Elle en fut tellement effrayée qu'elle appela sa demi-sœur pour lui raconter ce qu'elle avait vu. Cora prit peur, mais elle était si loin de chez elle qu'il n'y avait rien qu'elle pût faire.

Grant et Cora quittèrent Whitehorse à 4 heures du matin, le 30 décembre. Pour rejoindre Hazelton, où demeurait Cora, un voyage de quinze heures de route à travers des régions extrêmement isolées les attendait. En raison de l'altitude et de la période de l'année, ils ne bénéficieraient de la lumière du jour que pendant six heures. À ces hauteurs, il n'est pas rare de croiser des élans, des loups, des couguars et des lynx. Leurs yeux vert et orange brillaient d'un éclat désincarné tandis qu'ils les regardaient passer depuis les ténèbres qui bordaient la route. À 17 h 30, à deux heures de route de Hazelton, Cora et Hadwin atteignirent le pont franchissant la Nass. Comme beaucoup de ponts dans cette partie du monde, celui-ci est à sens unique, et Grant s'y engagea à pleine vitesse. En dépit du clair de lune et de la vue dégagée, il ne remarqua pas le pick-up qui venait en sens inverse. Cora se rappelle avoir dit très calmement : « Grant, tu sais que ce pont n'a qu'une voie ? » La route était gelée au niveau de la rampe d'accès. Hadwin freina au dernier moment. Sa Honda fit une embardée et grimpa sur le rail de sécurité. Cora continue de relater ce qu'elle croyait être le dernier instant de sa vie : « Alors, j'ai dit : "On va droit dans la Nass." Je n'ai pas paniqué, j'ai juste pensé : "Si c'est mon heure de partir, alors qu'il en soit ainsi." Je m'y préparais, en quelque sorte. »

En fin de compte, ils ne plongèrent pas dans la Nass, mais heurtèrent l'autre véhicule de plein fouet. Cora eut les chevilles brisées, une pommette fracturée et de grosses ecchymoses aux deux mains, mais Grant s'en tira avec une simple coupure à la lèvre. Toutefois Cora avait d'autres raisons de s'inquiéter que ses blessures. La température extérieure était de − 40 °C et ils venaient de perdre leur source de chaleur. À cette température, le fer se brise comme de la glace, la chair exposée gèle en quelques secondes, et le contact du métal brûle comme du feu. Le poste de secours le plus proche se trouvait à deux heures de là. Grant bondit de la voiture pour venir en aide à Cora, mais dans sa précipitation il oublia d'enfiler ses gants, si bien qu'en voulant ouvrir la portière il se brûla les doigts. Les bagages entreposés à l'arrière du véhicule avaient été projetés contre le siège passager. Cora était écrasée par leur poids et sa poitrine était comprimée par la ceinture de sécurité. Mais Hadwin avait de telles cloques aux doigts qu'il ne parvenait pas à la dégager. Il appela à l'aide le chauffeur du pick-up, puis il entoura Cora de ses bras : « Ne meurs pas ! l'implora-t-il. Ne m'abandonne pas. »

Grant avait pris soin d'envelopper Cora dans d'épais vêtements et dans un sac de couchage en prévision du long voyage qui les attendait et, à en croire le médecin qui a soigné la vieille femme, sans ce capitonnage elle serait très certainement morte, soit au moment de l'impact, soit plus tard, lors de l'exposition au froid. Les chevilles de Cora durent être réparées à l'aide de vis et de plaques. Aujourd'hui, elle ne peut plus se déplacer qu'avec un déambulateur. Pendant son séjour à l'hôpital, Hadwin lui rendit visite tous les jours jusqu'à ce qu'il reparte pour Haida Gwaii deux semaines plus tard, le 12 janvier 1997. « Je me suis toujours demandé si Grant avait voulu nous tuer tous les deux, pour ne pas rester seul », confie Cora.

Arrivé à Haida Gwaii, Hadwin donna à tous l'impression d'un homme qui se préparait à un voyage sans retour. Il s'installa dans un motel, dans un endroit peu peuplé situé à la pointe nord de l'île Graham, et distribua tous ses biens, y compris plusieurs choses qu'il tenait de son père. « Prends ce que tu veux, parce que je vais brûler ce qui restera », dit-il à Jennifer Wilson, la fille du gérant de l'hôtel, alors âgée de vingt ans. Hadwin déblatérait sans cesse contre les élites formées à l'université, disant d'elles qu'elles étaient « l'engeance incestueuse de manipulateurs insidieux ». Selon la jeune femme, il prônait le terrorisme comme la méthode la plus efficace d'apporter le changement et parlait abondamment des arbres. « J'en ai beaucoup appris sur la forêt avec lui, rapporte-t-elle. Il était si passionné, comme s'il voulait faire quelque chose de bien. Il donnait l'impression d'un homme qui a trouvé sa raison d'être. » Un jour, Jennifer l'accompagna dans une visite à l'Arbre d'or. Pour un œil extérieur, ils auraient pu offrir l'image idyllique d'un bel homme et de sa jolie compagne aux cheveux blonds. Tous deux semblaient se sentir chez eux dans le paysage sauvage de la côte Ouest du continent. Grant, qui avait apporté un appareil photo, demanda à Jennifer de le photographier au pied de l'arbre. Il avait dans la main une plume d'aigle ornée de perles qu'il tenait d'un vieil Indien.

Après avoir acheté un jerricane d'essence, des coins d'abattage et une tronçonneuse haut de gamme de la marque Stihl, Hadwin s'installa à Port Clements, où il prit une chambre au Golden Spruce Motel. La dernière fois que Jennifer le vit, il avait des bouchons dans les oreilles. Il lui expliqua qu'il devait les porter, parce que chaque mot qu'il entendait sonnait pour lui comme une insulte personnelle. Hadwin était sous traitement, mais il est presque certain qu'à ce stade il avait soit épuisé sa réserve de médicaments soit tout bonnement cessé de se soigner.

Hadwin avait remplacé sa Honda endommagée dans l'accident. Dans la nuit du 20 janvier 1997, il fit la route jusqu'à l'entrée du sentier de l'Arbre d'or tracé par McMillan Bloedel. Après avoir hermétiquement enfermé sa tronçonneuse, ses coins, son jerricane, son huile et sans doute ses vêtements dans des sacs-poubelle, il transporta le tout jusqu'au bas du court sentier et dévala la berge abrupte de la Yakoun. À cet endroit, la rivière a une largeur de vingt mètres. Il lui arrive parfois de geler, mais à ce moment-là elle coulait librement, et son débit était plus rapide que d'ordinaire parce que ses eaux étaient gonflées par les pluies de l'hiver. La température était proche de zéro quand Hadwin plongea dans le courant et traversa la Yakoun à la nage en traînant derrière lui son équipement. De l'autre côté, la rive était tout aussi pentue et glissante. On imagine donc le mal qu'il a dû se donner pour réussir à se hisser jusqu'en haut avec son matériel, en pleine nuit de surcroît. Il n'y avait pas âme qui vive à des kilomètres à la ronde. Comme d'habitude les îles étaient enveloppées par des nuages de bruine. Aucune lumière ne brillait, hormis peut-être celle qu'Hadwin avait apportée avec lui. L'arbre se dressait juste derrière la berge, à la position qu'il occupait depuis trois siècles, dominant la nuit de sa masse imposante, son éclat d'or devenu invisible dans les ténèbres miasmatiques.

Hadwin avait abattu des centaines d'arbres au cours de sa vie, mais il ne s'était jamais attaqué à un spécimen aussi grand. À sa base, l'Arbre d'or mesurait plus de deux mètres de diamètre. Les arbres de cette taille sont rares autour de Gold Bridge et dans l'intérieur des terres. Pour l'archipel, sa taille était pourtant dans la moyenne. Il existe encore, le long de la côte, des spécimens d'épicéas de Sitka de quatre mètres cinquante de diamètre, et la vallée de la Yakoun en abriterait, dit-on, de plus larges encore. À l'instar du *redwood* et du cèdre rouge, l'épicéa de Sitka développe souvent des contreforts – d'épaisses crêtes qui se déploient autour du tronc pour stabiliser l'arbre sur les terrains inclinés et les sols peu profonds et rocailleux. Au début des années 1960, à une courte distance en amont de l'Arbre d'or, un forestier dénommé Wally Pearson a trouvé une souche d'épicéa qui mesurait plus de sept mètres de diamètre, une taille comparable à celle d'un séquoia géant. Plus au sud, à Sandspit, on a rapporté par ailleurs l'existence d'un arbre de huit mètres. Le seul moyen d'abattre des spécimens de cette taille consiste à les « démembrer » : on commence par couper les contreforts, puis on creuse un tunnel vers l'intérieur de l'arbre en y découpant des « fenêtres ».

En 1987, un bûcheron de l'île de Vancouver appelé Randy a abattu un cèdre rouge de plus de six mètres et demi de diamètre. Équipé d'une tronçonneuse Husqvarna 160 avec une lame d'un mètre, il lui a fallu six heures et demie pour en venir à bout. Après avoir creusé une entaille sur tout le pourtour du tronc, il a découpé des « fenêtres » et s'est ouvert ainsi un chemin jusqu'au cœur de l'arbre. À l'intérieur de la chambre qu'il s'était confectionnée, le vrombissement de sa tronçonneuse était si fort et les gaz d'échappement si épais qu'il n'a pas su que l'arbre était en train de tomber avant que la lumière du jour que laissait filtrer le tronc en basculant n'éclaire la fumée qui l'entourait. Quand un arbre de cette taille touche le sol, le vacarme est pareil à celui qu'un immeuble qui s'écroule à vos pieds. Ceux qui l'entendent pour la première fois en restent pétrifiés d'effroi. Quand par la suite Randy examina la souche, il vit que « les cercles [du bois] étaient si serrés qu'on n'aurait pas pu y glisser une feuille de papier. Bordel ! Ce machin devait avoir plusieurs milliers d'années ».

L'abattage d'un gigantesque spécimen comme celui-ci déclenche chez le bûcheron une réaction identique à celle que provoquerait un beau trophée chez un chasseur : c'est tout à la fois beau, terrible et extrêmement valorisant. Mais ce genre d'événement est devenu rare de nos jours. Le cèdre de Randy a probablement été le dernier des vrais géants de la côte abattus légalement en Colombie-Britannique. « Mais même quand j'abats des petits, j'éprouve encore ce frisson, ajoute l'homme. Je ne m'en lasserai jamais. J'ai été blessé, j'ai vu des gars mourir tout près de moi, mais c'est sans doute pour ça qu'on nous paie ce qu'on nous paie. »

En Colombie-Britannique, pour des raisons de sécurité la journée normale d'un bûcheron est de six heures et demie. Jusqu'à récemment, il pouvait empocher jusqu'à huit cents dollars par jour chez MacMillan Bloedel, mais depuis le rachat de la compagnie par Weyerhaeuser, les employés permanents sont de plus en plus souvent remplacés par des indépendants, ce qui a provoqué une chute des tarifs journaliers d'environ trente pour cent. Quand bien même, cela reste très bien payé pour un travail qui ne concerne qu'une toute petite frange de la population. « Les bûcherons sont des solitaires, explique Bill Weber, l'un des rares surveillants d'abattage à avoir réchappé à la reprise par Weyerhaeuser. Tu es maître de ton destin, tu ne dépends pas des machines. Si tu ramasses un coup, tu ne peux t'en prendre qu'à toi-même. »

Les bûcherons, à l'image des grimpeurs ou des pilotes d'hélicoptère, forment une catégorie à part. On le voit à leur façon de remuer la tête. Un bûcheron consciencieux ne lâchera pas du regard l'arbre au-dessus de lui pour la même raison – et avec les mêmes mouvements réflexifs de la tête – qu'un oiseau en train de picorer, parce que dans la forêt la mort tombe en général du ciel. Le faîte d'un arbre nous dit tout de lui. Ce qui se passe à sa base est exagéré à ses extrémités, un peu comme le bout d'une canne à pêche amplifie les mouvements de la main qui la lance. La première indication qu'un arbre est sur le point de tomber est donc un frémissement à l'extrémité de ses branches. Ces premières vibrations peuvent aussi provoquer la chute de branches mortes qui pour certaines sont de la taille d'un petit arbre. Celles-ci peuvent être mortelles et c'est pourquoi on les surnomme « faiseuses de veuves ». Pour peu que le bûcheron ait eu une nuit très arrosée, le fait de regarder un tronc immense et aussi droit que le canon d'un fusil, dont les lignes fuyantes se terminent par la vision kaléidoscopique d'une projection de branches à une hauteur de dix étages, peut provoquer des vertiges et même des nausées. Le spectacle peut être étourdissant, même chez un homme à jeun, et la sensation qu'il déclenche est encore exacerbée par l'important angle de fléchissement d'un grand tronc sur le point de tomber. Cet effet est hélas plus facile à observer quand des erreurs ont été commises.

La procédure normale pour abattre un arbre, quelle que soit sa taille, une fois que la direction de la chute a été choisie, consiste à découper une encoche sur ce côté du tronc. Sur la côte Ouest, on appelle ça une « entaille de Humbolt ». Il arrive parfois que la rainure ne soit pas assez profonde ou bien que le bûcheron ait mal apprécié l'inclinaison naturelle de l'arbre et que celui-ci, au lieu d'aller dans la direction voulue, retombe en arrière sur la scie en train d'attaquer le tronc dans le sens opposé. Un accident de ce type est extrêmement dangereux parce que, en neutralisant la scie, il prive le bûcheron de tout contrôle. Dès lors, tout peut arriver. L'arbre peut désormais tomber sur une amplitude de 360 degrés ou bien chasser à sa base. Or venant d'une telle masse, un simple coup oblique peut tuer un éléphant. Quand un arbre a basculé ainsi en arrière, les coins d'abattage sont le seul moyen de retrouver un semblant de contrôle sur la direction de la chute.

En plus des brodequins à crampons et des fameuses bretelles rouges, beaucoup de bûcherons portent aujourd'hui des pantalons en kevlar qui atténuent les effets des accidents de tronçonneuse. Leur taille est ornée d'une lourde ceinture de cuir dans laquelle sont rangés des étuis et des pochettes contenant les accessoires de leur tronçonneuse, des pansements compressifs, une hache légère et des coins d'abattage fabriqués dans un plastique très résistant. Un coin – et généralement plusieurs – est introduit dans l'entaille à l'arrière de l'arbre récalcitrant. Certains d'entre eux mesurent moins de trois centimètres d'épaisseur, mais dans de nombreux cas il n'en faut pas plus pour provoquer un déséquilibre. À ce stade, seule une fine bande de bois, la force de la gravité et sa propre structure parfaitement équilibrée maintiennent encore l'arbre debout. Mais un coup de vent ou la rupture d'une simple fibre peut tout changer en un instant. C'est au moment de l'insertion des coins que l'arbre manifeste sa flexibilité de façon alarmante. Le bûcheron jette alors de rapides regards vers le ciel après chaque coup auquel succède une onde de choc qui remonte le long du tronc et s'évacue par les branches les plus hautes dans un frémissement cadencé. Certains ne verraient dans toute cette entreprise qu'une provocation gratuite – comme un coup de pied balancé dans le tibia d'un géant – et ils n'auraient pas tort. Il faut un certain type d'homme pour oser cogner sur quelque chose de bien plus large qu'une porte d'entrée et de bien plus lourd qu'un bâtiment de vingt étages, quand ce quelque chose est en train de danser au-dessus de vous comme un serpent.

Dennis Bendickson a compris très tôt qu'il n'était pas ce type d'homme. Bendickson appartient à la troisième génération d'une lignée de pionniers installés sur l'île de Hardwicke. Chevelure argentée, stature d'athlète et des bras encore costauds, Bendickson est maintenant instructeur confirmé et directeur de programme au département de sylviculture de l'université de Colombie-Britannique. Comme la plupart des bûcherons, il a commencé tôt sa carrière. Encore adolescent il abattait déjà des géants dans les peuplements anciens. Il sut qu'il n'avait pas les qualités requises pour durer dans le métier lorsqu'un beau jour il s'est demandé : « Est-ce que je veux vivre jusqu'à vingt et un ans ? » « Quand on abat de grands arbres, il faut généralement se servir de coins d'abattage pour les faire aller dans la bonne direction, explique Bendickson. Alors j'en mettais encore et encore, tranchant le bois qui maintenait toujours l'arbre en place. Ils formaient comme un tutu de danseuse virevoltant autour du tronc. Et moi, en bas, je courais tout autour comme un écureuil à essayer de deviner de quel côté l'arbre allait tomber. Il ne fallait surtout rien tenter tant qu'il ne s'était pas décidé. »

Bendickson réfléchissait trop pour faire ce travail. « Il y a des boulots où il peut être dangereux de trop cogiter. Je me triturais les méninges à me demander comment ça allait se passer. J'essayais d'analyser un phénomène physique, quand j'aurais mieux fait de me fier au sixième sens dont semblent être pourvus tous les bons bûcherons. »

Cette intelligence instinctive que certains appellent le « sens du bush » est probablement ce qui permet à des forestiers comme Randy, Bill Weber et Grant Hadwin de rester en vie. Un bon bûcheron est capable de sentir mieux que personne la façon dont un arbre va se comporter dans une situation bien précise. Tel un athlète de haut niveau, il est doué d'une capacité à collecter et analyser les informations dans les moments critiques et peut en déduire la meilleure façon d'agir – non par une réflexion intellectuelle, mais par une forme d'intuition hyper- ou extrasensorielle (même si le facteur chance n'est pas non plus à négliger). Chez les bûcherons la différence entre ceux qui ont ce don et ceux qui ne l'ont pas est un critère de réussite dans la profession. Comme le dit Donnie Zapp, bûcheron sur l'île de Vancouver avec trente-cinq ans de métier : « C'est pas un boulot où tu peux te permettre d'y aller à l'esbroufe. »

Mais les tronçonneuses donnent une fausse impression de facilité. De tous les progrès technologiques qu'a connus la forêt, l'arrivée de cet engin a marqué le changement le plus radical. Les tronçonneuses existent depuis 1905, date à laquelle un prototype actionné par deux hommes fut testé avec succès à Eureka, en Californie. Après l'abattage frénétique de la Première Guerre mondiale, de très nombreux dispositifs ont été mis à l'essai, y compris un système qui découpait le bois en le brûlant avec un fil de métal chauffé à blanc, mais la plupart se sont révélés inadaptés au terrain accidenté des forêts côtières. La tronçonneuse sous la forme que nous lui connaissons aujourd'hui – celle d'une chaîne de vélo motorisée munie de dents aiguisées – ne s'est répandue dans la forêt qu'après la Seconde Guerre mondiale, mais dès le début des années 1950 les derniers bûcherons travaillant à la hache s'étaient convertis à son usage. Pourtant au début, ces scies à chaîne ne constituaient pas un grand progrès : la mécanique était défaillante, et avec leurs lames de deux mètres ces engins en acier et magnésium pouvaient peser plus de soixante kilos. Il y a cinquante ans, le métier de bûcheron devait être une épreuve de force. Il fallait grimper des montagnes à longueur de journée en trimballant le moteur d'une Harley Davidson, avec sa chaîne et son pignon arrière. Dès le milieu de la matinée, on devait rêver d'une hache légère. Néanmoins la puissance et l'attrait de la tronçonneuse sont indéniables, et cet engin ne pouvait que s'implanter durablement dans les bois. Depuis lors, il s'est transformé en une scie élégante, légère et d'une efficacité dévastatrice. Aujourd'hui même un gros modèle comme la Stihl 066 pèse moins de huit kilos. Avec sa lame d'un mètre et sa chaîne tournant à cent kilomètres par heure, elle a autant de pouvoir d'attraction et de virulence qu'un AK-47 ou qu'une Gibson Les Paul. Comme un fusil-mitrailleur ou une guitare électrique, une tronçonneuse est un *deus ex machina* portatif : un prolongement surpuissant de volonté masculine qui ne passe pas inaperçu. C'est un engin exaltant à utiliser. Certains bûcherons de Colombie-Britannique jugent la performance de base trop faible. Alors ils gonflent leur moteur au point que les orifices d'échappement élargis doivent être équipés de pare-étincelles pour éviter un incendie de forêt.

Dans des conditions idéales, une tronçonneuse est comme un couteau à beurre qui fait beaucoup de bruit : on peut couper un gros arbre en se servant du seul poids de la scie et de la pression d'un unique doigt. Mais elle peut aussi vous trancher un membre en un rien de temps. Avec le bon dosage de forces contraires, elle peut se comporter comme un hélicoptère Ninja, et sa formidable puissance encourage les comportements désinvoltes vis-à-vis des arbres plus petits. Le bûcheron Hal Beek en a fait la cruelle expérience en 1998, alors qu'il travaillait sur la côte Ouest de l'île de Vancouver. À la différence des parcelles replantées dont tous les spécimens sont de la même essence et du même âge, les peuplements anciens abritent des arbres d'âges différents. Entre les spécimens géants s'intercalent des aspirants de tailles diverses ainsi que des centaines de jeunes pousses. En se déplaçant d'arbre en arbre, le bûcheron se sert de sa tronçonneuse comme d'une machette qu'il brandit devant lui – le moteur calé sur la hanche, la lame orientée vers le sol – pour s'ouvrir un chemin dans les fourrés. Mais en coupant les arbres plus petits en biseau et non à angle droit, il laisse dans son sillage une traînée de pointes acérées appelées des « oreilles de cochon ». Beek s'était ouvert une piste à travers un bosquet pour atteindre un cèdre abattu par le vent d'environ deux mètres de diamètre. Alors qu'il se tenait perché sur le tronc renversé, il se pencha en avant pour couper un jeune arbre qui poussait non loin de là et ce faisant laissa une oreille de cochon d'environ un mètre et demi de haut. Il pleuvait, comme d'habitude. Beck travaillait sur le cèdre quand, dérapant sur un morceau de mousse, il bascula en arrière et alla s'empaler sur ce piquet qui pénétra par le rectum et poursuivit sa course jusqu'à la colonne vertébrale. Beck ne touchait plus le sol que de la pointe de ses pieds.

Les bûcherons qui ont perdu un membre emporté par une scie ou une chute d'arbre disent que sur le moment la sensation est celle d'une simple bosse. La vraie douleur ne vient qu'ensuite. Mais dans le cas de Beck, la blessure était d'une autre nature. La souffrance a été instantanée et indescriptible. Le moindre mouvement, y compris ses tentatives pour appeler à l'aide, le mettait à l'agonie et à sa place la plupart des gens auraient tourné de l'œil. Pour aggraver les choses, ses jambes étaient déjà tendues à l'extrême. Il n'avait aucun moyen de se libérer, et tout mouvement de sa part risquait d'enfoncer le pieu encore plus loin. D'ordinaire, pour des raisons de sécurité, les bûcherons travaillent par deux. Il est habituel de nos jours que des coéquipiers s'appellent quand ils n'entendent plus vrombir la tronçonneuse de leur binôme. Mais le partenaire de Beek était de la vieille école et n'avait pas cette vigilance ; il n'entendit ni ses cris ni ses sifflements. Beek comprit que s'il n'arrivait pas à se sortir de ce mauvais pas tout seul et très vite, il allait se vider de son sang et mourir. Sans savoir comment, il puisa en lui la force de relancer sa tronçonneuse, de passer derrière son dos la lame de quatre-vingt-dix centimètres et de se dégager en coupant le tronc, sans s'amputer d'une jambe ni retomber en arrière sur le pieu ou sur sa lame. Puis avec l'épine d'un mètre de long encore plantée en lui, il remonta en rampant les cent mètres de dénivelé à travers la broussaille jusqu'à la route forestière. Le temps que l'hélicoptère arrive sur les lieux, ses collègues l'avaient déjà surnommé « Fudgsicle[1] ». Après avoir passé trois mois relié à une poche de colostomie, puis trois autres en convalescence, Beek reprenait le chemin de la forêt. Or ce cas est loin d'être unique. Son contremaître, Matt Mooney, a été témoin d'un accident similaire dans les îles de la Reine-Charlotte, un jour que son coéquipier était tombé sur une branche cassée. La branche était entrée par le même chemin que chez Beek pour ressortir par le ventre de l'homme.

*

En dépit de son amour du risque, Hadwin n'a été sérieusement blessé dans les bois qu'une seule fois, lorsque le cliquet d'un vérin a ripé sous la charge et que

---

1. Marque de bâtonnets glacés. *(N.d.T.)*

la poignée en se redressant brusquement lui a brisé la mâchoire. Quand on sait la fréquence alarmante des accidents dans les bois, on considère d'un autre œil l'insistance d'Hadwin à travailler seul. Les employeurs responsables ne le permettraient plus aujourd'hui. De même qu'on n'autoriserait pas l'abattage de gros arbres dans une obscurité totale.

La nuit, en hiver, la forêt est un endroit très silencieux, et la tronçonneuse d'Hadwin devait faire un boucan de tous les diables dans cet environnement feutré. Elle a vrombi pendant des heures, sans être entendue par personne d'autre qu'Hadwin. Le contremaître employé par MacMillan Bloedel, qui a par la suite réalisé ce qu'il faut bien appeler une « autopsie mécanique » de l'arbre, a écrit qu'Hadwin savait ce qu'il faisait. Il a d'abord ouvert une « entaille de Humbolt », après quoi il a découpé une série de petites fenêtres pour permettre à sa lame de soixante-cinq centimètres d'atteindre le cœur de l'arbre. Il avait visiblement étudié sa cible attentivement, parce qu'il a pratiqué ses découpes et utilisé ses coins d'abattage de telle manière que l'arbre ne tombe pas selon son inclinaison naturelle, mais dans le sens des vents dominants et en direction de la rivière. L'épicéa de Sitka est un bois si solide que deux billes de neuf mètres de long reliées entre elles par seulement dix centimètres de duramen peuvent être traînées sur le sol de la forêt sans se séparer. Hadwin en a tiré avantage, puisqu'il a laissé juste assez de bois pour que l'Arbre d'or reste debout jusqu'à la prochaine tempête.

En pratiquant ses coupes dans le tronc, Hadwin – comme tous les autres bûcherons – s'ouvrait aussi un chemin dans le passé, à travers des anneaux de croissance qui étaient restés abrités des regards depuis l'époque où Harry Tingley avait pique-niqué ici en compagnie de son père, depuis que la dernière épidémie de variole avait vidé de leurs habitants les villages des environs, depuis que le capitaine Kendrick avait essuyé le feu de la mitraille, depuis la venue au monde du capitaine Pérez et du chef Koyah. Or tout cela fila en un instant dans la queue de comète d'un jet de sciure. Hadwin continua de couper jusqu'à l'année 1710 environ, date à laquelle ses propres ancêtres menaient encore une existence quasi primitive dans les îles Britanniques et où, venant du sud, le navire du premier Nor'westman n'avait pas encore transpercé l'horizon de ses mâts. C'est à ce moment précis qu'Hadwin arrêta sa tronçonneuse, remballa son matériel et traversa la Yakoun en sens inverse, laissant derrière lui un silence retentissant et un arbre tellement instable qu'il devait frémir au moindre souffle de vent.

Le lendemain, Hadwin fit cadeau de sa tronçonneuse à quelqu'un qu'il connaissait à Old Masset et regagna Prince Rupert par avion. Là, il s'installa à l'hôtel Moby Dick, un petit immeuble à étages situé non loin du bord de mer. C'est de ce lieu qu'il envoya sa dernière salve de fax à Greenpeace, au *Daily News* de Prince Rupert, au *Vancouver Sun*, aux membres de la nation haïda et même à Cora Gray. Mais son message s'adressait manifestement à un autre destinataire : MacMillan Bloedel. Et il disait :

Objet : la chute de votre arbre fétiche

Chère madame, cher monsieur,
… Je n'ai pris aucun plaisir à massacrer cette superbe vieille plante, mais vous avez manifestement besoin pour vous réveiller d'un message et d'une alarme que même un professionnel formé à l'université serait capable de comprendre.
… Mon intention n'était pas de manquer de respect à la nation haïda, par mes actes, non plus qu'à l'environnement naturel, de Haida Gwaii. Néanmoins, je revendique

cet acte comme une expression, de ma rage et de ma haine, envers les élites formées à l'université et les extrémistes qui les soutiennent, dont les idées, l'éthique, les dénégations, les demi-vérités, les attitudes, etc., semblent être à l'origine de la plupart des abominations, commises à l'encontre de la vie sur cette planète.

Le lendemain, l'Arbre d'or s'effondrait.

Dans la population locale, en particulier dans la communauté haïda, la consternation fut générale. « C'était comme si une fusillade s'était produite dans un petit patelin, rapporte John Broadhead, qui a résidé longtemps dans les îles. Les gens pleuraient, ils étaient sous le choc. Ils se sentaient profondément coupables de n'avoir pas su mieux protéger leur arbre. » Broadhead marque une pause, cherchant les mots justes pour traduire l'impact de cet événement dans une langue que pourrait comprendre quelqu'un qui ne serait pas haïda. « C'était comme si quelqu'un avait déboulé en bagnole et fait un carton sur le Petit Prince », dit-il enfin. Selon la légende haïda, l'Arbre d'or représentait l'avatar d'un jeune homme pur mais rebelle, et c'est pourquoi certains Haïdas virent dans ce geste non pas un acte de vandalisme ou de protestation, mais une sorte d'assassinat. « En un certain sens, c'était aussi douloureux qu'avait pu l'être New York [le 11 Septembre], confia un ancien haïda à Diane Brown. Une pièce maîtresse de notre communauté nous avait été arrachée. »

Dès qu'il apprit la nouvelle, le Conseil de la nation haïda diffusa le communiqué de presse suivant :

> Le peuple haïda est attristé et courroucé par la destruction de K'iid K'iyaas, également connu sous le nom d'« Arbre d'or », dans la vallée de la Yakoun, sur Haida Gwaii. La destruction de K'iid K'iyaas constitue une

atteinte délibérée à notre histoire culturelle. Nos traditions orales ayant pour sujet K'iid K'iyaas sont plus anciennes que l'histoire écrite.

Nous déclarons au monde que la nation haïda revendique l'entière propriété des restes de K'iid K'iyaas et que ceux-ci seront désormais inaccessibles à tous. Les Haïdas organiseront une cérémonie privée sur le site afin de faire le deuil de cette perte.

Les Haïdas espèrent que justice sera rendue et que la personne responsable de cet acte de destruction sera punie. Le peuple haïda suivra de près cette affaire et prendra les mesures appropriées en cas de déni de justice.

... Les Haïdas ont de tout temps considéré K'iid K'iyaas comme une sentinelle pour la vallée de la Yakoun et maintenant qu'il n'est plus, notre peuple va renforcer les mesures de protection sur ses terres.

Pendant plusieurs jours après son départ de l'archipel, Hadwin resta à l'hôtel Moby Dick de Prince Rupert. Il détonnait au milieu de la clientèle habituelle, mais pas pour les raisons auxquelles on s'attendrait : « Il était très différent des pêcheurs et des plongeurs qui viennent ici d'ordinaire, se souvient Pat Campbell qui travaillait à la réception de l'hôtel. Il était mieux éduqué, habillé en tenue de sport, mais toujours impeccable. »

Prince Rupert est une ville du bout du monde, c'est là que prend fin l'autoroute transcontinentale de Yellowhead. Une fois sur place, soit on prend la mer soit on revient sur ses pas. La ville la plus proche se trouve à cent trente kilomètres à l'intérieur des terres. Prince Rupert, qui fut pendant longtemps le centre de l'industrie de la pêche sur la côte Pacifique septentrionale du Canada, est connu pour ses équipages dopés au speed et à la cocaïne qui déversent des flots de cash dans les bars, restaurants et hôtels de la ville dès qu'ils regagnent la terre ferme. Il pleut tellement ici que les gens du cru ne prennent même pas la peine de porter des cirés. Comme beaucoup de communautés de pêcheurs du Nord, celle-ci a connu des temps difficiles. C'est d'ici que part le ferry pour Ketchikan et Haida Gwaii, et c'est ici que la police montée a rattrapé Hadwin.

Mais la police n'était pas seule à le rechercher. Guujaaw, le futur président du Conseil de la nation haïda, voulait lui aussi dire deux mots à Hadwin. Chanteur, sculpteur, activiste et politicien, Guujaaw est une personnalité forte et charismatique, un guerrier des temps modernes. Descendant du légendaire Charles Edenshaw, qui fut en son temps sculpteur, constructeur de bateaux et conteur, Guujaaw affiche l'air aristocratique d'un prêtre-artiste balinais et l'assurance inébranlable d'un homme né de sang bleu. Guujaaw avait réussi à remonter la piste d'Hadwin bien avant les journalistes et à lui parler au téléphone. « Il ne semblait pas fou, dit-il. Il avait l'air dans son état normal, ni exalté, ni effrayé, ni contrit, comme s'il n'avait rien fait de plus grave que de lancer un caillou dans une vitre. Je lui ai demandé les raisons de son geste, et puis je lui ai raconté l'histoire de l'Arbre d'or. Alors il a dit : "Je ne savais pas tout ça." Il m'a donné l'impression qu'il n'aurait probablement pas abattu l'arbre s'il avait su. »

Au plan philosophique, les deux hommes n'étaient pas très éloignés l'un de l'autre. Guujaaw se battait contre les compagnies forestières depuis vingt ans et comprenait la colère d'Hadwin. « S'il avait bousillé du matériel [d'abattage], il aurait eu droit à tout mon respect. » Mais en fin de compte, aux yeux de Guujaaw, Hadwin est pareil à l'assassin de John Lennon : « Un petit bonhomme insignifiant. »

Les hommes de la police montée sont venus cueillir Hadwin à Prince Rupert. Ils procédèrent à son arrestation, puis l'inculpèrent en lui ordonnant de se présenter devant le tribunal de Masset le 22 avril (Journée mondiale de la Terre) et le relâchèrent moyennant une caution de 500 dollars. Déjà connu de la police et méfiant à son égard, Hadwin ne demanda aucune protection et on ne lui en proposa pas. Pour certains, il était un fugitif en puissance, mais il n'existait à ce stade aucun motif pouvant justifier de le garder en détention préventive. Hadwin retourna bientôt s'installer chez Cora Gray, à Hazelton, à deux cent quatre-vingts kilomètres en amont de la rivière Skeena. Toutefois, craignant d'être considérés comme des complices de son forfait, certains membres de la tribu des Gitxsans prirent leurs distances avec cet homme étrange mais généreux qui vivait parmi eux.

Peu après son arrestation et sa libération sous caution, le texte intégral de sa lettre parut dans la presse locale. Pendant les deux semaines qui suivirent, par l'entremise des journaux publiés des deux côtés du détroit d'Hécate, Hadwin engagea un dialogue avec les habitants de la région déchaînés contre lui. Dans un article intitulé « "Vous vous en faites pour l'Arbre d'or? Vous devriez revoir vos priorités", déclare Hadwin », il expliqua à un journaliste de l'*Observer* des îles de la Reine-Charlotte : « Nous concentrons notre attention sur certains arbres, comme l'Arbre d'or, pendant que le reste des forêts est livré au massacre. » Puis il compara cet arbre ainsi que le site de Cathedral Grove, autre sanctuaire préservé par l'industrie forestière sur l'île de Vancouver, aux attractions de second ordre qui font diversion dans les spectacles de cirque. « Tout le monde est supposé n'avoir d'yeux que pour eux et oublier la forêt de dommages que cachent ces arbres. Que quelqu'un s'attaque à l'un de ces monstres de foire, on crie à l'holocauste, mais le véritable holocauste se passe ailleurs. Aujourd'hui, les gens déversent toute leur colère sur moi, alors qu'ils devraient plutôt la diriger sur l'œuvre de destruction qui les entoure. »

Bien que conscient de l'insulte dont il s'était rendu coupable envers les Haïdas, Hadwin était loin de présenter des excuses. « Je n'ai jamais eu l'intention d'offenser les autochtones, expliqua-t-il. Ils devraient voir en moi un homme, d'ordinaire très respectueux de la vie, qui a pourtant commis un acte très irrespectueux et se demander pourquoi j'ai agi ainsi. »

Mais c'était trop exiger. Hadwin avait abattu le seul arbre du continent capable d'unir les autochtones, les bûcherons et les écologistes, sans compter les scientifiques, les forestiers et les citoyens ordinaires, dans le chagrin et l'outrage. Pendant ce temps, les journalistes de presse et de télévision de tout le Canada affluaient vers l'archipel pour couvrir cette histoire dont parlait le *New York Times*, le *National Geographic* et la chaîne Discovery. Scott Alexander, un porte-parole de la firme MacMillan Bloedel, fut surpris par cet intérêt des médias : « Ce geste semble avoir rouvert une plaie, confia-t-il à un journaliste. J'ignore pourquoi, mais cette affaire grossit de jour en jour. » Des dessinateurs, des poètes, des chansonniers et des plasticiens furent horrifiés et captivés par la mort de l'arbre et tentèrent de lui rendre hommage par diverses œuvres allant du vers de mirliton à une exquise tapisserie dans le style Aubusson qui nécessita un an de travail d'un maître artisan et de son apprenti. Dans certains cas, ces hommages s'aventurèrent en terre inconnue : « Y aura-t-il jamais un autre arbre d'or ? se demandait un éditorialiste éploré dans les colonnes du *Times Colonist* de Victoria. Y aura-t-il jamais un autre Gandhi, un autre Martin Luther King ? »

« Quand une société accorde tellement de valeur à un seul mutant sans s'intéresser à ce qui arrive au reste de la forêt, celui qu'on devrait montrer du doigt ce n'est pas l'homme qui a révélé le problème », rétorqua Hadwin à un journaliste de Prince Rupert qui s'interrogeait sur sa santé mentale. Dans un premier temps du moins, la réaction collective à la disparition de l'Arbre d'or lui donna raison : les gens ne voyaient que l'arbre qui leur cachait la forêt.

Si personne ne soutint ouvertement Hadwin, il s'en trouva quelques-uns pour le plaindre. « À mon avis, il s'était fourvoyé, déclara un bûcheron du coin. Mais je comprenais ses raisons et sa haine pour M & B. Moi-même j'aimerais parfois balancer une bombe dans leurs bureaux. » Pour tenter d'expliquer pourquoi il était quand même resté dans le métier, l'homme ajouta : « Il ne faut pas réfléchir. Si tu commences à regarder tout ça de trop près, tu deviens fou. »

Un jeune Haïda originaire de Skidegate pensait pour sa part que ce qu'avait fait Hadwin était génial. « Cet arbre était le fétiche de M & B. Et pourtant il n'a rien de différent des milliers d'autres qu'on abat. » Dans le passé, l'homme avait occasionnellement travaillé comme bûcheron quand un emploi se présentait. « Dans ta tête, tu te dis que si tu le fais pas, un autre le fera. » N'importe lequel de ses ancêtres chassant la loutre de mer aurait suivi la même logique, poussé par les mêmes lois du marché.

Hadwin fut inculpé de délit passible de poursuites pour des dommages estimés à plus de cinq mille dollars ainsi que d'abattage illégal sur des terres appartenant à la Couronne. D'ordinaire les délits de cet ordre sont punis d'une amende parfois assortie d'une courte peine d'emprisonnement, mais ce cas n'avait rien d'ordinaire et les autorités de la province, de même que le ministère des Forêts, avaient bien l'intention de poursuivre le fautif avec toute la rigueur de la loi. « Il allait se faire massacrer au tribunal, déclare Blake Walkinshaw, un agent de la police montée de Masset. De mon point de vue, les tribunaux sont très laxistes en Colombie-Britannique, mais je pense que cette affaire allait servir d'exemple. » Après un instant de réflexion, il ajoute : « Un homme comme lui aurait eu beaucoup de mal à survivre en prison. »

Cependant l'affaire était étrange. La loi savait comment traiter les braconniers qui abattent de vieux cèdres protégés et les incendiaires qui détruisent des sites d'intérêt culturel et historique, mais comment punir un homme qui abat un seul arbre sacré dans un geste de protestation, quand toute la forêt environnante ou presque a déjà été rasée pour le profit ? Officiellement, Hadwin était passible de plusieurs années de prison et d'une lourde amende, mais il n'existait pas de précédent au Canada sur la base duquel un juge et un jury auraient pu estimer la perte bien moins tangible infligée aux Haïdas, aux habitants et à l'économie de Port Clements, ainsi qu'à la science.

Il existait cependant un précédent au Texas. Le célèbre chêne du Traité, dans la capitale de l'État, avait appartenu à un groupe d'arbres connus sous le nom de « chênes du Conseil ». Les Comanches avaient jadis organisé des cérémonies dans ce bosquet sacré, et c'était sous le seul survivant de ce groupe que Stephen F. Austin, le fondateur de l'État, aurait signé le premier accord frontalier entre les autochtones et les colons. Ce chêne vieux de cinq cents ans, élu comme l'arbre le plus parfait d'Amérique du Nord selon le classement établi par l'Association forestière, fut empoisonné en 1989 par un dénommé Paul Cullen, qui expliqua son geste par un amour non partagé. Après d'importants efforts (financés par un chèque en blanc du milliardaire et magnat de l'industrie Ross Perot), un tiers de l'arbre put être sauvé. Cullen fut accusé de délit aggravé et condamné à neuf ans de prison. Si l'on considère que cet homme avait tenté de tuer le plus vénérable symbole de l'État à l'étoile solitaire, on pourrait penser qu'il s'en est tiré à bon compte. C'est du reste vrai, en un sens, puisque pendant un temps la peine capitale avait été sérieusement envisagée. Sans doute d'autres châtiments avaient-ils été imaginés pour lui, comme ce fut le cas pour Grant Hadwin, un homme dont on craignait qu'il ne survive pas jusqu'à la date de son procès. La police montée comme les fonctionnaires locaux du ministère des Forêts étaient persuadés que les Haïdas de Masset se chargeraient de lui faire son affaire. « Beaucoup de différends sont arbitrés par les gens du coin, explique l'agent Walkinshaw. C'est pour ça que nous n'avons pas ici de gros problèmes. Il n'avait peut-être pas tort [de craindre pour sa vie]. »

Un ancien du clan Tsiij git'anee choisit ses mots avec soin, mais reconnaît que, « de façon officieuse, quelque chose aurait pu lui arriver ».

Masset se divise en deux localités : New Masset – 950 habitants –, le village implanté par les Anglais, qui abrite le principal quartier commerçant ainsi que le quai fédéral et le tribunal; et Old Masset – 700 habitants –, où se trouve la réserve qui est entièrement peuplée d'Haïdas, à l'exception de quelques conjoints n'appartenant pas à la tribu. En plus de son forfait le plus patent, Hadwin avait commis celui de désorganiser les habitudes de vie dans cette communauté. « Une petite ville a son rythme propre, explique l'agent Walkinshaw. New Masset, Old Masset, tout le monde s'entend plutôt bien. Même Fran, la sténographe du tribunal, assiste aux potlatchs. Des étrangers comme Hadwin perturbent ce rythme. Quelqu'un va s'occuper de lui. »

« Presque tout le monde ici était prêt à pendre cet homme haut et court à cause du mal qu'il nous avait causé, se souvient Robin Brown, un ancien du clan Tsiij git'anee. C'était comme si l'un de nous était mort. » Ron

Tranter, résident anglo-canadien d'Old Masset à qui Hadwin avait donné sa tronçonneuse, fut considéré comme un suspect dans cette affaire pendant un bref laps de temps et il était furieux : « Si je le vois, je le tue », jura-t-il. Mais il y avait une liste d'attente pour avoir cet honneur. « Tout le monde était d'accord, affirme Eunice Sandberg, barmaid à l'hôtel Yakoun de Port Clements. Il fallait lui régler son compte. » Un bûcheron du coin dénommé Morris Campbell proposait de lui « clouer les balloches à la souche ». Un chef haïda était lui aussi d'avis qu'Hadwin devait être cloué à l'arbre. D'autres se demandaient « si on ne devrait pas couper un bout de l'homme qui avait fait ça, pour voir ce que ça lui faisait ». Des paroles en l'air, assurément. Pourtant des châtiments de cette nature avaient déjà été infligés. Dans *Le Rameau d'or*, son ouvrage consacré à la magie et la religion, Sir James Frazer écrit :

> Le sérieux du culte rendu aux arbres dans les temps anciens peut être mesuré aux peines cruelles prévues par le droit germanique pour ceux qui oseraient ne serait-ce qu'arracher un morceau d'écorce d'un arbre debout. Le coupable devait avoir le nombril coupé et cloué à la partie de l'écorce qu'il avait abîmée, après quoi on le faisait tourner autour de l'arbre jusqu'à ce que tous ses boyaux soient enroulés autour du tronc. Le but de ce châtiment était manifestement de remplacer l'écorce morte par un substitut vivant prélevé sur le coupable. Une vie pour une vie, la vie d'un homme pour la vie d'un arbre.

Si les habitants autochtones des îles ont toujours été attirés par la côte et la mer, les colons européens se sont quant à eux tournés vers l'intérieur des terres. Ils ont été des hommes de la forêt autant que des pêcheurs.

Aujourd'hui encore, la relation que beaucoup de bûcherons entretiennent avec la forêt va bien au-delà du simple abattage des arbres. À cet égard, rien n'a beaucoup changé au fil des siècles. Il est difficile aux gens extérieurs à cette existence de comprendre la relation que le bûcheron entretient avec son environnement, mais Jack Miller, qui a passé soixante ans de sa vie au contact de l'industrie forestière, a tenté de l'expliquer en racontant l'anecdote suivante :

Dans les années 1950, Miller et son chef transportaient du bois sur l'île de Nootka, au large de la côte Ouest de l'île de Vancouver, quand le chef trouva une orchidée rare et la montra à Miller. Celui-ci en trouva une autre à quelque distance de là et dit : « Tiens, je la cueille pour toi, si tu veux. »

Mais son chef lui dit de la laisser là où elle était.

– Mais pourquoi ? demanda Miller. Toute cette parcelle va être abattue, de toute façon.

– Laisse-la, lui ordonna son chef.

L'amour que porte chacun individuellement à la forêt coexiste avec la mentalité collective de pilleur qui règne dans l'industrie. Son entreprise de mise à sac a laissé derrière elle, au fil du temps, des vallées érodées et des cours d'eau pollués, où sont abandonnés des machines, des bidons d'essence, de vieux pneus et des kilomètres de câbles rouillés. Les bûcherons, comme beaucoup de gens qui travaillent pour vivre, estiment que ce qu'ils font est nécessaire. « C'est une ressource et nous aurions tort de ne pas l'exploiter », tel est le raisonnement que l'on entend dans toutes les bouches. Mais les habitants de Port Clements n'ont pas perçu le geste d'Hadwin comme un manifeste contre l'exploitation des ressources et pour l'écologie. Comme les Haïdas, ils n'y ont vu que la destruction gratuite d'un symbole chéri de tous et une sorte de sacrilège. Le maire de Port Clements, Glen Beachy, exprima le sentiment de beaucoup de Haïdas quand il confia à un journaliste : « Ça me rend malade. C'est comme de perdre un vieil ami. » Mais l'homme avait aussi d'autres préoccupations en tête. « Quelle raison les cars d'excursion auront-ils de venir jusqu'ici, maintenant ? »

Sur quoi Glen Beachy décréta dans sa ville une semaine des Gestes de gentillesse spontanée.

Dans un éditorial, le rédacteur en chef du *Daily News* de Prince Rupert comparait la logique d'Hadwin à celle des militants anti-avortement qui tuent les médecins pratiquant des IVG. À la fin de janvier, les esprits étaient tellement échauffés que la police montée, pressée de résoudre l'affaire au plus vite, anticipa de plus de deux mois la date du procès. Hadwin devait maintenant comparaître au tribunal de Masset le 18 février, soit trois semaines plus tard. « Ils font tout pour que ça tourne au vinaigre, déclara alors Hadwin à un journaliste. Ils veulent m'attirer là-bas pour que les autochtones puissent m'abattre. Ce serait du suicide d'y retourner si vite. »

Et c'était sans doute vrai.

## 9
### Le mythe

> *Laissez-moi vous dire une chose à propos des histoires [dit-il]*
> *Elles ne servent pas qu'à divertir.*
> *Ne croyez pas ça.*
> *Elles sont tout ce que nous possédons, voyez-vous,*
> *Tout ce que nous avons pour nous battre*
> *Contre la maladie et la mort.*
>
> Leslie Marmon Silko, « Cérémonie »

Dans sa chute, l'Arbre d'or renversa tous les arbres qui se trouvaient sur son passage. De loin, on aurait pu croire que tous ces dommages avaient été causés par la foudre ou par une tornade, ce qui n'était pas très loin de la vérité. Après tout, quelles étaient les probabilités qu'une telle chose se produise ? L'Arbre d'or était un spécimen parmi un milliard, tout comme l'était Grant Hadwin. « Celui qui a fait ça devait être très déterminé », déclara un porte-parole de MacMillan Bloedel peu après la découverte de l'arbre abattu. Il ne parlait pas que des détails logistiques, mais du travail de forçat qu'il avait fallu accomplir, d'abord pour s'ouvrir un chemin jusqu'à l'arbre puis pour l'abattre en pleine nuit. On imagine difficilement comment un autre homme qu'Hadwin aurait pu porter en lui une telle motivation et une telle obsession, alliées à l'endurance et au savoir-faire requis pour accomplir un tel acte.

L'Arbre d'or est tombé de façon que sa pointe surplombait la rivière sur six mètres environ. C'était un spectacle désolant que de contempler les branches encore si lumineuses remontées comme un jupon, exposant des dessous vert foncé ; la souche tailladée d'un blanc si cru sur le fond obscur de la forêt ; les dommages si insignifiants comparativement à la taille de l'arbre, et pourtant si irréversibles. Le dimanche 26 janvier, trois jours après sa découverte par la femme d'un employé de MacMillan Bloedel, l'arbre fut le sujet d'un sermon à l'église anglicane de Masset. Plus qu'un sermon, ce fut un éloge funèbre. « C'était plus qu'un arbre concret à la beauté hors du commun, déclama le révérend Peter Hamel. C'était en réalité un symbole irremplaçable de ces îles et de nous-mêmes. C'était un arbre mythique dont la seule vue suffisait à nous réconforter... Sa présence... nous rapprochait et nous élevait du temporel vers le divin. » Le révérend Hamel cita ensuite le poète romantique William Wordsworth pour dire ce qu'il ne pouvait exprimer :

> Souvent je suis resté
> Immobile, les yeux sur cet arbre charmant,
> Sous la lune, par temps de gel. Dans l'hémisphère
> Du merveilleux magique. Il se peut que jamais
> Mes vers n'entrent ; mais c'est à peine si Spenser
> A pu, dans sa jeunesse, avoir des visions
> Plus sereines, créer des images plus belles
> De corps humains doués de surhumains pouvoirs,

Que je n'en vis, m'attardant par les nuits limpides
Seul, dessous ce féerique ouvrage de la terre [1].

« En confinant la spiritualité à la dimension intérieure de la vie, nous avons permis l'exploitation violente de la nature, poursuivit le révérend. Or les arbres qui applaudissent à la justice de Dieu nous adressent un autre message. Toute réalité est le royaume de l'esprit, une rencontre qui nous élève et nous transforme. L'anéantissement d'un arbre et en particulier de l'Arbre d'or a pour nous de profondes implications. Ce présent de Mère nature nous reliait à nos besoins spirituels les plus profonds. Sa destruction insensée est une blessure pour chacun de nous, comme l'est la perte de sa merveilleuse beauté dans le bosquet sacré près de la Yakoun. »

Le lendemain, plus d'une centaine de Haïdas remontèrent le cours de la Yakoun afin de se réconcilier avec l'esprit de l'Arbre d'or. « Les anciens pleuraient et priaient dans leur langue, se rappelle Marina Jones, une Haïda, membre du clergé, qui a assisté à la cérémonie. L'atmosphère était lourde, c'était comme si nous avions perdu l'un de nos enfants. Les gens portaient leurs couvertures sur l'envers. » Marina Jones a réussi à sauver un rameau d'or qu'elle a congelé et qu'elle conserve maintenant dans un emballage de plastique hermétiquement fermé, comme une relique de la sainte Croix. Au comptoir de la réception du Golden Spruce Motel, Urs et Gabriela Thomas, les propriétaires des lieux, gardent une grosse branche dorée dans un bocal d'alcool, où la chose ressemble plus à un fragment de corail rare qu'à un morceau d'un arbre du coin.

John Broadhead, le directeur d'un groupe local de recherche sur l'environnement qui a travaillé en étroite

---

1. Traduction de Louis Cazamian, Paris, Aubier, 1949. *(N.d.T.)*

collaboration avec les Haïdas pendant plus de trente ans, touche au fond du problème quand il dit : « Cet arbre était bien plus qu'un arbre. » Sur le strict plan de la botanique, l'Arbre d'or était un mutant – un « monstre », comme le disait Hadwin – mais il était aussi la pointe d'un iceberg mythologique, et à ce titre il constituait également un microcosme des îles elles-mêmes. Certains Haïdas appelaient la Yakoun la « rivière de la vie » et, de même que les îles semblaient incarner la force vitale sous une forme concentrée, l'Arbre d'or était un condensé de l'essence de la Yakoun. À ce titre, il s'apparentait au concept très répandu d'arbre de vie, dont le motif ancestral est présent partout dans le monde – dans les temples du Sri Lanka, sur les tapis orientaux, dans les céramiques du Moyen-Orient et de la Méso-Amérique, dans la Bible et même sur des culées de pont en Californie du Sud. L'arbre de vie est un symbole d'abondance, mais il représente aussi une sorte de pivot métaphysique autour duquel la vie et la mort, le bien et le mal, l'homme et la nature forment une ronde sans fin.

On trouve encore des vestiges d'anciens rites en rapport avec les arbres dans de nombreuses parties du monde, y compris en Europe, en Afrique, en Inde et en Extrême-Orient. Certains, comme l'arbre de mai, le sapin de Noël ou encore la bûche de Noël, ont survécu à la traversée jusqu'au Nouveau Monde. Mais la cérémonie donnée à la mémoire de l'Arbre d'or était sans doute la première de ce genre jamais organisée en Amérique du Nord. Il est probable que rien de tel n'avait jamais eu lieu dans l'hémisphère Nord depuis que les tribus préchrétiennes rendaient leurs cultes aux forêts sacrées, ces mêmes forêts qui furent anéanties par les armées et les gouvernements chrétiens pour leurs matières premières, mais aussi à cause du paganisme dont elles étaient les symboles. En remontant suffisamment loin en arrière il apparaît clairement que l'expérience haïda a été partagée par presque tous les peuples à un moment ou à un autre de leur histoire. « Aujourd'hui encore les gens simples de la campagne identifient un arbre de taille exceptionnelle à un dieu », écrivit Pline l'Ancien au I$^{er}$ siècle.

Le samedi suivant, 1$^{er}$ février, un service commémoratif public destiné à « pleurer l'un de nos ancêtres » se tint au bord de la Yakoun, sur la rive opposée à l'arbre abattu. Il tombait une pluie mêlée de neige quand la foule s'avança pour combler la blessure faite à la forêt et que Dii'yuung, le chef héréditaire du clan Tsiij git'anee, drapé dans une couverture chilkat en poil de chèvre des montagnes, pénétra dans la forêt en marquant sur un tambour noir une cadence lente de marche funèbre. Le vétéran de l'US Navy et écrivain Neil Carey, qui a vécu pendant cinquante ans à Haida Gwaii, a décrit cette cérémonie en ces termes : « C'était l'un des plus grands rassemblements des gens de l'archipel que j'avais vus de ma vie. C'était comme des obsèques. Il y avait des voitures garées des deux côtés de la route sur plus d'un kilomètre. »

C'est Ernie « Grand Aigle » Collison, alias Skilay le Timonier, qui organisa et présida la cérémonie. Il était accompagné de nombreux chefs haïdas, parmi lesquels Guujaaw, dont le nom signifie « le tambour ». À diverses reprises pendant le rituel, le battement des tambours devint si assourdissant dans le silence crépusculaire de la forêt qu'il sembla prendre corps en ricochant contre les troncs d'arbres. Les voix du chœur, celle de Guujaaw en particulier, remplissaient les bois de l'écho de chants haïdas parlant de mort et de résurrection. Rien de pareil n'avait résonné sur les rives de la Yakoun depuis des lustres, depuis que la grande épidémie et le vrombissement des tronçonneuses qui lui avait succédé avaient fait taire ces voix.

Dans leur message, les chefs, le clergé et les leaders de la communauté parlaient de chagrin, de pardon, d'unité, mais aussi de leur profonde perplexité. « Il n'est pas facile de comprendre ce qui peut passer par la tête des gens, de comprendre comment quelqu'un a pu commettre un acte aussi tragique », prononça dans son micro le chef de Skidegate, s'adressant à la foule depuis l'estrade qui avait été dressée dans la forêt spécialement pour l'occasion. En montant sur cette scène improvisée, Skilay offrait le visage d'un homme épuisé et endeuillé. Lui qui avait toujours quelque chose à dire sur tout semblait ce jour-là à court de mots, comme si la mort de l'arbre lui avait ôté une partie de sa vitalité. Le rituel était pour lui une cérémonie commémorative : « Elle doit répondre aux sentiments qui agitent vos cœurs, vos âmes et vos esprits, à vos peurs et votre colère après la perte de ce bel arbre qui signifiait tant pour nous tous sur Haida Gwaii – les îles de la Reine-Charlotte, si vous préférez – et dans le reste du monde... Des quatre coins de l'Amérique du Nord, des gens nous ont appelés pour tenter de trouver un sens à l'acte fou qui nous a mis dans cette triste situation. »

À un journaliste qui lui demandait s'il croyait vraiment qu'un petit garçon puisse se transformer en arbre, Skilay répondit : « Croyez-vous qu'une femme puisse se transformer en statue de sel ? »

Le canon narratif des Haïdas a beaucoup de points communs avec la Bible, car tous deux contiennent des histoires pouvant servir à diverses fonctions : il y a les mythes cosmogoniques ; les histoires des lignées familiales et tribales ; celles qui relatent les grands événements locaux ; des prophéties ; et des récits destinés à instruire les jeunes et à conserver la mémoire des anciens. L'histoire de l'Arbre d'or, telle qu'elle a survécu jusqu'à nos jours, appartient à cette dernière catégorie. C'est une parabole. Tous ces contes, quand ils sont rapportés comme il se doit, servent à informer autant qu'à divertir, mais cette valeur est en grande partie perdue dans la double traduction – d'abord de la langue haïda en anglais, puis de l'oral à l'écrit. À l'image d'une pièce de théâtre ou d'une chanson, les histoires de cette nature ont été conçues au départ comme des spectacles vivants, portés par le charisme du conteur ou de la conteuse et par son contact avec le public. Comme pour les histoires de la Bible, une lecture littérale des légendes haïdas pose des problèmes à ceux qui y cherchent une explication rationnelle. Ainsi, selon la mythologie haïda, c'est à Haida Gwaii que le monde a commencé et que les premiers humains sont sortis d'une coquille de palourde dans un endroit appelé Naikoon (Rose Spit), une longue pointe de sable qui s'étend au nord-est de l'île Graham. La vérité, les faits, tels que nous les comprenons, tiennent pour une grande part au contexte et au point de vue qu'on adopte : pour les profanes, la théorie du big-bang peut sembler aussi bizarre et fantaisiste que celle des Haïdas parlant de « l'Esprit de l'atmosphère né de lui-même ». Et pourtant la première pourrait presque passer pour une traduction abrégée de la seconde.

Comme les Haïdas n'avaient ni alphabet ni écriture, toutes les informations se transmettaient oralement. Or il en existait une somme considérable. Une fois couchées sur le papier, certaines histoires haïdas, comme le mythe cosmogonique du « Corbeau qui n'arrêtait pas de marcher », peuvent occuper plus d'une quarantaine de pages. Pourtant même avec une telle longueur elles ne restent sûrement qu'une version raccourcie de l'original. Cela n'a rien d'étonnant quand on sait quelles incalculables pertes ont subies les Haïdas et leurs voisins du continent. Une carte des ressources des îles de la Reine-Charlotte publiée en 1927 par le Département du cadastre de Colombie-Britannique estimait les réserves de bois à plus de quinze milliards de pieds-planches. Elle indiquait aussi que la quasi-totalité de la forêt primaire de la vallée de la Yakoun, y compris celle qui entourait l'Arbre d'or, avait déjà été « aliénée » (terme britannique signifiant « louée »). Mais le plus préoccupant est l'importance de la population humaine indiquée par cette carte, qui évalue le nombre d'habitants haïdas à 645 individus. Ce chiffre surprenant représente une baisse d'environ quatre-vingt-quinze pour cent par rapport aux estimations de la population autochtone avant l'arrivée des Européens (réalisées en s'appuyant sur le nombre de villages, sur les tas de coquilles de fruits de mer vides et d'autres données du même ordre). Le génocide, même perpétré de façon passive, n'est pas un terme trop fort pour expliquer ce recul catastrophique. Quel que soit le mot choisi pour définir la chose, les Haïdas ont bien failli connaître le même sort que les loutres de mer.

Après plusieurs vagues d'épidémies qui avaient réduit leur population à un contingent minuscule, les survivants étaient en état de choc, comme ont pu l'être ceux d'Hiroshima après la bombe ou ceux du Rwanda après les massacres. Partout gisaient les agonisants et les cadavres en décomposition, trop nombreux pour être déplacés ou ensevelis. La culture locale était anéantie et toutes les activités, jusqu'aux plus quotidiennes, étaient à l'arrêt. Il ne restait plus assez de pagayeurs habiles pour manœuvrer les grandes pirogues, ni d'individus capables de pêcher, de raconter des histoires ou de prendre en charge les orphelins. Beaucoup de compétences et de savoirs disparurent avec ceux qui les détenaient. Imaginez-vous aller au travail, à l'école ou au café du coin et trouver dix-neuf personnes sur vingt mortes et pas âme qui vive pour vous prêter assistance. Que faire ? Où aller ? Au tournant du siècle, les survivants d'une cinquantaine de villages – dont certains étaient des ennemis mortels –

se rassemblèrent, au sein de cinq communautés d'abord puis de deux : la mission de Skidegate, au sud de l'île Graham, et Old Masset, à l'extrémité nord. Aujourd'hui encore, les divergences entre elles et dans leurs rangs sont toujours très marquées. « Skidegate et Masset, c'est comme la Chine et le Japon, explique un ancien appartenant à la communauté de Masset. Bien que le monde nous ait réunis, nous connaissons nos différences. » Chacun sait qui descend de la noblesse et qui compte des esclaves parmi ses ancêtres.

L'anéantissement de leur culture continua tandis que les survivants étaient pris en charge par des missionnaires qui aidèrent leurs nouveaux protégés à se loger, se nourrir et se vêtir, mais selon les termes du monde chrétien. Beaucoup de Haïdas se convertirent. Du reste, à l'époque ils avaient toutes les raisons de le faire, étant donné que tout ce qu'ils avaient connu auparavant et toutes leurs croyances avaient été annihilés. « La population de l'île se réduit désormais à sept cents individus tout au plus, écrivait en 1901 l'ethnographe et linguiste John Swanton à son mentor, le célèbre anthropologue Franz Boas. Les missionnaires ont interdit toutes les danses et sont en grande partie responsables de la destruction des anciennes habitations, en somme de tout ce qui valait que la vie soit vécue. »

L'hémorragie démographique entraîna des déplacements de population au cours desquels la quasi-totalité des masques, des costumes traditionnels et des objets rituels qui formaient autrefois l'ossature matérielle de la vie spirituelle des Haïdas furent perdus. Soit parce qu'ils furent abandonnés ou vendus par leurs propriétaires qui n'avaient plus l'occasion de les utiliser et manquaient désespérément d'argent pour se procurer des produits de première nécessité, soit parce qu'ils furent brûlés par les missionnaires ou confisqués par les agents indiens qui les revendaient ensuite à des collectionneurs. Les anthropologues, eux aussi, mirent la main sur tout ce qu'ils pouvaient. En 1910, presque tous les totems qui se dressaient sur la côte Nord-Ouest avaient disparu. Certains abattus sous la pression des missionnaires et des fonctionnaires du gouvernement, d'autres récupérés par des collectionneurs, d'autres encore coupés pour faire du feu. Dans un cas au moins, on s'en servit pour consolider le plancher d'une promenade de bord de mer. Les plus réussis furent conservés par des musées et dans beaucoup de cas ces opérations de sauvetage furent une bénédiction.

Cependant tous les Haïdas ne partirent pas en silence. La pointe sud de Prince of Wales Island, en Alaska, abritait plusieurs villages d'exilés dans un lieu appelé Kaigani Haida. Un chef dénommé Skowall s'appropria le message des prêtres orthodoxes russes de la mission locale en incorporant l'un d'entre eux, en compagnie d'un saint russe et de l'archange saint Michel, dans un nouveau totem de taille gigantesque.

Il faut dire que les missionnaires, comme beaucoup de gens sur cette côte, n'étaient pas tous taillés du même bois. Certains sont restés dans les mémoires comme des hommes bons et admirés pour leur générosité et leur sagesse, tandis que d'autres ont laissé le souvenir douloureux de leur brutalité et leur intransigeance. À la suite de leur arrivée et de celle des agents du gouvernement à la fin du XIX$^e$ siècle, certaines traditions autochtones sont parvenues à survivre en basculant dans la clandestinité. Le résultat est qu'aujourd'hui les Haïdas ont un pied dans chacun des deux mondes. La côte Nord-Ouest accueille désormais un panthéon bigarré, dont les figures viennent autant des déserts du Moyen-Orient que des profondeurs du Pacifique.

Dans les décennies qui suivirent l'épidémie de 1862, l'une des plus dévastatrices, beaucoup de Haïdas quittèrent l'archipel pour chercher du travail ou tout simplement trouver un endroit moins désolé. Certains partirent pour Victoria, la capitale et la plus grande ville de Colombie-Britannique, située à la pointe sud de l'île de Vancouver. Cela représentait un voyage en pirogue de huit cents kilomètres. En chemin, ils furent harcelés par des tribus dont ils avaient volé ou tué les membres des années auparavant. Une fois sur place, ils ne reçurent pas un meilleur accueil et beaucoup connurent un triste destin. Avant que Vancouver la supplante à la fin du XIX$^e$ siècle, la ville de Victoria était le centre de l'industrie forestière dans la province. C'est le seul endroit du continent où l'on peut encore voir des chaussées en pavés de sapin, qui vous donnent l'impression de marcher sur une succession de billots de boucher. On ne le devinerait pas aujourd'hui à voir les jolis massifs de fleurs, les élégants bâtiments du gouvernement et le port au décor pittoresque, mais cet endroit fut autrefois un avant-poste de l'empire, un lieu rustique où se côtoyaient des fonctionnaires coloniaux, des bûcherons, des marins, des manœuvres chinois et indiens, mais aussi des autochtones exilés et traumatisés. L'alcool, la prostitution et les maladies vénériennes faisaient bon ménage dans les rangs de cette population indigente et démoralisée. Il n'était pas rare qu'en arrivant en ville d'anciens guerriers mettent sur le trottoir leurs esclaves quand ce n'étaient pas des membres de leur famille. La prostitution a parfois même servi à financer des potlatchs, qui se tenaient en secret depuis qu'ils avaient été décrétés hors la loi par le gouvernement canadien en 1884.

D'autres clous furent plantés dans le cercueil de leur culture quand des générations entières de jeunes Haïdas furent arrachées à leur foyer et expédiées dans des pensionnats, où on les mélangea à des enfants d'autres tribus, des enfants comme Cora Gray. Beaucoup ne connaissaient pas l'anglais. Or il était interdit de parler les langues autochtones. L'objectif du gouvernement était d'éloigner ces enfants de leurs parents « incorrigibles » pour en faire d'honnêtes travailleurs chrétiens. Dans l'esprit des Blancs, cela semblait un projet parfaitement raisonnable et même miséricordieux. Il était clair à leurs yeux que les coutumes traditionnelles étaient révolues et que beaucoup d'aspects de l'ancien mode de vie des Haïdas – l'esclavage, la guerre, le pillage, pour ne citer que ceux-là – n'étaient désormais plus tolérables. Mais le résultat de l'assimilation forcée fut à bien des égards un lamentable échec. Des générations d'enfants violés, battus et humiliés de multiples façons grandirent en étant étrangers à leur famille et à leur culture et pourtant mal armés pour occuper une place dans le monde des conquérants, où ils n'étaient pas les bienvenus. Beaucoup de ces enfants, une fois libérés de la pension, prirent à leur tour la direction du sud pour se rendre à Victoria et plus tard à Vancouver. Et beaucoup ne retrouvèrent jamais le chemin du retour.

Cette pratique d'internement dans des pensionnats est née dans l'est du Canada il y a presque quatre cents ans et n'a pris fin que dans les années 1970. Les procès intentés contre les diverses Églises et le gouvernement fédéral pour les mauvais traitements subis dans ces institutions se chiffrent aujourd'hui à des dizaines de milliers.

Les passeurs de la culture furent ceux qui réussirent à se glisser entre les mailles du filet tendu par les agents du gouvernement et à échapper à l'enfermement dans un pensionnat. Ces enfants restèrent chez eux, avec leurs parents et leurs grands-parents dont ils apprirent la langue, les histoires, les savoir-faire. Une poignée d'entre eux entreprit la démarche accablante consistant à rassembler les fragments épars de l'héritage ancestral. Les habitants d'Old Masset étaient réputés sur toute la côte pour leurs talents de sculpteurs et de fabricants de pirogues. Au tournant du siècle dernier, ayant réussi tant bien que mal à reconstituer leur outillage, ils construisaient des schooners et des bateaux de pêche élancés et solides qui n'avaient rien à envier à ceux des autres chantiers de la côte. Dans les années 1940, les eaux de l'archipel étaient sillonnées par une flotte bien établie de chalutiers de fabrication haïda. Cependant, comme c'est le cas des pêcheurs ou des agriculteurs aujourd'hui, les exploitants finançaient l'achat de leur bateau par des prêts que leur consentaient les sociétés qui achetaient leurs produits. Dans les années 1950, les créances impayées firent passer une grande partie de la flotte sous le contrôle des sociétés de pêche, et beaucoup de Haïdas furent contraints de se faire embaucher comme main-d'œuvre sur leurs propres bateaux. Si l'art de la fabrication des pirogues a depuis connu une renaissance, les Haïdas de Masset ont perdu celui de construire des bateaux modernes et ce faisant la maîtrise de leur destinée économique. En revanche, ils ont récupéré une chose qui pourrait en définitive s'avérer plus importante : leurs histoires et leurs cérémonies, le cœur de leur culture.

Il a cependant fallu attendre plusieurs dizaines d'années pour que renaissent le désir et le courage de se mettre en quête du passé perdu. Un extraordinaire processus de reconquête s'amorça dans les années 1960, quand des artistes haïdas ressuscitèrent les arts oubliés de la sculpture des totems, de la confection des masques et de la fabrication des canoës. Avec l'appui de personnes et d'organisations engagées du continent, ils accomplirent un travail colossal qui les amena à exploiter la mémoire des anciens et à visiter des musées dans le monde entier pour refaire connaissance avec tout ce qui avait été perdu, volé ou vendu au cours du XIX$^e$ siècle. Ce processus se poursuit aujourd'hui : de vieux films et enregistrements réalisés sur le terrain par des anthropologues les aident à retrouver le souvenir de leurs chants et de leurs danses ; les ossements de leurs ancêtres sont rapatriés des musées pour être ensevelis selon la coutume ; et des objets artisanaux leur sont restitués. Les fragments éparpillés d'une culture qui a failli disparaître retrouvent peu à peu leur terre d'origine.

En 1969, le premier totem érigé à Masset depuis le temps des missionnaires fut sculpté par Robert Davidson, l'un des principaux artisans de la renaissance haïda. La grand-mère de Davidson voulait danser lors de l'érection du totem, mais rien de tel n'était plus arrivé à Haida Gwaii depuis des générations. Comme il leur manquait les masques et les costumes jadis associés à ces cérémonies, l'ancêtre se coiffa d'un sac en papier. La scène aurait pu sortir du film *Fahrenheit 451*. Un des derniers liens avec une culture qui avait mis plusieurs milliers d'années à se construire, la vieille femme traînait des pieds par terre et entraînait les autres, dont les jambes redécouvraient les pas oubliés. Les mots se reformaient dans leurs têtes et dans leurs bouches pour résonner de nouveau après un terrifiant silence. C'est cette génération – celle qui avait personnellement connu les survivants de la variole – qui veilla à ce que l'histoire de l'Arbre d'or, parmi tant d'autres, survive jusqu'à nos jours.

Sur la côte Nord-Ouest, les histoires sont considérées comme des biens, au même titre qu'une parcelle de terre ou une automobile dans la culture occidentale, ou qu'un accord de guitare dans certaines familles hawaïennes. Certaines sont des propriétés communes, d'autres appartiennent à une famille ou un clan qui sont seuls autorisés à la raconter. Il en va de même pour certains chants, danses ou blasons. Demandez à une Haïda de Skidegate de vous raconter l'histoire de l'Arbre d'or, elle vous répondra : « Cette histoire n'est pas à nous » et elle vous enverra à Old Masset à plusieurs jours de pirogue – aujourd'hui à une heure de route – en direction du nord. Demandez à un Haïda de Masset de vous raconter cette histoire, il vous la racontera s'il la connaît, mais il vous dira probablement de vous adresser à un ancien du clan Tsiij git'anee.

L'histoire de K'iid K'iyaas – l'Arbre d'or – n'a été couchée sur le papier qu'en 1988, soit moins de dix ans avant que l'arbre ne soit abattu. Ses porteurs, qui l'avaient apprise en langue haïda, essayaient sans succès de la transmettre à Caroline Abrahams, une adolescente de la tribu qui recueillait cette légende pour la faire figurer dans un livre consacré à l'histoire de la Yakoun. Comme tous ceux de sa génération, Caroline Abrahams, qui vit maintenant en Virginie-Occidentale, est incapable de parler et de comprendre la langue haïda. (Moins de trente personnes la parlent encore couramment. La plus jeune d'entre elles, Diane Brown, a maintenant passé le cap de la cinquantaine, et les autres ont au moins vingt ans de plus.) Les anciens qui racontaient l'histoire – et parmi eux se trouvait la propre grand-mère de Caroline – s'interrompaient sans cesse au milieu d'une phrase pour dire : « Il n'existe pas de mot pour ça en anglais. » L'adoption de la langue d'un conquérant, quel qu'il soit, est moins un acte d'amour qu'une nécessité, d'où il résulte une maîtrise imparfaite. Ainsi, lire la version anglaise de l'histoire de l'Arbre d'or par un narrateur de langue maternelle haïda revient à lire les *Contes de Canterbury* dans un haïda rudimentaire. Il est difficile d'évaluer la perte de nuances, de sens et d'art imputable à la traduction, mais elle est sûrement considérable. Pourtant, comme toutes les bonnes histoires, celle de K'iid K'iyaas possède des qualités universelles. On y retrouve quelques éléments des récits bibliques de Sodome et Gomorrhe et de l'Arche de Noé ainsi que des mythes grecs d'Artémis ou encore d'Orphée et Eurydice. Elle commence par un garçon déféquant sur une plage.

Il y a longtemps de cela, un jeune garçon descendit à la plage pour se soulager. C'était l'hiver et il faisait trop froid pour s'accroupir, alors le garçon resta debout. Quand il eut fini, il baissa les yeux et vit son étron qui se dressait tout droit dans la neige, comme un arbre. Le jeune homme trouva ça drôle et se mit à rire aux éclats. C'est alors que la neige se mit à tomber sans discontinuer. Les réserves de l'hiver furent épuisées, et la neige n'arrêtait pas de tomber. Les uns après les autres, les villageois moururent de froid et d'inanition jusqu'à ce qu'il n'en reste plus que deux : un vieil homme et son petit-fils. Ils comprirent que leur seul espoir était de tenter de fuir ce village maudit. Alors que la tempête continuait de faire rage, ils se frayèrent un chemin dans la neige. Quand ils eurent parcouru une certaine distance, ils constatèrent avec étonnement que la forêt autour d'eux avait les couleurs de l'été.

Tandis qu'ils marchaient à la recherche d'une nouvelle maison, le vieil homme lança cette mise en garde à son petit-fils : « Ne regarde pas en arrière, sinon tu seras envoyé dans l'autre monde. Les gens pourront toujours te voir et t'admirer, mais ils ne pourront plus te parler. Tu resteras là jusqu'à la fin des temps. »

Mais le voyage était long et fatigant, et le garçon regrettait son matériel de pêche. Incapable de résister à la tentation, il jeta un dernier coup d'œil vers la seule maison qu'il eût jamais connue. Mais aussitôt, ses pieds furent cloués au sol. Le garçon cria à l'aide, mais en dépit de tous les efforts de son grand-père, il resta enraciné sur place. « Ne t'en fais pas, mon garçon, lui dit son grand-père. Tous les hommes jusqu'à la dernière génération te regarderont et se rappelleront ton histoire. »

Ce garçon devint l'Arbre d'or. Tout le long de la côte circulent des histoires de rochers, d'îles et de montagnes nés de la métamorphose d'hommes, d'animaux et d'esprits. Jusqu'à Vancouver, où le Siwash Rock, un rocher de grès formant une colonne de quinze mètres de haut, est censé représenter un autre garçon désobéissant puni pour avoir défié les dieux. Mais de tous les cas de transformations connus chez les Haïdas et sur la côte Ouest, l'Arbre d'or est le seul concernant une créature vivante [1] qui est visible de tous, des autochtones comme des étrangers, des croyants comme des sceptiques. L'Arbre d'or était en fait en position idéale pour combler les fossés tant temporels que spirituels. Parmi les êtres vivants visibles à l'œil nu, les arbres sont ceux qui possèdent la plus grande permanence dans le temps. Or aucun arbre n'était plus étrangement distinctif, si indéniablement différent, au point de pouvoir être instantanément reconnu par n'importe qui, quels que soient sa culture et le moment dans l'histoire où s'était produite sa rencontre avec ce phénomène. Si on l'avait laissé poursuivre son existence, l'Arbre d'or aurait pu vivre jusqu'au XXVIᵉ siècle. La souche ne montrait pas la moindre trace de pourriture, bien qu'il soit fréquent sur cette côte de trouver des marques de dégénérescence interne chez les arbres de plus de deux cent cinquante ans.

Outre celle du jeune garçon désobéissant, il existe plusieurs versions de cette histoire. L'une d'elles raconte que la neige était un châtiment envoyé par le Créateur pour punir les tribus qui se battaient entre elles ; une autre attribue cette vague de froid à un manque de respect général envers la nature, ce que symbolise le rire

---

[1]. Le terme « vivant » est employé ici dans son sens scientifique, qui s'oppose à celui que lui donnent traditionnellement les peuples autochtones pour qui toutes les choses sont vivantes et interdépendantes. Un point de vue auquel le monde scientifique souscrit de plus en plus. *(N.d.A.)*

moqueur du garçon face à son étron. Dans une troisième, les deux principaux personnages, seuls survivants d'une épidémie de variole, aspirent à vivre éternellement. Et selon une autre variante, l'arbre vivrait aussi longtemps que la nation haïda, et sa mort sonnerait le glas de la tribu. « Quelle que soit la version que tu raconteras, il se trouvera quelqu'un pour te contredire », affirme le vieux Robin Brown. Les gens qui ont grandi avec l'écriture peuvent ne voir dans ces variations que des incohérences, mais il faut se rappeler qu'avant la publication des premiers dictionnaires d'anglais au XVII$^e$ siècle, l'orthographe elle-même était une question hautement subjective et que la forme d'un mot était le résultat d'une décision personnelle arrêtée à un moment précis. Les traditions orales ne sont guère différentes : chaque version d'une histoire dépend en grande partie de la mémoire de celui qui la raconte, de son intégrité, de ses intentions, du public auquel il s'adresse, mais aussi de ses besoins propres, de ceux de ses auditeurs et de ceux de l'époque.

À la base, l'histoire de l'Arbre d'or est porteuse d'un message on ne peut plus simple : Respecte tes aînés ou il t'en cuira. Mais si l'on gratte cette surface, la parabole pourrait également être interprétée comme une leçon sur la façon de survivre quand tous les gens de votre village ont été massacrés ou emportés par la variole, ou sur la manière de résister à un séjour dans un pensionnat : Ne regarde pas en arrière, n'essaie pas de revenir dans ce lieu qui est mort. Hélas, tous ceux qui seraient en position de confirmer ou d'infirmer cette thèse ne sont plus de ce monde. Même la grand-mère qui a entendu cette histoire dans sa jeunesse et l'a transmise à sa petite-fille est décédée. À l'image de l'arbre et de l'homme qui l'a abattu, cette histoire est une énigme, ou plus précisément une pièce d'un puzzle qui ne pourra jamais être entièrement reconstitué.

## 10

### LE DÉTROIT D'HÉCATE

> *Qu'a-t-il dit... qu'Achab se défie d'Achab... ce n'est pas sot ! Il y a quelque chose à dire sur ce point.*
>
> Herman Melville, *Moby Dick*

Après un bref séjour à Hazelton, Hadwin retourna à Prince Rupert pour y préparer son voyage jusqu'au tribunal. Bien que choquée par ce qu'il avait fait, Cora Gray lui resta loyale. « Il a mal agi, confia-t-elle à l'époque à un journaliste. Il se sent coupable de ce qu'il a fait. Il ne voyait que MacMillan Bloedel. Il n'avait pas conscience de la légende des Haïdas quand il a fait ce qu'il a fait. » Cora Gray alla jusqu'à essayer de réserver une chambre au nom d'Hadwin pour le séjour qu'il projetait à Haida Gwaii. Mais tous les endroits où elle s'adressa, dit-elle, lui répondirent qu'ils n'avaient plus de chambres libres, bien que ce soit rarement le cas, même au plus fort de la saison estivale. Comme on était en février, on peut en déduire que personne ne voulait d'Hadwin sous son toit.

Hadwin, quant à lui, n'avait pas trente-six solutions : soit il se rendait, soit il prenait la fuite. La situation où il se trouvait semblerait cauchemardesque à beaucoup d'entre nous, mais lui n'y a vu que l'occasion parfaite qu'il attendait. Pour la première fois de sa vie il était au centre de toutes les attentions et, compte tenu de ses convictions et de la volonté qu'il avait précédemment exprimée de se faire entendre publiquement, tout porte à croire qu'il espérait que ce procès lui offrirait une tribune d'où faire entendre ses doléances. Il lui suffisait juste d'arriver en un seul morceau au tribunal. La solution qu'il trouva à ce problème, comme celle qu'il avait trouvée aux agissements de la firme MacMillan Bloedel, fut le fruit d'un mélange complexe et déconcertant d'orgueil, d'intégrité personnelle, de paranoïa et de conviction inébranlable. Sur ce plan, Hadwin n'était guère différent de gens comme Jeanne d'Arc ou Ted Kaczinski[1]. Il n'était pas dépourvu d'un certain charisme, bien qu'à l'instar de celui qui fut surnommé « Unabomber » il n'eût pas l'art de persuader et d'inspirer. Cependant Hadwin se distinguait de ces autres personnages égocentriques et radicaux par deux qualités essentielles : d'abord il n'était pas un tueur et n'appelait pas au meurtre, et pour ce qui était de survivre dans la nature il possédait des titres de noblesse incontestables. C'est son inébranlable assurance face à l'hostilité des éléments qui l'amena à tenter ce que personne d'autre n'avait osé faire avant lui : la traversée en kayak du détroit d'Hécate en plein hiver. Si personne n'avait jamais tenté l'expérience, c'est qu'il y avait de bonnes raisons à cela. Pat Campbell, qui travaillait à la réception de l'hôtel Moby Dick où séjournait Hadwin, en

---

1. Theodore Kaczinski, alias « Unabomber », a commis plusieurs attentats au colis piégé sur le sol américain, dans les années 1980 et 1990, pour dénoncer les dérives de la technologie moderne. Il a été arrêté par le FBI en 1996. *(N.d.T.)*

donne ce résumé plutôt convaincant : « À Rupert, la mer est un vrai bouillon. Et ça, c'est juste le long de l'embarcadère. Hadwin le savait, pour sûr. Il avait vu ce dont elle était capable. Cette mer est une vraie saleté. »

Plusieurs endroits prétendent au titre de « cimetière du Pacifique », et la côte Ouest de l'île de Vancouver est de ceux-là. Mais pour être juste il faudrait que ses limites soient étendues à l'ensemble du littoral de la Colombie-Britannique. Plus de mille navires y ont sombré depuis deux cents ans, et le détroit d'Hécate est sans conteste le point le plus redoutable de cette côte. L'endroit est propice à la formation des conditions climatiques les plus mauvaises. Vents, marées, bancs de sable et hauts-fonds s'y conjuguent pour créer une synergie dévastatrice qui a peu d'équivalent ailleurs dans la nature. Des vents catabatiques produits par des courants d'air froid descendant des montagnes s'engouffrent dans les nombreux fjords qu'abrite la région, le plus grand d'entre eux étant le passage de Portland qui se déverse dans le détroit, à cinquante kilomètres au nord de Prince Rupert. Les tempêtes hivernales, pour leur part, sont généralement amenées par des systèmes dépressionnaires venus de l'Arctique, qui prennent naissance en Alaska et se manifestent par des vents balayant la côte du sud au nord. C'est à cause de ces vents que les balises météo situées à l'extrémité sud du détroit d'Hécate ont enregistré des vagues de plus de trente mètres de haut. Si ce détroit est tellement dangereux, c'est parce que ces deux phénomènes météorologiques peuvent survenir simultanément. Ainsi, quand une tempête soufflant du sud-ouest avec des rafales comprises entre quatre-vingts et cent soixante kilomètres par heure rencontre frontalement un vent catabatique de même force descendant du nord-est, il en résulte un effet atmosphérique de marteau et d'enclume. Des kayakistes aguerris de la côte Nord rapportent des histoires de bourrasques capables de soulever comme un fétu de paille les cent quatre-vingts kilos que pèsent un pagayeur et son embarcation.

Toutefois ces vents ne sont qu'un ingrédient du chaos qui règne dans le détroit d'Hécate. Les marées en sont un autre. Leur amplitude ici est de sept mètres, ce qui veut dire que deux fois par jour une énorme quantité d'eau s'engouffre ou se retire du réseau d'anses, de fjords et de chenaux qui découpe cette côte. Le reflux de ces masses d'eau vers la haute mer s'effectue dans un ordre relatif. Toutefois dans un étranglement comme le détroit d'Hécate, qui en plus d'être étroit est également peu profond, c'est comme si un pouce géant appuyait sur l'extrémité d'un gros tuyau d'arrosage. Ce phénomène que les scientifiques ont baptisé « l'effet Venturi » provoque une augmentation considérable de la pression et du courant. Le troisième ingrédient, ce sont les terrifiants raz de courant qui se forment quand le vent et la marée se déplacent à grande vitesse dans des sens opposés. Ces hautes vagues abruptes et imprévisibles sont capables de renverser un chalutier et de l'emporter par le fond – même quand elles n'atteignent qu'une taille modeste de quatre à cinq mètres. Elles peuvent se former n'importe où, mais leur effet est accentué par les bancs de sable et les hauts-fonds tels que ceux qui s'étendent sur trente kilomètres au large de Rose Spit, entre Masset et Prince Rupert. Dans certains cas, il arrive que ces raz de courant se transforment en lames de fond, en vagues gigantesques et quasi verticales qui roulent sans se briser. En plus d'être presque silencieuses, elles sont imperceptibles à l'œil en cas de mauvaise visibilité jusqu'à ce que vous vous trouviez dans l'une d'elles. Si l'on ajoute à cela la houle du grand large qui, en hiver, déferle en direction de l'est à travers l'entrée de Dixon à des hauteurs de dix à vingt mètres et le fait qu'une vague assez grosse peut exposer le fond marin du détroit d'Hécate, on obtient l'un des milieux les plus hostiles que soient capables de produire le vent, la mer et la terre.

En général, quand des marins survivent à des tempêtes, c'est parce qu'ils se sont orientés selon les vagues et les vents dominants, ils sont entrés dans le courant, aussi effrayant que cela puisse paraître, et ont réussi à manœuvrer pour s'en sortir. Mais les mauvais jours, dans le détroit d'Hécate, il est impossible de suivre le courant, parce qu'il est introuvable. Une bourrasque de soixante-dix nœuds ou un mur d'eau aussi haut qu'un immeuble peut fondre sur vous de n'importe quelle direction. Il n'y a plus de repères. Tout autour de vous, les éléments se livrent bataille. En raison des caprices du temps et parce que cette partie de la côte reste aussi sombre et monotone qu'elle l'était à l'époque du passage de Pérez, les navigateurs doivent zigzaguer sur ces eaux comme le ferait une souris dans une maison peuplée de chats, en louvoyant d'une cachette à l'autre. Si les conditions ne sont pas favorables, il ne reste plus qu'à rester immobile et attendre. Longtemps parfois. Comme le dit un kayakiste du coin : « La pire chose à faire, c'est de se dépêcher. »

Gordon Pincock est un expert du kayak et l'un des premiers à avoir introduit ce sport à Haida Gwaii. Pendant vingt ans, il a parcouru l'archipel de long en large et a pagayé bien des fois le long du rivage isolé et exposé de la côte Ouest. Un jour, il a survécu à une tempête avec des vagues de dix mètres de haut et failli être tué par un phénomène surnommé *clapitos*. Les *clapitos* se produisent quand une grosse vague rebondit contre une falaise et entre en collision avec la vague qui avance derrière elle, transformant la mer en un compresseur liquide. Sur un petit bateau, c'est l'enfer. Une vague de dix mètres de haut ricochant contre un mur retourne vers la mer sous la forme d'une vague de cinq mètres. Mais quand elle se heurte à la vague suivante de dix mètres, les deux fusionnent en une montagne de treize mètres d'un bouillon déchaîné. Et ça recommence encore et encore. Ce n'est pas pour rien que Pincock n'a jamais tenté la traversée du détroit d'Hécate. « M'aventurer seul là-dedans ? En plein mois de février ? Très peu pour moi, dit-il. Je ne risquerais jamais ma vie à faire ça, même en été. »

Délesté de tous ses biens et sa sécurité menacée, Hadwin ne possédait plus qu'une valise et sa carte Visa. Les derniers articles payés avec cette carte ont été un kayak de mer, des fusées de détresse, deux pagaies et une pompe de cale, soit l'équipement standard pour une virée en canoë sur la côte Nord-Ouest. Hadwin avait annoncé se rendre à Masset et il avait tout le temps nécessaire pour parvenir à l'heure à sa comparution au tribunal. Il avait raconté qu'il voyageait par ce moyen parce qu'il craignait d'être attaqué par les gens du coin s'il prenait le ferry ou l'avion, et il avait des motifs légitimes de s'inquiéter. « Les gens allaient s'apercevoir qu'il n'avait pas pris le ferry, explique John Rosario, un agent de police de Masset qui a participé à l'affaire. Le sentiment qui régnait en ville était qu'il se ferait lyncher s'il remettait les pieds ici. »

Sur ce point, Hadwin était à la fois lucide et résolu. Peu de temps avant son départ, il appela les responsables de la communauté haïda pour leur exposer ses projets : s'ils le voulaient, ils pourraient le rencontrer sur l'eau, là où il n'y aurait « pas d'uniformes [de policiers] en vue ». Après avoir prévenu Cora Gray, son ex-femme Margaret et le *Daily News*, Hadwin mit son kayak à l'eau dans l'après-midi du 11 février. Cora Gray et Margaret alertèrent la police montée, qui envoya un Zodiac et intercepta Hadwin alors qu'il quittait le port de Prince Rupert. Mais l'agent Bruce Jeffrey, présent ce jour-là, fut incapable de dissuader l'homme de partir. « Il n'était pas délirant, se souvient Jeffrey. Il n'était pas non plus suicidaire, mais je voyais bien qu'il avait une case en moins. Malheureusement on ne peut pas arrêter quelqu'un pour avoir trop d'assurance et agir bêtement. S'il avait dit : "Je ne pars pas", nous l'aurions transporté par avion, mais il était décidé à se passer de notre aide. »

À la tombée du jour, avec son équipement rangé dans les compartiments de proue et de poupe et une hache et une pagaie de secours arrimées à son pont avant, Hadwin sortit du port de Prince Rupert et fonça tout droit dans une tempête. Les prévisions météorologiques pour cette nuit-là annonçaient des déferlantes de plus de trois mètres, des vents pouvant atteindre plus de cinquante kilomètres par heure et de la pluie. Il est déjà difficile de garder ses repères sur cette côte anonyme, même en plein jour, mais la nuit et dans de telles conditions climatiques c'est tout bonnement impossible. Il devait faire si sombre que même les vagues avec leur crête d'écume blanche étaient à peine visibles. La température ne montait pas à plus de zéro, et avec le facteur dit de « refroidissement éolien » elle pouvait tomber à − 20 °C. Dans de pareilles conditions, un homme normal risque d'attraper des engelures en l'espace d'une demi-heure. Hadwin ne portait qu'un ciré et des gants de ménage. Ce n'était pas un kayakiste expérimenté, mais même s'il l'avait été, il aurait eu peu de chances de survivre à une nuit pareille. Et pourtant il y est arrivé. Aux environs de minuit, il trouva son chemin pour retourner à Prince Rupert.

« Il attendait derrière la porte quand nous avons ouvert », se souvient Marilyn Baldwin, copropriétaire du magasin SeaSport où Hadwin avait acheté la veille son kayak et le reste de son équipement. Baldwin se rappelle qu'Hadwin avait été étonné d'avoir eu très froid cette nuit-là. Il lui avait raconté qu'il avait ramé pendant des heures sur une mer démontée sans pouvoir avancer. Il se sentait de taille à affronter les déferlantes, mais il était revenu se procurer des vêtements plus chauds et (sur les conseils de l'agent Jeffrey) une carte du détroit d'Hécate. Quand le sujet de l'arbre était arrivé dans la conversation, Hadwin avait dit souhaiter en débattre. « Je crois qu'il voulait sa journée au tribunal. Il s'est montré très agité. Ses muscles tressautaient. On aurait dit une corde tendue et prête à rompre. »

Marilyn Baldwin n'aurait pas pu dire si ces tremblements étaient l'effet du stress ou de l'hypothermie. Quoi qu'il en soit, dès le départ d'Hadwin elle appela la police. Mais Hadwin n'enfreignait pas la loi, lui répondit-on. La police ne pouvait rien faire. À l'aube du 13 février, alors qu'il ne lui restait plus que cinq jours avant la date de sa comparution, Hadwin reprit la mer. Et cette fois, il ne revint pas.

En plus des vêtements, Hadwin s'était bien équipé pour ce qui l'attendait. Son kayak était un Telkwa, de la marque Nimbus. Ce modèle haut de gamme fait de bandes laminées de kevlar et de fibre de verre est conçu pour transporter de lourdes charges sur de longues distances et dans des conditions difficiles. En plus d'être nettement plus long qu'un kayak de rapides, un kayak de mer comme le Telkwa possède une coque en V qui lui permet de résister au vent au lieu d'être balayé comme le serait un radeau ou une canette de bière. Il est également équipé d'un gouvernail au pied qui permet au rameur de consacrer toute son énergie à faire avancer son bateau, plutôt qu'à le diriger. Le kayak d'Hadwin mesurait cinq mètres cinquante de long. Or les bateaux grands et lourds comme celui-là, bien que plus stables sur une mer démontée, présentent aussi plus de surface au vent de travers et aux vagues, qui ont tendance à dévier l'embarcation de sa course. Même si par gros temps son centre de gravité bas peut être un précieux atout, le kayak n'en reste pas moins un bateau petit et fragile. Une vague d'une certaine hauteur, pourvu qu'elle ait la forme requise et arrive au bon moment, peut le retourner comme un fétu de paille.

Marilyn Baldwin, comme l'agent Jeffrey, n'a senti chez Hadwin aucune envie de mourir. Ce dernier avait affirmé à un journaliste être capable de faire le voyage en vingt-quatre heures, ce qui l'obligerait à traverser d'une traite le détroit d'Hécate. Baldwin a cependant eu l'impression qu'Hadwin savait ce qu'il faisait en entreprenant ce périple et que, au lieu de partir droit vers l'ouest et de foncer directement dans les raz de courant au large de Rose Spit, il caboterait d'île en île comme le faisaient autrefois les Haïdas. Cet itinéraire lui ferait décrire un arc de cercle vers le nord-ouest et le conduirait à Prince of Wales Island et peut-être même encore plus loin, jusqu'au cap Muzon, à la pointe sud de Dall Island. De là, il aurait encore à parcourir à toute allure les soixante derniers kilomètres à travers l'entrée de Dixon. Toutefois en prenant cette route plus longue, il augmentait ses chances de voyager avec une houle venant de l'arrière et d'éviter les raz de courant. Dans des conditions idéales, cette dernière partie du voyage aurait dû prendre à elle seule vingt-quatre heures. Mais en plein mois de février les conditions idéales n'existent pas dans l'entrée de Dixon, surtout pas la nuit.

Le lendemain matin, 14 février, un kayak blanc identique à celui d'Hadwin fut aperçu au large de Port Simpson, à quarante kilomètres au nord de Prince Rupert. Ça ne pouvait être que celui d'Hadwin, parce que personne d'autre que lui ne serait sorti en kayak par un temps pareil. Ce jour-là, le vent soufflait du sud, avec des rafales atteignant cinquante kilomètres par heure. Les vagues déferlant dans l'entrée de Dixon culminaient à cinq mètres. Ce n'était pas un temps à faire du kayak, mais Hadwin avait le vent dans le dos et il progressait très vite. La question étant de savoir vers où. Pour un observateur ordinaire – et il s'en est trouvé plusieurs ce matin-là –, l'homme semblait prendre la route de l'Alaska, mais c'est aussi la voie qu'emprunterait un kayakiste prudent (le terme étant relatif ici) s'il cabotait d'île en île en direction de Masset. Port Simpson occupe l'entrée sud du passage de Portland, qui marque la frontière avec les États-Unis. Cependant les quarante kilomètres qui le séparent de Cape Fox, du côté américain, sont bien connus des gens du coin : en plus d'être un point où se rencontrent des vents catabatiques de terre et des vents du sud venant du large, les marées ici peuvent atteindre une vitesse de cinq nœuds et viendraient à bout du plus costaud des pagayeurs. De plus, en marée descendante, sous l'effet des vents du sud tels que ceux qu'Hadwin devait avoir dans le dos, l'entrée de la baie se transforme en un bouillon connu des marins locaux sous le nom de « clapotis », des vagues abruptes qui forment des raz de courant aspirants. Certaines semblent défier les lois de la physique. Imaginez des déferlantes de trois mètres de haut mais séparées de seulement deux mètres l'une de l'autre. « Impossible de travailler sur une mer pareille », lâche Perry Boyle, le capitaine d'un remorqueur de Prince Rupert. Le plus gros remorqueur de sa flotte pèse cent tonnes pour une puissance de 1 200 chevaux. En comparaison, le kayak d'Hadwin n'était qu'une brindille portée par un poisson rouge. S'il y a des avantages incontestables au fait d'être léger et manœuvrable, même par gros temps, ils ne résistent pas face à une exposition continue au vent et à des vagues telles que celles auxquelles aurait été exposé Hadwin durant son voyage – quelle qu'en ait été la destination. La lune était dans son premier quartier, ce qui signifie que les marées gagnaient en amplitude de jour en jour. Or les vents violents et la faible pression atmosphérique accompagnant le système de tempêtes qui traversait le détroit à ce moment-là provoquaient des marées encore supérieures à la normale. Au cours des quatre jours suivants, le temps allait se détériorer de plus en plus.

Cela faisait à peine trois semaines qu'Hadwin s'était fait connaître des habitants de la région, et son personnage avait déjà acquis une dimension presque mythique. À l'image de Billy the Kid ou du Mouron rouge [1], il semblait avoir le don de se matérialiser partout et à tout moment. Bien qu'il n'ait pas donné signe de vie depuis quatre jours – ni à terre ni en mer –, beaucoup d'habitants de Haida Gwaii s'attendaient à voir l'assassin de l'Arbre d'or apparaître au tribunal de Masset à 9 h 30 précises, le 18 février. Personne ne s'inquiétait outre mesure du temps qu'il faisait ce matin-là, alors que dans le détroit la pluie, poussée par la force du vent, tombait à l'horizontale à travers un plafond nuageux si bas qu'on aurait presque pu le toucher du doigt. Une fois de plus, les îles étaient cachées. Si les capitaines Pérez, Cook, Vancouver ou Dixon avaient cherché la terre ce matin-là, ils seraient passés au large d'elle sans la voir. Hadwin, lui aussi, a dû avoir du mal à trouver les îles et pas seulement à cause de la mauvaise visibilité. Dans l'entrée de Dixon, les vagues montaient à neuf mètres.

Le tribunal de Masset se trouve à l'intérieur des terres, au centre de New Masset, dans une petite rue bordée de

---

1. Le Mouron rouge est le héros d'une série de romans de cape et d'épée signés par la baronne Emmuska Orczy et publiés en Angleterre au début du XXᵉ siècle. *(N.d.T.)*

boutiques. Au nord-est s'étendent des terrains de sport, derrière lesquels se dresse la structure en contreplaqué du bâtiment tentaculaire abritant le centre récréatif. À cinq kilomètres de là, le long d'une étroite route de bord de mer, s'étend Old Masset, la réserve haïda. L'immeuble du tribunal est une ziggourat d'architecture postmoderne faite d'aluminium et de panneaux de verre, dont l'intérieur est orné de linoléum blanc et d'éclairages fluorescents. C'est l'un des avant-postes les plus reculés et les plus modernes de la Couronne.

Aujourd'hui encore, ceux qui y comparaissent sont accusés d'avoir enfreint le code pénal, mais plus encore d'avoir troublé « LA PAIX DE NOTRE MAJESTÉ LA REINE, SA COURONNE ET SA DIGNITÉ ». Cependant, ce jour-là, devant le bâtiment du tribunal, sous la faible clarté d'un matin qui menait une bataille perdue d'avance contre les grands vents du Pacifique Nord, dans le remue-ménage des corbeaux qui claquaient du bec en fouillant le contenu des poubelles, la reine, sans même parler de la capitale, semblait se trouver à des millions de kilomètres de là. Pourtant sa loi continuait de régner. Nulle part on ne voyait trace de la foule de lyncheurs qu'on avait redoutée. À sa place, des gens vêtus d'épais manteaux et de chapeaux attendaient sagement à la porte du tribunal, le dos au vent. Les détecteurs de métaux ne sont pas d'un usage très répandu à Haida Gwaii, mais ce jour-là tout le monde y était soumis. À l'intérieur, le hall d'entrée et la salle d'attente seraient bientôt bondés. Le reste des gens devrait rester dehors. Entretemps, dans la petite salle d'audience, rendue encore plus exiguë par la densité de la foule baignant dans une atmosphère humide et confinée, l'impatience était palpable. Le public était un échantillon représentatif de la population de l'archipel. Des chefs et des anciens des communautés autochtones, des bûcherons et des pêcheurs, des mères de famille et des commerçants étaient assis en rangs serrés sur des bancs en bois, attendant de voir enfin celui par qui chacun s'était senti personnellement attaqué.

En raison de son éloignement, l'archipel ne possède pas de juge permanent. C'est un magistrat provincial qui vient en avion une fois par mois pour statuer sur les affaires en cours. C'est pourquoi aux gens attendant Hadwin s'étaient mêlés d'autres insulaires dont l'audience était également fixée ce jour-là. En temps ordinaire, ces affaires étaient jugées dans la discrétion, mais ce matin-là les hommes accusés du vol d'un moteur de hors-bord ou de conduite en état d'ivresse se trouvaient exposés aux regards de près d'un quart de la population adulte de Masset. C'était embarrassant et quelque peu surréaliste.

Thomas Grant Hadwin fut appelé à 9 h 30, et toute l'assistance retint son souffle tandis qu'une centaine de paires d'yeux balayaient la salle. Comme beaucoup d'insulaires ignoraient à quoi ressemblait le prévenu, ils ne savaient pas très bien ce qu'ils devaient chercher, guettant un mouvement inhabituel, un visage inconnu ou un homme semblable à la vision qu'ils avaient en tête. Au final, rien ne se présenta, ni nouveau visage ni champ d'énergie. La salle resta pareille à ce qu'elle était, si bien que les gens commencèrent à se jeter des regards tandis que les cinq syllabes de son nom restaient suspendues dans l'air. Ce qui avait commencé comme un *haiku* se terminait comme un *koan*. Même après qu'il fut devenu clair qu'Hadwin ne se trouvait pas dans le bâtiment, personne ne quitta les lieux. Tout le monde continua d'attendre en se demandant où il pouvait être : était-il en détention, caché quelque part, en cavale, mort ou tout simplement en retard ? Son nom fut encore appelé à 10 heures, et cette fois quelqu'un se leva. Pendant un bref instant certains pensèrent dans la salle qu'il pouvait s'agir d'Hadwin, mais ils furent vite détrompés. L'homme était un dénommé James Sterritt, un Gitxsan qui prétendait qu'Hadwin lui avait demandé de le représenter. Ils avaient convenu de se retrouver ce jour-là au tribunal, mais Sterritt n'avait pas eu de nouvelles d'Hadwin depuis deux semaines. Quand le juge lui demanda s'il avait été autorisé à agir au nom d'Hadwin, Sterritt répondit que non. C'est à partir de ce moment qu'Hadwin fut officiellement considéré comme un fugitif.

*

Quand son ex-femme apprit qu'il était porté manquant, elle ne s'en alarma pas tout d'abord. Il était déjà arrivé à Hadwin de disparaître et apparemment il n'avait pas toujours été franc sur les endroits où il allait. Munie désormais d'un autre mandat d'arrêt, la police montée s'intéressa de plus près à la personnalité de l'homme, en particulier après que sa femme l'eut décrit comme « indestructible ». La meilleure façon de savoir s'il était en vie, affirmait Margaret, qui avait de nombreuses raisons d'être sceptique, était d'attendre de voir s'il appelait sa fille le jour de son anniversaire. Même dans les ennuis jusqu'au cou, Hadwin restait un père, et à sa façon peu conventionnelle il s'acquittait de ce devoir avec loyauté. Quand arriva le 1er mars et qu'il n'appela pas, Margaret commença à craindre le pire. Les gardes-côtes du Canada déclenchèrent alors les recherches pour de bon et alertèrent leurs homologues américains.

Pour certains gardes-côtes américains, l'affaire avait un goût de déjà-vu, parce qu'ils avaient eu auparavant l'occasion de rechercher Hadwin. Au printemps 1993, pendant son voyage dans le Nord, poussé par sa paranoïa, l'homme avait fait un détour par l'archipel Alexandre, en Alaska, à environ trois cents kilomètres au nord de Haida

Gwaii. Bien qu'étroitement imbriqué dans la côte au contour très accidenté, l'archipel est le reflet de son équivalent canadien. Hadwin avait atterri à Sitka, l'ancienne capitale de l'Amérique russe. Autrefois plaque tournante du commerce des fourrures, l'endroit reste l'un des plus beaux sites de la côte. En plus d'être à l'origine du nom de l'épicéa de Sitka, la ville fortifiée a été le théâtre du plus grand carnage qui ait marqué l'ère de la fourrure. La redoute Saint-Michel, ancêtre de la ville de Sitka, avait été édifiée en territoire tlingit. En 1802, des guerriers vêtus de casques en forme de têtes d'animaux et d'armures l'attaquèrent, massacrant quatre cents de ses habitants et réduisant le reste en esclavage. Seule une poignée d'hommes réussit à s'échapper. Deux ans plus tard, les Russes reprirent la ville avec l'aide d'un navire armé de canons. Bien qu'il semble très coupé du monde aujourd'hui, cet endroit était autrefois appelé le « Paris du Pacifique ». Pendant toute la première partie du XIXe siècle, il fut le port le plus important de la côte Ouest.

Peu de temps après son arrivée à Sitka, Hadwin loua un kayak au président de la branche de Greenpeace en Alaska. Il prévoyait de partir une semaine, mais son équipée dura au final plus de quinze jours. Quand il ne se montra pas à la date indiquée dans son plan de navigation, des recherches intensives furent déclenchées, auxquelles participèrent des bateaux et un avion des gardes-côtes, la police locale, les *state troopers,* ainsi qu'une équipe de sauveteurs volontaires. La première chose qu'ils trouvèrent fut le campement abandonné d'Hadwin au pied d'un grand volcan couronné de neige, sur la côte Sud de Kruzof Island, à l'ouest de Sitka, sur le bord extérieur de l'archipel. À voir son campement, il semblait qu'Hadwin était parti en laissant derrière lui sa tente, ses ustensiles de cuisine, sa pagaie, sa jupe de kayak imperméable et beaucoup d'autres choses encore. Les ours pullulaient dans le coin. Les sauveteurs pensèrent immédiatement à une attaque, mais leurs chiens ne flairèrent aucune trace d'Hadwin. Entretemps, une équipe de recherche aérienne avait retrouvé son kayak retourné dérivant près de Saint Lazaria Island, un petit sanctuaire ornithologique situé au sud de Kruzof Island. Le sac à dos d'Hadwin était accroché au pont arrière. À l'intérieur, les hommes découvrirent ce qu'ils prirent pour une lettre de suicide. Mais en y regardant de plus près ce morceau de papier s'avéra être quelque chose de beaucoup plus inhabituel.

Les rapports des opérations de recherche et de sauvetage menées par les gardes-côtes sont habituellement rédigés selon une formulation rigide, dans la sténo très technique des aviateurs, des marins et des météorologues. Au bas du formulaire, un espace est prévu pour d'éventuelles observations. C'est dans cette case que l'officier chargé de rédiger le rapport sur Hadwin, sortant brièvement de son rôle, nota : « UNE AFFAIRE PAS ORDINAIRE ». En tournant la page, on comprend ce qu'il a voulu dire, car c'est ici qu'Hadwin prend le relais. Le document joint en annexe s'intitule : « Le jugement ». Quinze pages impeccablement dactylographiées. Quand on sait que ce texte a été écrit par un homme qui a arrêté sa scolarité au niveau du lycée et qui a cru bon de quitter son pays puis son campement parce qu'il se croyait espionné par la CIA, le contenu en semble étonnamment pertinent et réfléchi. Mais il y a plus remarquable encore, car à la différence de la plupart des auteurs de manifestes, de diatribes et de harangues religieuses, Hadwin commence non pas par dire au lecteur ce qu'il doit penser, mais par lui poser une série de questions, selon la méthode socratique consistant à mettre le lecteur à la place du Créateur :

« JE VOUS LE DEMANDE. »
En supposant que vous ayez le pouvoir de créer toute matière, y compris la vie, et celui de synchroniser parfaitement ces créations, que feriez-vous si une forme de vie prenait apparemment l'ascendant sur toutes les autres, y compris sur elle-même ?
Si « L'INTENTION » première de votre création avait apparemment été subvertie, du « RESPECT » à la haine, de la compassion à l'oppression, de la générosité à la cupidité et de la dignité à la profanation, que feriez-vous ?
Comment convaincriez-vous les gens que les tentations matérielles, le statut social et les institutions éducatives sont utilisés, pour préserver et perpétuer, le statu quo, sans grande considération *véritable*, pour l'avenir, de la vie, sur la Terre ?
... Comment vous, en tant que « CRÉATEUR DE LA VIE », montreriez-vous votre *mépris* et votre *révulsion* pour les institutions et les hommes qui sont supposés protéger la vie, mais qui apparemment, font tout autre chose à la place ?

Hadwin poursuit ici par une brève histoire du monde, en insistant sur la transition du statut de chasseurs-cueilleurs à celui d'agriculteurs sédentaires, pour enchaîner ensuite sur notre dépendance présente vis-à-vis du commerce mondialisé. Il s'arrête en chemin pour offrir une analyse réfléchie de la façon dont les relations entre la « femelle nourricière » et le « mâle chasseur, tueur, cueilleur et soutien de famille » conspirent à encourager la dégradation de l'environnement. Et il se donne beaucoup de mal pour décrire les effets délétères que notre aliénation progressive de la nature exerce tant sur les êtres humains que sur la planète. Cette évolution est non seulement contraire à la volonté du Créateur, écrit Hadwin, elle est aussi antidémocratique :

> Une société démocratique est moralement responsable, des agissements de ses institutions mais aussi de ses représentants élus et nommés, chez elle et ailleurs. Il incombe à l'ensemble des individus, dans une société démocratique, de s'opposer à tous les crimes réels ou supposés contre la vie. L'ignorance, la naïveté ou l'absence de présence physique, sur le lieu du crime, ne sont pas nécessairement des excuses valables, sauf en cas de sérieuses circonstances atténuantes...

Pour finir, Hadwin avance une solution radicale à ce qui est à ses yeux un monde qui a horriblement mal tourné : démanteler la société telle que nous la connaissons, supprimer toutes les monnaies et les religions et ôter tout pouvoir aux hommes. Remplacer l'ordre ancien par des petits villages ruraux dirigés par des femmes et n'utilisant que des technologies pré-industrielles. L'unique but de ces sociétés matriarcales serait de réparer les dommages de deux mille ans de civilisation dominée par les hommes. Il faut rappeler que le monde d'Hadwin était un monde hypervirilisé dans lequel les femmes jouaient un rôle traditionnel de maîtresse de maison. Sa propre épouse était une personne discrète et une mère de famille dévouée, qui cuisinait un repas avec trois fois rien et veillait attentivement sur ses enfants. Quant à sa mère, elle était fière de son rôle de faire-valoir (elle présentait Tom Hadwin comme « mon mari l'ingénieur », même quand elle s'adressait à des enfants). Qu'Hadwin ait souhaité écarter les représentants de son sexe de toutes les positions d'autorité est très inhabituel, et sa décision de renoncer à une vengeance apocalyptique – une constante dans tous les scénarios de grand ménage cosmique – semble tout aussi surprenante.

C'est dans ce document unique et d'un curieux intérêt qu'Hadwin, l'homme des bois amoureux de la forêt, et

Hadwin, le visionnaire et objecteur de conscience, se rencontrent et fusionnent. Paul Harris-Jones, l'estimateur de bois sur pied devenu sauveur de la forêt, et le professeur Simard, le technicien forestier reconverti dans la recherche et l'éducation, ont eu, comme beaucoup d'autres, une révélation similaire. Mais ce qui les différencie d'Hadwin, c'est l'intensité et le contexte de cette prise de conscience. Hadwin a écrit qu'il avait connu une expérience spirituelle sur une montagne située près de la localité de McBride, en Colombie-Britannique. Non seulement il avait alors été absous de ses péchés antérieurs, mais il avait également été élu pour représenter le Créateur de toute vie et porter un message au reste de l'humanité. Un événement de cette nature peut prendre plusieurs noms selon le moment et l'endroit où il se produit. Il y a mille ou deux mille ans, on aurait parlé de vision ou de révélation. Celui qui s'en réclamait aurait pu être traité de fou, révéré comme un dieu ou mis à mort en tant qu'hérétique – et parfois tout cela à la fois. Par la suite, beaucoup de ceux qui décidèrent d'entrer dans les ordres le firent non pas parce qu'ils avaient été recrutés, mais parce qu'ils avaient répondu à l'« appel » d'une voix, d'où le terme de « vocation ». De nos jours, celui qui est frappé par ce genre de révélation aussi soudaine que transformatrice peut parler d'épiphanie, d'éveil ou d'expérience mystique, tandis qu'un médecin n'y verra qu'illusion, hallucination ou crise psychotique. La vérité se situe souvent à mi-chemin entre les deux, et pourtant des milliards de gens continuent de se laisser guider par des « illuminés » comme Jésus, Bouddha, Mahomet ou Brigham Young[1], parfois morts et enterrés depuis des lustres. S'ils vivaient aujourd'hui, ces hommes seraient

---

1. Brigham Young fut l'un des fondateurs de l'Église mormone au XIXᵉ siècle. *(N.d.T.)*

probablement enfermés dans une camisole chimique ou, avec un peu de chance, adressés au Dr Lukoff.

Le Dr David Lukoff est un psychologue qui travaille aujourd'hui pour l'institut Saybrook de San Francisco, après avoir enseigné à Harvard et à l'université de Californie à Los Angeles. Il s'est spécialisé dans le traitement des personnes présentant un profil identique à celui d'Hadwin. Sa pratique l'a amené à trouver la dénomination plus pertinente d'« urgences spirituelles » pour parler des cataclysmes personnels de cette nature. Lors d'une urgence spirituelle, les individus ont accès à ce que le célèbre anthropologue et spécialiste du chamanisme, Michael Harner, appelle « une réalité non ordinaire ». Si les expériences de ce type peuvent sembler inquiétantes à la plupart d'entre nous, les chamans, eux, les recherchent activement. L'éminent ethnobotaniste Wade Davis a un jour déclaré dans une interview : « Je n'ai jamais rencontré de chaman qui ne soit légèrement psychotique. Ça fait partie de son boulot. » Comme Harner et Davis, Lukoff possède une connaissance intime de cet univers, parce que lui-même y a séjourné. En fait, il a personnellement traversé une expérience qui présente des similitudes frappantes avec celle d'Hadwin, jusqu'au projet utopique de réparation de la planète et au besoin urgent de présenter par écrit sa vision et de la propager au reste du monde (le « jugement » d'Hadwin a été diffusé sur au moins trois continents). Lukoff avait alors une vingtaine d'années. Il lui a fallu des mois pour retrouver son équilibre et comprendre qu'il ne tenait pas une place centrale dans l'univers et qu'il n'était qu'un homme parmi de nombreux autres. C'est cependant cette expérience et ses douloureuses retombées qui lui ont permis de trouver sa vocation : venir en aide aux Ézéchiel, aux saint Antoine et aux Hildegarde de Bingen de notre époque qui se trouvent projetés, sans aucune préparation, dans des états douloureux de perception mystique.

En 1985, le Dr Lukoff proposa d'ajouter une nouvelle catégorie au *Manuel diagnostique et statistique des troubles mentaux* publié par l'Association américaine de psychiatrie sous la dénomination d'« Expérience mystique à caractère psychotique ». Si Lukoff et ses collègues réclamaient cet ajout, c'est que de récentes études avaient révélé quelques faits surprenants au sujet des patients de psychiatrie et de leurs soignants. Bien que près des trois quarts des patients étudiés aient déclaré avoir évoqué des questions de nature spirituelle ou religieuse au cours de leur cure et que deux tiers d'entre eux aient utilisé un langage religieux pour décrire leurs troubles, tous les praticiens interrogés affirmaient n'avoir reçu aucune formation théorique ou pratique sur les problématiques de cet ordre pendant leur formation. Les entretiens qu'a eus Hadwin à l'hôpital légal de Kamloops ont confirmé ces résultats. Un médecin a noté que le patient se croyait investi d'une « mission particulière » dans le monde, alors qu'un autre a simplement constaté qu'Hadwin « avait des idées très exagérées sur l'environnement et la lutte contre l'establishment ». Cette dernière évaluation a quelque chose de profondément sinistre. Comment est-il possible d'exagérer la valeur de l'air ou de l'eau? pourrait-on lui objecter. Ne faut-il pas voir, au contraire, un symptôme de maladie mentale (ou tout au moins d'un trouble d'ordre psychospirituel) dans la propension beaucoup plus courante à accepter passivement les abus perpétrés contre les systèmes qui nous permettent de rester en vie? Quoi qu'il en soit, cette expérience pourrait bien expliquer l'hostilité que nourrissait Hadwin à l'encontre des « élites formées à l'université ». Ainsi que l'a écrit Lukoff, « chez le psychologue non formé, l'ignorance, le contre-transfert et le manque de compétences peuvent nuire à l'éthique des services thérapeutiques dispensés aux clients présentant des problèmes à caractère spirituel ».

Gene Runtz, l'homme qui l'avait embauché pour un travail de tracé de route à McBride en 1987, a probablement été la première personne à rencontrer Hadwin après ce qui fut son premier épisode d'« urgence spirituelle ». C'est lui qui a comparé la transformation terrifiante subie par la perle de ses sous-traitants à celle du Dr Jekyll en Mr Hyde. Pour ceux qui ont connu Hadwin à cette époque, sa conviction frisait parfois le messianisme – ce qu'elle était sûrement. Mais aussi dérangeantes (ou risibles) qu'aient pu paraître ses prétentions, elles n'étaient que la manifestation d'un symptôme typique. Roberto Assagiolo, un pionnier italien de la psychologie et un spécialiste des relations entre psychologie et spiritualité, a bien analysé la folie des grandeurs qui accompagne souvent les phases d'urgence spirituelle. « Les cas de confusion de ce genre ne sont pas rares chez les individus éblouis par un contact avec des vérités trop grandes ou des énergies trop puissantes pour être appréhendées par leurs capacités mentales et assimilées par leur personnalité », a-t-il écrit dans un article majeur intitulé « Autoréalisation et désordres psychologiques ». Si Jeanne d'Arc ou Mohammed ibn Abdelwahhab (le fondateur du wahhabisme) avaient été adressés à Roberto Assagiolo ou au Dr Lukoff, l'histoire de l'Europe et celle du Moyen-Orient auraient sans doute suivi un autre cours. Ou peut-être pas. La particularité des personnalités de ce genre est que tant qu'elles sont sous le choc de leur rencontre avec les puissances supérieures il est presque impossible de les raisonner. Cela pourrait expliquer pourquoi tant de gens qui se sont trouvés dans cette situation ont fini reclus dans des grottes, sur des montagnes ou sur des îles lointaines, au milieu de petits groupes de sympathisants.

En 1994, un an après le voyage d'Hadwin autour du monde et l'évaluation psychiatrique qui s'en est suivie, l'Association américaine de psychiatrie publiait la nouvelle édition de son manuel (*DSM-IV*), laquelle incluait la catégorie préconisée par le Dr Lukoff, bien que sous le titre plus générique de « Problèmes d'ordre religieux ou spirituel ». Quatre ans plus tard, Lukoff fondait le Centre de ressources pour les urgences spirituelles, dans le but de centraliser les données existantes sur la phénoménologie et le traitement de ces manifestations, et notamment sur les cas de personnes ayant réussi à les assimiler avec succès.

\*

En 1993, aux États-Unis, les recherches pour retrouver Hadwin au sud de Kruzof Island se poursuivirent pendant encore trois jours. N'ayant trouvé aucun signe de lui, les gardes-côtes décidèrent finalement de les interrompre et de contacter la famille du disparu. Mais quand ils eurent appris de sa femme qu'Hadwin avait l'expérience de la vie dans les bois et qu'il était capable de survivre « pendant six semaines en ne se nourrissant que de noix et de baies sauvages », ils se dirent que l'homme était peut-être toujours en vie. Si bien que trois jours plus tard ils reprirent les recherches. Il se passa encore quatre jours avant qu'un bateau de pêche ne signale avoir aperçu de la fumée sur la côte Nord-Ouest de Kruzof Island, à plus de trente kilomètres du lieu où Hadwin avait établi son campement initial. Une vedette fut envoyée sur place. Mais les gardes-côtes furent fraîchement accueillis par l'homme qu'ils recherchaient depuis plus d'une semaine. Ils consignèrent ces mots dans leur rapport : « Son attitude nous a donné l'impression que cette personne ne se souciait pas du tout d'être retrouvée. »

Si l'intention d'Hadwin était de se retirer du monde, le sommet d'une falaise battue par les vents avec devant lui le Pacifique Nord et derrière lui un volcan endormi était l'endroit le mieux choisi. Les Pères du désert l'auraient approuvé, contrairement aux gardes-côtes. Pourquoi avoir choisi un lieu si exposé ? Mystère. Peut-être Hadwin s'y sentait-il plus proche du Créateur ou peut-être cherchait-il ainsi à s'éprouver. Peut-être le grondement du vent et de la houle étouffait-il le vacarme dans sa tête, comme des bouchons d'oreilles assourdiraient les bruits du monde avant qu'il n'abatte l'Arbre d'or. Mais c'était peut-être aussi le seul endroit, en dehors d'une tente, où il ne serait pas dévoré par les moustiques. Juin est un mauvais mois pour les insectes en Alaska. Il faut généralement des rafales d'au moins cinq à dix nœuds pour les tenir à distance. Et quand bien même, ils se mettent à l'abri en attendant que le vent tombe. Les nuées de moustiques sont si denses dans cette région qu'elles prennent parfois des formes identifiables, à l'image des nuages dans le ciel. C'est probablement le seul cas dans la nature où il est possible, en regardant en l'air, de voir son ombre gorgée de son propre sang.

Selon le rapport des gardes-côtes, Hadwin vivait de moules et de palourdes depuis de « nombreux jours ». Ces sauveteurs indésirables notèrent que derrière son campement les buissons étaient recouverts de coquilles. Hadwin leur raconta qu'il avait échoué son kayak au-dessus de la ligne de marée haute, à la pointe sud de l'île, et qu'il avait décidé ensuite de « faire un petit tour ». Un peu plus tard, une grosse tempête s'était levée et c'était sûrement ça qui avait emporté son kayak. Il s'était dit qu'après un tel coup de vent son bateau ne reparaîtrait pas de sitôt, si bien qu'il ne s'était pas embêté à retourner le chercher. Comme il n'avait pas emporté de sac de couchage, il dormait à même le sol depuis qu'il avait abandonné son campement dix jours auparavant. En dépit du vent et de la température qui tombait à zéro pendant la nuit, il n'avait pas froid, il était au sec et en parfaite santé. En dehors des vêtements qu'il avait sur le dos, il ne possédait en tout et pour tout qu'un sac en plastique qui contenait des allumettes et un peu de café.

# 11

## La traque

> *L'arbre conserve un espoir, une fois coupé, il peut renaître encore et ses rejetons continuent de pousser... Mais l'homme, s'il meurt, reste inerte; quand un humain expire, où donc est-il ?*
>
> Livre de Job 14, 7-10

Cette fois, Hadwin allait être beaucoup plus difficile à retrouver. Dans les mois qui suivirent sa disparition on crut l'apercevoir en plusieurs occasions. Quelqu'un pensa l'avoir reconnu à Bella Bella, un village autochtone extrêmement reculé, établi sur l'une des îles côtières, où un personnage tel qu'Hadwin se serait fait remarquer comme le nez au milieu de la figure. On crut le voir à Hyder, à l'extrémité nord du canal de Portland, une localité tout aussi isolée, mais peuplée de Blancs, parmi lesquels Hadwin aurait pu parfaitement se fondre. Ce qu'il fit. Hyder est un bled situé à la frontière américano-canadienne, un minuscule bout d'Alaska accessible uniquement par bateau ou par la route 37-A. C'est un lieu où, comme le dit un *state trooper* d'Alaska, « tout le monde est un suspect en puissance ». Hadwin y avait séjourné plusieurs fois en 1996, pendant ses longs voyages à travers le nord du pays. La ville est traversée par une route de terre qui finit sa course en cul-de-sac dans un champ de glace. C'est sans doute ce qui a séduit Hadwin, à moins qu'il n'ait été attiré par son atmosphère de vigoureuse défiance. Depuis trente ans, les bureaux des douanes américaines et canadiennes y ont essuyé des tirs d'armes à feu, des incendies et diverses formes de harcèlement de la part des autochtones comme des « Anglos ». Un jour, le poste-frontière canadien a été la cible d'une campagne de harcèlement psychologique qui a consisté à faire cracher en boucle et à plein volume la chanson « Au nord de l'Alaska » par les haut-parleurs du système d'annonce. Nichée au milieu des montagnes, Hyder était à l'origine une cachette où les Nisga'as se seraient réfugiés, dit-on, pour fuir les maraudes des Haïdas. Après plusieurs booms miniers au cours du XX$^e$ siècle, elle est retournée à sa condition de sanctuaire. Aujourd'hui, la ville ne possède pas de police et abrite une population d'environ cent personnes pour qui la discrétion et le respect de la vie privée sont des priorités, un peu comme chez les habitants de Gold Bridge. Les deux communautés partagent la même prière :

« Mon Dieu, donne-nous un autre boom.
Cette fois nous te promettons de ne pas tout gâcher. »

C'est en mars qu'un second mandat d'arrêt fut délivré contre Hadwin – cette fois par la police montée de Stewart, de l'autre côté de la frontière. Hadwin avait l'ordre de se présenter au tribunal, suite à son accident sur le pont de la Nass pour conduite imprudente. Mais cette date-là aussi passa sans que l'intéressé se présente.

Les recherches pour le retrouver étaient une tâche décourageante menée sans enthousiasme. Après tout, l'homme n'avait tué personne et aucune récompense n'était offerte pour sa capture. Entre les localités d'Hyder et de Bella Bella s'étendent des milliers de kilomètres de forêts denses et des centaines d'îles. On pourrait aisément y cacher une armée, voire une dizaine d'armées. Pourtant parmi toutes ces îles, une seule concentrait l'attention des autorités. Mary Island mesure environ six kilomètres de long et se situe à cent dix kilomètres au nord-ouest de Prince Rupert, à l'entrée du chenal de Revillagigedo, dans la portion septentrionale de l'Alaska Marine Highway, le service de ferry qui part de Bellingham dans l'État de Washington et longe la côte de Colombie-Britannique jusqu'à Skagway et Haines. Également connue sous le nom de « passage intérieur », c'est la voie principale empruntée par le trafic maritime dans cette région. D'un bout à l'autre de l'année, des bacs, des péniches et des chalutiers circulent dans ce réseau formé de centaines d'étroits chenaux. L'été, ils sont rejoints par des flottes entières de navires de croisière et de voiliers. Pourtant, en dépit de toute cette circulation, l'endroit est encore anonyme et constitue plus un passage qu'une destination en soi. La région est quasiment inhabitée et n'offre aucun endroit où un gros bâtiment pourrait accoster entre Prince Rupert et Ketchikan. En revanche, nombreux sont les lieux où cacher un kayak. Si Hadwin avait fui en direction de la frontière, c'était forcément la route qu'il avait empruntée.

Un mois après la date fixée pour la comparution d'Hadwin au tribunal de Masset, on trouva un homme échoué sur Mary Island. Les raisons qu'il donna à sa présence sur place n'étaient pas très claires. Personne n'avait déclaré sa disparition et personne ne semblait rien savoir de son voyage. Il prétendait qu'en raison du mauvais temps son bateau gonflable s'était retourné alors qu'il se rendait de Ketchikan à Hyder et qu'il était échoué depuis trois jours à se nourrir de moules et à boire l'eau des ruisseaux. L'homme, qui était affamé, souffrait d'engelures aux pieds. Il était né la même année qu'Hadwin et présentait une certaine ressemblance avec lui. Il disait s'appeler tantôt Dennis Harrington tantôt Dennis Roe. Son histoire était assez décousue pour qu'on contacte la police montée canadienne, laquelle finit par conclure que le dénommé Harrington/Roe n'était pas l'individu recherché, mais le survivant d'un naufrage, une thèse corroborée par les gros sacs de marijuana qui furent repêchés dans les eaux environnantes. À peu près à la même époque, on retrouva sur une plage du continent, face à Mary Island, la calotte d'un crâne humain percé d'un orifice qui aurait pu être fait par une balle. Le fragment fut porté chez un médecin légiste. Celui-ci détermina qu'il était trop vieux pour avoir appartenu à Hadwin. Il était du reste si vieux qu'il aurait pu être un vestige de la rencontre narrée par un certain Richard, de Middlegiti'ns, l'unique participant à une bataille navale menée par les pirogues haïdas dont le récit ait été formellement recueilli.

Richard était né vers 1850 sur l'île de Chaatl, qui se trouve à l'entrée du chenal de Skidegate, au sud-ouest de l'île Graham. Membre de la communauté de Pebble-Town, il vécut un temps en Alaska et travailla pour la compagnie de la baie d'Hudson, avant de retourner dans les îles, où il passa les dernières années de sa vie à la mission de Skidegate. C'est ici que l'ethnologue américain John R. Swanton le rencontra et l'interviewa à l'hiver 1900-1901. Employé du musée américain d'Histoire naturelle et du bureau gouvernemental d'ethnologie américaine, Swanton a mené des recherches ethnographiques poussées sur les tribus autochtones du continent nord-américain. On lui doit d'avoir rassemblé la plus grande partie de ce qui a survécu de l'histoire et de la mythologie pré-européenne des Haïdas. Il a également recueilli le récit suivant, qui n'est pas très éloigné de *L'Iliade* d'Homère.

Vers 1870, Richard participa à une expédition punitive contre les Tlingits, une tribu continentale de l'Alaska, ennemie jurée des Haïdas. Pour aller régler leurs comptes, Richard et son escorte de deux pirogues remplies de guerriers parcoururent plus de deux cent cinquante kilomètres le long du littoral oriental de l'île Graham et à travers l'entrée de Dixon pour arriver en territoire tlingit. Les guerriers étaient armés de coutelas pendus à leur cou par un cordon. Quand viendrait le moment de se battre, ils lieraient ces couteaux à leurs mains. Ils portaient aussi des lances, des carabines et des boîtes de cartouches accrochées à leur taille. Ils étaient accompagnés d'un chaman qui avait entre autres charges celle de « fouetter l'âme des hommes » avant la bataille.

Quelque part dans les environs du chenal de Revillagigedo, les Haïdas rencontrèrent un groupe de femmes et de guerriers tlingits en armes à bord d'un canoë « tellement grand que les gens qu'il transportait ne pouvaient être dénombrés ». En les voyant, les Tlingits s'éloignèrent et dans leur retraite tirèrent deux coups de feu, dont l'un tua le frère de Richard. Les Haïdas répliquèrent et abattirent le timonier du canoë, puis deux autres guerriers. Les Tlingits ripostèrent à leur tour, égratignant le crâne de Richard, puis firent signe aux Haïdas de mettre fin aux hostilités. Les Tlingits ne voulaient plus se battre, mais l'une des pirogues haïdas les prit en chasse. Alors qu'elle se rapprochait, un guerrier tlingit se dressa et menaça d'ouvrir le feu, mais un Haïda le transperça de sa lance en os. « Il lâcha son fusil, relata Richard. Il tomba à genoux, arracha la lance, faisant jaillir ses tripes, et la brisa. Et quand il voulut remettre la lance dans la plaie, quelqu'un [du canoë haïda] bondit sur lui. »

À ce moment-là, la pirogue dans laquelle se trouvait Richard se jeta dans la bataille qui se jouait maintenant au couteau. Il tua plusieurs Tlingits – notamment un guerrier « dont les boyaux lui tombèrent dessus ». Richard reçut un coup de couteau à l'épaule, « ce qui me retourna les entrailles [sous l'effet de la douleur] ». La bataille durait depuis un moment déjà, quand

> un jeune homme désarmé qui se trouvait à la proue me fit signe de ses mains qu'il désirait se rendre. Je l'attrapai et le balançai dans [notre] pirogue. Quand un autre s'avança vers moi, je le frappai en lui entaillant la peau. Sans hésitation, il passa dans notre canoë et se laissa réduire en esclavage. Je lui fis une coupure dans le bas du dos. C'était un brave. [Cet homme était apparemment un célèbre chef tlingit dénommé Yan.] Quand la nouvelle de sa reddition se répandit, [la surprise] ôta aux Tlingits l'énergie de se battre. [Ensuite] un Tlingit était couché sur l'un de nos jeunes hommes. J'écartai son couteau et lui tranchai la tête... Je tournai mon regard vers la poupe et vis qu'ils prenaient déjà des esclaves. Et quand je m'approchai, je vis qu'une femme était restée. Elle avait reçu une balle à la jambe et je ne l'ai pas prise. Le butin fut immédiatement saisi. [L'autre] pirogue chargea à son bord dix têtes coupées. Il n'y avait en tout et pour tout que neuf esclaves. Et après que le père de SKA'ngwai eut chargé cinq têtes dans notre embarcation, ils commencèrent à chicaner. Alors il s'arrêta et ils raflèrent tout.
> Devant l'endroit où nous nous étions querellés une baleine passa avec son petit. Alors nous ouvrîmes le feu sur le baleineau. Nous le tuâmes et lui prîmes son huile pour la vendre à Port Simpson. Là, nous achetâmes toutes sortes de choses...

> Les guerriers prirent ensuite la route du retour et, chemin faisant, ils entonnèrent des chants de guerre. C'était dur pour moi. Deux de mes jeunes frères avaient perdu la vie, et mon chant était différent des autres.

Les guerriers victorieux, qui pour certains étaient gravement blessés, traversèrent l'entrée de Dixon en sens inverse et rencontrèrent à ce moment-là une bande d'Haïdas de Masset qui leur cherchèrent querelle pour avoir attaqué les Tlingits. Ils voulurent s'emparer des esclaves que venaient de capturer les hommes de Pebble-Town, ce qui déclencha une bagarre entre les deux bandes haïdas. Mais elle fut interrompue et pour finir les hommes partagèrent un drôle de repas au cours duquel aucun des deux camps ne déposa les armes. On apporta alors du tabac. D'importantes quantités de couvertures et d'armes à feu furent offertes en échange de la plus grosse prise, le chef Yan, mais les gens de Pebble-Town refusèrent de le vendre. Bien qu'une grande partie de la famille de Richard du côté paternel vécût à Masset, l'atmosphère ne se détendit pas. « Nous restâmes éveillés cette nuit-là. Une partie d'entre nous passa la nuit à terre. J'étais tout couvert du sang de la bataille. » Au matin, ils se remirent en route et passèrent devant le village de Skidegate, dont les habitants avaient la réputation d'intercepter les autres Haïdas rentrant d'un raid pour leur soustraire leurs esclaves. Mais cette fois-là ils restèrent sur le rivage. « Après la bataille, nous avons chanté des chants de victoire pendant de nombreuses nuits, conclut Richard. Voilà toute l'histoire. »

Ces escarmouches étaient monnaie courante, d'où l'impossibilité d'établir à qui avait appartenu le crâne qu'examinait le légiste. Nous touchons ici à un problème auquel est confronté quiconque tente de pratiquer la médecine légale dans cette partie du monde, car la collecte des preuves sur la côte Nord-Ouest n'est pas une mince affaire. Le sergent Randy McPherron est un inspecteur de la brigade criminelle rattaché aux *state troopers* d'Alaska qui s'est occupé de l'affaire Hadwin du côté américain. Les difficultés qu'il rencontre dans l'exercice de son métier sont très différentes de celles auxquelles peuvent être confrontés ses homologues des zones urbaines. « L'Alaska est l'endroit idéal pour se débarrasser d'un corps, explique-t-il. Surtout dans sa partie sud-ouest [la partie en forme de manche de casserole]. Les gens mouraient comme des mouches par là-bas. La région abritait une forte population d'autochtones, et les meurtres non résolus sont légion. Autant chercher une aiguille dans une meule de foin. » La moitié du problème consiste à recueillir les preuves avant que la nature ne les trouve. « Beaucoup de choses peuvent se produire, poursuit-il. Il y a tellement d'espèces d'animaux capables de faire disparaître un cadavre. »

Les ours se chargent du plus gros du travail, après quoi les souris, les oiseaux de mer, les aigles et les corbeaux nettoient les os. Ensuite les crabes et les insectes s'occupent du reste. Entre la pluie et les charognards, la fenêtre laissée à la médecine légale n'est au mieux que de quelques jours. « Si son bateau s'est retourné et a coulé, on n'en retrouvera jamais rien, affirme McPherron. Il y a beaucoup de zones d'eaux profondes dans le coin. Or dans l'eau froide, quand les choses coulent, elles restent au fond. »

Qu'un corps coule et devienne un « sous-marin », selon l'expression des sauveteurs en mer, ou bien remonte à la surface et devienne un « voilier », l'anthropophagie commence presque aussitôt. La vie marine étant tellement abondante le long de ce littoral, une féroce armée de crevettes, de poux de mer, de roussettes et de crabes peut réduire un corps à l'état de squelette en l'espace de vingt-quatre heures. C'est la raison pour laquelle on y retrouve rarement les noyés. Quand ils réapparaissent, c'est en général parce qu'ils ont coulé dans des eaux moins profondes ou plus chaudes, où les gaz produits par la décomposition interne les font remonter à la surface. En revanche, quand un corps coule dans les profondeurs d'une zone d'anaérobie dépourvue de plantes et d'autres formes de vie sous-marine, il devient « adipeux », ce qui signifie que la graisse sous-cutanée qu'il contient se transforme en une sorte d'enduit parfois appelé « cire de croque-mort ». Dans ces conditions, un corps peut rester intact presque indéfiniment. Des plongeurs ont été retrouvés dans des zones de cette nature dix ans après leur disparition, leurs corps vêtus de néoprène continuant de hanter le fond de l'océan tels des cavaliers sans tête homologués par l'association professionnelle des instructeurs de plongée sous-marine.

Le 4 avril, la police montée de Prince Rupert reçut une demande concernant le dossier dentaire d'Hadwin, mais aucune concordance ne fut trouvée. Cinq jours plus tard, des avis de disparition furent distribués le long de la côte, et le 12 avril un vol de patrouille fouilla encore une fois la zone littorale située au nord de Prince Rupert. Cela faisait maintenant deux mois qu'Hadwin était parti. Dès lors l'affaire commença à se tasser. Les affichettes distribuées n'apportèrent aucune information nouvelle, et les recherches furent interrompues. Pour beaucoup, Hadwin s'était noyé ou avait réussi à quitter le pays. Dans l'un et l'autre cas, l'Arbre d'or était désormais vengé. Pendant ce temps, des choses extraordinaires se produisaient à Haida Gwaii.

Skilay a un jour comparé K'iid K'iyaas à un « arbre perpétuel ». Quant aux anciens de la tribu Tsiij git'anee, ils prétendaient que l'Arbre d'or n'était pas le premier de son espèce à pousser à cet endroit et qu'il avait été précédé par un autre arbre d'or. Voilà encore une histoire qu'il est difficile d'expliquer en termes dits « rationnels », car elle bouscule la relation entre le récit et notre concept relativement moderne de temps linéaire. Ce récit ne rapporte peut-être pas des faits qui se sont déjà produits et qui appartiendraient au passé. C'est peut-être un récit dans le sens où l'entendent les Haïdas, une histoire dans laquelle le temps forme une sorte de spirale comparable aux anneaux concentriques d'un arbre. « Le monde est aussi aiguisé que le tranchant d'un couteau », dit un proverbe des peuples de la côte Nord-Ouest. Robert Davidson, l'homme à qui l'on doit le premier totem de Masset de l'ère postmissionnaire, se représente ce tranchant sous la forme d'un cercle. « Si tu vis au bord du cercle, tu es dans le moment présent, expliquait-il dans un documentaire. Ce qui se trouve à l'intérieur – le savoir, l'expérience – correspond au passé. Ce qui est à l'extérieur est encore à découvrir. Le fil de cette lame est si fin que tu peux vivre soit dans le passé soit dans le futur. Le plus difficile, c'est de se maintenir sur ce fil. » C'est précisément là que Davidson, le plus célèbre sculpteur haïda vivant, passe l'essentiel de son temps et c'est peut-être là qu'il faut se trouver pour pleinement comprendre l'histoire de l'Arbre d'or. L'idée qu'il ait pu exister plusieurs arbres d'or sur ce site en bordure de la Yakoun pouvait être une interprétation du passé autant qu'une vision du futur, car il semblait désormais que l'Arbre d'or était capable de renaître.

Les Haïdas n'en étaient pas conscients, mais plus de trente ans auparavant, une course s'était engagée qui devait déboucher sur une collision entre le mythe et la science. La rencontre se produisit le 25 janvier 1997 dans la tête d'un Anglais dénommé Bruce MacDonald, directeur du jardin botanique à l'université de Colombie-Britannique.

Ce matin-là, MacDonald lut ce titre alarmant à la une du *Vancouver Sun* : « Une communauté révoltée par la destruction d'un arbre légendaire ».

Dans la partie ouest de Vancouver, l'université de Colombie-Britannique occupe un parc immobilier de premier ordre sur une bande de terrain large de huit kilomètres, au bout d'une haute péninsule. Les cinquante-cinq hectares de son jardin botanique s'étendent en bordure du campus. Ce jardin abrite plus de dix mille espèces de plantes et offre une vue dominante sur le détroit de Géorgie, l'île de Vancouver et les montagnes Olympiques de l'État de Washington. Tandis que MacDonald lisait l'article du *Vancouver Sun* par cette matinée exceptionnellement claire et glacée, il se souvint soudain d'une parcelle de forêt ombragée aménagée sur un terrain en pente, dans la section du jardin consacrée aux plantes indigènes. Là poussait une paire d'épicéas de Sitka de deux mètres de haut, dont les aiguilles avaient une tendance particulière à prendre une couleur jaune d'or. En dépit de cette particularité, ces arbres pouvaient facilement passer inaperçus dans ce vaste environnement. Et parce qu'ils grandissaient à l'ombre, leur aspect doré n'était pas uniforme. En outre leur prédisposition à pousser de guingois leur donnait un aspect difforme et anémique. Pour un œil non averti, ils auraient fait d'excellents candidats à l'abattage.

MacDonald ignorait tout de leur provenance, car il vivait encore en Angleterre quand ces deux arbres avaient été plantés. Aussi se rendit-il aussitôt aux archives du jardin pour savoir si ces deux spécimens pouvaient avoir un lien quelconque avec l'arbre dont il était question dans l'article du journal. L'entrée 18012-0358-1978 du registre de l'université faisait état d'un « épicéa de Sitka doré » (*Picea sitchensis* « Aurea ») originaire des îles de la Reine-Charlotte. Ces spécimens provenaient forcément du même arbre. Il s'avéra qu'ils étaient un legs presque oublié de trois hommes : Gordon Bentham, un passionné de conifères, Oscar Sziklai, un généticien des plantes hongrois, et Roy Taylor, un ancien président de la société d'horticulture de Chicago et directeur du jardin botanique de la ville de Chicago, qui avait été le prédécesseur de MacDonald à l'université de Colombie-Britannique. En 1968, l'année de sa nomination à la tête du jardin botanique de l'université, Taylor avait copublié une étude de huit cents pages, en deux volumes, consacrée à la flore des îles de la Reine-Charlotte. Chose surprenante, l'ouvrage ne faisait aucune mention de l'Arbre d'or, mais Taylor connaissait son existence et espérait en acquérir un spécimen pour l'université. Finalement, il en obtiendrait deux, mais il lui faudrait plus de dix ans pour y parvenir, car il se trouva que l'espèce était extrêmement difficile à reproduire.

Depuis les années 1960, des forestiers expérimentés travaillant pour MacMillan Bloedel rêvaient d'implanter l'espèce dans l'arboretum que possédait la compagnie sur l'île de Vancouver. Leur démarche coïncidait avec une période de recherches intensives dans la reproduction et la propagation d'arbres, car « MacBlo » avait le projet de créer des plantations de prestige à partir d'une sélection des plus beaux spécimens de sapins de Douglas qui avaient poussé à l'état sauvage. La compagnie s'était donc attaché les services d'Oscar Sziklai, un précurseur dans le domaine de l'arboriculture et l'un des deux cent cinquante étudiants et professeurs de l'école de sylviculture de Sopron, en Hongrie, qui avaient émigré en nombre au Canada après l'échec du soulèvement de 1956. Avec l'aide de Harvey Reginald MacMillan, ces gens furent finalement accueillis par le nouveau programme d'arboriculture de l'université de Colombie-Britannique, où Sziklai devint professeur titulaire. Sa carrière l'amena à collaborer à de nombreux projets et échanges scientifiques en Europe et en Asie, et en 1986 il devint le premier membre étranger de la Société chinoise de sylviculture. À l'origine, son intérêt pour l'Arbre d'or était motivé par la question de savoir si sa couleur pouvait se transmettre par l'hérédité. Mais en l'étudiant de plus près, il constata que l'arbre était stérile. Il ne produisait que très peu de cônes et aucune de ses graines ne semblait viable. Ce constat rejoignait une version de la légende haïda, dans laquelle il était question de deux arbres d'or, dont le second était un « mâle » incapable de se reproduire.

Peu de temps avant sa mort en 1998, Sziklai confia à un journaliste que, lors de l'une de ses nombreuses visites à l'Arbre d'or, « une princesse haïda nous avait guidés jusqu'à l'arbre et nous avait dit : "Si l'arbre meurt, la nation haïda mourra" ». Le Dr Sziklai était à l'époque un scientifique de renom travaillant sous contrat pour l'une des plus grandes compagnies forestières du pays et pourtant trente ans après il se rappelait toujours cette rencontre. C'est peut-être une autre raison expliquant son intérêt pour l'arbre. Rien ne garantissait que les tentatives de clonage aboutiraient, mais s'il y avait un homme pour tenter l'opération, c'était bien Sziklai. On lui confia cette mission à la seule condition qu'il garderait le secret sur le résultat de ses travaux. « Je n'avais pas le droit de déclarer publiquement : "Nous sommes capables de le reproduire", confia-t-il à un journaliste peu de temps après que l'arbre eut été abattu. Ils en prenaient grand soin. Ils redoutaient que le public l'abîme et que l'arbre disparaisse. »

« Si nous avions rendu l'information publique, il ne serait resté de l'arbre qu'une souche », affirme Grant Ainscough, ancien forestier en chef chez MacMillan Bloedel.

Dans les années 1960, la propagation des essences de la côte Ouest par des méthodes artificielles était loin d'être parfaitement maîtrisée. En outre aucune recherche n'était effectuée sur l'épicéa de Sitka, parce que ce n'était pas dans les priorités commerciales de l'époque. La méthode de reproduction la plus prisée consistait à prélever des boutures et à les implanter sur un porte-greffe ou à les mettre directement en terre. Dans tous les cas, c'était un procédé grossier, qui commençait généralement par un tir de carabine, parce que la façon la plus simple de prélever des boutures sur un gros arbre c'est de les arracher à l'arme de chasse. Sziklai était réputé pour son adresse au tir. Armé d'un fusil à pompe Remington, il était capable de faire tomber une à une des pommes de pin à cent mètres de distance. Ce qu'on ignorait il y a quarante ans, c'est que chaque partie d'un épicéa interprète littéralement les instructions qu'elle reçoit, que celles-ci soient de nature hormonale ou génétique. À cet égard, elle est un peu comme un chien : plus elle vieillit et plus il est difficile de lui apprendre de nouveaux tours. Pareille à un membre d'un système rigide de castes, une branche n'oublie jamais quelle est sa place dans l'ordre hiérarchique. Si votre bouture provient d'une branche basse poussant sur un tronc aussi vieux que celui de l'Arbre d'or, elle continuera à vouloir remplir sa mission de branche basse, même si elle est insérée sur un porte-greffe d'une autre nature ou plantée verticalement. On découvrit ensuite que les branches poussant au plus près de la cime sont mieux disposées à s'adapter à un nouveau rôle – celui d'un tronc ou d'une flèche poussant à la verticale (ce qui est généralement le but recherché par les arboriculteurs). C'est la raison pour laquelle lorsqu'une pruche, un épicéa ou un cèdre est étêté par le vent, on voit souvent les branches survivantes les plus hautes pousser à la verticale pour remplacer la flèche emportée, donnant à l'arbre l'aspect d'un grand candélabre.

Sziklai choisit de traiter ses marcottes avec une hormone de bouturage et de les mettre directement en terre, au lieu de les greffer. Les résultats furent décourageants. Sur les deux douzaines de marcottes plantées, seule la moitié prit racine, et de là leur espérance de vie s'annonçait médiocre. Selon un bulletin publié par MacMillan Bloedel, à partir de 1974, « en dépit des soins méticuleux et de toute l'attention » dont elles avaient été entourées, seules trois des boutures d'origine avaient conservé « leur teinte dorée » et aucune ne présentait un rythme de croissance normal. « La nature semble réticente à reproduire une erreur rare bien que magnifique », y lisait-on. (L'un de ces clones dorés fut présenté en secret à H. R. MacMillan en personne, mais la plante mourut peu de temps après.) Des multiples tentatives réalisées par Sziklai, seuls quelques plants survécurent. Bien qu'âgé de près de quarante ans, le plus vigoureux d'entre eux mesurait moins de six mètres de haut et, s'il poussait à la verticale, c'était uniquement parce qu'il avait été attaché à un tuteur pendant les dix premières années de sa vie. De toute évidence, il manquait quelque chose. Immédiatement, on pensa à l'humidité et à la couverture nuageuse, parce que ces marcottes avaient majoritairement été plantées dans le sud de la Colombie-Britannique. Mais il manquait peut-être un ingrédient plus intangible et peut-être ineffable.

# 12

## Le secret

> *Grise est toute théorie et vert l'arbre d'or de la vie.*
>
> Johann Wolfgang von Goethe, *Faust*

Du point de vue de la physique, nous sommes tous des rebelles, parce que nous passons notre vie à subvertir les forces de la gravité et de l'entropie, deux des lois fondamentales auxquelles doivent se soumettre tôt ou tard toutes les choses terrestres. Mais l'arbre est le plus grand symbole vivant de ce double défi. L'arbre est à la fois phototropique et géotropique. Autrement dit, il est programmé pour rechercher le chemin le plus court jusqu'au soleil de midi, mais aussi pour s'opposer directement à la force descendante de la gravité. C'est pourquoi il est en général droit, bien équilibré et relativement haut. En outre, il poursuit ces objectifs radicaux sans relâche, parfois pendant des milliers d'années. Vu sous cet angle, on pourrait dire qu'il symbolise l'aspiration et l'ambition dans leur forme la plus pure. En osant simplement s'enraciner et grandir, il clame haut et fort : « Je réfute la gravité et l'entropie ! »

Beaucoup d'entre nous sont inspirés par les arbres et les forêts, en qui nous nous plaisons à voir des sanctuaires de paix et de tranquillité. Mais cette représentation est trompeuse. Les forêts sont en réalité des lieux de compétition féroce, où les arbres – et parfois les branches d'un même tronc – se livrent une lutte à mort pour obtenir les meilleures places. Le gagnant de cette lente course à l'espace et à la lumière est l'arbre ou la branche dont la photosynthèse est la meilleure et la plus rapide. C'est dans les feuilles et les aiguilles que s'opère la photosynthèse, qui consiste à produire une forme d'énergie exploitable (les hydrates de carbone) à partir de la lumière solaire et du dioxyde de carbone. Ce processus d'une immense complexité consiste en partie à décomposer des molécules de dioxyde de carbone. Notre vie en dépend, parce qu'il permet aux arbres de rejeter dans l'atmosphère l'oxygène que nous respirons. Leur besoin impérieux de la lumière du soleil est l'une des raisons pour lesquelles les conifères de la côte Ouest poussent si haut et si vite. À l'inverse, quand l'un de ces arbres grandit isolé des autres, il pousse davantage en envergure qu'en hauteur et devient plus touffu par rapport à ses homologues de la forêt, qui sont plus élancés parce que soumis à la compétition.

Mais la vigueur apparente que l'on prête à un arbre quand on le regarde de l'extérieur n'est, elle aussi, qu'une illusion. À l'image de la croûte terrestre, la portion vivante d'un arbre n'est qu'un mince voile recouvrant le reste de sa masse inerte. Cela peut sembler paradoxal, mais un arbre mort recouvert de mousses, de champignons, d'invertébrés et de bactéries recèle bien plus de matière vivante qu'un arbre sain. La partie vivante d'un arbre ne représente pas plus de cinq pour cent de sa masse totale, le reste n'est que charpente, un peu comme dans un récif corallien. Sous sa verdure, un arbre n'est en réalité qu'une série de gaines concentriques, dont chacune remplit une fonction particulière – défensive, vasculaire ou structurelle.

La gaine extérieure, l'écorce, a une fonction à peu près équivalente à celle de notre peau : elle protège l'arbre des attaques des animaux, des insectes et du feu, et aide à contenir les fluides qui le maintiennent en vie. Son épaisseur varie en fonction des besoins de l'arbre. Celle d'un bouleau, par exemple, mesure moins de deux centimètres, tandis que celle d'un grand sapin de Douglas peut atteindre vingt centimètres. Le sapin de Douglas s'épanouit dans les terres sèches du Nord-Ouest, où une écorce épaisse sera utile comme retardateur de feu. Celle-ci est également lourde. Des bûcherons ont parfois été tués par la chute d'un morceau d'écorce. À l'intérieur, elle abrite un système vasculaire à peine plus épais qu'une feuille de carton. Produits dans les feuilles et les aiguilles, les photosynthétats sont attirés vers l'intérieur pour nourrir le reste de l'arbre, mais d'autres nutriments sont transportés du sol vers le sommet dans une matrice hydrique, par un processus appelé « transpiration ». L'arbre est donc comme une paille géante dotée de nombreux embranchements. Dans le cas d'un grand spécimen de la côte Ouest, il faudra parfois plus d'une semaine à une molécule d'eau pour parcourir la distance entre la racine et les branches, et pourtant un arbre de cette taille peut rejeter des milliers de litres d'eau dans l'air chaque jour. Dans des conditions propices, une forêt peut produire son propre système de brouillard et de pluie.

Coincé à l'intérieur du réseau vasculaire, le cambium est une gaine de tissu organique aussi fine qu'une toile d'araignée, qui génère le bois de l'arbre à proprement parler sous la forme d'anneaux annuels. À l'intérieur du cambium et des couches vascularisées se trouve le cœur sans vie de l'arbre. Ses cellules contiennent et transportent de l'eau, mais elles ne sont pas vivantes dans le sens où elles ne participent ni à la construction ni à la maintenance de l'arbre. Au fil du temps, l'eau que renferment ces cellules est remplacée par une substance appelée la lignine, pareille à de la résine, qui donne à l'arbre sa solidité. C'est dans cette cellulose que réside la valeur commerciale de l'arbre. Elle sert à fabriquer toutes sortes de choses – des matières les plus grossières, comme le charbon ou le bois d'œuvre, aux plus raffinées, comme la rayonne et la cellophane. Mais en fin de compte, quand on compare l'élégance, l'économie et la complexité à l'œuvre dans la création d'un arbre à nos diverses tentatives pour en exploiter la matière, nous faisons figure d'hommes des cavernes jouant avec des bouts de bois.

La photosynthèse est une véritable alchimie de la nature. C'est elle qui permet à une plante de se construire avec de l'air, de l'eau et de la lumière, autrement dit à partir de rien. C'est en soi un formidable exploit, un exploit d'autant plus impressionnant si l'on songe à la quantité de matière qui doit être produite pour « construire » un séquoia, un redwood ou un épicéa de Sitka. Cependant, dans le cas de l'Arbre d'or, cette aptitude à l'autofabrication avait été gravement compromise, parce que toutes les aiguilles exposées à la lumière du soleil souffraient d'une grave carence en chlorophylle. La chlorophylle est ce pigment vert contenu dans les feuilles et les aiguilles qui permet la photosynthèse. S'agissant de sa faculté de transformer l'énergie, l'Arbre d'or avec l'infirmité dont il souffrait était comparable à un homme dont les poumons ne fonctionneraient qu'à un tiers de leur capacité normale. On ne s'explique donc pas comment il a si bien réussi à rivaliser pendant trois cents ans avec des arbres sains et à atteindre une hauteur de plus de cinquante mètres.

Un arbre qui présente ce jaunissement prononcé est qualifié de « chlorotique ». Bien qu'il ne soit pas rare de voir une branche souffrant d'une telle mutation sur un spécimen par ailleurs sain, il est impossible, de même que le vol des bourdons est théoriquement impossible, que puisse survivre un arbre entièrement envahi par la chlorose. Cette affection est directement liée à la bonne santé des caroténoïdes – les hydrates de carbone dont sont composés les pigments orange, rouges et jaunes présents dans toutes les cellules photosynthétisantes. Même si leur nom ne nous est pas familier, nous sommes capables de reconnaître les caroténoïdes au premier coup d'œil, car nous leur devons les magnifiques teintes automnales des forêts de feuillus décidus (caducs). Si ces pigments existent d'un bout à l'autre de l'année, ils ne deviennent visibles qu'au moment où les feuilles meurent en hiver, parce qu'ils se décomposent plus lentement que la chlorophylle dont la couleur verte est généralement dominante dans une feuille. Chez les conifères, cependant, ils jouent un rôle plus modeste d'auxiliaire. En temps normal, il est rare que les caroténoïdes soient visibles chez les sempervirents, les spécimens malades ou mourants faisant seuls exception à cette règle.

La chlorose peut avoir toutes sortes de causes : un sol infertile, des parasites, l'annélation (incision de l'écorce sur toute la circonférence du tronc qui a des conséquences fatales pour l'arbre), par la surabondance ou le manque de lumière ou d'eau. Pourtant l'Arbre d'or ne souffrait d'aucun de ces problèmes. Il était non seulement grand et vieux, ce qui est un signe indéniable de réussite pour un épicéa de Sitka, mais il poussait sur un terrain parfaitement adapté et dans des conditions idéales. Tous les arbres autour de lui étaient sains. En l'absence des causes extérieures typiques, l'origine de la chlorose ne pouvait être qu'interne. L'Arbre d'or ne souffrait pas d'une quelconque pathologie, mais d'un défaut interne qui touchait très vraisemblablement ses caroténoïdes. Ces derniers ont, entre autres fonctions, celle de filtrer les rayons ultraviolets. Ils forment un écran naturel contre la lumière du soleil – une sorte de mini-couche d'ozone – protégeant la chlorophylle plus sensible aux UV. Quand les caroténoïdes n'arrêtent pas les rayons ultraviolets, la chlorophylle se décompose et le conifère meurt. Tant que l'arbre reste à l'ombre, ses caroténoïdes déficients ne sont pas mis à l'épreuve. Mais dès qu'il est exposé à la lumière directe du soleil, son défaut se manifeste. La chlorophylle attaquée se détériore, la couleur verte des aiguilles s'estompe, laissant la place au jaune des caroténoïdes défectueux qui sont incapables de réaliser seuls le processus de photosynthèse. Dans des conditions normales d'ensoleillement, ces aiguilles jaunes (qui sont toujours vivantes) finissent par dépérir et tomber. Une chlorose du type dont souffrait l'Arbre d'or possède certains points communs avec l'albinisme. Elle présente toutefois une plus grande analogie avec le *Xeroderma pigmentosum*, une maladie extrêmement rare qui provoque une sensibilité de la peau humaine aux UV au point d'être fatale. Même si ce mal est très perturbant, l'être humain qui en souffre a la ressource de se protéger en évitant la lumière naturelle. Pour un arbre, en revanche, la situation est inextricable, car par sa quête instinctive de lumière il se condamne à mourir de sa croissance.

L'Arbre d'or défiait donc toute logique, puisqu'il avait fini par atteindre une taille qui l'exposait à toute la vigueur de la lumière solaire sans en mourir. En outre son état n'avait pas non plus freiné sa croissance. Sa taille était identique à celle de n'importe quel autre arbre du même âge qui aurait poussé dans des conditions identiques. Par ailleurs, sa couleur n'était pas le seul trait qui le distinguait de ses congénères. En approchant de sa taille adulte l'arbre avait en effet révélé une autre de ses particularités. D'ordinaire, les épicéas de Sitka se plaisent dans la promiscuité et se mélangent volontiers avec toutes les autres espèces d'épicéas. Ils sont en outre hermaphrodites. Autrement dit chaque spécimen produit ses propres ovules ainsi que le pollen pour les féconder. Mais l'Arbre d'or ne produisait ni l'un ni l'autre, ce qui faisait de lui un spécimen unique, asexué et infertile. Les probabilités qu'un tel accident se reproduise – et avec succès – sont infinitésimales.

En plus d'être stérile et d'une couleur radicalement différente de celle de ses congénères normaux, l'Arbre d'or avait aussi une forme bien à lui. Comme je l'ai déjà dit, l'épicéa de Sitka, à la différence des autres espèces de conifères, n'est pas un arbre à l'aspect ordonné, mais affiche au contraire une asymétrie qui lui donne un air négligé. L'Arbre d'or, en revanche, présentait une forme conique peu caractéristique de son espèce et un ramage aussi dense qu'une haie. « Il était parfait, se souvient le ferronnier et bûcheron haïda, Tom Greene. On l'aurait dit taillé à la main. » Edmond Packee, forestier et spécialiste américain de l'étude des sols, a séjourné plusieurs années à Haida Gwaii et connaissait cet arbre. Pour lui, sa forme compacte et conique était une adaptation spontanée visant à réduire au maximum l'exposition aux UV que reçoivent les branches indisciplinées des autres épicéas. Cette théorie est étayée par des photos de l'Arbre d'or sur lesquelles on peut voir les restes morts et décolorés des branches qui avaient tenté de s'aventurer hors de la zone de sécurité dessinée par son cône doré.

Les spécialistes de la physiologie des plantes, comme les médecins, ont du mal à expliquer les comportements aberrants en l'absence de pathologie. Comment trouver un sens à l'existence d'un spécimen qui semble malade et pourtant ne l'est pas ? Les botanistes n'ont qu'une manière d'expliquer une telle curiosité : la mutation. Mais sans analyser l'ADN de la plante, on reste dans le domaine de la spéculation. Un arbre, comme un être humain, peut théoriquement être porteur de mutations invisibles qui passent inaperçues tant qu'elles n'affectent pas l'apparence ou la santé du sujet. Dans l'espoir de faire toute la lumière sur ce mystère, un jeune forestier dénommé Grant Scott rédigea sa thèse sur l'Arbre d'or. Alors qu'il travaillait pour l'école de sylviculture de l'université de Colombie-Britannique, au milieu des années 1960, il passa deux étés à Haida Gwaii en tant qu'estimateur de bois sur pied. À cette occasion il apprit à bien connaître la vallée de la Yakoun. Non seulement il fit la connaissance de l'Arbre d'or, mais il découvrit son double le plus grand et le plus célèbre à une quinzaine de kilomètres en amont de la rivière, occupant une position presque identique sur la rive est. Cet épicéa de Sitka, bien que techniquement doré, présente une coloration moins uniforme et une forme plus typique des arbres de son espèce. Vieux de trois cents ans et haut d'environ trente mètres, il ressemble plus à ce qu'on pourrait attendre d'un mutant en pareilles circonstances. Selon la rumeur, en plus de ce spécimen, l'archipel abrite deux autres « arbres d'or », mais de même que celui découvert par Grant Scott aucun n'est aussi grand et doré ni ne présente la même forme caractéristique que l'arbre légendaire du nord de la vallée.

De retour à Vancouver, alors qu'il cherchait un sujet pour sa thèse, Scott réalisa que rien ne le passionnerait plus que de mener l'enquête sur cet arbre extraordinaire. Mais le projet allait être difficile à vendre à ses professeurs, dont le principal centre d'intérêt était l'industrie forestière. Oscar Sziklai aurait pu le conseiller s'il n'avait pas déjà été trop occupé pour perdre son temps avec des thésards. C'est à ce moment-là qu'entra en piste un jeune professeur de Yale. Contemporain de Bruce MacDonald et anglais comme lui, John Worrall avait été recruté par l'université de Colombie-Britannique pour enseigner la physiologie des plantes. Il encouragea vivement Scott à élucider le mystère de l'Arbre d'or et accepta de l'encadrer. Les travaux de Scott avaient pour but d'expliquer (a) la teinte dorée de l'arbre et (b) comment celui-ci pouvait survivre avec un handicap si débilitant. Il en ressortit que tout était la faute des chloroplastes, de minuscules organes infracellulaires qui font pour les plantes ce que les cellules photovoltaïques font pour les équipements à énergie solaire. Ce sont ces chloroplastes en forme de disque qui produisent la chlorophylle et permettent ainsi à la photosynthèse de s'accomplir. Les aiguilles des résineux servent de véhicules aux chloroplastes. Elles opèrent un peu comme des panneaux solaires et sont si bien conçues que les chloroplastes se réorientent d'eux-mêmes à l'intérieur des aiguilles pendant la journée pour mieux capter la lumière. Le défaut, selon Scott, venait des protéines qui agrègent les chloroplastes. Elles fonctionnaient normalement jusqu'à ce qu'elles soient exposées au soleil, après quoi elles subissaient une mutation qui rendait les chloroplastes inopérants. Heureusement pour l'Arbre d'or, les aiguilles qui n'étaient pas directement exposées avaient conservé leur intégrité et réussi à survivre – et même à s'épanouir – à la lumière réfléchie.

Grant Scott a été tellement marqué par son séjour à Haida Gwaii et par la force naturelle émanant de l'archipel, qu'au lieu de poursuivre une carrière dans l'industrie du bois, il est devenu un négociateur et un conseiller forestier travaillant exclusivement avec les tribus côtières du Nord. « Chaque fois que j'y retourne, je retrouve les sensations que j'ai éprouvées la toute première fois, confiait-il dans sa maison située sur une petite île du détroit de Géorgie. Tu n'as qu'une envie, c'est de continuer pour voir ce qu'il y a de l'autre côté de cette colline. Mais bien sûr, tu sais ce qu'il y a maintenant », ajouta-t-il en faisant allusion aux coupes claires.

Les arbres, comme les humains, mutent en permanence. Mais chaque lancer des dés chromosomiques provoque de lourdes pertes. La mutation qui a donné naissance à l'Arbre d'or n'a rien de rare – la plupart des sylviculteurs sont un jour ou l'autre tombés sur un jeune plant présentant le même aspect. Ce qui est troublant, c'est la vigueur avec laquelle le spécimen de la Yakoun a survécu, car elle est le signe d'une mutation qui n'existerait que sous l'épaisse couverture nuageuse de Haida Gwaii. Son emplacement à proximité de la rivière aurait également pu participer à cette survie. En plus de la fertilité exceptionnelle des sols dans la plaine inondable, l'arbre aurait profité d'un phénomène appelé « albédo ».

Quand les rayons du soleil rencontrent un objet, ils sont soit absorbés soit réfléchis – et un peu des deux en général. La fraction réfléchie est l'albédo et elle varie en fonction de la réflectivité du corps concerné. La neige fraîche, par exemple, a un albédo compris entre soixante-quinze et quatre-vingt-quinze pour cent, ce qui explique que les alpinistes attrapent des coups de soleil jusqu'à l'intérieur des narines. Mais une route asphaltée a un albédo de seulement dix à quinze pour cent. Elle ne réfléchit presque rien, mais elle devient brûlante sous les rayons du soleil, comme le sable sur la plage. La lumière réfléchie par l'eau possède encore toute la composition nécessaire à la photosynthèse (la partie visible du spectre lumineux est appelée « rayonnement de photosynthèse »). Toutefois, son albédo fluctue en fonction de l'orientation du soleil : la lumière du matin et celle de l'hiver, à angle faible, présente un albédo beaucoup plus élevé – pouvant atteindre cent pour cent – que la lumière de midi en été, dont l'albédo est inférieur à dix pour cent. L'état de la surface joue également. Or l'eau de la Yakoun étant lisse comme un miroir à la hauteur de l'Arbre d'or, elle n'aurait pas réduit l'albédo de beaucoup. Étant donné que les grands arbres sont nombreux aux abords immédiats du site, la seule lumière qui parvient à se frayer un chemin jusqu'aux eaux de la Yakoun est celle de midi ainsi que le soleil d'été, dont l'angle est très élevé et l'albédo faible, soit exactement ce qu'un médecin aurait pu prescrire dans le cas d'un patient intolérant aux UV comme l'était l'Arbre d'or. En admettant que les aiguilles jaunes tournées vers le ciel aient été hors d'état d'assumer leur fonction, les aiguilles vertes qui se trouvaient en dessous auraient pu se nourrir de l'albédo renvoyé vers elles depuis la surface de l'eau. Et de là, il n'est pas inconcevable de penser que les aiguilles dorées, bien que ne fonctionnant pas normalement, auraient contribué au processus : alors que l'albédo d'un conifère ne dépasse généralement pas dix pour cent, celui de l'Arbre d'or était beaucoup plus élevé. Ses aiguilles étaient tellement réfléchissantes que, sur une vidéo de l'arbre abattu, elles paraissent carrément aveuglantes. Le défaut de l'Arbre d'or est donc peut-être ce qui lui a permis de rester en vie, en réfléchissant un albédo plus élevé – mais pas mortel – vers les aiguilles non affectées.

Mais même si c'était vrai, qu'est-ce que cela changerait ? Du point de vue des Haïdas et de leur culture orale amalgamant l'histoire, le mythe et la parabole, ces spéculations ne sont rien de plus qu'un jeu de société pour botanistes. Si l'on devait calculer la probabilité mathématique qu'un même arbre présente non pas un, mais trois défauts très visibles qui en altèrent non seulement l'aspect physique et le processus de photosynthèse, mais aussi la capacité à se reproduire – le tout combiné au fait que ces défauts se manifestent dans un environnement permettant à l'arbre de survivre et de s'épanouir en dépit d'eux – on arriverait à un chiffre dérisoire. À tel point qu'il ne serait pas exagéré de parler de miracle. Or dans une version de l'histoire de l'Arbre d'or probablement antérieure à celle du garçon désobéissant, c'est bien un miracle qui est attendu.

Hazel Simeon est une artiste haïda qui confectionne des couvertures à boutons – ou capes de cérémonie – qu'elle vend aux gens de son peuple et à des collectionneurs. Son thème de prédilection pour la décoration de ses couvertures est l'histoire de l'Arbre d'or. Hazel parle couramment la langue haïda et elle compte parmi les derniers habitants de l'archipel à avoir été élevés au plus près de la tradition. Elle était encore une enfant dans les années 1950 quand les anciens de sa famille lui dirent qu'elle devait se vouer à la confection des couvertures de cérémonie. « Ils ne me laissaient même pas faire la cuisine ou pêcher, car rien ne devait me distraire », explique-t-elle.

Traditionnellement, la fabrication des couvertures à boutons est confiée aux femmes, mais les délicats motifs rituels qui ornent ces couvertures sont presque toujours dessinés par des hommes. Ces motifs sont cousus en application. En feutrine noire et rouge, leurs contours sont tracés par des boutons en plastique ou en nacre. Mais les couvertures de Hazel Simeon sont très différentes de ce qui se fait ailleurs : en laine, en coton ou en daim, elles sont ornées de perles d'or, de disques de cuivre ou de laiton ou encore de boutons en nacre, en pierre, en os ou en toute autre matière que l'artiste aura trouvée ou qu'on lui aura donnée. Sur ses couvertures, le tronc de l'Arbre d'or prend la forme d'un tronc d'homme ou de femme, selon la partie de l'histoire que l'artiste est en train de raconter. Pour Hazel, le premier arbre était une femme et le deuxième – celui qu'Hadwin a abattu – était un homme, le neveu de la femme. Seuls survivants d'une épidémie de variole, ils étaient convaincus que leur clan était maudit et que la « magie », comme dit Hazel, avait disparu. Ils demandèrent donc aux esprits de leur adresser un signe pour leur dire que cette magie avait bel et bien existé un jour, afin que les générations futures, quelles qu'elles soient, sachent qui avait vécu là et quels pouvoirs ces gens avaient détenus. La tante mourut la première, et son neveu l'ensevelit sur les rives de la Yakoun. Un arbre d'or poussa sur la tombe. C'était une « femelle ». Il grandit pendant environ « trois cents ans » avant d'être frappé par la foudre. Entretemps, le neveu avait atteint un âge très avancé et ne se sentait plus très vigoureux. Alors il se rendit sur la tombe de sa tante pour y attendre la mort. Quand il expira à son tour, un deuxième arbre apparut. Ce mâle stérile était le dernier arbre d'or.

La chronologie des événements est manifestement élastique dans cette version de l'histoire, mais il n'en demeure pas moins tentant de se demander si de tels miracles peuvent se produire. C'est assurément le cas dans la Bible, un texte que connaissaient presque tous les conteurs haïdas du siècle dernier. Le bon sens nous dirait que c'est impossible, et pourtant des scientifiques ont démontré que, dans des conditions idéales, une bouture d'épicéa peut prendre racine en étant simplement plantée dans un sol favorable. Or il serait difficile de trouver un sol plus favorable que celui de la vallée de la Yakoun. Les aigles et les corbeaux sont nombreux dans la région. Perchés à la cime des arbres, ils en cisaillent les branches de leurs becs puissants. Il n'est pas impensable dans ces conditions qu'un rameau coupé ou tombé par accident du faîte du « premier » arbre d'or soit parvenu à s'implanter dans le riche humus d'un tronc nourricier en décomposition ou dans le sol de la forêt. Les probabilités sont infimes, bien sûr, mais pas plus que celles qui ont permis à l'Arbre d'or de voir le jour à l'origine. C'est précisément cette disposition à admettre l'improbable qui fait de l'archipel et de ses environs un lieu tellement extraordinaire.

Il y a encore cent ans, l'Arbre d'or coexistait avec l'unique espèce de caribous jamais répertoriée dans un environnement de forêt humide. Avant 1908, année où les quatre derniers spécimens furent abattus par des chasseurs, l'île Graham abritait le caribou de Dawson, une sous-espèce qui s'était probablement trouvée bloquée sur cette île à la suite de la dernière ère glaciaire. De l'autre côté du détroit d'Hécate, dans une zone confinée entre l'île de la Princesse-Royale et le continent adjacent, vit une espèce unique d'ours noir devenu blanc. Selon les scientifiques, l'ours Kermode, comme on l'a baptisé, serait le produit d'un gène récessif, et non d'une forme d'albinisme. Cette espèce représente environ dix pour cent de la population locale des ours et elle se reproduit sans difficulté avec ses congénères noirs.

Non loin de là, dans les eaux qui abritent la plus grande espèce de pieuvres (la pieuvre géante du Pacifique) se trouvent les derniers vestiges connus de la créature la plus gigantesque qui ait jamais vécu sur cette planète. Les premiers indices qu'une chose de taille remarquable vivait peut-être dans le détroit d'Hécate apparurent en 1984, lors d'un exercice de cartographie du fond marin mené par une équipe scientifique de la Commission géologique du Canada. En utilisant un sonar d'imagerie, l'équipe releva certaines anomalies acoustiques produisant ce qui fut décrit comme « une signature sismique amorphe et irrégulière sans réflecteurs internes cohérents ». La source de ce message énigmatique se révéla être une énorme éponge préhistorique recouvrant plusieurs centaines de kilomètres carrés du fond marin dans le détroit d'Hécate, au sud du détroit de la Reine-Charlotte. Avant cette découverte, on croyait ces récifs d'éponge siliceuse éteints depuis soixante-cinq millions d'années. À leur apogée, il y a cent quarante millions d'années, à la fin du jurassique, ces éponges tapissaient des centaines de milliers de kilomètres carrés de ce qui était alors le fond de l'océan. Leurs restes fossilisés ont été retrouvés de la Roumanie à l'Oklahoma. Par ailleurs, à deux cent cinquante kilomètres au sud-ouest de ces récifs d'éponge et à plus de deux mille mètres de la surface, un groupe isolé d'évents de chaleur volcanique produit les plus fortes températures d'eau liquide jamais mesurées dans la nature (plus de 370 °C). Entourée d'un désert des profondeurs marines dénué de presque toute forme de vie, cette oasis thermale abrite un écosystème bizarre grouillant de centaines de milliers de créatures par mètre carré.

En 1977, Gordon Bentham parvint à se procurer quelques greffons de l'Arbre d'or chez un pépiniériste de l'île de Vancouver. À l'instar de ceux de Sziklai, ceux-ci avaient été prélevés à mi-hauteur de l'arbre et présentaient la plagiotropie commune à leur espèce. Là encore, seule une faible proportion survécut (dans des jardins privatifs). Or parmi ces greffons survivants se trouvait la paire offerte par Bentham à Roy Taylor, en 1983. Taylor planta les arbres, alors âgés de cinq ans, dans une parcelle ombragée et isolée du jardin botanique de l'université de Colombie-Britannique et croisa les doigts. Dix ans plus tard, les arbres étaient toujours vivants, mais ils ne mesuraient qu'environ deux mètres de haut (un épicéa normal aurait déjà atteint une taille de près de quinze mètres). C'est à ce moment-là qu'un certain Al Rose, jardinier de l'université, prit la liberté de déplacer ces nains dorés vers un emplacement un peu plus ensoleillé. Et c'est là, près d'une allée peu fréquentée de la section des plantes indigènes, que le successeur de Taylor, Bruce MacDonald, les découvrit. Vingt-quatre heures s'étaient écoulées depuis qu'il avait terminé la lecture de l'article du *Sun* parlant de l'arbre abattu, et déjà MacDonald recevait des appels de CNN, du *New York Times* mais aussi de télévisions allemandes et même japonaises.

MacDonald avertit immédiatement le conseil tribal haïda et leur offrit l'un des deux arbres, mais ce geste soulevait d'innombrables questions auxquelles ni lui ni les Haïdas n'avaient de réponse toute prête. D'abord, les greffons avaient été prélevés sans l'autorisation des Haïdas. Pour certains, ils avaient donc été volés. Dans ce cas, comment répondre à cette offre de les restituer sous une forme radicalement altérée ? Ensuite, les arbres avaient grandi loin de l'archipel. S'ils n'avaient pas été nourris par la Yakoun, étaient-ils le même Arbre d'or ? Ces questions surgissaient à une époque où les tribus d'Amérique du Nord commençaient à contester aux musées le droit de conserver les ossements et les objets exposés dans leurs salles et entreposés dans leurs sous-sols.

Les Haïdas, en particulier, avaient réussi à rapatrier certaines pièces leur appartenant, mais bien que motivée par les meilleures intentions l'offre de MacDonald les laissait indécis. Ils montrèrent toutefois assez d'intérêt pour que MacDonald demande que le plus sain des deux spécimens soit déterré et préparé à être transporté vers l'archipel. Ses racines enveloppées dans de la toile de jute, l'arbre fut acheminé jusqu'à la pépinière du jardin, où il fut installé dans un lit de sciure et laissé sans soins particuliers, hormis un arrosage régulier. Entretemps, Canadian Airlines avait été contacté, et la compagnie aérienne avait accepté de transporter gracieusement l'arbre jusqu'à Haida Gwaii. Sur place, tout était prêt, mais dans la tribu on discutait encore de savoir où devait aller l'arbre et qui en aurait la responsabilité. Tandis que le débat s'éternisait, la tempête soulevée par l'acte d'Hadwin était en train de retomber. D'autres questions, notamment celle du déboisement incessant des îles septentrionales, occupaient les esprits. En temps ordinaire, tant qu'il reçoit un arrosage, un épicéa de Sitka de deux mètres de haut peut survivre « hors sol » presque indéfiniment, mais le spécimen de l'université de Colombie-Britannique était fragile. Très stressé par son déplacement, il commença à perdre ses aiguilles et six mois plus tard il était mort.

Pendant que MacDonald prenait des dispositions pour son transport, les Haïdas consultèrent des forestiers locaux employés par McMillan Bloedel. Ceux-ci soutenaient la tribu dans ses efforts pour sauver l'arbre et conçurent le projet de prélever de nouvelles boutures. La seule bonne nouvelle dans cette tragique histoire est que, si Hadwin avait abattu l'arbre à un tout autre moment de l'année, il n'y aurait eu absolument aucun espoir de le sauver. En effet, les greffons ne peuvent être prélevés qu'entre décembre et février, quand les arbres de la côte Nord-Ouest sont en sommeil. L'hiver est par ailleurs un moment charnière entre la formation, pendant l'été, des bourgeons de l'année suivante et le printemps, où ces bourgeons produisent une pousse ou un rejet. Le bourgeon détermine le devenir d'un greffon. Il est la raison de vivre du greffon, et de l'arbre. Une fois de plus, le destin de l'Arbre d'or dépendait d'un minuscule élément cinétique attendant que des circonstances plus qu'improbables se conjuguent, comme elles s'étaient conjuguées trois cents ans auparavant.

En outre, le fait que l'arbre soit désormais à terre avait cet autre avantage que l'on pouvait y prélever les greffons les plus prometteurs à sa cime, là où la dominance apicale – la tendance à pousser à la verticale – est la plus forte. Pendant que les chefs de la communauté haïda discutaient pour savoir s'il fallait donner à l'arbre une nouvelle vie ou simplement laisser la nature suivre son cours, le temps était compté. Si bien que ceux qui étaient favorables au prélèvement de greffons l'emportèrent. Pour autant, la question n'était pas réglée : compte tenu du maigre bilan des précédentes tentatives de propagation, rien ne garantissait que celle-là réussirait mieux que les autres. Erin Badesso, un forestier de McMillan Bloedel établi dans l'archipel, conclut un arrangement avec la station de recherche du lac Cowichan, un site du ministère des Forêts situé au sud de l'île de Vancouver. Badesso préleva quatre-vingts boutures sur l'arbre qui gisait sur la rive de la Yakoun. Les membres amputés d'un arbre reçoivent un traitement à peu près identique à ceux d'un humain : après avoir été enveloppées dans du papier journal humide et des sacs en plastique, les boutures de l'Arbre d'or furent emballées dans des glacières et transportées par avion jusqu'à leur destination. Là, elles furent réparties entre trois propagateurs, lesquels allaient employer différentes méthodes pour optimiser les chances de succès. La plus grande partie des boutures fut confiée à Luanne Palmer, une spécialiste du greffage employée par la station de recherche, qui se mit au travail toutes affaires cessantes. Quand elle déballa les greffons qui, même à demi congelés comme ils l'étaient, conservaient leur couleur dorée si étonnante, Luanne sut qu'elle participait à une entreprise exceptionnelle. Elle avait procédé à des milliers de greffes comme celle-ci – parfois jusqu'à six cents dans la même journée – mais jamais l'enjeu n'avait été si grand. Quand Sziklai avait prélevé ses boutures, l'arbre d'origine était encore en vie et en pleine santé. Cette fois, si les greffes échouaient, il n'y aurait pas de deuxième chance.

La greffe est une opération ancienne et d'une simplicité surprenante. Comme le dit un jardinier : « Ça consiste tout bonnement à souder ensemble deux blessures. » Néanmoins, il faut quand même avoir la main verte et une plante accommodante. Les rosiers et les arbres fruitiers sont les arbres les plus communément greffés, mais beaucoup d'espèces de conifères se prêtent aussi très bien à l'opération. Luanne avait opté pour une greffe anglaise en biseau, une méthode qui consiste à lier un greffon d'environ cinq centimètres à un plant de semis de Sitka ordinaire. Dans une greffe anglaise en biseau, on ôte l'écorce du greffon et celle du porte-greffe au point de contact et on attache le tout à l'aide de bandes élastiques ordinaires. Une fois l'opération effectuée, on applique une goutte de cire sur la partie haute de la greffe pour l'empêcher de recevoir trop d'eau. Luanne Palmer réalisa une quarantaine de greffes, tandis que les quarante autres boutures étaient plantées directement dans un terreau spécialement préparé à cet effet. Les jeunes clones furent installés dans une serre, après quoi toutes les parties concernées n'eurent plus qu'à attendre en retenant leur souffle que la nature fasse son œuvre. En admettant que les boutures survivent soit à la greffe soit à la plantation, il faudrait environ deux mois avant qu'une pousse n'indique que les greffons étaient en vie et se développaient. Cette étape franchie, il faudrait encore les arroser et amender leur sol avec soin pendant au moins six mois avant de pouvoir commencer à élaguer les autres branches du porte-greffe pour encourager le greffon doré à prendre une position dominante. Même si elle survivait à ce premier stade, il faudrait encore deux ou trois ans avant que cette créature de Frankenstein ne soit prête à être transplantée. Ce processus long et exigeant serait semé de chausse-trappes, pourtant personne ne doutait qu'il vaille le coup de le tenter. Ce que ces boutures promettaient et que n'avaient pas celles de Sziklai et de Bentham, c'était un greffon qui grandirait comme un arbre et non comme une branche. Si les greffes réalisées par Luanne prenaient et que tout se passait ensuite comme prévu, il y avait une chance qu'un authentique arbre d'or orne de nouveau les rives de la Yakoun.

## 13

### Le coyote

> *... les bêtes*
> *Elles ont la nature du Bouddha*
> *Toutes*
> *Sauf le coyote.*
>
> > Gary Snyder, « Comme il est rare de naître humain ! »

    C'est en avril, alors que la traque d'Hadwin marquait le pas, que les premières pousses apparurent sur les greffons de Luanne Palmer. C'est à la mi-juin, alors que ces pousses avaient grandi d'un peu plus d'un centimètre, que Scott Walker retrouva, sur Mary Island, le kayak et l'équipement de camping du fugitif. Pour ceux qui n'étaient pas directement concernés, il pouvait sembler à ce moment-là que les chances de survie de l'arbre étaient bien supérieures à celles de l'homme. Pourtant, au lieu de confirmer sa mort et de clore le dossier, la découverte faite sur Mary Island réveilla les soupçons des policiers et de ceux qui avaient personnellement connu Hadwin. Si les débris retrouvés pouvaient être la preuve d'un accident en mer, il semblait tout aussi plausible, en s'appuyant sur ce que les enquêteurs connaissaient du personnage, que le naufrage ne soit qu'une mise en scène. Quand on prenait le temps d'y réfléchir, beaucoup de choses pouvaient expliquer la présence d'un kayak sur les rochers d'Edge Point.

Selon différents scénarios simulés sur ordinateur, le kayak d'Hadwin, poussé par les vents dominants en cette saison, aurait pu dériver dans le chenal de Revillagigedo depuis n'importe quel point du détroit d'Hécate. De là, on peut échafauder toutes sortes d'hypothèses : entre autres qu'Hadwin aurait pu chavirer alors qu'il cherchait à gagner Masset ou « se prendre une balle » sur son kayak, selon une théorie avancée par l'agent Walkinshaw. Compte tenu de l'intensité du trafic maritime dans cette zone, il aurait aussi pu être heurté accidentellement ou intentionnellement par un autre bateau. Quoi qu'il se soit passé, il est presque certain que son kayak était encore intact quand il s'échoua sur cette plage. Avec son cockpit plein d'eau, il était peut-être trop lourd. Sous l'effet de la houle, des morceaux de bois et des rochers, il se serait rapidement fracassé, éparpillant son contenu qui avait été presque entièrement retrouvé à proximité. Il ne manquait que les pagaies et la pompe, et bien sûr, Hadwin lui-même. Détail peu surprenant, l'homme ne portait pas son gilet de sauvetage – et ne l'avait probablement jamais porté – car celui-ci fut retrouvé encore neuf à Edge Point. Les vivres avaient disparu, mais les animaux avaient pu les dévorer en l'espace de quelques heures.

S'il avait chaviré, Hadwin n'aurait pas su comment retourner son kayak, tout en restant dans le cockpit. La manœuvre est délicate, même par beau temps, mais elle le serait d'autant plus par une forte houle pour un bateau de plus de cinq mètres et chargé de surcroît.

Hadwin aurait dû pratiquer ce que les kayakistes appellent une « sortie mouillée », après quoi il aurait dû retourner son embarcation puis remonter à bord. Les caissons avant et arrière étant étanches, le bateau aurait flotté mais son cockpit aurait été inondé. En admettant qu'Hadwin ait réussi à écoper le cockpit (autre manœuvre délicate), le sablier hypothermique qui avait commencé à s'écouler risquait de se vider d'un instant à l'autre. La déperdition de chaleur corporelle est vingt-cinq fois supérieure dans l'eau qu'au sec, et en février la température moyenne de la mer dans le détroit d'Hécate est d'environ 4 °C. Même en l'absence de vent, dans de telles conditions il ne faudrait pas plus d'une demi-heure à un individu moyen pour être totalement engourdi et encore une heure ou deux avant de perdre connaissance. Hadwin, avec sa grande tolérance à l'eau froide, sa discipline rigoureuse et sa bonne préparation, aurait pu résister beaucoup plus longtemps, mais à moins d'être très près du rivage sa résistance n'aurait servi qu'à prolonger ses souffrances. S'il avait effectivement chaviré, la houle et le brouillard, peut-être conjugués à l'obscurité, l'auraient sans doute complètement désorienté. Même si la terre était en vue, des vents, des vagues ou des courants contraires l'auraient aisément repoussé vers le large.

En admettant qu'il soit parvenu à regagner le rivage, il aurait encore eu besoin d'une source de chaleur pour éviter l'hypothermie. Or si l'on s'en tient à l'inventaire de ses possessions réduites à l'essentiel – des allumettes et du café – après son séjour sur Kruzof Island, il disposait peut-être de ce qu'il lui fallait pour se réchauffer. Hadwin avait certes le goût du risque et une bonne résistance au froid, mais il avait aussi à son actif trente ans de survie en solitaire dans la nature. Il devait donc être parfaitement conscient des dangers de l'hypothermie. À condition d'avoir trouvé le moyen de stabiliser sa température corporelle, il aurait pu continuer. Peut-être indéfiniment. Son ancien collègue et colocataire, Paul Bernier, était impressionné par l'extraordinaire énergie d'Hadwin en forêt : « Je le connais bien, dit-il. Et je sais qu'il était capable de vivre de rien. Il connaissait les plantes qui poussaient dans les bois et il m'en a montré plusieurs dont on pouvait se nourrir. »

Cory Delves, un ancien superviseur d'Hadwin chez Evans Wood Products, confirme : « Au fond, c'était le genre de gars qu'on peut larguer n'importe où sur la planète avec très peu de ressources et qui en ressortira frais comme une rose. »

La côte Nord n'est pas seulement un endroit idéal pour y cacher des corps, comme le faisait observer McPherron des *state troopers*, elle peut aussi absorber les vivants. Or ils ne sont pas rares à penser que la forêt a absorbé Hadwin. C'est peut-être ce qu'il recherchait, une immersion totale dans l'environnement où, plus que nulle part ailleurs, il se sentait chez lui, où il était lui-même. Si tel est le cas, cela le rapproche de beaucoup de Haïdas qui, en d'autres circonstances, auraient été ses alliés et même ses protecteurs. « Rien n'est planifié », expliquait Guujaaw, l'actuel président du Conseil de la nation haïda à un autre kayakiste avec qui il discutait des pratiques de l'industrie forestière. « Une ressource après l'autre, ils créent un permis d'exploiter et l'épuisent entièrement. Cet endroit n'est pas une marchandise, rien n'est une marchandise. Il te suffit d'abandonner ton kayak, d'enlever tes chaussures et de t'enfoncer dans ses profondeurs. »

C'est sans doute précisément ce qu'a fait Hadwin. Quelque part, après avoir passé Port Simpson, il a peut-être accosté dans un endroit sauvage, sur une côte déserte, il a repoussé son bateau loin du rivage et s'est enfoncé dans la forêt.

Pour le sergent McPherron et son homologue canadien, le caporal Gary Stroeder, cette théorie est confirmée par l'état de l'épave, car il n'est cohérent ni avec la chronologie des événements ni avec le lieu accidenté où l'épave a été retrouvée. Deux autres détails brouillent encore les pistes : le premier est qu'en dérivant dans des conditions hivernales normales, le kayak vide d'Hadwin aurait dû s'échouer en l'espace de quelques jours, et le second est qu'Hadwin avait chargé trois cents dollars de vivres le jour de son départ, ce qui représente des provisions très importantes pour ce qui ne devait être qu'un voyage de cinq jours. Mais un autre élément troublait encore davantage le caporal Stroeder : l'emplacement de la hache d'Hadwin. Comment un objet aussi lourd s'était-il retrouvé au-dessus de la ligne de marée haute ?

Ce détail turlupinait aussi le sergent McPherron et l'amena à envisager qu'Hadwin ait pu lui-même briser son kayak pour faire croire à un accident. Si la grosse quantité de provisions et l'absence relative de marques d'abrasion sur la coque du bateau confirment cette théorie, on se demande quand même pourquoi Hadwin se serait donné tant de mal sur une île qui se trouvait à huit kilomètres à la nage de tout continent – sauf s'il avait prévu de séjourner là un moment. Mary Island a une superficie de vingt kilomètres carrés et sa forêt n'a jamais été exploitée. On y trouve de l'eau et de la nourriture en abondance et personne ne l'a jamais fouillée dans l'intention de retrouver quelqu'un qui préférait rester caché. Mais si ce n'est pas ce qui s'est passé, alors quelle autre explication à la présence de cette hache en haut de la plage ? Un ours qui l'aurait transportée entre ses dents ? Aurait-elle été déplacée par le naufragé Dennis Harrington, alias Dennis Roe ? C'est peu probable, parce que l'homme se trouvait de l'autre côté de l'île quand il a été secouru et ses pieds, dans l'état où ils étaient, n'auraient pas pu le porter très loin. Il ne fait presque aucun doute que Scott Walker a été le premier à tomber sur le kayak, et par hasard encore. Les gardes-côtes, à qui il avait pourtant indiqué sa position précise, ne l'ont pas trouvé. Scott a donc dû retourner sur place et clouer de gros morceaux du bateau à un arbre. Parmi les effets d'Hadwin se trouvait un nécessaire de rasage qui renfermait un flacon de médicaments. Aux dires du sergent McPherron, l'étiquette en était illisible. On n'y déchiffrait que le nom d'Hadwin, si bien que le flacon a été jeté. McPherron ne se rappelait pas s'il était vide ou plein.

Cora Gray, qui avait toutes les raisons de croire au caractère prémonitoire de ses rêves, se réveilla un matin avec en tête la vision d'un homme en ciré vert flottant sur le ventre, quelque part au large de la côte. Mais il n'est pas facile de savoir à quel point ces images doivent être interprétées littéralement. Cora avait peut-être réellement vu quelqu'un, peut-être l'homme pour lequel le dossier dentaire d'Hadwin avait été demandé. Mais Hadwin avait un ciré jaune et il ne le portait pas au moment où il était parti à bord de son kayak. Nous le savons parce que Scott Walker l'a retrouvé à Edge Point, avec le reste de son équipement de pluie. Il n'en demeure pas moins que ce scénario est plausible et même très probable dans ces circonstances. Mais pas si l'on en croit une autre personne qui pense, elle aussi, avoir eu une vision d'Hadwin. La femme d'Hadwin, Margaret, bien que chrétienne pratiquante, est allée consulter une voyante à deux reprises. Celle-ci a vu Hadwin bien vivant, dans le sud de la Colombie-Britannique ; il était en mauvaise santé et travaillait dur pour une maigre pitance. Mais cette image ne colle pas avec le personnage.

Parmi les nombreux signalements d'Hadwin enregistrés à cette période tout le long de la côte, un en particulier piqua la curiosité des autorités de part et d'autre de la frontière. Le 31 août, plus de deux mois après qu'on eut retrouvé son kayak, un homme correspondant à sa description avait été vu embarquant à bord d'un ferry en Alaska, plus précisément à Pelican, un petit village de pêcheurs sur Chicagof Island, au nord de Sitka. Il s'était apparemment fait expulser de la ville. L'appel arriva à la police montée de Prince Rupert après que *six* témoignages distincts eurent confirmé que l'homme ressemblait à la photo jointe à l'avis de recherche d'Hadwin, qui avait été affiché sur place. Le ferry en question se rendait à Juneau, la capitale de l'État, et un certain sergent Tyler y interrogea le suspect. Celui-ci affirma être archéologue, venir de Prince Rupert et se trouver là en vacances. Le sergent Tyler était sceptique, et à juste titre, si bien qu'il prit les empreintes des deux pouces du suspect et les faxa à Prince Rupert. Ces empreintes présentaient elles aussi une étrange ressemblance avec celles d'Hadwin, mais en fin de compte on les attribua à un autre homme. Depuis lors, ni Hadwin ni personne d'autre lui ressemblant n'a fait l'objet d'un signalement aux autorités. Alors les rumeurs ont comblé le vide :

Il aurait été tué par des autochtones.

Il exploiterait une ligne de pièges près de Meziadin Junction (un carrefour sauvage situé à l'est d'Hyder).

Il aurait été aperçu sur Wrangell Island (entre Sitka et Ketchikan).

Il serait emprisonné aux États-Unis.

Il serait en Sibérie.

Pendant des années, les plus jeunes enfants d'Hadwin – qui sont aujourd'hui âgés d'une vingtaine d'années – se sont accrochés à l'espoir que leur père était vivant. Ils avaient subi ce que les psychologues appellent une « perte ambiguë ». Quelles que soient les circonstances, perdre un parent est toujours un choc, mais ne pas savoir avec certitude si son père est vraiment mort ou s'il peut réapparaître du jour au lendemain est un chagrin encore plus cruel et douloureux. Margaret, en revanche, s'efforce depuis un certain temps d'obtenir la déclaration officielle du décès de son mari. L'agent Walkinshaw pense qu'Hadwin pourrait être toujours vivant : « Mon instinct de flic me dit qu'il y a quelque chose de pas très net dans cette affaire. » Beaucoup de Haïdas partagent ce sentiment, de même que nombre de ceux qui ont connu l'homme. « Il pourrait être n'importe où entre la vallée de Fraser et la baie de Prudhoe », avance Corey Delves.

« Nous croyons tous qu'il est vivant, tous ceux qui ont un jour ou l'autre eu affaire à lui, renchérit Al Wanderer. Il est capable de survivre à tout. »

Ce ne sont pas de vaines affirmations. Un de ses anciens patrons était réticent à parler de lui, même des années après les faits. Il craignait qu'Hadwin – où qu'il soit – l'apprenne et ne revienne s'en prendre à lui s'il disait quoi que ce soit contre son ex-employé. L'agent Jeffrey est convaincu qu'Hadwin s'est noyé, mais le caporal Stroeder n'en est pas si sûr : « Si un coroner me demandait d'affirmer qu'il est mort, j'en serais incapable, dit-il. Il y a beaucoup trop de détails qui ne collent pas dans cette affaire. »

L'un de ces détails a des ramifications jusqu'en Californie. En 2000, pendant le week-end de Thanksgiving, quelqu'un a découpé à la tronçonneuse Luna, le gros redwood du comté d'Humboldt, rendu célèbre par la militante écologiste Julia Butterfly Hill qui a vécu deux ans dans ses branches. Comme dans le cas de l'Arbre d'or, la coupe n'a pas abattu le redwood, mais l'a laissé extrêmement vulnérable aux grands vents (il a depuis été consolidé à l'aide de grosses pièces métalliques et a réussi à survivre). Le coupable n'a jamais été retrouvé. Mais en dépit des similitudes avec le mode opératoire d'Hadwin, l'attaque contre Luna était presque certainement le fait d'un bûcheron local qu'enrageait, non pas la liquidation de cette parcelle de forêt par la Maxxam Corporation pour éponger ses dettes, mais l'ingérence des défenseurs de l'environnement dans ce que la plupart des forestiers de la côte Ouest considèrent comme un droit divin. « Huit cents ans pour pousser et vingt-cinq minutes pour être mis à terre, comme le résume un ancien bûcheron de Colombie-Britannique. C'est triste, mais c'est un gagne-pain. »

Pendant l'année qui a précédé sa disparition, Hadwin s'était mis à parler de lui-même comme d'un « coyote ». Il lui arrivait de signer ses lettres de ce nom. Finalement, il était peut-être beaucoup plus lucide sur son propre compte qu'on ne le pensait. Il est certain en tout cas qu'il connaissait bien ces animaux et qu'il n'était pas le premier à remarquer sa ressemblance avec eux. Des coyotes, il avait la rapidité, l'endurance et la résistance à toute épreuve. À la différence des loups, les coyotes rôdent aux marges de la civilisation. Quand le besoin s'en fait sentir, ils s'aventurent dans des zones habitées, puis disparaissent tels des fantômes et s'évanouissent dans la nature. C'est à ça que ressemblerait la vie d'Hadwin si on devait la résumer en une phrase. Son dossier n'est toujours pas refermé pour les *state troopers* d'Alaska comme pour la police montée canadienne (certains dossiers de ce type peuvent rester ouverts pendant vingt ans), mais personne n'a pris la peine d'aller rechercher l'homme en Sibérie. Cora Gray se souvient qu'il parlait beaucoup de la Russie. Il disait : « Si je devais choisir un endroit où vivre, ce serait en Russie. Ne t'étonne pas si je t'appelle un jour de là-bas. » « Alors maintenant, quand le téléphone sonne tard le soir, je ne réponds pas », ajoute-t-elle.

## 14

Au-delà de l'horizon

*Une culture vaut ce que valent ses bois.*
W. H. Auden, « Les Bucoliques II : Les bois »

Al Wanderer, l'ancien collègue d'Hadwin à Lillooet, aurait pu parler au nom de tous les forestiers de l'Histoire quand, contemplant son coin dévasté de la Colombie-Britannique, il prononça ces mots : « Bon sang, j'aurais jamais cru possible de tout raser à ce point. » Quiconque a parcouru les forêts du nord-ouest du Pacifique verra très bien ce qu'il a voulu dire. Aujourd'hui encore, ces forêts semblent infinies jusqu'à ce qu'on aperçoive les coupes claires et mesure à quel point l'homme est capable d'une extraordinaire efficacité quand il s'agit d'altérer le paysage. Ici, les espaces rasés ressemblent encore à des blessures béantes, des violations de l'ordre naturel, mais dans l'Est, de Thunder Bay à Babylon, les effets ne sont plus si visibles, parce que les coupes ont été pratiquées plusieurs générations avant notre naissance. Les zones dépourvues d'arbres nous semblent normales et même naturelles. Nous avons tendance à considérer le temps d'un regard de myope, d'un point de vue anthropocentrique, mais les arbres nous offrent une autre échelle pour mesurer combien nous avons progressé (et régressé). Avec un rythme de croissance qui les range entre les stalagmites et les êtres humains, les forêts nous servent de mémoire à long terme, nous révélant des choses sur notre environnement et sur nous-mêmes que seuls nos arrière-arrière-grands-parents auraient pu nous apprendre. Le message que nous adresse la forêt a été parfaitement paraphrasé par l'historien John Perlin dans cette formule concise : « La civilisation n'a jamais fixé de limites à ses besoins. »

En fait, le constat que le Nouveau Monde n'était pas une inépuisable corne d'abondance s'est imposé étonnamment tôt. Dès les années 1630, le castor avait déjà été éliminé d'une grande partie de la côte de Nouvelle-Angleterre, ce qui avait obligé les marchands de fourrures à s'enfoncer toujours plus loin dans la forêt en direction de l'ouest et du nord. En 1640, un moratoire sur la chasse au cerf était décrété pour la première fois (c'était à Rhode Island), afin de préserver la population en rapide déclin des cervidés. Bien avant 1700, les régions fortement colonisées comme Boston et le sud de Manhattan étaient déjà contraintes de faire venir leur bois de chauffage d'autres parties de la côte. À cette époque, une cheminée ordinaire perdait quatre-vingts pour cent de la chaleur produite par son conduit et pouvait consommer jusqu'à vingt cordes de bois par an (soit l'équivalent du travail d'un homme pendant un mois pour la coupe, le débitage et l'empilement). William Strickland, dont on peut dire qu'il fut un précurseur dans l'analyse des marchés de matières premières, fut parmi les premiers à critiquer l'attitude générale à l'égard des forêts : « Tout ce qui n'est pas réservé à un usage immédiat est brûlé, écrivait-il à la fin du XVIII⁰ siècle. Si nous n'y prenons pas garde, nous serons bientôt à court... » Mais ces avertissements précoces n'eurent que peu d'effet. L'idée même que les réserves en bois de l'Amérique du Nord puissent être limitées semblait risible – tout au moins jusqu'en 1864, année où George Perkins Marsh publia un ouvrage révolutionnaire intitulé *L'Homme et la Nature, ou la Géographie physique transformée par l'action de l'homme*. Originaire du Vermont, Marsh était un personnage aux multiples talents et passe pour avoir été le premier écologiste d'Amérique. Dans *L'Homme et la Nature*, il expose sans détour les conséquences néfastes du comportement humain sur le paysage naturel : « L'homme qui aujourd'hui déjà se trouve à l'étroit sur notre vaste globe ne peut se retirer du Vieux Monde sur quelque continent encore inexploré et attendre que la lente action de la nature remplace... l'Éden qu'il a détruit », écrivait-il il y a plus de cent quarante ans. Cette même année (1864) était créée la réserve d'État Yosemite en Californie qui abritait les premiers arbres du continent protégés par la loi fédérale.

Des preuves abondantes corroboraient la thèse de Marsh. La poussée vers l'Ouest battant déjà son plein, les vastes forêts de chênes et de sapins du bassin des Grands Lacs fondaient à vue d'œil, sous un assaut de fer et de feu sans aucune retenue. Dix ans plus tard, des organes gouvernementaux et scientifiques sonnaient régulièrement l'alarme, mettant en garde ceux qui voulaient bien les entendre contre les dangers de l'abattage inconsidéré, mais aussi contre les incendies de forêt et l'érosion des sols, des fléaux qui arrivaient dans le sillage des opérations de coupe et de déboisement comme les vautours et les coyotes suivaient les dépeceurs de bisons. Ceux qui travaillaient au plus près de la terre, dans les disciplines nouvelles qu'étaient la géologie et la sylviculture, étaient horrifiés par ce qu'ils voyaient. « Le territoire a été presque entièrement rasé », écrivait un forestier en 1898 en parlant du nord du Wisconsin :

> Le sapin a disparu de la plupart des forêts mixtes et une grande part des pinèdes d'origine a été rasée...
> Presque la moitié de ce territoire a brûlé au moins une fois ; environ un million et demi d'hectares sont entièrement dépourvus de toute couverture forestière et plusieurs autres millions sont en partie recouverts par les restes mourants et morts de l'ancienne forêt.

Plus à l'ouest, dans les Grandes Plaines, la population des bisons connaissait un destin similaire : vers 1880, l'espèce la plus nombreuse d'animaux grégaires vivant sur terre – qui se comptait jadis en dizaines de millions de têtes – avait été réduite à moins de trois cents individus. C'était comme si le Nouveau Monde avait été envahi par des légions d'apprentis sorciers. Maîtres d'énergies qui allaient changer la face du monde – celles de la vapeur, de la scie circulaire et de la carabine Sharps –, ils ne pouvaient pas, ou ne voulaient pas, prendre toute la mesure des conséquences qu'auraient ces puissances surhumaines.

Les Européens étaient déjà passés par là et, même s'il leur avait fallu des siècles pour parvenir au résultat que les Américains du Nord avaient obtenu en quelques décennies, ils n'avaient guère de quoi pavoiser. Leurs propres bisons avaient été exterminés depuis longtemps (les quelque 3 500 bisons que compte l'Europe aujourd'hui sont les descendants de seulement 5 spécimens survivants). Quant aux forêts européennes, elles ont été régénérées, comme les bisons, par l'intervention de l'homme. La sylviculture est née en Angleterre au milieu du XVII$^e$ siècle. Ses principes ont été rapidement adoptés par la communauté scientifique européenne, si bien qu'au milieu du XIXᵉ siècle les plantations d'arbres s'étaient étendues à tout le continent (des peuplements de sapins de Douglas existent en Belgique depuis les années 1880). Cette science toute neuve a ensuite franchi l'Atlantique. Toutefois si de nouvelles forêts ont bientôt surgi dans les parcs urbains et même dans les Plaines, il a fallu attendre les années 1920 pour qu'on commence à reboiser les champs de souches qui émaillaient le Nouveau Monde, et encore seulement à titre expérimental.

Au début des années 1890, quand John Muir fondait le Sierra Club, en Idaho les communautés de bûcherons adeptes de la politique de la terre brûlée se transformaient déjà en villes fantômes, leurs habitants ayant continué leur progression vers la côte Ouest. En 1919, alors qu'un groupe de riches Californiens fondait la Ligue de sauvegarde du redwood, les premières scies circulaires et tronçonneuses portatives s'exposaient en couverture de la revue *Scientific American*. Six ans plus tard, des militantes pour la conservation s'attachaient aux séquoias condamnés, tandis que d'énormes machines comme le Washington Flyer débitaient des arbres dans les forêts du Nord-Ouest aussi vite que les élingueurs étaient capables de les débarder.

La tronçonneuse et ses auxiliaires mécaniques – le bulldozer, la débusqueuse et les camions autochargeurs – ont réussi à réduire les grands arbres du Nord-Ouest à l'état de simples objets qu'un homme de taille et de condition physique moyennes pouvait abattre, débiter, charger et transporter sans grand effort. Aujourd'hui un arbre de trois mètres de diamètre peut être abattu en dix minutes à peine et débité en une demi-heure. Ensuite, il ne faut pas beaucoup plus de temps à un débardeur à pince – sorte de grosse tenaille montée sur un tracteur – pour soulever les grumes de plusieurs tonnes et les charger sur un camion (il n'est même plus nécessaire d'utiliser un arbre pylône). En théorie donc, un arbre de deux cents tonnes qui a grandi à l'abri des regards pendant un millier d'années et qui a résisté aux bourrasques, aux incendies, aux inondations et aux tremblements de terre peut être abattu, débité et expédié à la scierie en moins d'une heure et par trois hommes seulement. En 1930, toute l'opération aurait nécessité douze hommes et une journée entière de travail. En 1890, plusieurs semaines, et en 1790 des mois – à supposer qu'on ait pu abattre un tel arbre à l'époque.

Quant aux arbres plus petits, ils sont laissés aux abatteuses-empileuses, ces engins à l'efficacité terrifiante qui traversent les forêts en coupant, ébranchant et empilant les arbres d'un même mouvement continu. Lors de leur introduction dans les années 1960, ces machines ne pouvaient fonctionner que sur des terrains plats et dégagés – des terrains à la configuration assez rare sur la côte Nord-Ouest –, mais les derniers modèles sont capables de manier des grumes d'un mètre de large sur des pentes à trente pour cent. Équipées de puissants phares, elles peuvent fonctionner vingt-quatre heures sur vingt-quatre. Ceinturé en toute sécurité derrière la manette d'une telle machine, un forestier peut désormais traverser la nature sauvage des montagnes dans une confortable cabine, avec climatisation et son stéréophonique, en exploitant la forêt à distance et à un rythme dont ses grands-parents n'auraient pas osé rêver.

Bill Weber, qui travaille pourtant dans la forêt depuis la fin des années 1970, en est lui-même abasourdi : « Jamais je n'aurais cru voir la fin des peuplements anciens », lâche-t-il. Une grande partie du bois qu'il coupe aujourd'hui aurait été dédaignée par la génération de ses parents. « Il y a seulement vingt ans, en voyant le bois qu'on récolte aujourd'hui, on se serait dit : "Qu'est-ce qu'on fiche avec cette merde ?" »

Un de ses collègues, Earl Einarson, bûcheron de cinquante-quatre ans, résume en toute honnêteté le dilemme de sa corporation : « J'adore ce boulot, dit-il en embrassant d'un geste le chaos de la forêt ancienne qu'il est en train de niveler. C'est pas de la tarte de débarquer dans un fouillis pareil et d'en faire quelque chose de civilisé. » (Cet enfant de l'ère atomique aurait eu droit à un hochement de tête approbateur de la part d'un colon du XVII$^e$ siècle.) Einarson marque une pause tandis que Weber, son contremaître, contemple son dernier trait d'abattage. À ce moment-là, un gros corbeau au plumage lustré se pose sur une branche qui aura cessé d'exister dans vingt-quatre heures. Non loin de là une cascade, encore inconnue et sans nom, dévale une pente de vingt-cinq mètres pour se déverser dans les eaux miroitantes d'un bassin. La veille, Einarson a vu passer un élan ; son collègue a noté une baisse du nombre de cerfs, qu'il met sur le compte des loups et des couguars qui pullulent dans le coin. Einarson développe sa pensée dans un air lourdement chargé des senteurs de bois coupé et broyé. « L'autre raison pour laquelle j'apprécie mon métier, c'est que j'aime marcher dans la forêt ancienne. Ça peut sembler paradoxal, je sais, d'aimer une chose et d'ensuite aller la détruire. » Comme une centaine de générations d'habitants des forêts avant lui, Einarson s'adonne aussi à la chasse et à la cueillette des champignons. Pour finir il en vient à comparer son métier à la pratique de la chasse : « J'ai essayé de photographier [des animaux], mais c'est différent parce que t'as pas cette sensation d'être au cœur des choses. »

En un certain sens, le métier de bûcheron n'est pas très éloigné du corps des marines, de l'école de médecine ou même de la fiction : pour beaucoup d'entre nous – y compris pour les adeptes du divan que sont les lecteurs de livres –, il faut en passer par une sorte de rituel du sang pour valider l'expérience. Soumise à un examen attentif, la vie de n'importe lequel d'entre nous révélera de grosses incohérences. Les employés des abattoirs, les bûcherons et les agents de change sont tout simplement moins éloignés de ces incohérences que nous autres qui profitons de leur travail. Il semble que pour réussir, voire simplement survivre dans ce monde, une certaine dose de dissonance morale et cognitive soit nécessaire.

Einarson et son équipe préparaient le terrain pour le passage d'une route forestière qui rendrait cette partie isolée de l'île de Vancouver accessible aux gros engins de bûcheronnage. Juste derrière les hommes, il y avait une excavatrice et des camions à benne transportant du gravier pour la construction de la route, tandis qu'à moins d'un kilomètre de là se dressait le plus grand cèdre jaune connu au monde, un géant de plus de quatre mètres de diamètre recouvert d'une mousse dont l'aspect brillant évoquait le velours. Parmi les essences d'arbres du Nord-Ouest, le cèdre jaune est celle qui vit le plus longtemps. Le spécimen en question pourrait bien être sorti de terre avant la chute de Rome. La réglementation sur l'environnement a imposé qu'il soit épargné avec une petite parcelle de grands cèdres rouges. Le patron de Weber et d'Einarson exprimerait plus tard ses regrets de n'avoir pas pu abattre aussi ces arbres. En l'espace de quelques jours, cinq hommes et leurs engins allaient transformer ce ruban de nature en forme de S, avec ses arbres de trois mètres de diamètre, en une route praticable pour les débardeuses à pince, les camions de transport des grumes et même une simple Buick.

Quand ces mots seront lus, les cèdres, les pruches et les sapins baumiers vieux de plusieurs siècles du bloc de coupe baptisé « Leah Block 2 » ne seront plus qu'un lointain souvenir. Ils auront été transformés en bardeaux, en planches ou même en papier qui aura servi, après recyclage, à la fabrication de ce livre. L'opération aura été menée avec une efficacité sans précédent, mais une efficacité qui elle aussi a un prix : la mécanisation est de loin la première cause de disparition des emplois. Les hommes de cette équipe voient clairement se profiler ce que leurs prédécesseurs n'ont pas pu ou pas voulu voir : la fin. « Certains diront que nous avons dilapidé notre capital, déclare Bill Weber. Nous n'avons pas devant nous huit cents ans pour remplacer la forêt primaire. D'ici quelques années, cet endroit ne sera plus qu'un tas de tripes et de plumes. »

Ce que Weber et Einarson voient apparaître à l'horizon est une réalité avec laquelle leurs homologues de l'État de Washington, de l'Oregon et de la Californie du Nord vivent déjà au quotidien. Au total, ces trois régions des États-Unis ont perdu quatre-vingt-dix pour cent de leur ancienne forêt côtière, tandis que la Colombie-Britannique, qui possédait au départ le double de superficie de forêt, en a vu disparaître soixante pour cent. Les bûcherons qui se trouvent souvent en conflit avec les peuples premiers ont cependant plus en commun avec les Nuu-chah-nulth, les Tsimshians et les Haïdas du XVIIIe siècle qu'ils ne l'imaginent : bien que parfaitement adaptés à leur environnement et aux tâches traditionnelles requises pour y survivre, ils sont mal équipés pour tout le reste. Beaucoup de bûcherons entrent dans la profession avant d'avoir terminé le lycée pour « gagner un salaire d'homme alors qu'on est encore à mi-chemin entre l'enfance et l'âge adulte », comme le résume Weber. À l'image des Haïdas qui se sont laissé enivrer par le boom du commerce de la loutre de mer, ces hommes ont été emportés par un courant irrésistible : avec des compétences qui partout ailleurs les auraient condamnés à des emplois subalternes pour le reste de leurs jours, voilà qu'ils prospéraient et empochaient cinquante mille à cent mille dollars par an dans une région rurale où le coût de la vie est des plus modestes. Mais aujourd'hui ces hommes capables et leurs fantastiques engins sont dans la dernière ligne droite et prient pour ne pas franchir le finish avant que sonne pour eux l'heure de la retraite.

De même que les Haïdas en furent réduits à survivre de la chasse, de la pêche et de la culture des pommes de terre après l'effondrement de la population des loutres, les bûcherons de la côte Ouest – sur une période à peu près équivalente – ont vu leurs revenus grimper puis dégringoler du niveau d'un médecin à celui d'un chauffeur de bus, et parfois se tarir complètement. À cet égard, Weber, Einarson et leurs homologues autochtones de jadis sont pareils aux canaris sacrifiés au fond de la mine des industries extractives. Quand la fin aura sonné, ces nouveaux Nor'westmen prendront le large à leur tour, pendant que les riches étrangers qui les emploient se mettront en quête du prochain filon. Le commerce des peaux de loutres sera remplacé demain par celui du pétrole et du gaz (au cours des quinze dernières années, Prince Rupert a perdu environ vingt-cinq pour cent de sa population en raison du déclin de la pêche et de l'industrie forestière). Aujourd'hui, comme le soleil déclinant à l'horizon, la rapide déconfiture du secteur est presque perceptible à l'œil nu. Même pour qui a l'habitude du rythme effréné de la vie urbaine, la vitesse à laquelle les dernières routes forestières déroulent leur ruban au flanc des montagnes, dans ce beau et rare coin du pays, laisse songeur. C'est comme de regarder en accéléré l'éclosion d'un crocus ou la décomposition d'une pomme, mais à l'échelle de tout un paysage.

Tandis que l'abattage des forêts anciennes en Alberta, en Idaho, au Montana et en Colombie-Britannique se poursuit à un rythme soutenu, les forêts humides tempérées du nord-ouest du Pacifique nous montrent à quoi ressemble la fin du voyage. À l'exception des bois rachitiques du Grand Nord – les forêts boréales d'Alaska, du nord du Canada et de Scandinavie, et la taïga sibérienne –, cet hémisphère n'offre plus aucun lieu où continuer l'exploitation du bois. Ceux qui se tournent vers la Chine en quête de territoires vierges doivent s'attendre à être déçus. « Que la terre et l'eau retrouvent la place qui est la leur, que le vert revienne sur l'herbe et sur les arbres », implore une prière chinoise dont les origines remonteraient à deux millénaires avant J.-C. Les humains de la génération actuelle assisteront à la fin de l'exploitation des grands arbres de la forêt primaire, une activité qui se pratique sans interruption et avec un zèle constant dans l'hémisphère Nord depuis cinq mille ans au moins. Par un étrange caprice du destin, les plus gros arbres que le monde ait jamais connus ont été gardés pour la fin, pour nous.

Aussi paradoxal que cela puisse paraître, le fait de savoir que la forêt primaire de la côte Ouest ne sera plus jamais vue hors des limites d'un parc avant des siècles ne pose aucun problème aux acteurs de l'industrie du bois. À leurs yeux, ces arbres valent plus cher morts que vivants. Ici, l'esprit de la frontière est encore bien vivace. Weyerhaeuser (anciennement MacMillan Bloedel) ne s'occupe pas que de commercialiser des produits du bois, l'entreprise vend aussi des propriétés foncières sous forme de terrains à bâtir fraîchement déboisés. « Déboiser et fourguer », c'est ainsi que le secteur nomme cette pratique qui est le rêve de tout investisseur à court terme : le propriétaire réalise son bien non pas une, mais deux fois – une première fois avec le bois et une seconde avec le terrain. Pas de temps et d'argent perdus en replantage ou en intendance.

Gordon Eason est ingénieur en chef et dirige la division nord de l'île de Vancouver chez Weyerhaeuser. En plus d'être un forestier tenu en haute estime, il est connu dans la région pour être l'homme qui a trouvé le « géant de Carmanah ». Ayant entendu de la bouche d'un vieil estimateur de bois sur pied l'histoire d'un gigantesque épicéa de Sitka qui aurait poussé dans la forêt de Carmanah Walbran, à la pointe sud de l'île de Vancouver, Eason se mit en tête de trouver cet arbre. Comme les indications du vieil homme étaient aussi vagues que la vallée de Carmanah était immense, Eason survola la zone en hélicoptère. Dès qu'il voyait une cime plus haute que les autres, il demandait au pilote de s'immobiliser le temps pour lui de se pencher au-dehors et de prendre des mesures en lançant un ruban d'arpentage lesté à l'aide d'un écrou. La plupart des arbres s'avérèrent mesurer autour de soixante-quinze mètres, ce qui est une hauteur déjà impressionnante chez n'importe quelle espèce de la côte Nord-Ouest. Mais Eason était encore très loin du compte. Quand il laissa tomber son ruban au-dessus du géant de Carmanah, la hauteur mesurée au moment où l'écrou toucha le sol était de plus de quatre-vingt-dix mètres – soit deux fois la taille du Dominion Building à Vancouver, qui était le plus haut bâtiment de l'Empire britannique lors de son achèvement en 1910.

Gordon Eason avait travaillé toute sa vie dans l'industrie de l'exploitation forestière. « J'aime passer du temps dans les bois, dit-il. C'est pour ça que j'ai choisi ce métier. » Son seul reproche à son travail actuel, c'est de ne pas lui laisser assez de temps pour sortir en forêt. En plus d'héberger la plus importante population de pumas d'Amérique du Nord, le territoire qu'il supervise abrite une réserve de grands arbres primaires parmi les plus riches encore existantes. Selon l'estimation d'Eason, en se basant sur un volume annuel d'abattage d'un million de mètres cubes, ce qui reste de la forêt primaire autorisée à la coupe dans la région aura disparu dans trente-cinq ans. Il faut cependant souligner que toute la forêt ancienne de la côte ne correspond pas à la représentation stéréotypée que l'on s'en fait, avec des arbres aux troncs énormes et des cimes tutoyant le ciel. C'est particulièrement vrai sur les montagnes, où les vieux arbres sont généralement plus petits, parce que les saisons de croissance sont plus courtes et les sols plus pauvres. Les arbres les plus impressionnants poussent habituellement à faible altitude et dans les sols les plus riches, notamment au fond des vallées. Ces zones sont aussi les plus faciles d'accès pour les bûcherons, et la plupart ont déjà été exploitées. Les vingt-cinq millions de mètres cubes qui seront épargnés, d'après l'estimation d'Eason, en raison de leur inaccessibilité ou des restrictions environnementales, seront donc, selon toute vraisemblance, de piètre qualité d'un point de vue tant esthétique qu'économique. En outre, rien ne permet de supposer que le volume de coupe estimé par Eason ne variera pas dans le temps en fonction du marché du bois d'œuvre et de certaines évolutions dans les politiques et les pratiques d'exploitation. En tout état de cause, il est presque certain que le progrès technologique permettra à l'abattage de devenir encore plus rapide et efficace qu'il ne l'est à présent.

Pourtant certaines choses ne changent pas. En dépit de toute la puissance et de toute l'influence qu'elle a acquises grâce aux grandes compagnies comme Weyerhaeuser et Canadian Forest Products (Canfor), l'industrie du bois continue de passer par les hauts et les bas qu'elle a toujours connus. Les guerres, les périodes de prospérité, les catastrophes urbaines comme les tremblements de terre et les incendies sont annonciatrices de vaches grasses, tandis que les récessions, les dépressions, la saturation du marché et les différends sur les droits de douane entraînent des fermetures de scieries et des vagues de licenciements. Pendant ce temps, la forêt ancienne continue d'être considérée avec le même mélange d'émerveillement, de cupidité et de dédain que du temps de William Bradford ou même de Platon. Dans le secteur, on qualifie les forêts anciennes de « décadentes », parce que leurs jours de croissance rapide sont depuis longtemps révolus et que la décomposition y règne partout – deux raisons qui expliquent pourquoi l'industrie est tellement impatiente de s'en débarrasser. Gordon Eason résume l'attitude prédominante à leur égard par ce cri de guerre que les bûcherons – et les meneurs d'hommes – poussent depuis cinq mille ans : « Dégagez-moi toutes ces vieilleries que je puisse faire sortir de cette terre une récolte digne de ce nom. »

Cette phrase est en réalité plus complexe qu'elle n'en a l'air. Replacée dans son contexte, elle est proférée sans aucune malveillance et relève davantage d'un pragmatisme dénué de tout sentimentalisme. En fait, elle exprime seulement ce que nous faisons tous lorsque, au volant de notre voiture, nous passons devant la quincaillerie du coin, avec son odeur au charme suranné, son propriétaire aux cheveux gris et sa longue expérience, pour filer tout droit vers une enseigne d'hypermarché. Nous avons tous tendance à croire que nous jouissons d'une plus grande liberté et d'un plus grand choix que jamais par le passé, alors qu'en réalité nous obéissons aux injonctions bien réelles, quoique de courte vue, de notre porte-monnaie, de publicitaires matois, de conglomérats toujours plus puissants et de notre emploi du temps. À cet égard, les pépinières d'arbres et les hypermarchés ont beaucoup en commun : ce qu'ils perdent en longueur de temps, en beauté et en âme, ils le gagnent en efficacité et en rentabilité supposées. C'est un effet secondaire du capitalisme, qui trouve son origine dans notre manière collective de nous conduire envers la nature ou le cycle de la vie.

Dans la forêt moderne, comme dans les magasins modernes, l'accent est mis – plus que jamais – sur le volume et la vitesse. La « récolte » dont parle Eason n'est pas une récolte de blé ou de maïs, comme elle l'aurait été il y a cent ans, mais une récolte d'arbres plantés au cordeau dans des parcelles avec une seule et même espèce, et non le mélange d'essences qu'affectionne la nature. Ces forêts sont de vrais déserts biologiques. Aujourd'hui, les arbres sont élevés pour leur vitesse de croissance et récoltés en roulements précis de douze à quatre-vingts ans, ce qui correspond en fonction des essences et des régions à la période de croissance la plus rapide – donc la plus rentable à court terme pour l'investisseur. Ces pépinières de petite taille, aisément gérables, produisent des arbres de piètre qualité (ce que vous confirmera n'importe quel artisan du bois) ; leur bois est pulpeux, leur grain lâche, et la plupart ne serviront jamais à fabriquer des planches.

Voilà à quoi ressemble l'avenir des forêts exploitées : des fournisseurs prévisibles de fibre génétiquement modifiée. Une part de plus en plus grande de nos maisons, nos meubles – tout ce qui constitue notre paysage personnel – est fabriquée à partir de « dérivés » du bois : des arbres qui ont été réduits en copeaux et en sciure puis reconstitués par différents moyens pour fournir des planches, des revêtements et des éléments architecturaux. On les appelle bois aboutés ; panneaux de fibre à densité moyenne (MDF) ; panneaux de lamelles orientées (OSB) ; panneaux de grandes particules (WB) ; Com-Ply (placage sur panneaux en lamelles) ; bardage en fibre cimentée (fibres de cellulose liées avec du ciment) ; Homasote (carton très résistant utilisé en construction) ; Celotex (autre variante du même produit) ; panneaux pressés (ou

Masonite, variante plus dense et moins épaisse que l'Homasote) ; ou panneaux de particules. Sans oublier bien sûr le contreplaqué qui existe maintenant depuis une centaine d'années. Ces produits ont l'avantage d'être légers, pas chers, faciles à travailler et d'éviter certaines pertes d'autrefois, tout en engendrant un autre type de déchets. Des dizaines de millions de pieds-planches de sapins de Douglas prélevés sur les forêts anciennes ont fini en panneaux de contreplaqué et des quantités similaires d'épicéas de Sitka ont été réduites en pâte à papier pour l'impression des journaux et des annuaires téléphoniques. C'est difficile à imaginer quand on sait qu'aujourd'hui une planche sans nœud de sapin ou d'épicéa est un objet de luxe, ce qu'elle aurait peut-être dû être dès le départ. Nous sommes peu à peu contraints de mesurer pleinement le coût réel du bois, et ce coût est élevé [1].

Si vous demandiez aujourd'hui à un bûcheron quel est le vrai prix du bois, il vous répondrait probablement : « Environ cent cinquante dollars le mètre cube. » Mais Duncan Schell, un entrepreneur du bâtiment établi à Vancouver, touche au cœur de la question en répondant par cet oxymore : « Le bois n'a pas de prix, parce qu'il est tellement bon marché. » Cela peut sembler curieux, mais c'est ainsi que notre espèce estime ce matériau extraordinaire, qui a été si essentiel à notre survie et à nos progrès depuis que nous avons ramassé par terre le premier bâton. Longtemps vraie, la sage réponse de Schell perd

---

1. Le bambou, une espèce de grande herbe à croissance très rapide, est de plus en plus recherché pour la confection des parquets tandis que le Woodstalk, un carton très résistant fait à partir de paille, sert à renforcer les étagères, les meubles de rangement et les parquets. Les constructions en pisé sont remises au goût du jour et constituent une alternative renouvelable et bon marché aux matériaux de construction traditionnels en bois et en contreplaqué. Le kénaf, une plante fibreuse à croissance rapide qui pousse très bien en Amérique du Nord, est de plus en plus utilisé pour la fabrication du papier. *(N.d.A.)*

aujourd'hui de son acuité. Il y a cinquante ans, des arbres magnifiques ont été soutirés à la forêt pour une misère, quand ils n'étaient pas simplement laissés à pourrir sur place pour les motifs les plus saugrenus. Aujourd'hui, les compagnies d'exploitation forestière récoltent des spécimens bien plus petits et doivent pour ce faire employer des hélicoptères qui leur coûtent 10 000 dollars de l'heure. On voit maintenant des bûcherons enfiler des harnais d'escalade et descendre en rappel la paroi d'une falaise pour atteindre des arbres anciens restés inaccessibles.

Selon la Washington Contract Loggers'Association, un Américain moyen consomme chaque année l'équivalent d'environ 6,5 mètres cubes de bois (soit une grume de trente mètres de long et de quarante-six centimètres de diamètre). La quantité de bois nécessaire pour fabriquer une édition dominicale du *New York Times* (près de 25 000 mètres cubes) est égale à plus d'une fois et demie la capacité du navire *Haida Brave*[1]. Pourtant notre appétit de bois, si vorace soit-il, a été surpassé par des forces encore plus avides. Avec le réchauffement planétaire, incendies et infestations de vermine détruisent les forêts du Nord-Ouest bien plus rapidement que les tronçonneuses. Fin juin 2004 – à une période de l'année encore précoce pour les incendies – un millier de feux de forêt avaient été signalés dans la seule Colombie-Britannique. Conjugués aux centaines d'autres feux qui sévissaient de l'Idaho à l'Alaska, ces incendies ont produit un panache de fumée visible de la mer de Bering jusqu'à la ville de New York. Outre ce fléau, le dendroctrone du pin argenté a survécu aux derniers hivers en nombre inhabituel et se reproduit à un rythme exponentiel, donnant lieu à la plus importante infestation par cet insecte dans toute l'histoire de l'Amérique du Nord. En 2005,

---

1. Selon la New York Times Company, environ vingt-cinq pour cent du papier qu'elle utilise provient de matériaux recyclés. *(N.d.A.)*

en Colombie-Britannique, cent mille kilomètres carrés de la forêt intérieure étaient contaminés (soit une superficie équivalente à celle de Terre-Neuve), et ce chiffre pourrait doubler avant la fin de 2006. Un arbre contaminé meurt généralement en l'espace d'un an. S'il n'est pas abattu, son bois perd toute sa valeur au bout de quelques années. Passé ce délai, on ne peut plus en exploiter que la pulpe. S'il reste debout, il sert à alimenter les feux de forêt, ce qui, en l'absence d'hivers froids, constitue le moyen le plus efficace qu'ait trouvé la nature de juguler la multiplication de la vermine. Conséquences de la mort de ces arbres, des braderies de bois rongé par les insectes ou endommagé par le feu ont lieu dans toute la partie intérieure du Nord-Ouest, ce qui augmente le volume des coupes annuelles autorisées tout en réduisant à la portion congrue les droits de coupe versés à la province (la prime par souche payée au gouvernement, qui est une source de revenus essentielle pour les provinces et les États producteurs de bois). C'est une aubaine pour les travailleurs du secteur, mais une mauvaise nouvelle pour le prix du bois, qui a tendance à baisser lorsque le marché est saturé.

À Haida Gwaii, la pluie maintient les incendies à distance et les arbres de la côte sont moins sensibles aux infestations de vermine qui ravagent les forêts de l'intérieur. Ce sont les hommes, et les choses qu'ils apportent, qui sont la plus grande menace pour l'archipel. La cruelle ironie de cette affaire est que d'un point de vue philosophique Hadwin était en phase avec une grande partie de la population locale : en décembre 2000, un groupe multiracial d'habitants des îles organisa un mouvement de protestation contre le ministère des Forêts et sa gestion de l'industrie du bois dans l'archipel. Il n'y avait pas eu de manifestation de ce type depuis dix ans et celle-ci était la plus importante jamais organisée, puisqu'elle rassembla vingt pour cent de la population adulte des îles. Depuis lors, il s'est produit quelques changements notables dans les pratiques de l'industrie, mais aussi dans le statut de l'archipel.

Ni les Haïdas ni aucune tribu de la côte Ouest du Canada n'ont jamais signé de traité global avec les gouvernements britannique ou canadien au moment de la colonisation de leurs terres [1]. Plusieurs tribus négocient actuellement avec le gouvernement canadien des accords de revendication territoriale. Ces dossiers sont de vrais casse-tête qui pourraient à terme déboucher sur un paiement forfaitaire sous forme d'argent, de terres et/ou de parts dans les bénéfices tirés de l'exploitation des ressources locales. En 2003, le gouvernement provincial a proposé aux Haïdas vingt pour cent des îles et des revenus de leurs richesses, mais l'offre a été rejetée. Les Haïdas ont clairement fait savoir qu'ils n'accepteraient rien de moins que la totalité du territoire d'Haida Gwaii, y compris les droits de pêche et d'exploitation des ressources minérales dans les eaux avoisinantes. Ce n'était pas la première fois qu'ils réagissaient ainsi. En 1989, après s'être officiellement retirés du processus global de revendication territoriale à Ottawa, les Haïdas avaient déjà menacé de créer leur propre passeport. « Nous n'avons aucune intention de céder les droits de propriété de notre peuple sur Haida Gwaii, avait alors déclaré à la presse l'ancien président du Conseil, Miles Richardson. Notre nation ne pliera devant personne. »

Rien n'a vraiment changé en deux cents ans. La seule différence c'est que depuis que les Haïdas (ainsi que la plupart des autres tribus nord-américaines) ont été spoliés

---

[1]. Certaines tribus ont seulement signé des traités locaux et de portée limitée leur accordant des droits bien précis sur des mines de charbon et d'autres ressources. *(N.d.A.)*

de leur territoire historique, de leurs sources de nourriture et de leur destin, ils ont été subventionnés par le gouvernement fédéral. Si la pêche et la chasse de subsistance jouent encore un rôle de premier plan dans leur vie, le chômage – au sens européen du mot – touche près de quatre-vingts pour cent de la population (un taux identique à celui de la bande de Gaza). Toutefois peu de tribus possèdent le savoir-faire médiatique et le charisme des Haïdas [1]. En dépit d'une démographie en berne, les Haïdas représentent une force politique et sociale, ce qui est un exploit impressionnant quand on sait que ce peuple a dû renaître à lui-même, à l'image de l'Arbre d'or que les botanistes ont tenté de ressusciter. Les Haïdas organisent régulièrement de grandes cérémonies ouvertes à tous, dont la munificence, la complexité et la charge spirituelle sont exceptionnelles. Le pouvoir de guérison et de cohésion de ces événements est profondément ressenti par tous, y compris par les visiteurs étrangers à l'archipel.

En 2002, les Haïdas ont gagné dans une affaire emblématique dont le jugement a imposé à Weyerhaeuser de consulter le conseil tribal avant d'abattre certaines parcelles de forêt [2]. Cette décision a eu, entre autres conséquences, celle de réduire de près d'une moitié les coupes dans l'archipel. Pourtant dans cette affaire, loin de s'aliéner les bûcherons anglo-canadiens établis sur place, les Haïdas se sont au contraire alliés à eux. Depuis des générations, les habitants anglo-canadiens d'Haida Gwaii sont en première ligne dans les industries de la pêche et

---

[1]. En 2003, Starbucks, le géant du café qui pèse plusieurs milliards de dollars, a dû renoncer à des poursuites pour violation de la loi sur les droits d'auteur contre un petit restaurant de Masset baptisé Haida Bucks Café, à la suite d'une vague planétaire de publicité négative et de boycott que n'avait pas anticipée cette multinationale. *(N.d.A.)*

[2]. La décision a été confirmée par la Cour suprême en 2004, mais le devoir de consultation a été transféré à la province. *(N.d.A.)*

du bois. Ils ne se font guère d'illusions sur les bonnes intentions que proclament les puissants acteurs extérieurs à l'archipel. Contrairement à beaucoup de bûcherons qui sont parachutés dans des forêts lointaines et s'en vont quand il ne reste plus d'arbres à abattre, les habitants de ces îles isolées et étroitement liées les unes aux autres sont ici pour longtemps et n'ont nul autre endroit où aller. En 2004, les habitants anglo-canadiens de New Masset et de Port Clements ont lié leur sort à celui des Haïdas en signant un accord qui stipule, en substance, qu'ils font davantage confiance à l'administration des Haïdas qu'à celle de Weyerhaeuser et du gouvernement provincial. À l'image de la clause de consultation sur l'abattage, c'était du jamais-vu dans l'histoire de l'Amérique du Nord. L'un des signataires de cet accord s'appelle Dale Lore et il est le maire actuel de Port Clements. Ce constructeur de routes forestières a connu, comme beaucoup d'autres, une épiphanie : « Quand j'ai commencé, je n'étais qu'un rustaud de bûcheron, confiat-il à un journaliste en mars 2004, après avoir signé le protocole affirmant le droit de propriété des Haïdas sur l'archipel. Vous savez comment chasser cette image d'une coupe claire qui vous reste dans la tête ? Vous parlez emploi, vous vous dites que ça va repousser... » Mais les questions qui tourmentaient Hadwin ne cessaient de revenir hanter Dale Lore : « Qu'est-ce qu'on y gagne au fond ? Que faisons-nous pour les générations à venir ? se demandait-il. Je peux toujours chasser l'image, l'épilogue n'en restera pas moins là. » Sur place, il existe une forte opposition au titre ancestral des Haïdas, en particulier à Queen Charlotte City, la capitale administrative des îles. « C'est pas évident. L'inconnu fait peur, lâche Lore avec philosophie, avant de conclure par une déclaration qui pourrait être extraite des écrits d'Hadwin : Ce qui nous arrive montre que le statu quo nous est fatal.

Les gens ne changent jamais sans y être poussés par la nécessité[1]. »

*

Le sort d'Haida Gwaii illustre, à petite échelle, le destin de toute la côte Nord-Ouest. Or ce qu'il y a de plus extraordinaire dans ces îles – et dans tout le continent nord-américain, d'ailleurs –, c'est la facilité avec laquelle elles pardonnent les affronts. À la différence du Moyen-Orient et de ses étendues désertiques, cette région possède jusqu'à présent un formidable pouvoir de régénération. La Nouvelle-Angleterre, berceau de l'industrie du bois nord-américaine, a connu des changements remarquables depuis que de nombreux champs autrefois cultivés puis abandonnés après la Seconde Guerre mondiale sont retournés à leur état originel et que des forêts y poussent pour la première fois depuis des siècles. Dans une grande partie de la région, la faune locale avait depuis longtemps été réduite à une petite ménagerie périurbaine d'écureuils, de tamias, de marmottes et de putois. Il y a encore trente ans, même les biches et les renards avaient déserté la région. Mais en quelques dizaines d'années, la situation a radicalement changé. Avec la réapparition des forêts et le recul de la chasse, des espèces depuis longtemps disparues ont commencé à revenir. Le coyote, le castor et le dindon sauvage y sont redevenus des espèces communes, de même que le pygargue à tête blanche. La population des cerfs a explosé

---

1. En 2005, la société Brookfield Asset Management (anciennement Brascan), firme internationale de gestion d'actifs établie à Toronto, a racheté l'activité d'exploitation côtière de Weyerhaeuser, y compris à Haida Gwaii. Cette opération, perçue comme une violation de l'arrêt de 2004 par lequel la Cour suprême exigeait que la province consulte les Haïdas préalablement à ces transferts, déclencha un mois de blocus de l'activité d'abattage par Islands Spirit Rising, une alliance composée de Haïdas et de Blancs vivant dans les îles, parmi lesquels beaucoup de bûcherons. *(N.d.A.)*

(ce qui menace les espèces de plantes indigènes). Si on laisse cette tendance se confirmer, il faudra peu de temps avant que l'ours noir, le lynx, le puma et le loup ne reprennent leur juste place dans l'écosystème longtemps dénaturé de la Nouvelle-Angleterre. Il n'en va pas de même pour les rivières : le saumon sauvage de l'Atlantique a perdu soixante-quinze pour cent de sa population depuis vingt ans. Aujourd'hui, l'espèce n'existe quasiment plus que sous la forme du saumon d'élevage, dont la chair doit être colorée en rose pour avoir l'air « vraie ».

À cinq mille six cents kilomètres de là, à l'autre extrémité de l'exploitation forestière, le processus de régénération s'annonce beaucoup plus complexe pour Haida Gwaii. Depuis dix ans, la population des Anglo-Canadiens y a reculé de plus de dix pour cent avec la disparition des emplois dans la pêche et le bûcheronnage, mais celle des autochtones est en plein essor. Les projets de réintroduction de la loutre de mer sont continuellement contrecarrés par les pêcheurs et les chasseurs d'ormeaux qui craignent la compétition et oublient que ce sont les hommes qui au départ ont décimé ces mollusques autrefois abondants dans l'archipel. Pour compliquer la situation un peu plus, il a été proposé de lever le moratoire établi il y a trente ans sur l'exploration pétrolière autour des îles. Sur terre, le dilemme est d'une autre nature : peu après que le dernier caribou de Dawson eut été tué en 1908, le cerf à queue noire de Sitka fut introduit dans l'archipel. En l'absence de prédateurs naturels, l'espèce a connu une explosion démographique et compte désormais plusieurs dizaines de milliers de spécimens. Nul n'avait prévu que deux de ses mets favoris seraient des aliments de base des sous-bois : les jeunes plants de cèdres rouges et les buissons de salal. En comparaison de ce qu'elles étaient il y a cent ans, la plupart de ces îles ont l'apparence ordonnée de parcs : les épais taillis ont disparu, dégageant la vue sur des dizaines de mètres. Le paysage est beau, mais la pénurie de jeunes cèdres a quelque chose d'alarmant. Le cèdre a fourni aux Haïdas leur habitat et leurs vêtements et défini leur identité depuis des millénaires. Aujourd'hui les sculpteurs se demandent de quel bois sera faite la prochaine génération de totems. L'épicéa de Sitka s'en sort un peu mieux. Dans la vallée de la Yakoun, les coupes claires, replantées dans les années 1960, forment déjà des forêts d'une trentaine de mètres de haut. Cependant certaines îles et montagnes ont toujours l'air d'avoir été écorchées vives, tant l'érosion qui a succédé aux coupes claires a été importante. Il reste encore à savoir si cette nouvelle génération de forêts planifiées pourra jamais rivaliser en élégance broussailleuse et en complexité monumentale avec ses ancêtres sauvages et si les gens qui les administrent auront la patience et le désir d'attendre jusque-là.

# Épilogue

## LA RENAISSANCE

> *Comme cela ressemble à un rêve.*
> *Combien de temps cela se dressera-t-il ici maintenant ?*
>
> W. S. Merwin, « Désabattre un arbre »

Port Clements a beaucoup souffert. Non seulement la ville a perdu sa mascotte (l'Arbre d'or est l'élément central de son blason), mais en novembre de la même année, son corbeau albinos est mort dans une étincelle aveuglante, électrocuté par un transformateur devant le Golden Spruce Motel. Les authentiques corbeaux albinos – contrairement aux corbeaux gris ou mouchetés – sont des phénomènes exceptionnels. Pour se faire une idée de leur rareté, sachez que l'Alaska et la Colombie-Britannique réunies couvrent un territoire de près de deux millions et demi de kilomètres carrés et abritent la plus importante population de corbeaux du continent. Pourtant dans toute l'histoire de l'observation et de la conservation des oiseaux, jamais un vrai spécimen de corbeau albinos n'a été recensé en Alaska. Celui de Port Clements était le seul jamais observé en Colombie-Britannique (il a depuis été empaillé et se trouve maintenant exposé au musée municipal du Bûcheronnage). Dans le panthéon haïda, le corbeau est la créature la plus puissante. C'est un corbeau qui a fait venir au monde les premiers hommes. Selon une fameuse histoire haïda, le corbeau était tout d'abord blanc. Il a pris sa couleur noire en sortant du conduit de cheminée d'une grande maison communautaire, après avoir repris la lumière pour un monde qui avait été plongé dans les ténèbres par un puissant chef. Par un curieux exemple de cohérence mystique, la mort du corbeau blanc de Port Clements a provoqué une coupure d'électricité et plongé la ville dans le noir. Pour quelle raison deux créatures exceptionnelles et lumineuses ont-elles réussi à vivre contre toute probabilité pour rencontrer la mort dans des circonstances aussi bizarres, sur la même île, à seulement quelques kilomètres et quelques mois de distance ? C'est à n'y rien comprendre. La science et les statistiques ne pouvant apporter une réponse à cette question troublante, le vide doit être comblé par le mythe, la foi ou la simple perplexité.

Pour les habitants de l'île, l'Arbre d'or n'est plus qu'un souvenir chéri et un regret. Les gens qui ont perdu un être proche disent que c'est comme si une lumière s'était éteinte dans leur vie. C'est exactement ce qui s'est passé avec l'Arbre d'or. Sa disparition a été d'autant plus durement ressentie qu'il avait grandi dans un lieu où la lumière est un bien des plus précieux. « Il pleut beaucoup par ici, explique un résident de longue date. Et le ciel est toujours nuageux. L'Arbre d'or semblait perpétuellement éclairé par la lumière du soleil. »

Sous la cicatrice du pardon et de la résignation philosophique se cache une amertume plus vivace que jamais. Lors d'une réunion avec des anciens du clan Tsiij git'anee où l'on s'était interrogé sur ce qu'était devenu Hadwin, il apparut clairement que tous le croyaient encore vivant. Quand un membre de l'assistance laissa entendre qu'il pourrait revenir à Haida Gwaii, la plus âgée d'entre eux, Dorothy Bell, surnommée « la mère de tous », une adorable octogénaire adepte du crochet, secoua la tête en signe de dénégation. « Si ce misérable remet les pieds ici, j'espère bien qu'on le pendra par le cou », prononça-t-elle d'une voix lugubre. Cinq ans s'étaient écoulés depuis que l'arbre avait été abattu.

Lors d'une conversation semblable avec un groupe de marins, un homme qui avait croisé sans le savoir la route d'Hadwin dans le port de Prince Rupert déclara : « Je lui serais rentré dedans avec mon remorqueur si j'avais su que c'était lui. » Personne n'a ri. Dale Lore exprima le même sentiment quand un conducteur de gros engin appelé Don Bigg kidnappa une jeune Haïda en décembre 2000. Capturé et inculpé par le tribunal de Masset, l'homme menotté fut transporté par hydravion jusqu'à Prince Rupert. Parmi les autres passagers du vol se trouvait le juge qui venait d'entendre son affaire. Au milieu du détroit d'Hécate, Bigg fut pris d'une soudaine envie de quitter l'avion avec une escorte policière de cinquante-cinq kilos accrochée à sa jambe. Finalement, il partit seul et finit sa course en pleine mer, après un plongeon de mille cinq cents mètres. Son corps ne fut jamais retrouvé, mais une semaine plus tard une sombre plaisanterie commença à circuler : « Espérons que cette ordure a atterri sur la tête de Grant. »

Toutes proportions gardées, les gens ici éprouvent à l'encontre d'Hadwin des sentiments similaires à ceux que Timothy McVeigh[1] suscite aux États-Unis. C'est un

---

1. Timothy James McVeigh est l'auteur d'un attentat à la voiture piégée qui fit 168 morts et plusieurs centaines de blessés dans la ville d'Oklahoma City, le 19 avril 1995. *(N.d.T.)*

étranger qui est venu chez eux pour tuer ce qui leur était cher. S'ils lui mettent la main dessus un jour, ils le tueront. Pour beaucoup de Haïdas, Hadwin est un autre de ces Blancs qui a débarqué dans leurs îles pour y prendre ce qu'il voulait et qui a laissé en échange une autre maladie importée. Cette fois, une nouvelle souche de terrorisme. Hadwin a payé cependant, et chèrement : qu'il soit vivant ou mort, il est devenu à tous égards ce que les Haïdas appellent un *gagiid*, « un aliéné ». Ce mot désigne ceux dont le bateau a chaviré pendant la saison hivernale. Ayant échappé de peu à la noyade, ils en ont perdu la raison. Les masques de danse représentant cette créature sont reconnaissables à leur regard halluciné, ainsi qu'à leur peau verte ou bleue, signe d'une exposition prolongée au froid. Leurs joues sont parfois hérissées d'épines d'oursin – illustration parlante des efforts que le *gagiid* est prêt à faire pour ne pas mourir de faim, tandis qu'il est ballotté entre deux mondes, dans des limbes violents et solitaires. Mais moyennant un bon équipement et une bonne observation du rituel, le *gagiid* peut être capturé et rendu à son état d'humain, comme on traiterait en Europe une personne traumatisée ou souffrant de troubles mentaux par des soins attentionnés, la parole ou la pharmacopée [1].

Ian Lordon est le journaliste qui a couvert l'histoire de l'Arbre d'or pour l'*Observer* des îles de la Reine-Charlotte. Ses articles ont beaucoup contribué à faire apparaître les nuances et la complexité de cette affaire et il a bien compris que celle-ci se jouait à deux niveaux : « Nous assistons à une nouvelle histoire haïda intitulée "La mort de l'Arbre d'or". En un sens, nous pouvons nous estimer chanceux d'avoir été les témoins de l'événement qui a déclenché ce processus. »

---

1. Le grand-père de l'artiste Robert Davidson a décrit le *gagiid* comme « un être dont l'esprit est trop fort pour mourir ». Parlant du peuple haïda, Davidson dit : « À ce compte-là, nous sommes tous des *gagiids*. » (*N.d.A.*)

Après la mort de l'arbre, plusieurs idées furent proposées pour honorer sa mémoire. On suggéra d'y sculpter un totem qui veillerait comme une sentinelle sur la vallée de la Yakoun ; de le débiter en plusieurs tronçons qui seraient distribués à des artistes haïdas renommés pour qu'ils en donnent leur propre interprétation ; et enfin d'en scier le bois pour fabriquer des guitares. L'épicéa de Sitka est l'un des meilleurs bois au monde pour la confection des caisses de guitares acoustiques. Le projet prévoyait de confier ce bois à un groupe de luthiers haïdas fabricants de guitares haut de gamme pour une édition spéciale dite de « l'Arbre d'or ». Si ces projets n'ont jamais abouti, c'est en partie à cause de problèmes de logistique liés à la difficulté de sortir un arbre de cette taille d'une parcelle de forêt vierge encore dépourvue de route, au fait que l'épicéa est un bois beaucoup plus difficile à sculpter que le cèdre, à la nature humaine – sa propension à l'inertie et aux querelles intestines – et pour finir au simple respect des morts.

Entretemps, l'Arbre d'or a retrouvé une vie, plusieurs vies en réalité, puisqu'il est devenu à son tour un tronc nourricier. Aujourd'hui, son tronc est entièrement recouvert d'une épaisse fourrure de jeunes plants, dont chaque spécimen a la ferme intention de vaincre l'adversité. Mais le pouvoir de régénération de l'arbre trouve à se manifester d'une autre façon bien plus surprenante. Par une capacité d'adaptation remarquable, il a su tirer profit de l'espèce qui l'a tué et en a fait le vecteur de sa réussite. À l'insu de tous chez MacMillan Bloedel, à l'université de Colombie-Britannique et à Haida Gwaii, l'Arbre d'or est devenu l'épicéa de Sitka le plus dispersé de la planète, et cela par la volonté d'un seul homme.

En 1980, par un après-midi de printemps, Bob Fincham, professeur de sciences naturelles dans un lycée, se garant devant sa maison de Lehighton, en Pennsylvanie, trouva une grande caisse près de la porte de son garage. L'adresse de l'expéditeur au Canada lui était inconnue, mais Fincham, collectionneur passionné de conifères, est une nature optimiste, si bien qu'il ouvrit le colis le cœur plein d'espoir. La boîte renfermait plusieurs plantes dans des pots en plastique, parmi lesquelles une pousse d'épicéa de Sitka. Fin connaisseur des conifères, Fincham est un spécialiste des variantes cultivées – des mutations agréables à l'œil destinées à la plantation en jardin – mais il n'en avait jamais vu de pareille. Il n'avait non plus jamais entendu le nom de la personne qui la lui envoyait : un autre grand amateur de conifères, boucher dans un supermarché de Victoria, qui s'appelait Gordon Bentham. Bentham était lui aussi une nature optimiste. Il avait entendu parler de Fincham et de son impressionnante collection de conifères. Il espérait qu'en lui envoyant l'un des greffons de l'Arbre d'or dont il avait récemment fait l'acquisition, il pourrait obtenir en échange un spécimen tout aussi exotique. Ce cadeau tombé du ciel scella le début d'une grande amitié qui ne s'éteignit qu'avec la mort de Bentham en 1991.

Le greffon de Fincham est de la même génération que ceux acquis par Roy Taylor (également auprès de Bentham) pour la collection de l'université de Colombie-Britannique. Comme ses frères, celui-là est rachitique, plagiotropique et n'a jamais produit de cônes. À part ça, il est parfaitement sain. Il a même survécu à la traversée de l'État de Washington, où il vit désormais sur la nouvelle plantation de Fincham, qui compte 1 400 espèces cultivées de conifères du monde entier. Plusieurs sont dorées (ce sont des hybrides dorés de nombreuses espèces de conifères), mais si l'on en croit Fincham aucune n'est aussi lumineuse que celle qu'il a baptisée le Soleil de Bentham. « Les gens l'aperçoivent de loin et se dirigent immédiatement vers lui », explique Dianne, sa femme.

En plus de collectionner des spécimens de conifères rares et curieux, la famille Fincham en fait aussi le commerce. Comme Bob Fincham a aussi un talent pour les greffes, il partage le Soleil de Bentham avec le reste du monde depuis plus de vingt ans. Des boutures de ce plant poussent maintenant en Suède, aux Pays-Bas, en Australie, en Nouvelle-Zélande, en Corée du Sud, en divers endroits des États-Unis, mais aussi ailleurs. Le prix actuel d'un greffon en pot est de 40 dollars, hors frais d'expédition.

Mais, depuis peu, la compétition s'est développée et l'un des bénéficiaires des plants de Fincham, la pépinière de collection de Battleground, dans l'État de Washington, a publié l'annonce suivante sur son site web :

**20 dollars pour un greffon de *Picea sitchensis*, le « Soleil de Bentham »**

*Nouveauté !* Un morceau d'histoire d'un spécimen légendaire d'épicéa de Sitka doré vieux de trois cents ans. Poussé à l'état sauvage sous le voile de brume des îles de la Reine-Charlotte, au Canada, l'arbre sacré des Haïdas connut une fin tragique. En 1997, un homme l'a abattu dans un geste de protestation contre l'apathie générale face à la pratique des coupes claires. L'homme qui a disparu avant d'être jugé est présumé mort. On n'a retrouvé de lui que les restes de son kayak fracassé et quelques pièces rudimentaires d'équipement de camping. Histoire, symbolisme sacré, tragédie, mystère, tous les ingrédients d'un bon récit sont là. Des greffons ont été prélevés sur l'arbre abattu et des tentatives ont été faites pour les réimplanter sur le porte-greffe d'origine. Vous pouvez lire toute l'histoire dans le bulletin de la Société américaine de conifères daté de l'automne 1997.

Fincham, spécialiste reconnu des conifères, planche sur une version révisée du *Manuel des conifères cultivés* de Krussmann (publié par Timber Press), l'un des ouvrages de référence sur le sujet. Si personne n'élève d'objection avant la mise sous presse de cette nouvelle édition, l'épicéa d'or y figurera sous le nom commun (ou épithète) de « soleil de Bentham ». Dans le monde de l'horticulture, celui qui attribue un nom à une nouvelle plante ou espèce cultivée en devient l'auteur. Or Oscar Sziklai, l'auteur du *Picea sitchensis* « Aurea », avait emprunté une épithète déjà utilisée. En effet, il existe en Australie un cultivar d'épicéa de Sitka de couleur vert pâle – et non pas dorée – qui porte déjà ce nom. Mais celui-ci non plus n'est pas valide, parce que les épithètes latines attribuées aux cultivars n'ont plus été homologuées par l'Autorité internationale d'homologation des cultivars – l'arbitre officiel en matière de taxonomie des plantes – depuis 1958. Cette année-là a été instituée une nouvelle politique en matière de taxonomie qui associe le latin à la langue maternelle de l'auteur, comme par exemple dans la dénomination *Picea sitchensis* « Soleil de Bentham ». Comment les Haïdas vont-ils répondre à cela, à supposer qu'ils répondent ? Cela reste à voir, mais ils ont des problèmes plus urgents à régler. Le plus important étant de déterminer comment reprendre le contrôle des îles qu'ils n'ont officiellement jamais cédées.

Au printemps 2000, les greffons de l'Arbre d'or confiés aux soins de Luanne Palmer ont été déclarés prêts à la transplantation. Ils ont été entourés des précautions habituellement réservées aux chefs-d'œuvre de la peinture ou aux matières hautement toxiques. Ignorant tout de l'existence des clones créés par Fincham, les Haïdas ont fait clairement savoir qu'aucune bouture ne devrait être prélevée, sauf si sa distribution était placée sous le contrôle de la tribu. Leur première préoccupation n'était pas différente de celle de MacMillan Bloedel, quarante ans plus tôt : ils ne voulaient pas que l'arbre – ou ses branches – soit commercialisé ou transformé en souvenir par des collectionneurs avides. Le ministère des Forêts a accepté leurs conditions et conserve pour eux les boutures en lieu sûr. En raison de l'endroit où elles ont été prélevées sur l'Arbre d'or, il y a de fortes chances qu'elles produisent un résultat très différent des clones de deuxième génération cultivés par Fincham.

Les Haïdas ont offert à la ville de Port Clements l'un des greffons de Luanne Palmer. Il a été planté près d'une église, dans le nouveau parc du Millénaire aménagé par la ville, où il sera peut-être l'arbre le plus protégé d'Haida Gwaii. La pousse grêle, de quelques dizaines de centimètres, est entourée d'une clôture grillagée de deux mètres et demi de haut, surmontée de fils barbelés. En juin 2001, un petit groupe de Tsiij git'anee a organisé une cérémonie privée à l'occasion de laquelle un second plant a été mis en terre près de la souche originale, sur la rive de la Yakoun. Les deux arbres poussent dans des zones ombragées, où ils semblent en assez bonne santé avec leurs aiguilles dorées entremêlées aux aiguilles vertes. Le temps seul nous dira s'ils deviendront des nains plagiotropiques, comme l'ont été tous les autres spécimens artificiellement propagés jusqu'ici, ou si, provenant de la couronne dorée de leur arbre parent, ils se montreront à la hauteur du noble message dont ils sont porteurs.

## Unités de mesure du bois

Pied-planche = 12 pouces x 12 pouces x 1 pouce (30,5 centimètres x 30,5 centimètres x 2,54 centimètres)
Pied cube = 12 pieds-planches
Mètre cube (ou stère) = 420 pieds-planches ou 35 pieds cubes
Tonne = 1 mètre cube de bois (en moyenne)
Corde = env. 128 pieds cubes

Un camion grumier peut transporter vingt-cinq grumes de 15 mètres sur 60 centimètres (environ 40 stères).

Les navires *Haida Monarch* et *Haida Brave* peuvent transporter environ 15 000 stères de bois (soit approximativement la charge de 375 camions).

Une grosse grume (10 mètres x 3 mètres) représente un volume de 11 500 pieds cubes (60 tonnes).

La construction d'une habitation type de 185 mètres carrés nécessite près de 16 000 pieds-planches de bois d'œuvre et 560 mètres carrés de panneaux structurels, de type contreplaqué.

Il faut environ 550 stères de bois pour produire une édition dominicale du *Globe* et du *Mail*, à quoi il faut ajouter 13 millions de litres d'eau et 7,5 milliards de BTU (British Thermal Units) d'énergie.

Il faut environ 20 stères de bois pour fabriquer 10 000 exemplaires d'un livre de taille moyenne, à quoi il faut ajouter 450 000 litres d'eau et 230 millions de BTU d'énergie.

# BIBLIOGRAPHIE

ACHESON, STEVEN R., « Ninstints' Village : A Case of Mistaken Identity », *BC Studies*, n° 67, Automne 1985, p. 47-56.
—, « In the Wake of the ya'aats'xaatgaay [Iron People] : A Study of Changing Settlement Strategies among the Kunghit Haida », *British Archaeological Reports*, n° 711, 1998.
—, « Ships for Taking : Culture Contact and the Maritime Fur Trade on the Northwest Coast of North America », *The Archaeology of Contact in Settler Societies*, Tim Murray *et al.* (éd.), Cambridge, Royaume-Uni, 2004, p. 48-77.
ANDREWS, CLARENCE L., *The Story of Sitka; the Historic Outpost of the Northwest Coast, the Chief Factory of the Russian American Company*, Seattle, Washington, 1922.
ANDREWS, RALPH W., *Glory Days of Logging : Action in the Big Woods – British Columbia to California*, New York, 1956.
—, *Timber : Toil and Trouble in the Big Woods*, Atglen, Pennsylvanie, 1968.
APSEY, MIKE, *et al.*, « The Perpetual Forest : Using Lessons from the Past to Sustain Canada's Forests in the Future », *Forestry Chronicle*, vol. 76, n° 1 (janvier-février), 2000, p. 29-53.
BARMAN, JEAN, *The West Beyond the West : A History of British Columbia*, Toronto, Ontario, 1991.

BLACKMAN, MARGARET B., « Window on the Past : The Photographic Ethnohistory of the Northern and Kaigani Haida », *National Museum of Man, Mercury Series* (Canadian Ethnology Service), n° 74, Ottawa, Ontario, 1981.

BLACKMORE, STEPHEN et ELIZABETH TOOTILL (éd.), *The Facts on File Dictionary of Botany*, Aylesbury, Royaume-Uni, 1984.

BOIT, JOHN (EDMUND HAYES [éd.]), « Log of the Union : John Boit's Remarkable Voyage to the Northwest Coast and around the World, 1794-1796 », *North Pacific Studies*, n° 6, Portland, Oregon, 1981.

BRINGHURST, ROBERT, *A Story as Sharp as a Knife : The Classical Haida Mythtellers and Their World*, Vancouver, BC, 1999.

CAREY, NEIL G., *A Guide to the Queen Charlotte Islands*, Vancouver, BC, 1998.

CAUFIELD, CATHERINE, « The Ancient Forest », *The New Yorker*, 14 mai 1990, p. 46-84.

CHASE, ALSTON, *In a Dark Wood : The Fight over Forests and the Rising Tyranny of Ecology*, New York, 1995.

COLLISON, FRANK, *et al.*, *Yakoun : River of Life*, Masset, BC, 1990.

CONNELL, EVAN S., *Son of the Morning Star : Custer and the Little Bighorn*, San Francisco, Californie, 1984.

DALZELL, KATHLEEN E., *The Queen Charlotte Islands, 1774-1966*, Terrace, BC, 1968.

—, *The Queen Charlotte Islands*, Book 2 : *Of Places and Names*, Prince Rupert, BC, 1973.

DAVIS, CHUCK (éd.), *The Greater Vancouver Book : An Urban Encyclopaedia*, Surrey, BC, 1997.

DIETRICH, WILLIAM, *The Final Forest : The Battle for the Last Great Trees of the Pacific Northwest*, New York, 1992.

ECOTRUST CANADA, *Seeing the Ocean Through the Trees : A Conservation-Based Development Strategy for Clayoquot Sound*, Vancouver, BC, 1997.

FAWCETT, BRIAN, *Virtual Clearcut : or, The Way Things Are in My Hometown*, Toronto, Ontario, 2003.

FINCHAM, ROBERT, « Gordon and the Haida », *Coenosium Newsletter*, vol. 1, n° 1 (hiver 1998).

FRANK, STEVEN, « Schools of Shame », *Time* (édition canadienne), 28 juillet 2003, p. 30-39.

GIBSON, GORDON (et CAROL RENISON), *Bull of the Woods : The Gordon Gibson Story*, Vancouver, BC, 1980.

GIBSON, JAMES R., *Otter Skins, Boston Ships and China Goods : The Maritime Fur Trade of the Northwest Coast, 1785-1841*, Montréal, Québec, 1992.

GILL, IAN, *Haida Gwaii : Journeys Through the Queen Charlotte Islands*, Vancouver, BC, 1997.

GOULD, ED, *Logging : British Columbia's Logging History*, Vancouver, BC, 1975.

GRAINGER, MARTIN A., *Woodsmen of the West*, Londres, Royaume-Uni, 1908.

GROVE, RICHARD, « The Origins of Environmentalism », *Nature*, vol. 345 (mai 1990), p. 11-14.

HARRISON, JAMES P., *Forests : The Shadow of Civilization*, Chicago, Illinois, 1992.

HAYES, DEREK, *Historical Atlas of the Pacific Northwest : Maps of Exploration and Discovery*, Seattle, Washington, 1999.

HAYS, FINLEY, *Lies, Logs and Loggers*, Chehalis, Washington, 1961.

HERNDON, GRACE, *Cut and Run : Saying Goodbye to the Last Great Forests in the West*, Telluride, Colorado, 1991.

HINDLE, BROOKE (éd.), *America's Wooden Age : Aspects of Its Early Technology*, Tarrytown, NY, 1975.

HORSFIELD, MARGARET, *Cougar Annie's Garden*, Nanaimo, BC, 1999.

KLENMAN, ALLAN, *Axemakers of North America*, Victoria, BC, 1990.

LANGE, OWEN S., *Living with Weather Along the British Columbia Coast : The Veil of Chaos*, Victoria, BC, 2003.

LILLARD, CHARLES, *The Ghostland People : A Documentary History of the Queen Charlotte Islands, 1859-1906*, Victoria, BC, 1989.

—, *Just East of Sundown : The Queen Charlotte Islands*, Victoria, BC, 1995.

—, « Revenge of the Pebble Town People : A Raid on the Tlingit », *BC Studies*, n° 115 et 116 (automne-hiver 1997-1998), p. 83-104.

LOVTSOV, VASSILII FEDOROVICH, *The Lovtsov Atlas of the North Pacific Ocean (1782)*, traduction, introduction et notes de Lydia T. Black et Richard A. Pierce (éd.), Kingston, Ontario, 1991.

LUKOFF, D., F. LU et R. TURNER, « From Spiritual Emergency to Spiritual Problem : The Transpersonal Roots of the New

DSM-IV Category », *Journal of Humanistic Psychology*, vol. 38, n°2 (1998), p. 21-50.

LUOMA, JON R., *The Hidden Forest : The Biography of an Ecosystem*, New York, 1999.

MACDONALD, BRUCE, *Vancouver : A Visual History*, Vancouver, BC, 1992.

MACDONALD, GEORGE F., *Haida Monumental Art : Villages of the Queen Charlotte Islands*, Vancouver, BC, 1983.

MACKAY, DONALD, *Empire of Wood : The MacMillan Bloedel Story*, Vancouver, BC, 1982.

MACMILLAN BLOEDEL, Ltd., « The Backwoods Baronet and the Golden Spruce », Lettre d'information, Vancouver, BC, 25 novembre 1974.

MACQUEEN, KEN, « Blood in the Woods : Logging is Dangerous Work », *Maclean's*, 19 janvier 2004, p. 31-33.

MAHOOD, IAN (et KEN DRUSHKA), *Three Men and a Forester*, Madeira Park, BC, 1990.

MANNING, SAMUEL F., *New England Masts and the King's Broad Arrow*, Kennebunk, Maine, 1979.

MARCHAND, ÉTIENNE, *Journal de bord d'Étienne Marchand : le voyage du* Solide *autour du monde, 1790-1792*, édition établie et présentée par Odile Gannier et Cécile Picquoin, Paris, Éd. du Comité des travaux historiques et scientifiques, 2005.

MARSH, GEORGE PERKINS, *Man and Nature or Physical Geography as Modified by Human Action*, David Lowenthal (éd.), Cambridge, Massachusetts, 1965.

MAY, ELIZABETH, *Paradise Won : The Struggle for South Moresby*, Toronto, Ontario, 1990.

McCULLOCH, WALTER F., *Woods Words : A Comprehensive Dictionary of Loggers Terms*, Portland, Oregon, 1958.

NICHOLS, MARK, « The World Is Watching : Is Canada an Environmental Outlaw? », *Maclean's*, 16 août 1993, p. 22-27.

PARFITT, BEN, *Forest Follies : Adventures and Misadventures in the Great Canadian Forest*, Madeira Park, BC, 1998.

PERLIN, JOHN, *A Forest Journey : The Role of Wood in the Development of Civilization*, New York, 1989.

PETERSON, E. B., *et al.*, *Ecology and Management of Sitka Spruce, Emphasizing Its Natural Range in British Columbia*, Vancouver, BC, 1997.

Pike, Robert E., *Tall Trees and Tough Men*, New York, 1967.
Platt, Rutherford, *The Great American Forest*, Englewood Cliffs, New Jersey, 1965.
Pojar, Jim, et Andy MacKinnon, *Plants of Coastal British Columbia*, Vancouver, BC, 1994.
Price, Simon, et Emily Kearns (éd.), *The Oxford Dictionary of Classical Myth and Religion*, Oxford, Royaume-Uni, 2003.
Pyne, Stephen J., *Fire in America : A Cultural History of Wildland and Rural Fire*, Princeton, New Jersey, 1982.
Raban, Jonathan, *Passage to Juneau : A Sea and Its Meanings*, New York, 1999.
Schama, Simon, *Landscape and Memory*, New York, 1995.
Scott, Grant R., « Some Morphological and Physiological Differences between Normal Sitka Spruce and a Yellow Mutant », mémoire de maîtrise de la faculté de sylviculture, université de Colombie-Britannique, Vancouver, BC, 1969.
Shearar, Cheryl, *Understanding Northwest Coast Art : A Guide to Crests, Beings and Symbols*, Vancouver, BC, 2000.
Sloane, Eric, *A Reverence for Wood*, New York, 1965.
Snyder, Gary, *The Gary Snyder Reader : Prose, Poetry, and Translations*, Washington, DC, 1999.
Swanton, John R. (John Enrico [éd.]), *Skidegate Haida Myths and Histories*, Skidegate, BC, 1995.
Thoreau, Henry D., *The Maine Woods*, Boston, Massachusetts, 1864.
Trower, Peter, *Bush Poems*, Madeira Park, BC, 1978.
—, *Chainsaws in the Cathedral*, Victoria, BC, 1999.
—, *Haunted Hills & Hanging Valleys : Selected Poems 1969-2004*, Madeira Park, BC, 2004.
Van Syckle, Edwin, *They Tried to Cut It All : Grays Harbor – Turbulent Years of Greed and Greatness*, Aberdeen, Washington, DC, 1980.
Villiers, Alan, *Captain James Cook*, New York, 1967.
Weigand, Jim, *et al.*, « Coastal Temperate Rain Forests : Ecological Characteristics, Status and Distribution Worldwide », *Ecotrust/Conservation International, Occasional Paper Series*, n° 1, Portland, Oregon, juin 1992.
Williams, Gerald R., « The Spruce Production Division », *Forestry History Today*, printemps 1999.

WILLIAMS, MICHAEL, *Americans and Their Forests : A Historical Geography*, Cambridge, Royaume-Uni, 1989.
WRIGHT, ROBIN K., *Northern Haida Master Carvers*, Vancouver, BC, 2001.
WYATT, GARY, *Spirit Faces : Contemporary Native American Masks from the Northwest*, San Francisco, Californie, 1995.

VIDÉOS
*Voices from the Talking Stick*. Todd (Tyarm) Merrell, 1997.
Images personnelles ; Archie Stocker.

# NOTES

**PROLOGUE**
15 Informations sur la découverte du kayak : Scott Walker. Entretien privé.

**Chapitre 1 : UN SEUIL ENTRE DEUX MONDES**
23 ... un cortège implacable de systèmes dépressionnaires a fait tomber vingt-huit mètres de neige... : « Évaluation par le Comité national des valeurs climatiques extrêmes du rapport faisant état d'un record national de chutes de neige de 1 140 pouces au mont Baker 1998-1999, État de Washington, Domaine skiable », résultats présentés à la 57ᵉ session de l'Eastern Snow Conference, Syracuse, État de New York, 2000, www.easternsnow.org/proceedings/2000/leffler.pdf.
24 Informations sur la position et la composition originales des forêts costales tempérées : Weigand *et al.*
25 Désert biologique : Luoma, p. 42.
26 Selon une estimation, un mètre carré de terre de forêt tempérée... : *ibid.*, p. 94.
26 Andy Moldenke, entomologiste à l'université d'État de l'Oregon... : *ibid.*, p. 97.
29 « L'ouest de l'Ouest » : Lillard, *The Ghostland People*, p. 33.
30 « L'effet atmosphérique se manifestait ici d'une manière visible par une illusion d'optique... » : *ibid.*, p. 305.
30 « Sous-zone très humide hypermaritime » : Peterson *et al.*, p. 4.
30 Vingt-trois espèces de baleines vivent de façon permanente ou

transitoire dans leurs eaux : Doug Sandilands, chercheur, Réseau d'observation des cétacés de Colombie-Britannique. Entretien privé.

31 « C'est une garce au cœur noir… » : Dalzell, *The Queen Charlotte Islands*, Tome 2 : *Of Places and Names*, p. 152.

36 « Je ne l'ai même pas marqué de ma hache… » : MacMillan Bloedel, p. 6.

### Chapitre 2 : LE DÉBUT DE LA FIN

39 « Tu t'enfonçais dans la terre si profond que tu te retrouvais couvert de boue… » : Wesley Pearson. Entretien privé.

43 Sur la côte de Washington, pour la seule année 1925, un comté a perdu plus de cent hommes… : Van Syckle, p. 65.

46 « Ça te plaît-y, hein ?… » : Aubrey Harris. Entretien privé.

### Chapitre 3 : UNE PASSERELLE JUSQU'À LA PLANÈTE MARS

57 « … la forêt abritait de sacrées foutues bêtes sauvages… » : Peter Trower. Entretien privé.

61 … un « as au pegboard »… : Truls Skogland. Entretien privé.

61 « Il était tellement bien élevé… » : Tom Lundgren. Entretien privé.

62 « … Tom Hadwin avait toujours le dernier mot » : Harry Purney. Entretien privé.

66 « Les mains dans les poches… » : Paul Clark. Entretien privé.

67 « La cerise de l'inattendu sur le gâteau de l'imprévu » : Fawcett, p. 55.

### Chapitre 4 : LE PEUPLE PREMIER

75 « … des prospecteurs hors pair et qu'ils savaient tout ce qu'il y a à savoir sur l'extraction de l'or » : Rapport de William Downie, 10 octobre 1859. Lillard, *The Ghostland People*, p. 92-95.

75 « … très grandes et capables de transporter une centaine de personnes… » : « The Haidah Indians of Queen Charlotte's Islands », James G. Swan, 1873. Lillard, *The Ghostland People*, p. 121.

77 On a beaucoup spéculé sur la question de savoir jusqu'où ils étaient allés : voir *Tilikum : Luxton's Pacific Crossing – Being the Journal of Norman Kenny Luxton, Mate of the Tilikum, May 20, 1901, Victoria, BC, To October 18, 1901, Suva Fiji*. Sidney, Colombie-Britannique, 1971.

77 En se fondant sur les routes commerciales et la technologie maritime de l'époque… : Lillard, *Just East of Sundown*, p. 51.

79 (note) Bien qu'attribuée aux Haïdas, cette embarcation est probablement… : Bill McLennan, Conservateur/responsable de projet, Musée d'Anthropologie de l'université de Colombie-Britannique. Entretien privé.

81 « Les îles sorties d'une cachette (surnaturelle) » : Guujaaw, Nathalie Macfarlane. Entretiens privés.

Chapitre 5 : Féroce comme le loup
94 Un lieu légendaire baptisé Fousang : Hayes, p. 9.
94 « L'arrière-train de l'Amérique » : *ibid*, p. 7.
95 « Aussi abondantes que des mûres » : Shakespeare, *Le Roi Henri IV*, Acte II, scène IV. Falstaff : « Quand les raisons seraient aussi abondantes que les mûres, je n'en donnerais à personne par contrainte, moi ! » Cette citation était bien connue des Britanniques lettrés du XVIIIe siècle.
96 L'équivalent de 2 400 dollars américains d'aujourd'hui : « Inflation Conversion Factors for Years 1665 to estimated 2013 », © 2003 Robert C. Sahr. Département des sciences politiques, université d'État de l'Oregon.
99 Redoutable, sauvage, barbare et féroce comme le loup : Gibson, p. 147.
99 Ces grêlons gros comme des glaçons qui abattent les oiseaux en plein vol : Michael Scott. Entretien privé.
99 « C'était comme chier par les dents » : Gibson, p. 138.
101 La variole avait certainement précédé l'arrivée des marchands : Acheson, *BC Studies*, p. 50.
102 « … ces artistes du Nord-Ouest auraient été capables de maquiller la couleur d'un cheval… » : J. R. Gibson, p. 159.
105 « Nous avons maintes fois observé que si la tête d'un clou… » : *ibid.*, p. 155.
107 « J'aurais pu en descendre une bonne centaine d'autres » : Boit, p. 49-50.
110 « Avant longtemps le bison, comme le grand pingouin, aura disparu » : *Missouri River Journals*, 5 août 1843, extrait d'Alice Ford, *Audubon's Animals*, New York, 1954.
111 « Si je devais raconter tous les actes brutaux et contraires à la loi… » : J. R. Gibson, p. 158.
112 « Les espars de toutes sortes sont ici en demande constante… » : Gould, p. 16.

Chapitre 6 : La dent de la race humaine
115 « Quel meilleur moyen de représenter la richesse de notre pays ? » : Sloane, p. 75.
123 … a donné naissance en anglais au terme de *firestorm* : Pyne, p. 204.
124 « L'ennemi à soumettre par tous les moyens, quels qu'ils soient » : Williams, p. 12.
125 Mais « l'âge de la hache », comme l'a appelé un historien : Klenman, p. 7.
125 Paroxysme, Démon, Endurance, Coq de bruyère, Guerrier rouge,… : *ibid.*, p. 27.
128 « Le gigantisme des arbres et l'épaisseur des sous-bois… » : J. R. Gibson, p. 71.

128 « Lorsque je me tenais au milieu de ces grands arbres... » : Andrews, *Glory Days of Logging*. Jaquette du livre.
128 « J'ai levé les yeux vers le ciel et je n'ai rien vu... » : Gould, p. 15.
128 « La Colombie-Britannique est un pays stérile de montagnes glacées... » : *ibid.*, p. 95.
130 « Les scieries nombreuses et florissantes... » : MacKay, p. 8.
130 *La Suprématie de la Colombie-Britannique pour ce qui est du climat...* : Gould, p. 24.
130 « Les gens de l'ouest du Canada se moquent bien de savoir d'où vient l'argent... » : MacKay, p. 21.
131 ... il vendrait sur la Lune... : *ibid.*, p. 109.

Chapitre 7 : Le défaut fatal
138 ... le seul objet né de la main de l'homme, en dehors de la Grande Muraille de Chine... : Brian Fawcett. Entretien privé.
138 ... le surnom péjoratif de « Brésil du Nord »... : campagne promotionnelle de Greenpeace, 1993.
138 ... reboisée et rebaptisée « nouvelle forêt »... : Fawcett, p. 4.
139 « J'ai été l'un des derniers à voir ces forêts... » : *Observer* des îles de la Reine-Charlotte, 30 janvier 1997, p. 11.
141 « C'était une société pas très reluisante... » : source confidentielle.
143 « L'essence de la spiritualité propre au désert... » : Benedicta Ward, *Sayings of the Desert Fathers*, Kalamazoo, Michigan, 1987, p. XXI.
148 « Dégage ! » : source confidentielle.
154 « Les réserves d'épicéas de Sitka pour la construction aéronautique sont extrêmement réduites... » : Lillard, *Just East of Sundown*, p. 129.
155 ... près de trente pour cent du bois utilisable d'un bloc de coupe... : Mahood, p. 52.
160 « Neuf jours sans blessé » : visite personnelle, octobre 2001.
164 « Si c'était à moi, je couperais tout... » : entretien privé.
166 « lui était plus proche et semblait plus vivant... » : Parfitt, p. 107.
166 Un vieux technicien de chez MacMillan Bloedel qui a vu l'arbre... : Jim Trebett. Entretien privé.

Chapitre 8 : La chute
178 Les tronçonneuses existent depuis 1905... : « Power Saws Come of Age », *The Timberman*, octobre 1949, p. 150.
187 « Vous vous en faites pour l'Arbre d'or ? » : Ian Lordon, *Observer* des îles de la Reine-Charlotte, 30 janvier 1997, p. 11.
188 « Ce geste semble avoir rouvert une plaie » : *The Globe and Mail*, 29 janvier 1997, A6.
188 « Y aura-t-il jamais un autre Gandhi, un autre Martin Luther King ? » : Robert Sheppard, *Victoria Times Colonist*, 30 janvier 1997, A14.

188 « Quand une société accorde tellement de valeur à un seul mutant... » : Heather Colpitts, *Prince Rupert Daily News*, 12 février 1997, p. 1.
189 « À mon avis, il s'était fourvoyé... » : source confidentielle.
189 « Cet arbre était le fétiche de M & B... » : source confidentielle.
191 « De façon officieuse, quelque chose aurait pu lui arriver » : Frank Collison. Entretien privé.
192 « Si je le vois, je le tue » : entretien privé.
192 « Tout le monde était d'accord » : *Vancouver Sun*, 25 janvier 1997, A1.
192 Morris Campbell proposait de lui « clouer les balloches à la souche » : entretien privé.
192 Un chef haïda était lui aussi d'avis qu'Hadwin devait être cloué à l'arbre : source confidentielle.
192 « Si on ne devrait pas couper un bout de l'homme... » : *The Globe and Mail*, 27 janvier 1997, A5.
192 « Le sérieux du culte rendu aux arbres... » : *Le Rameau d'or*, chapitre IX, p. 127.
194 « Ça me rend malade. C'est comme de perdre un vieil ami » : *Observer* des îles de la Reine-Charlotte, 30 janvier 1997, p. 10.
194 ... comparait la logique d'Hadwin à celle des militants anti-avortement... : *Prince Rupert Daily News*, 27 janvier 1997, p. 4.
194 « Ils font tout pour que ça tourne au vinaigre » : *Observer* des îles de la Reine-Charlotte, 30 janvier 1997, p. 11.

Chapitre 9 : LE MYTHE
195 « Celui qui a fait ça devait être très déterminé » : *Victoria Times Colonist*, 25 janvier 1997, p. 1.
199 « Aujourd'hui encore les gens simples de la campagne identifient un arbre de taille exceptionnelle à un dieu » : M. D. Subash Chandran. Chapitre tiré de *Lifestyle and Ecology*, édité par Baidyanath Saraswati. New Delhi, Inde, 1998.
203 « Skidegate et Masset, c'est comme la Chine et le Japon... » : Hazel Simeon. Entretien privé.
203 « La population de l'île se réduit désormais à sept cents individus tout au plus... » : Bringhurst, p. 69.
206 Leurs parents « incorrigibles » : Frank, p. 35.
208 Comme il leur manquait les masques et les costumes jadis associés à ces cérémonies... : *Voices from the Talking Stick*.

Chapitre 10 : LE DÉTROIT D'HÉCATE
213 « Il a mal agi... » : *Vancouver Sun*, 29 janvier 1997, A1.
215 Des kayakistes aguerris de la côte Nord rapportent des histoires... : Stewart Marshall. Entretien privé.
217 « La pire chose à faire... » : *ibid.*

218 Il n'y aurait « pas d'uniformes [de policiers] en vue » : Heather Colpitts, *Prince Rupert Daily News*, 12 février 1997, p. 1.

226 ... après que sa femme l'eut décrit comme « indestructible » : caporal Gary Stroeder. Entretien privé.

227 Le « Paris du Pacifique » : Hayes, p. 111.

232 « Une réalité non ordinaire » : Michael Harner, « Shamanic Healing : We Are Not Alone », *Shamanism*, vol. 10, n° 1 (printemps-été), 1997.

232 « Je n'ai jamais rencontré de chaman qui ne soit légèrement psychotique » : *Maclean's*, 4 novembre 1996, p. 65.

233 Investi d'une « mission particulière » : source confidentielle.

233 « Avait des idées très exagérées sur l'environnement... » : source confidentielle.

234 « Les cas de confusion de ce genre... » : *ReVision*, 8 (2), 1986, p. 21-31.

235 « Problèmes d'ordre religieux ou spirituel » : *DSM-IV*, Washington, DC, 1994, p. 685.

235 Centre de ressources pour les urgences spirituelles : www.virtualcs.com/se/index.html.

235 ... Survivre « pendant six semaines en ne se nourrissant que de noix et de baies sauvages » : *The Daily Sitka Sentinel*, 10 juin 1993, p. 1.

Chapitre 11 : La traque
239 « Tout le monde est un suspect en puissance » : source confidentielle.

239 « Mon Dieu, donne-nous un autre boom... » : dicton local.

242 « Fouetter l'âme des hommes » avant la bataille (et récit qui suit) : Lillard, « Revenge of the Pebble Town People : A Raid on the Tlingit ».

246 « Cire de croque-mort » : sergent Ken Burton. Entretien privé.

246 Un « arbre perpétuel » : www.EXN.ca (site web de Discovery Channel), 29 janvier 1997.

247 « Si tu vis au bord du cercle... » : *Voices from the Talking Stick*.

250 Le second était un « mâle »... : Collison, p. 39.

250 « Une princesse haïda nous avait guidés jusqu'à l'arbre... » : *Victoria Times Colonist*, 29 janvier 1997, A10.

250 « Je n'avais pas le droit de déclarer publiquement... » : *Vancouver Sun*, 28 janvier 1997, A1.

252 « La nature semble réticente à reproduire une erreur rare bien que magnifique » : MacMillan Bloedel, p. 4.

Chapitre 12 : Le secret
266 « Une signature sismique amorphe et irrégulière sans réflecteurs internes cohérents » : « Strange Beings », Lynn Lee, *Spruce Roots*, décembre 2000.

271 « Ça consiste tout bonnement à souder ensemble deux blessures » : Don Carson, www.EXN.ca [site web de Discovery Channel], 29 janvier 1997.

### Chapitre 13 : LE COYOTE
280 Un de ses anciens patrons était réticent... : source confidentielle.
281 « Huit cents ans pour pousser et vingt-cinq minutes pour être mis à terre » : entretien privé avec une source anonyme.

### Chapitre 14 : AU-DELÀ DE L'HORIZON
283 « La civilisation n'a jamais fixé de limites à ses besoins » : Perlin, p. 38.
283 « Tout ce qui n'est pas réservé à un usage immédiat est brûlé » : Williams, p. 80.
284 « L'homme qui aujourd'hui déjà se trouve à l'étroit sur notre vaste globe... » : Marsh, p. 228.
284-285 « Le territoire a été presque entièrement rasé... » : F. Roth, « On the forestry conditions of northern Wisconsin », *Wisconsin Geological and Natural History Survey Bulletin*, n° 1, Madison, Wisconsin, 1898. (Voir J. T. Curtis, *The Vegetation of Wisconsin*, Madison, Wisconsin, 1959, p. 469.)
286 Des militantes pour la conservation : Chase, p. 70.
290 ... Ces trois régions des États-Unis ont perdu quatre-vingt-dix pour cent de leur ancienne forêt côtière... : source : Ecotrust.
290 La Colombie-Britannique (...) en a vu disparaître soixante pour cent : source : Sierra Club BC.
292 « Que la terre et l'eau retrouvent la place qui est la leur... » : extrait de *The Book of Rites*, cité dans « Brief History of Environmental Protection in China », Shijiang Peng, Département d'histoire de l'agriculture, université agricole de Chine du Sud, Guangzhou, Guangdong, République populaire de Chine. *Research in Agricultural History* 1989 (81), p. 131-165. Traduction de W. Tsao, 30 janvier 2002. Ed. B. Gordon. www.carleton.ca/~bgordon/Rice/papers/peng89.htm.
301 (note) Starbucks (...) a dû renoncer à des poursuites... : Lane Baldwin. Entretien privé.
302 « Quand j'ai commencé, je n'étais qu'un rustaud de bûcheron » : *Prince Rupert Daily News*, 23 mars 2004, p. 1.
304 Le saumon sauvage de l'Atlantique a perdu soixante-quinze pour cent de sa population... : « Status of North American Wild Salmon », Atlantic Salmon Federation, mai 2004.

### Épilogue : LA RENAISSANCE
307 « Il pleut beaucoup par ici... » : entretien privé avec une source anonyme.
308 « La mère de tous » : Collison, p. 10.

308 « Je lui serais rentré dedans avec mon remorqueur... » : Gunner Anderson. Entretien privé.

308 « Espérons que cette ordure a atterri sur la tête de Grant » : entretien privé.

309 (note) Le grand-père de l'artiste Robert Davidson... : propos recueillis lors d'un débat au musée d'Anthropologie de Colombie-Britannique, 26 octobre 2004.

## Crédits photographiques

Page 1 A : Bataille opposant le navire *Columbia* du capitaine Robert Gray à des guerriers kwakiutls. (Photographie de George Davidson, Oregon Historical Society, # OrHi 49264)

Page 1 B : Canoës tenaktaks (kwakiutls) approchant la plage. (Photographie d'Edward Sherrif Curtis, reproduite avec autorisation. Archives de Colombie-Britannique D-08429)

Page 2 A : Tenue d'un guerrier de la côte Nord. (© Musée canadien des Civilisations, catalogue n° VII-X-1073)

Page 2 B : Dague de guerre en acier. (© Musée canadien des Civilisations, catalogue n° VII-B-944)

Page 3 : Masque de danse. (© Musée canadien des Civilisations, catalogue n° VII-B-109)

Page 4-5 : Route de débardage, attelage de bœufs. (Photographie reproduite avec l'autorisation de la Bibliothèque publique de Vancouver, VPL 3598)

Page 6-7 : « Exposition du chemin de fer ». (Photographie de Darius Kinsey, avec l'aimable autorisation de la Critchfield Logging Company)

Page 8 : Bûcherons haïdas. (13017 Merill et Ring, collection Pysht Darius Kinsey, photographie reproduite avec l'autorisation du musée d'Histoire et d'Art de Whatcom, Belligham, Washington)

Page 9 : Étêtage d'un arbre par un grimpeur. (Collection Leonard Frank, Vancouver, BC)

Page 10 : Bûcheron surveillant les « faiseuses de veuves ». (Photographie reproduite avec l'aimable autorisation d'Al Harvey)

Page 11 A : Grue d'abattage. (Craig Evans, photographie reproduite avec l'aimable autorisation du FERIC [Forest Engineering Research Institute of Canada])

Page 11 B : Coupe claire. (Photographie reproduite avec l'aimable autorisation d'Al Harvey)

Page 12 : Grant Hadwin. (Photographie de Rudy Kelly)

Page 13 : Grant Hadwin embarquant à bord de son kayak. (Photographie reproduite avec l'aimable autorisation du *Prince Rupert Daily News*)

Page 14 A : Hyder, Alaska. (Photographie de l'auteur)

Page 14 B : Leo Gagnon et son fils. (Photographie de l'auteur)

Page 15 : Totems mortuaires. (Photographie reproduite avec l'aimable autorisation d'Al Harvey)

Page 16 : Totem à la mémoire d'Ernie Collison (Skilay). (Photographie de l'auteur)

# TABLE

| | |
|---|---|
| **Remerciements** | 9 |
| **Prologue : Le bois flotté** | 15 |
| 1. Un seuil entre deux mondes | 21 |
| 2. Le début de la fin | 38 |
| 3. Une passerelle jusqu'à la planète Mars | 52 |
| 4. Le peuple premier | 72 |
| 5. Féroce comme le loup | 91 |
| 6. La dent de la race humaine | 113 |
| 7. Le défaut fatal | 133 |
| 8. La chute | 167 |
| 9. Le mythe | 195 |
| 10. Le détroit d'Hécate | 213 |
| 11. La traque | 238 |
| 12. Le secret | 253 |
| 13. Le coyote | 273 |
| 14. Au-delà de l'horizon | 282 |
| **Épilogue : La renaissance** | 306 |

Unités de mesure du bois............................................. 315
Bibliographie............................................................... 317
Notes........................................................................... 323
Crédits photographiques........................................... 331

CET OUVRAGE
A ÉTÉ TRANSCODÉ
ET ACHEVÉ D'IMPRIMER
SUR ROTO-PAGE
PAR L'IMPRIMERIE FLOCH
À MAYENNE EN SEPTEMBRE 2014

N° d'impression : 87303
Dépôt légal : septembre 2014
*Imprimé en France*